香港文縱

內地作家南來及其文化活動

小思

OXFORD
UNIVERSITY PRESS

牛津大學出版社隸屬牛津大學，以環球出版為志業，
弘揚大學卓於研究、博於學術、篤於教育的優良傳統。
Oxford 為牛津大學出版社於英國及特定國家的注冊商標

牛津大學出版社（中國）有限公司出版
香港九龍灣宏遠街 1 號一號九龍 39 樓

ISBN: 978-988-245-960-1

10 9 8 7 6 5 4 3 2 1

Published & Printed in Hong Kong

書　名　香港文縱——內地作家南來及其文化活動（新版）
作　者　小思
版　次　2025 年第一版

目錄

新版編者序

劉偉成

《香港文縱》於一九八七年由華漢文化事業公司初版，已絕版多年，此書中帶出種種思考命題和引進的研究方法，對香港文學史發展起着積極的推動作用，其貢獻和時代意義在黃繼持的原版序已清楚闡述，此處不贅。

牛津大學出版社於一九九六年出版的《香港故事——個人回憶與文學思考》內，包括了一輯「香港文縱」，可視為《香港文縱》的續篇。此版本的「個人回憶」部份很能吸引中學生的閱讀興趣，但後面的「文學思考」對於中學生則不無「降高潮」的效應，大概由於這個考量，二〇〇二年的新版摘掉了「香港文縱」整個部份，書名也省卻了副題，就叫《香港故事》，直接了當，倒也真的吸引不少中學選為課外讀物，但與此同時又有不少學院中的香港文學研究者向牛津查問為何新版中摘除了「香港文縱」的部份，並查問出版社可有舊版貨餘可供訂購？由此觀之，舊版中的「個人回憶」部份適合中學生，而「文學思考」部份則得到大學院校中香港文學研究者的青睞。如單純將一九九六年的版本找出來重印，不啻是再次掉入上述兩頭不討好的尷尬中。那麼，不如乾脆將「香港文縱」獨立成書，並加入一九八七年版的《香港文縱》和小思一九八七年以後陸續發表的同類論文，包括《追跡香港文學》（為黃繼持、鄭樹森、盧瑋鑾三人合集）中盧瑋鑾的論文和一些散落在她不同結集中的相關史料鈎沉，編修一個增訂本，務求圓滿地展現小思的學術成就。

當我向小思提出這個出版提案，她卻頗為躊躇，原來她擔心《香港文縱》初版中的資料已過時，又道當時並沒有互聯網的支援，所有資料條目，都是靠她一人翻揭舊報紙、抄寫卡片，逐點逐滴構建起來的體統，還是未能圓滿涵蓋所有資料，或者因當時的時代限制，難以核實資料，現在她常強調自己已沒有體力和心力來逐項資料核實了。話雖如此，還是沒有動搖我重編《香港文縱》新版的立願——如後學因它未臻完善便嫌棄，那未嘗不是因「小學」而「大遺」之舉，正如黃繼持所言，《香港文縱》的重要乃在於其所突顯的「史識」。小思藉着此書帶領我們看到南來文人，如何在香港自植靈根，延續內地新文學運動好不容易孕育出來，卻驟然給「蘆溝橋事變」掀起的「救亡」浪頭蓋壓過去的「啟蒙」意識。再者，正如小思在香港中文大學的「香港文學檔案」的序言中所引的弘一法師的話：「我到為植種，我行花未開。豈無佳色在，留待後人來。」小思亦曾寫過一篇〈植樹者〉的文章：「香港，有沙漠，同時也有植樹者。……在沙漠邊緣栽上樹苗，只是還沒等根生牢，他們又應遠方的呼喚，遠離了，罡風不留情……於是，人們嘆氣說：『沙漠呀！仍是沙漠呀！』」如果說《香港文縱》所記的那批南來自植的靈根及他們留給香港的文化貢獻是遏止荒漠化的第一排「樹籬」，那麼

《香港文縱》正是第二排中的其中一棵，它除了協力抵禦實利主義颳起的風沙外，更成為第三排「香港文學檔案」的起動槓桿。只靠前兩排植樹，當然未臻完善，還可見到漏洞，須知遏止荒漠進迫，可不是一朝一夕，立竿見影之事，還須後人接力一排排植下去吧！而最能吸引後人趨近而非轉身逃遁的，相信並不是好挑人話柄的癮頭，而是前面種植者篳路藍縷，胼手胝足的耕耘背影……

為了讓小思安心允許出版這個新訂本，編纂過程中我們已做了第一重覆核和訂正功夫，例如文中提及的一些文壇前輩，初版時健在，現在則已仙遊，他們的生平資料都給更新了。另外也添了一些新近出現的資訊，例如關於戴望舒舊居「林泉居」的位址，我們將研究者的新發現的資訊以注釋方式補進去了。當然那些初版裏的手民之誤，我們都一併更正了。不知道此增訂本是否接近小思心目中的完備狀態，如果真有如此狀態的話。其實重要的不是此書的狀態如何，我們的關顧該投向香港的文化狀態，如果未如你所願，那不如一起來植樹，一起發掘新資料、進行新研究，相信這是所有種植者，包括小思的至盼，更是香港文學得以茂發成長的重要顯現。

二〇二五年四月十五日

原版序

黃繼持

香港文學史的研究——或退一步講，對這個論題的關注，多年來有起有伏，若亡若存。關注之起，每因時代的契機；卻往往沒有持續下去者，若不徒歸因於時勢之轉移與契機之消失，便可能由於這門學科內含的困難與障礙，一時沒能跨越，於是舉步維艱了。

更遠的不說，即以七十年代為例，在學生運動、社會思潮騰躍的時勢中，香港文學綜覽及文學史探究，確曾引發某些文藝青年乃至一般文化人的熱忱，並稍能衝破那圍繞這個論題的拘束與禁忌。然而那份熱忱，大抵與當時的社會實踐（如果意識的「投入」也算是一種實踐的話）密切相關。這當然有其可貴可敬的一面，但因此也未顧及把這個論題充份「學術化」。學術研究所必須的冷靜的心態與持續的耐力，其中包括資料搜羅判斷的細密工夫，遠非一時意興所能替代。何況說不定哪一刻竟又意興闌珊？

到了八十年代，由於眾所周知的歷史契機，香港又成為各方觸目的焦點，香港文學也順帶再一度得到關注。此固因「本地意識」之提高，關注卻還來自隔河（深圳河）隔海（台灣海峽）的文藝界、學術界。這自然成為對本地文化人士的一種策勵。文學創作是一方面，文學研究（包括文學史研究）也是不應忽略的一方面。前者茲暫不談。關於後者，是否可借此新的契機，把以往斷斷續續的線索貫串起來，開展下去，逐步克服這門學科的內在困難，以期寫出不只一部《香港文學史》？

然而《香港文學史》遲遲未能出現。行內人認為最有資格寫這題目的盧瑋鑾（小思）女士，在這裏貢獻給讀者的，僅是文學史的一鱗半爪，或是文學史的部份準備工作。甚且她謙稱這不是「史」的撰作，僅是「史料」的整理。即使我們不便違逆她的自我估量，但她這部份史料性工作，其實對「史」的研究與撰述，掃除種種色色的障礙，打下十分堅實的基礎，是作為一門「學術」建設最不可少的工作。

這本書所提供的，是五十年代以前在香港的文學活動的一些片段，主要關於中國內地作家南來的蹤跡，也連及本地文人的一些活動。雖然這屬於「現代」文學史範圍之內；對作者來說，則是前代文人的遺蹤，其尚存者也多隱退經年，似乎因對象的「距離」而有助於學術研究的「客觀性」。誠然，對前代人的研究，比之對同代人的研究，或可稍免於「同處局中」的人事牽纏、情面拘忌、習見不察、視近不明的種種蔽礙；但前代與同代也畢竟有絲絲縷縷的關連，何況中國政治鬥爭的複雜情勢、香港政府統治的微妙手段，或現或隱地貫穿着二十年代以來在港的種種文化活動。史家揭示真相，既須不受個人成見所拘，也需有不計較現實利害的勇氣。勇氣與有力的發言權，來自對大量史實之掌握。本書作者對史料的尋索，廣博精微，結合中國的史學傳統與日本的資料學方法，不徒鴛鴦繡出，兼且金針示人。就在這個可覆覈可檢證的研究成果上，其有論斷，每能袪疑去障，以學術的「客觀性」超越政治因素或意識形態的偏倚。書中論及抗日戰爭初期香港文藝界情況，即其一例。這種方法，若進而用於五六十年代香港文藝界局面，必也大有可觀。

或許有人認為文學活動史不就等於文學史。文學活動史毋寧是社會文化史的一部份。但若云文學史只論文不論人，純文藝論者雖曾有此主張，其實是行不通的。知人以衡文，文之與人，不離不即，不一不二，作為散文家的小思，豈有不知之理？此書中多篇考察作家活動，類皆因「跡」以原「心」。為免浮想蹈空，故須窮究其「跡」，文跡著而文心遂昭。於是寫蕭紅，筆致嚴謹中不乏情韻；寫戴望舒，史料整飭以辯申志行。凡此皆為評文修史所不可少的步驟。列傳積聚而成史事的橫幅。可寫的當然不只此數人，但規範既立，後繼者自然不便苟且了。

作者自己的序言中，卻一再聲言沒有把「修史」當成工作目標，理由之一據云是史料還未齊備。但整個中國現代文學，史料的通盤工作，應待致力者尚多。香港文學作為中國文學不可分割的一部份，五十年代之前之後當然都是如此。不過五十年代之前，具有「個性」的香港文學尚未具體形成，因此「在香港」的文學往往只是內地文學因時處變的直接延伸。可惜目前多部現代中國文學史著述，都沒能足夠估計在港文學活動的份量。這未必出於偏見，極可能由於史料不備。一九三七至四一與一九四六至四九，內地作家南來的兩段高潮，僅能敘其輪廓，更莫説香港本地人的文藝活動了。中國現代文學史這部份研究工作，看來主力還該由香港學界擔當。寫好這一部份，對五十年代以來逐漸發展出「香港個性」的香港文學史之撰述，無疑是不可缺少的準備與參照。這門學科內含的困難，將因史料的建設，而得到部份克服。則盧瑋鑾女士開山開路之功，嘉惠繼來者匪淺；而她不肯以「修史」自任，便未免小覷她自己工作的增殖力了。

當然，「修史」可以有許多層級，不能一步即躋登絕頂；史料的探求，也的確漫漫長路，似乎難以到頭。這些工作都要依賴更多同道，包括個人與團體的協力。所幸近年已有一定的回應，加上時代的機緣，與小思女士「斂才以成學」的心態，這一門學科初步建立，大抵可無退轉之憂了吧！則此書雖然只是作者部份工作的「報告」，善用者觸處皆寶，善讀者更可悟出無量法門，即使泛覽者也為其繁富的材料與縝密的推證所懾服。

雖然「史」尚未修成，但已讓人看到可喜的勢頭了。

一九八七年五月

漫漫長路上求索者的報告——代序

前言

一九八三年八月，在香港市政局公共圖書館主辦第五屆「中文文學周」，我以〈香港早期新文學發展初探〉為題作了演講後，得到不少反應，前輩、朋友和對這研究課題感興趣的學者給我鼓勵和意見[1]我都一一領受了。但這七八年來，以公餘時間，埋首故紙堆中，究竟做了些甚麼，我想也該找一機會「結算」一下，一來檢討自己走了多少路，二來好向關心這項研究的朋友作一概要的交代，三來希望引起更多有心人的注意，趕快及時的把這項《香港新文學史》研究推上軌道。

1 前輩如劉以鬯先生、侶倫先生。朋友如黃繼持先生、黎活仁先生。學者如劉紹銘先生（見〈讀書豈能無史〉一文，載於《中國時報》，一九八三年十一月十二日，頁碼不詳）、林真先生（見〈從史學觀點評小思的香港新文學研究〉一文，載於《新晚報》，一九八四年二月十二日，頁碼不詳）。

史料的尋索

香港可以說是個缺乏歷史觀念的城市，外國人很早就撰寫了香港歷史專書，[2]但中國人反起步得遲。前輩學者如許地山、葉靈鳳、羅香林等雖然在香港史上下了工夫，但仍屬零篇斷章，也沒引起注意。到了七十年代開始，才因政治形勢起了變化，香港歷史，才得到研究者的正視，例如香港大學歷史系成立了「香港歷史研究工作坊」（Hong Kong Workshop），香港大學圖書館成立「香港文獻資料特藏」（Hong Kong Collection，後命名「孔安道紀念圖書館」），香港政府成立了「資料檔案室」，香港中文大學聯合書院成立了「香港資料室」等，為研究者提供了歷史資料。中文大學歷史系、社會系及教育學院也分別做了新界歷史，社會狀態及教育史的研究。林友蘭的《香港史話》，魯言的《香港掌故》，蕭國健的《清代香港之海防與古壘》等著述，均反映了「香港史」研究正在發展中。關係整個香港命脈的歷史研究，還在艱難起步，只佔歷史小部份，又歷來不受重視的「文學史」那就更不堪說了。三十年代中葉以後，中國文化人紛紛南來，在這小島留下不少痕跡，文學史家如王瑤[3]（1914–1989），藍海

2 例如一八九五年德人歐德理牧師（Rev. E.J. Eitel）就出版了《Europe in China: The History of Hong kong From the Beginning to the Year 1882》。一九三七年英人佘雅（Geoffrey Robley Sayer）出版了《Hong Kong, 1841–1862: Birth, Adolesence, and Coming of Age》。

3 王瑤：〈抗戰文藝的動向，新的情勢與新的組織〉，《中國新文學史稿》下冊，上海：上海新文藝出版社，一九五三年，頁2–9。

（田仲濟，1907–2002）[4]都承認香港是個「文化中心」，但畢竟因資料散失，無法深入具體的説出「史」的面貌來，故國內現代文學史的研究者，就把「香港地區文藝史料」，視為四個缺門之一。[5]憑着地利，在本港蒐集史料，應該比較方便，但做起來才知道並不如此簡單。

一九七七年，我開始從事一九二五至一九五〇年間文藝資料蒐集工作，但當時我只從幾個來過香港活動的著名作家的作品、回憶文字裏，找得很零碎的紀錄。究竟有多少文化人到過香港，我是一無所知的。於是我決定向下列四個方面進行細緻而廣泛的蒐集：

（一）報紙與期刊：

我把香港大學馮平山圖書館、孔安道紀念圖書館、市政局圖書館及私人所藏香港出版的報紙、期刊，全部逐頁翻檢，結果收穫相當豐富，包括：文化人來港離港的消息、訪問紀錄、文化團體組織及活動、文學作品等。

（二）來港文化人的作品、傳記、回憶錄，追悼文字：

這方面的資料雖然零碎，但仍提供了一些當年報刊沒有觸及的消息，例如侶倫在《大公報》上發表的回憶文字及薩空了的《香港淪陷日記》。

---

4 藍海：〈抗戰文藝的動態和動向〉，《中國抗戰文藝史》，上海：現代出版社，一九四七年，頁32–64。

5 上海市出版局理論研究室編：〈關於現代文學史編寫中的若干問題——十七院校現代文學史討論會側記〉，載於《編輯參考》第三期，一九七九年六月九日，頁4。

（三）訪問曾來港的文化人，或對該段時期情況有一定了解或直接參與當時活動的前輩，取得口頭或書面的資料：

曾經接觸或訪問的有：卜少夫、陳君葆、陳殘雲、丁景唐、馮亦代、高貞白、黃藥眠、柯靈、李育中、林煥平、盧豫冬（宗玨）、侶倫、秦牧、施蟄存、翁靈文、吳紫風、吳曉鈴、吳其敏、蕭乾、徐遲、楊靜（戴望舒太太）、郁風、趙世光、鄭官哲、周鯨文、周俟松（許地山太太）等先生。

（四）近人對此段時期的研究成果及評論：

四個方面，以這一項，收穫最少。在少量研究文字中，也往往因史料缺乏，而多錯誤評論。司馬長風《中國新文學史》下卷的〈戰時的香港文壇〉即是一例。

把蒐集的資料，分類，存檔後，終於見到一個較清晰的面貌。由於三十年代中葉至四十年代末，文藝活動最為蓬勃，而文化人在港的流動情況又十分複雜，影響也較大，故我把注意力集中在這段時期。據所得資料顯示，知名的文化人來港的超過二百。這二百多人在港的活動及著作情況，在我的資料檔案中，雖然仍不算全面，但已有一個概略。而這段時期的文教團體的組織及活動，只要在報刊中出現過的資料，我也收集了。例如「中華藝術協進會」、「香港文藝協會」、「中國文化協進會」、「中華全國文藝界協會香港分會」、「香港文化座談會」（一九四五年）、「中華業餘學校」、「中國新聞學院」、「中國青年新聞記者學會」、「中國教育電影協會香港分會」、「全國漫畫作家協會香港分會」、「全國木刻協會香港分會」、「華南電影協會」、「文藝生活社」、「達德學院」、「持恆函授學校」、「南方學院」、「新文字學會」、「香港世界語言學會」、「香港學生文藝協會」、「香港歌詠協進會」、「華南電影工作者聯誼會」、「香港文化事業社」、「中英文化協進會」、「中美文化協進會」、「中蘇文化協進會」等，而其中有些團體資料的詳細，可包括了歷屆理監事名單、每月活動細項、學校組織和課程、任教者名單等。

文藝作品則多來自各報刊的文藝副刊及文藝刊物。由於香港大學馮平山圖書館期刊室所藏豐富，及多年來個人的蒐集，《筆談》、《野草》、《文藝生活》、《時代文學》、《大風》、《耕耘》、《中國作家》、《文藝青年》、《青年知識》、《小説》、《群眾》、《正報》及各種以叢書發刊形式出版的刊物，均能給我們一較全面的印象。各大報刊的文藝副刊，更是一寶藏。目前我已做了詳細目錄的文藝副刊有：

《大公報·文藝》（戰前、戰後）、《大公報·方言文藝》（一九四九年）、《立報·言林》、《星島日報·星座》（戰前）、《星島日報·文藝》（戰後）、《華僑日報·文藝》（戰後）、《文匯報·文藝》（戰後）、〈文協〉（「文協香港分會」會刊）、〈文化界〉（中國文化協進會會刊）等。

以上提到的史料，大體上還算完整，當然其中有些缺漏，要追查起來，有時就得憑間接線索或靠機緣了。例如我追查蕭紅在港所寫〈花狗〉一文，就是例證。[6]

訂正與鈎沉

尋得所需資料是極大快樂，但有時卻會因裏面的錯誤，惹來許多麻煩。有正確日期，黑字白紙印出來的文字有時還不可靠。例如手民誤植、某些客觀原因使當時作者不能暢所欲言、作者的立場等，均造成許多只憑資料仍無法了解的問題。另外，有些當事人寫的回憶文字，可能因年代久遠，手頭又乏準確資料，單靠個人記憶，往往出現錯漏或誤記的毛病。年份、日期、活動地點、某些事件細節，都是十分重要的史料，一旦誤記，可能造成事實面貌的改觀。因此，把蒐集得來的資料，互相校核，決定哪一條可信，然後加以訂正，是極重要又極吃力的工作。找到有力證據支持，訂正一條資料，當然如勝一仗，但有些卻纏繞了好幾年，還是毫無頭緒，恐怕永成懸案的，就叫人十分苦惱。例如「中華全國文藝界協會香港分會」(戰前)，出現了「同會異名」的情況，前後用過六個名稱，我在訪問當時曾參與該會的馮亦代、郁風、施蟄

6 盧瑋鑾：〈蕭紅《花狗》再現經過〉，載於《星島晚報．大會堂》，一九八三年八月，十二版。

存諸先生時，以此為問，他們都表示根本記不起該會原來有過「異名」。又例如戴望舒曾借用「施蟄存」名字作筆名，[7]又與杜衡共用「江思」一名，[8]這都是造成研究的障礙。凡無法訂正的資料，只好作存疑論了。

至於鈎沉，可以說是蒐集資料過程中，最大收穫。許多來港的文化人，都是來去匆匆，在港期間寫下作品，一時也未必全數帶在身邊，事隔數十年，記憶也模糊了，偶然記起，也忘了在甚麼地方，甚麼時候發表。這對該作家來說，應是一項損失，也是研究者的損失。我從蒐集的資料中，發現了許多未為人所知的作品，例如茅盾在港用筆名發表的雜文及補白文字，[9]蕭紅在港最後一年寫成的短篇及散文，[10]最近也為林煥平先生提供了他在香港的創作及活動年表。其餘還有許多作家的作品，能重現於今日，對研究者必有一定的幫助。

7 據施蟄存先生來函指出。

8 據吳曉鈴先生提供資料。

9 盧瑋鑾：〈茅盾在香港報刊（一九三八——一九四一）上發表的著作〉，載於《抖擻》第四十四期，一九八一年五月，頁41–46。

10 盧瑋鑾：〈蕭紅在香港發表的文章——《蕭紅已出版著作目次年表》補遺〉，載於《抖擻》第四十期，一九八〇年九月，頁45。

目標與希望

用了七八年時間，默默做着別人認為枯燥難耐的資料搜尋工作，我明白，這絕不是一門學問，因為這只不過是資料蒐集員的工作，只要肯花時間，加上細心，可以説識字的人都能做。同時，我也明白這不該由一個人以公餘有限的時間獨力去做。枯坐幾天，找不到一條有關資料，或忽然發現一個資料群，那種苦樂，真不足為外人道，而回到家裏，身陷資料卡片大海中，一時無法整理出頭緒來的苦惱，更有「以有涯逐無涯」的惘然。但我依舊做下去，就是對自己訂下的目標，堅定不移。

香港這個居住了五六百萬中國人的地方，百年來奇異而快速的發展，必須有它的歷史紀錄，也必須留下痕跡讓後人研究，所以《香港史》、《香港文藝史》必會出現，問題只在遲早罷了。「讀書豈能無史」?而「修史焉能無史料」?在史料還沒散失，(我深信在港大藏書以外，還有許多「珍品」在不同角落的私人書櫥中。)人物還未逝去前，趕快收集整理資料，正是我的工作目標。不過，在開始這項工作時，我並沒有預計原來觸及的層面那麼龐大，等到一年後，資料愈來愈多，才感到自己能力的單薄，時間的不足，可是那時已經無法「自拔」，只好硬着頭皮做下去，直到現在，卻又已達到「欲罷不能」的境地了。一直以來，我都沒有把「修史」當成工作目標，一方面因為史料還未齊備，另一方面因為修史必須有識見與胸襟，我十分清楚自己沒有這些條件，但細心與耐心，還勉強可以具備，也就安心於史料工作了。

在訂正校對史料後，我想盡快羅列出來，好讓有心修史或研究者取材。可是，怎樣把這些史料公開，仍是一個傷腦筋的問題。近年來，國內有些作家或研究者來信表示想得到有關資料，我還得用公餘時間去把資料抄列和複印，然後分頭寄出。在身心皆疲的時候，不禁自問：這個義務資料供應人，能支持得多久？最佳辦法當然是把史料出版了，但這種賠本生意誰願意做？因此，我希望有一個機構，有一筆基金，有更多的人力，來負責資料蒐集及整理，多請這方面的學者提供意見。訪問當年參與其事的人，收集口述歷史資料，然後有系統的出版資料叢刊，這樣，研究者有史料可憑，《香港文學史》就能完成，有「生機」的論文也會出現。

史料搜尋是條無盡的探索長路，我願盡一己有限之年，單薄的能力，走上這道路，但我不願意獨自一人走，也不願意把尋得的資料長久塵封在書房裏。我相信有心有力的人很多，在此默祝《香港文學史》不久就可面世。

一九八四年二月十八日於香港

香港早期新文學發展初探

前言

香港開埠以來，經濟和建設的發展，在東南亞一直是為人所樂道的，但文化方面，卻從來受人忽視，特別是「新文學」這被視為「小兒科」的項目，更少人提起。近年來，我從事研究二、三、四十年代中國文化人在香港的文藝活動，才從細碎資料中整理出一個眉目來。但由於這仍屬研究的開拓階段，在講這一題目時，如果不陳列資料，很難反映發展過程的面貌，因此，本文重點不在評論和分析。

本文題目中，「早期」一詞，我把它界定於二、三十年代，即一九二七年至一九四一年之間，也得說明一下：二十年代香港新文學資料十分貧乏，通過目前所見的有限資料，可見本港新文學萌芽期應在二十年代中葉以後。一九二七年二月魯迅（周樹人，1881–1936）到香港作了兩次演講，[1]雖然他自己說：「釘子之多，不勝枚舉」，[2]但好歹對香港文壇都有些影響，而我能找到最早的新文學雜誌是一九二八年創刊的，部份報紙上的副刊也開始接納「白話

1 魯迅在香港青年會共演講兩次，一次在二月十八日晚，講題為〈無聲的中國〉；一次在二月十九日，講題為〈老調子已經唱完〉。

2 魯迅：〈致章廷謙〉，《魯迅書信集》上卷，北京：人民文學出版社，一九七六年，頁129–130。

文」，因此就以一九二七年為起點。新文學自荒涼的小島上開始萌發，其間困難障礙甚多，一直到一九三七年「七七盧溝橋事變」，本港新文學才到達一個高潮，而這高潮直至一九四一年十二月，才隨太平洋戰爭，香港淪陷而告消退。為方便説明，我把一九四一年也包括在三十年代內。

二十年代發展情況

香港自開埠以來，雖然由英人管轄，但文化發展方面，特別是文學部份，仍與中國骨肉相連。二十年代新文學，在國內雖已開始走上軌道，但傳統舊文學仍屬正統，被稱為「國粹」。香港也毫不例外，長久以來，傳統舊文學保有穩固的學術地位。不過，香港地當南方交通要衢，新風尚極易傳入，二十年代，與上海的交通、貿易十分密切，很容易把這個新文藝重鎮的文藝風氣吸進來。據二十年代末葉，吳灞陵在檢討香港文藝發展情況時，就有下列的説法：

> 「香港則在上海廣州之間，上海的風氣，應該先到香港，然後才到廣州，故此香港的文藝界，應該熱鬧一點，其地位非常重要……」[3]

這股新風傳入之後，對本港部份愛好新文藝的青年很有影響。他們開始寫作，出版刊物，而

3　吳灞陵：〈香港的文藝〉，載於《墨花》第五期，一九二八年十月，頁4–7。

報紙如《大同日報》、《大光報》、《循環日報》、《南華日報》、《華僑日報》等副刊[4]也開始容納新文藝作品。但毫無疑問，也形成了「新舊過渡的混亂衝突時期」[5]，這一點，魯迅南來演講後，回國所寫的兩篇文章：〈略談香港〉[6]及〈述香港恭祝聖誕〉[7]就可反映。這種新舊力量對抗情況，一直到一九三五年，胡適（1891–1962）到香港來接受香港大學頒發榮譽博士學位時，仍相當嚴重。[8]不過，儘管如此，魯迅、胡適對香港的新文化發展，仍很有信心，[9]胡適甚至希望：

「香港教育家接受新文化，用和平手段轉移守舊勢力，使香港成為南方的一個新文化中心。」[10]

4 林下風（侶倫）：〈香港新文化滋長期瑣憶（一）〉，載於《海光文藝》第八期，一九六六年八月，頁50–53。

5 同注3。

6 魯迅：〈略談香港〉，載於《語絲》第一百四十四期，一九二七年八月十三日，頁66–72。後收入《魯迅全集》第三卷，北京：人民文學出版社，一九八一年，頁427–437。

7 魯迅：〈述香港恭祝聖誕〉，《魯迅全集》第四卷，北京：人民文學出版社，一九八一年，頁51–55。

8 胡適：〈南遊雜憶〉，載於《獨立評論》第一百四十一號，一九三五年三月十日，頁11–16。後收入盧瑋鑾編：《香港的憂鬱——文人筆下的香港（一九二五—一九四一）》，香港：華風書局，一九八三年，頁55–61。

9 劉隨在〈魯迅赴港演講瑣記〉一文中（載於《文匯報》，一九八一年九月二十六日，十三版），記錄一九二七年二月魯迅來港時，他們對魯迅談及香港文壇的荒涼現狀，「魯迅當時頗不以為然，他認為這種估計未免太頹唐了，他表示自己相信將來的香港是不會成為文化上的『沙漠之區』的。」

10 同注8。

二十年代中葉，可以說是香港新文藝萌芽期，也可以說是本地化的新文藝運動開始。一群愛好新文藝的青年人，在本港少數書店中買到由上海運來的新文藝雜誌，接受新文學的薰陶。當時，他們的作品多刊在報紙副刊上，例如謝晨光、侶倫、張吻冰、岑卓雲等是《大同日報》副刊的作者[11]。侶倫、張弓、劉火子、李育中、易椿年等是《南華日報》副刊〈勁草〉的作者[12]。他們大都視上海為新文藝的發源地，也以上海出版的雜誌作為學習對象。[13]

一九二八年新聞界莫冰子主編了一本新舊交集的綜合性雜誌《墨花》，裏面有新文藝創作，也有舊式文人寫的小說、隨筆，甚至近乎諧部的小品，看起來守舊色彩仍濃，也充份表現了在新舊交替期間的某些錯誤觀念：

「以為把文言轉換為白話文，把對話寫成獨立行列，也就是新文藝。」[14]

直到一九二八年八月，由張稚廬主編的《伴侶》半月刊創刊，才算純白話的文藝雜誌。這本雜誌內容以創作小說為主，翻譯小說、散文小品為副。主要作者有侶倫、吻冰、小薇、鳳妮、稚子、奈生、孤燕，偶然也向國內作家約稿，例如沈從文就以「甲辰」為筆名，寫了〈看了司

11 侶倫：〈島上的一群——香港文壇瑣憶一頁〉，載於《大公報．大公園》，一九八三年三月十二日，四張十六版。

12 O.K：〈香港詩歌工作者初次座談會剪影〉，載於《大眾日報．文化堡壘》第十期，一九三八年七月二十日，二張六版。

13 據侶倫、李育中的回憶，都說當年香港新文藝界深受上海影響，因為他們看的是由上海來的書刊，且認為廣州也不過受上海影響，自有取法乎上的想法。

14 同注4。

徒喬的畫〉，在該刊第七期刊出。從內容看，該刊的「洋味」很重，這從舉辦過兩次的徵文題目是〈初吻〉、〈情書〉及小說的格調，就可理解他們受上海新派文藝的影響較多。《伴侶》辦了不到一年，就因經濟問題停刊了。雖然這份雜誌壽命不長，但已標誌香港新文藝踏上了第一步。

一九二九年九月由張吻冰主編的《鐵馬》創刊，這本只出了一期，由「島上社」成員主力的純文藝刊物，內容仍以小說、散文、新詩為主，它的封面背有一段可看作發刊辭的話：

「當你的靈魂正深深的沉醉在大自然的和諧，風來了，它發出的聲音是那樣的輕柔、婉娓，你將因了你的安靜的靈魂的受了慰撫而悠然神往。又，在漆黑的夜深，驟然的雷電交作，暴風雨來了，它發出的聲音是那樣的激昂，雄偉，從你的沉夢裏它將震撼了你的靈魂——朋友，那正是懸掛在我們窗前的鐵馬。」

可見作為「慰撫靈魂、震撼靈魂」的鐵馬，是這群志同道合的人的創作目標。

《鐵馬》是由「青年會日校校友會學藝部」支付出版費用的，卻以一期為限，出了二千冊，據侶倫回憶，他們當時有個想法：

「只要雜誌能印出來，發出去，日後把賣得的錢收回來，便可作下一期的印刷費。」[15]

結果銷路不佳，這份雜誌就只好「一期為限」了。就是這群本地青年作者，在毫無經濟條件支

15 侶倫：〈香港新文化滋長期瑣憶〉（三），載於《海光文藝》第十期，一九六六年十月，頁44–47。

持下，默默寫作、出版，在沉寂荒蕪的新文藝園地上，撒下第一批種子，寫下了本港早期新文藝史的第一頁。

三十年代發展情況

踏入三十年代，新文學的發展就顯得複雜而豐富。特別是一九三七年以後，大量中國文化人南來，佔了香港文藝活動的領導地位，這段時期的資料也較容易掌握，要在這短短一小時演講中，詳細敘述，實在不容易，因此我只能作一概略陳述。

三十年代可分成兩部份來說：

（一）本地作家的努力延續：

《伴侶》出版不及一年停辦，並不顯示這群青年作者氣餒。在上節中提及的「島上社」，據侶倫的回憶，該是「香港第一個新文藝團體」[16]，雖然沒有甚麼組織形式，只有謝晨光、張吻冰、岑卓雲、侶倫、陳靈谷等幾個青年文藝愛好者聚在一起談文說藝。

「島上社」一名，來源是陳靈谷寫了一個連載小說叫〈寂寞的島上〉，反映了他們「孤軍突起似地掙扎在這個黑暗環境之中」[17]的心態。他們先在《大同日報》副刊出版了〈島上〉周刊

16 有關「島上社」的資料，詳見注11及15。

17 同注11。

（可惜，現在無法看到這份報紙，不知道當時作品的面貌），後來又成為《伴侶》的主要作者。直到一九三〇年四月，他們正式用「島上社」名義出版了形式和《鐵馬》差不多的《島上》。這是一份不定期的文藝雜誌，內容以小說散文為主。毫不例外，這份雜誌也只出版了三期，而第二期的命運更特別，稿件集齊後，一個熱心支持的朋友，因公幹之便，把稿帶到上海去付印及發行。我手頭上只有這一期《島上》的四份之三殘本，版權頁上清楚寫明：出版者「島上社」，地址是香港，而印刷者「東方印書館」，地址在上海，出版日期是一九三一年十月十日。至於第三期情況怎樣，就沒有資料可參考了。不過，「島上社」成員的努力，已構成早期香港新文藝的主要部份。

詩歌方面，一九三二年開始，也有一批青年詩人如劉火子、李育中、侶倫、易椿年、張弓、杜格靈、譚浪英、戴隱郎等，開拓了香港詩壇的耕耘地。他們寫的詩，屬當時流行的現代詩派，出版了《詩頁》及《今日詩歌》兩種詩刊[18]。可惜，現在也沒法找到這兩本刊物。

沒有良好經濟條件支持，文藝雜誌實難維持較長壽命，其中一份雜誌，能繼續出版了兩年多，就因有一家商店「梁國英」的支持。「梁國英」是家藥局，也辦過攝影及出版。主人梁晃

18 同注12。
侶倫：〈藝壇俯拾錄〉，載於《大公報》，一九八二年三月六日，四張十六版。
侶倫：〈詩刊物和話劇團〉，載於《大公報》，一九七七年十一月五日，三張十二版。

於一九三三年十二月出版了《紅豆》，最初的風格不定，試圖摸索一條文藝綜合性的道路，開本與出版期都一改再改。自第二卷開始才走上純文學刊物的路線，每期均有論文、劇本、小說、詩、散文，也出了〈英國文壇十傑專號〉、〈詩專號〉、〈世界史詩專號〉。主要作者有：梁之盤、李育中、蘆狄、路易士、棲棲（1912–1997）、侯汝華、柳木下、侶倫、幹蒼等人。直到一九三六年七月十五日，梁之盤接編以後，就正式在封面標明「詩與散文月刊」，企圖走向更統一風格。該期（即第四卷第五期）的編者啟事，有如下的說法：

本刊出版以來，深蒙讀者愛護，並荷各地作者鼎力扶植，得維持至今，成為南方歷史較長之文藝刊物，其間不唯形式日新，內容亦見進步，近期所載詩與散文尤富於精心之作，以是銷路日增，有欣欣向榮之勢。

同人等深感讀者作者愛護之誠，不敢自滿，決於本期起，利用原有篇幅實行純化，改為詩與散文月刊，冀能做成獨特風格，以副厚望……。

可見此刊的發展已趨穩定。但十分可惜，到了第四卷第六期[19]就因「登記手續發生問題，不得不遵照香港出版條例，由本期起暫行停刊」。[20]

19 據林下風〈香港新文化滋長期瑣憶〉（三）一文，說該刊一共出了四卷五期，想是誤記，香港大學馮平山圖書館期刊室所藏是四卷六期，出版日期是一九三六年八月十五日。

20 〈本刊重要啟事〉，載於《紅豆》第四卷第六期，一九三六年八月十五日，封面背。

雖然啟事中說「俟圓滿解決再與讀者相見」，可是，這一停就沒有再出版。不過，它已是香港早期新文藝雜誌的典型代表了。

一九三五年一月一日，由易椿年、張任濤、侶倫、盧敦任編輯的《時代風景》創刊，無論在編排，格調方面，均接近上海同時期出版的純文學雜誌，雖然只出了一期，但也說明了青年文藝工作者的足跡不絕。

以上一段敘述大概可反映「盧溝橋事變」前的本港新文藝面貌，及本地文藝陣營情況，但一九三七年七月以後，情況就有急劇改變，而本港新文藝也就轉入一個全新時期了。

（二）中國新文藝界入主，取得領導地位：

一九三七年開始，中國局勢動盪，不少作家南來，鼓起本港新文壇一陣波浪。由本地文化人為主召開的「文藝界茶話會」，早在一九三六年已經經常舉行，由於港滬文化人聚首就顯得更熱鬧了。這些茶話會，歡迎國內文化人的聚會，參加的人很多，可以說是一九三九年三月二十六日「中華全國文藝界協會香港分會」成立之前，本港文藝界較具規模的活動。一九三七年五月二十七日成立的「香港中華藝術協進會」也以本地文化人為主要成員，但活動卻不見太多。

一九三七年七月中日戰爭開始，十一月上海淪陷後，本港即成中國文化人的集散地，他們有些路過，以香港為轉赴後方的中途站，例如章乃器、郭沫若（郭開貞，1892–1978）等。

逃避戰火，以香港為暫居之所的，例如蕭紅（張迺瑩，1911–1942）、施蟄存（1905–2003）、端木蕻良（曹漢文，1912–1996）、葉靈鳳（葉蘊璞，1905–1975）等。有些以香港為主要宣傳基地，辦報及從事出版事業的，例如范希天（范長江，1909–1970）、薩空了（薩音泰，1907–1988）、成舍我（1898–1991）、金仲華（1907–1968）、茅盾（沈德鴻，1896–1981）、戴望舒（戴夢鷗．戴朝寀，1905–1950）等[21]。他們這一來，有點排山倒海的姿態。出版的雜誌及辦的報紙均帶給本港讀者一種全新印象。特別是幾份報紙的文藝副刊，例如茅盾、葉靈鳳先後主編的《立報．言林》（一九三八年四月一日創刊），戴望舒主編的《星島日報．星座》（一九三八年八月一日創刊），蕭乾（1910–1999）、楊剛（楊繽，1905–1957）先後主編的《大公報．文藝》（一九三八年八月十三日創刊），陸浮、夏衍（沈端先，1900–1995）先後主編的《華商報．燈塔》（一九四一年四月八日創刊）更刊登許多中國著名作家的作品。由作家主編的文藝或綜合雜誌，也紛紛出版，例如陸丹林主編的《大風》（一九三八年三月五日創刊），周鯨文（1909–1985）主編的《時代批評》（一九三八年六月十六日創刊），金仲華主編的《世界知識》（一九三八年八月創刊），端木蕻良主編的《時代文學》（一九四一年六月一日創刊），茅盾主編的《筆談》（一九四一年九月一日創刊）。單看以上的陣容已可想見當時文藝發展的盛況，蕭紅

21 一九三七年來港的著名中國文化人超過二百人，詳見盧瑋鑾碩士論文〈中國作家在香港的文藝活動（一九三七—一九四一）〉的附錄部份。

在香港的創作[22]，茅盾的文藝活動[23]，戴望舒、許地山（許贊堃，1893–1941）對新文藝的大力推動，均使本港文藝園地放出異彩。

此外，端木蕻良、夏衍、郭沫若、胡風（張光人，1902–1985）、葉靈鳳、歐陽予倩（1889–1962）、司馬文森（1916–1968）、馬國亮、林煥平（1911–2000）、黃藥眠（黃訪，或黃桄，1903–1987）等均在港留下不少作品。在中國新文學史裏，香港應是不可略去的部份，可惜，他們來去匆匆，許多離港時更因逃難，並沒有把印在報上的作品帶走，日後單憑記憶，又無法找到這些作品，使他們在創作史上欠去重要一筆。這個時期，有一個很值得注意的地方，就是本來在前期活躍的本地作者，竟然「消失」了，沒有作品，也不再出版刊物，連本來十分流行的茶話會也不再舉行，一九三八年組成的「中華全國文藝界協會香港分會」及「中國文化協進會」的活動，也不見本港作者參加。大概國內作家的寫作水準的確高，以「君臨」姿態來港，使本地作家失色了。

而部份作家更改了筆名，寫起迎合一般讀者口味的通俗流行小說來，黃天石改名傑克，張吻冰改名望雲，就是典型例子。

22 詳見盧瑋鑾：〈蕭紅在香港發表的文章——《蕭紅已出版著作目次年表》補遺〉，載於《抖擻》第四十四期，一九八〇年九月，頁45。

23 詳見盧瑋鑾：〈茅盾在香港報刊（一九三八——一九四一）上發表的著作〉，載於《抖擻》第四十四期，一九八一年五月，頁41–46。

國內作家的到來，使本港成為中國新文藝發展的一環節，在他們領導下，掀起一陣高潮，這些活動，一直維持到一九四一年十二月，香港淪陷，才告結束。

結語

近年來，我憑個人微薄能力，在公餘時間來追尋香港早期文藝活動資料，遇到的困難極多，包括個人的識力不足，時間有限，資料欠缺，所以遲遲沒有辦法把一個全貌整理出來。這一次答應香港市政局公共圖書館作這個講題，也只不過勉力而為作個起步，希望能引起有心人的關注，給予訂正及補充。更希望多些人從事這項研究，好讓香港新文學史早日寫成，這才不枉早期開拓者艱辛耕耘之功，亦可見香港與中國在文化上骨肉相連的關係。

由於一向以來，香港不重視文化資料的蒐集，研究工作每苦於資料缺乏，為了補救缺失，希望有關當局及熱心人士籌設「新文藝資料中心」，由專人負責收集及整理，訪問老一輩作家及當年曾參與其事的前輩，請他們提供寶貴的回憶紀錄。相信這是極有意義的工作。

最後，謹向香港大學馮平山圖書館期刊室及孔安道紀念圖書館的工作人員，前輩侶倫先生，李育中先生及陳君葆先生致謝，他們的幫助和指導，使我完成本文。

一九八三年八月初稿　一九八三年十二月修訂

——原載於《星島晚報》，一九八四年一月二十五日，二十版；一九八四年二月四日，十一版。

香港文藝界紀念魯迅的活動紀錄

前言

一九三七年以前[1]，香港文化可以説是中國傳統文化的延續，加上政治環境特殊，形成一種阻礙新文學發展的勢力，使香港新文學發展遭逢重重困難[2]。故魯迅在一九二七年二月，到香港演講，遇上「釘子之多，不勝枚舉」[3]，實在不足為奇。

一九三六年十月十九日，魯迅逝世，香港文化界舉行了規模不小的追悼會，以後每年均有或大或小的魯迅逝世周年紀念活動。這些紀念活動，足以反映當時的政治、文藝氣候。現試就手頭僅有資料，把一九三六年至一九四一年，六年間香港紀念魯迅的情況，作較扼要的介紹，以便窺見本港當時的新文藝活動的部份面貌。

---

1 以一九三七年為界，是因一九三七年後，大量中國文化人來港，特別如著名作家戴望舒、茅盾、端木蕻良、蕭紅、夏衍等，帶來新文學風氣，他們的文藝活動，使香港文壇呈現新貌。

2 詳見林下風：〈香港新文化滋長期瑣憶〉，載於《海光文藝》第八期，一九六六年八月，頁50–53；林下風：〈香港新文化滋長期瑣憶〉（三），載於《海光文藝》第十期，一九六六年十月，頁44–47。

3 魯迅：〈致章廷謙〉，《魯迅書信集》上卷，北京：人民文學出版社，一九七六年，頁125–130。

一九三六年
《大眾日報》

一九三六年十月十九日魯迅在上海病逝，本港報紙多刊出這項消息，就能見到的報紙顯示，反應得熱烈的是《大眾日報》[4]。十月二十日，第一張二版上，即以「中國的高爾基魯迅昨晨在滬逝世」為標題，刊登了魯迅逝世消息及其傳略。第二天，該報社長任畢明在第二張八版的〈讀報偶語〉專欄中，以〈悼魯迅先生〉為題，盛稱魯迅：

> 不但是中國文壇的巨人，而且是一個東方弱小民族革命鬥爭的領導者。[5]

到了十一月一日，副刊〈大眾動向〉以整版篇幅刊出〈追悼魯迅先生特刊〉，並發出〈徵文啟事〉[6]，以後十多天，便得稿件百餘篇，前後共四期，才把選出的稿件刊畢[7]。該刊編輯康康認

---

4 據《魯迅先生紀念集》（評論與記載）附錄五〈承寄到的關於各地刊載魯迅先生逝世消息及追悼情形的報章〉，魯迅紀念委員會編印：《魯迅先生紀念集》，上海：上海書店複印，一九七九年，頁37–41。）香港報章刊出消息的有：《循環日報》、《珠江日報》、《超然報》、《港報》、《大眾日報》。據香港大學馮平山圖書館期刊室所藏報紙，則《華字日報》、《工商日報》也有篇幅相當的記載。其中《工商日報》更於十月廿一日，一張二版刊出社論〈魯迅死了〉，對魯迅十分同情，同時也乘機責罵「中國人最拿手的把戲……只曉得排擠。」但比較之下，仍以《大眾日報》的報道最詳盡，表現最熱烈。《大眾日報》創刊於一九三四年，為陳銘樞資本所辦。

5 畢明：〈悼魯迅先生〉，載於《大眾日報》，一九三六年十月二十一日，二張八版。

6 〈《大眾日報．大眾動向》〉編者：〈關於特刊的話〉，載於《大眾日報．大眾動向》第一〇二期，一九三六年十一月十一日，四張。

7 該特刊共分四期刊畢，即分別刊於〈大眾動向〉第九十五、一〇〇、一〇一及一〇二期，一九三六年十一月一、九、十、十一日。共收文章十二篇，略傳一篇，詩歌三首。但不屬特刊的悼念文章、詩歌，尚有三篇，分別刊於〈大眾動向〉第九十三及一〇四期，一九三六年十月三十日及十一月十六日。

為魯迅：

是主張抗日救國的，是主張以民族革命戰爭來消滅戰爭，鞏固世界和平的和平主義者，……因此，我們追悼魯迅先生，需要認識在今天追悼的意義重大。更要堅定地勇敢地接受其遺志，促進民族陣線之鞏固與迅速建立太平洋的集體安全制度，與世界上一切惡劣勢力奮鬥。……[8]

此外，屬〈大眾動向〉的專刊，如〈新文字周刊〉[9]、〈新文化周刊〉[10]均有悼念文字。到了十一月十二日，該報更於第二張第五版以整版篇幅刊出十一日舉行的追悼大會實況，標題為：

血奔　人湧　這是中國之聲　港文化界魯迅追悼大會

紀念魯迅者要拿起他的長槍繼續向敵人刺

一切革命者的血應為中國民族解放而交流

是目前能見記錄當日情況最詳細的紀錄。

8　康康：〈在和平節裏悼念魯迅〉，載於《大眾日報．大眾動向》第一〇二期，一九三六年十一月十一日，四張。

9　〈新文字周刊〉，由「新文字周刊社」主編，提倡新文字。

10　〈新文化周刊〉由「新文化社」主編，提倡世界語。

香港文化界追悼魯迅大會

文藝團體中，以「香港文藝協會」[11]最早向上海「魯迅先生治喪處」致哀唁。

由於香港文化界團體鑒於個別開追悼會，申請開會批准並不方便，且為表示鄭重起見，就由「香港文藝協會」發起，聯合各文化團體，召開「追悼魯迅先生大會」。十月廿三日由「香港書畫文學社」社長杜其章[12]親向華民政務司署取得開會准許證後，便立刻組成籌備委員會。參加籌備的團體共七個：「香港文藝協會」、「香港書畫文學社」、「香港歐美同學會」、「香港中華青年會」、「香港新聞通訊社」、「九龍中華教育會」，「九龍美術專門學院」。各社代表在一九三六年十月廿七晚在青年會召開首次聯席會議，決定大會日期為十一月十一日，並選出追悼大會的各部工作人員，名單如下：

總務：杜其章

會計：曾其佳

11 該會為旅港青年文藝界所組織，以「聯絡友誼，研究文藝創作方法」為宗旨，成立於一九三六年九月。主要成員有杜衡、穆時英（1912–1940）、杜格靈、王少陵、劉火子、李育中、李晨風等人。該會主要活動是舉行文藝茶話會，並向《大眾日報》及《大光報》借用副刊，出版〈集體文學〉及〈文藝陣線〉兩個雙周刊。

12 杜其章（1897– 1942）：為香港富商及社會名流，曾任東華醫院總理、保良局總理。又於一九二七年創立「香港書畫文學社」，為永遠社長。一九三七年創立「香港文化事業社」任董事長，及任「中華藝術協會」主席兼顧問。是三十年代中葉，香港文化界活躍分子。

交際：張任濤、劉火子

宣傳：唐碧川、周延

佈置：張路球

文書：李育中（1911–2013）

經五次籌備會議後，一切工作準備就緒，在十一月四日，《大眾日報》第二張第八版上刊出〈追悼魯迅大會徵稿啟事〉，由宣傳部負責編印特刊。

一九三六年十一月十一日上午九時，「追悼魯迅先生大會」在青年會禮堂舉行，這正是一九二七年魯迅來港演講的地點。會場兩旁掛滿輓聯，正面掛魯迅像，左右懸「民族革命鬥士」、「國際文學導師」一聯，及大會輓聯一對[13]。當日主席團由籌備七團體，另加培德中學代表組成，主席團主席為杜其章。追悼儀式開始，由鐘聲銀樂隊奏哀樂，唱追悼魯迅歌[14]、獻花、默哀三分鐘。繼由杜其章致開會辭，黃燕清致哀悼辭，劉火子報告籌備經過，厲厂樵報告魯迅行狀，來賓黃季陸（1896–1985）、任畢明、吳邁、江公懷、潘範菴、張文生、梅桂繁、孫源等致辭。並由劉火子報告籌辦魯迅文學獎金及捐款建築魯迅銅像、紀念學校提案，

13 見附錄一。

14 見附錄二。

又通電國內，呼籲「團結抗日」。最後奏哀樂及唱悼念歌，大會遂在「悲壯激昂」情況下結束。[15]

由於費用超出預算，在開總結會時，杜其章答應負責補足不敷之數。[16]該會刊行的紀念特刊和紀念卡片，在當日會場分派，參加者均可獲得，可惜圖書館並無收藏，故不知道內容如何。如有人保存這些東西，實為最珍貴的資料。

香港大學

自一九三五年，許地山就任香港大學中文學院主任教授後，對一向着重經史的中文學院課程大加改革，更針對香港特殊環境，強調中文學院的「溝通中西文化」任務[17]，使香港大學中文學院學生開始擴闊學習領域，而許氏本身是「文學研究會」發起人之一，對新文學發展支持甚力，故在任期間，香港大學中文學院學生才較多參與新文學活動。

魯迅逝世後，十一月一日上午十時，該學院在香港大學馮平山圖書館舉行了「魯迅追悼會」。當日出席的學生約四十人。會場佈置，除中央置魯迅遺像外，左右各有花圈一個，及

15 〈追悼魯迅會結束〉條，載於《大眾日報》，一九三六年十一月十三日，二張八版。

16 同注15。

17 馬鑑：〈許地山先生對於香港教育之貢獻〉，全港文化界追悼許地山先生大會籌備會編印：《追悼許地山先生紀念特刊》，出版地、出版社不詳，一九四一年九月二十一日，頁11–13。

「香港大學學生會」致送輓聯一對[18]。儀式中，馬鑑（1883–1959）及許地山分別演講，馬氏講題為〈魯迅先生之生前事跡〉，許氏講題為〈魯迅先生對於中國新文學之貢獻〉。會後並於圖書館內陳列魯迅遺作以備到會者參觀。

一九三七年

魯迅逝世，在香港這個傳統文化勢力相當鞏固的地方，竟引起波動、反應，相信除了魯迅本身的成就，深得國人尊重外[19]，《大眾日報》及「香港文藝協會」的推動也是主要原因。自龐大的追悼會過後，紀念氣氛漸淡，在會中提出的議案，也不見切實執行。到一九三七年三月，一個學生文藝組織「學生生活社」在《大眾日報》的〈學生生活〉第九期中，刊出〈請捐助魯迅紀念金〉一文，就感慨說：

> 本港文化界同人也曾經舉行過嚴肅的追悼會，通過了募集紀念獎金，建造紀念銅像的提案，事至如今，也不覺已數月。現在我們所以特別把這事情冉提起，卻是自從開過了那

18 該輓聯見本文附錄一。該輓聯於十一月十一日全港「文化界追悼魯迅大會」中亦懸出。

19 這點可從香港報章報道他逝世消息時所用字眼可見。連當時立場相當保守的《華字日報》也用上「中國文壇失一瑰寶」、「我國文壇重大損失左翼作家魯迅逝世」等標題。

次會以後，我們這裏魯迅先生的生徒們好像是忘記了這一回事了！這是多麼慚愧的一件事啊！[20]

這一年日軍大舉侵華：七月「盧溝橋事變」、八月日軍侵犯上海、十一月上海淪陷，緊接中國、鄰近日本、地位特殊的香港，難免人心惶惶[21]。雖然五月「中華藝術協進會」成立，十月「香港文化界座談會」成立，十一、十二月間，中國文化人如郭沫若、鄒韜奮（1895–1944）、章乃器、蔡楚生（1906–1968）、沈西苓（1904–1940）、郁風（1916–2007）、林林（林仰山，1910–2011）等紛紛南下來港，一時使本港儼然成為「新文化交通站」[22]。但由於一切在變動中，特別在十一月前，各組織根基未穩，故新文藝界沒有具規模、有計劃的活動，在報上看不見紀念魯迅逝世一周年的消息。一年前反應最熱烈的《大眾日報》副刊[23]，竟到十月廿七日，才以「編者附注」形式，說：

十月十九日，是魯迅先生的逝世周年紀念日，在百忙中，這痛悼的紀念日，竟給忘記過去了，真太對不起這位文壇的巨人。[24]

20 學生生活社：〈請捐助魯迅紀念金〉，載於《大眾日報．學生生活》第九期，一九三七年三月十三日，二張七版。

21 情況可見於當年報紙報道，及馬國亮：〈八一三在香港〉，載於《大風》第二期，一九三八年三月十五日，頁48–49。

22 杜埃：〈關於建立文化交通站的問題〉，載於《大眾日報．大眾呼聲》，一九三七年十二月三日，二張六版。

23 《大眾日報》副刊，在一九三七年五、六月間變動很大，原來積極活躍的〈大眾動向〉取消了，編者也換了人，情況顯得十分混亂。

24 該〈附注〉附於〈上海市文化界救亡會魯迅逝世周年紀念宣傳大綱〉前刊出，載於《大眾日報．大眾副刊》第一四三期，魯迅逝世周年紀念，就在人「遺忘」中過去了。

一九三八年

一九三八年，可以說是本港文壇呈現新貌的一年。自上海淪陷後，文化人紛紛南來。他們急切在香港建立文化新基地，部份上海報刊亦轉到香港復刊。三月一日《申報》港版發刊，四月一日《立報》港版創刊，八月一日《星島日報》創刊，八月十三日《大公報》港版發刊。作家如茅盾、戴望舒、蕭乾、楊剛主持報紙文藝副刊編務，使本港讀者耳目一新。文化界每月舉行座談會，謀求集中力量，支持抗日。[25] 故文藝活動顯得活躍而多樣化，也往往與抗日宣傳配合。十月的魯迅逝世兩周年紀念，更應是他們注意力集中的一項活動。

在一九三八年十月九日晚上，茅盾以顧問身份，應「香港中華藝術協進會」[26]「文藝組」

一九三七年十月二十七日，二張七版。

25 自一九三八年二月開始，留港文藝界及本港文藝界每月均舉行座談會。戴望舒、蕭乾、徐遲、穆時英、簡又文（1896–1978）、陸丹林、孫寒冰（1901–1940）、王紀元、馬國亮等均出席，是一九三九年三月，「中華全國文藝界協會香港分會」及一九三九年九月「中國文化協進會」成立之前，較具規模的文藝界定期活動。

26 「香港中華藝術協進會」成立於一九三七年五月二十七日，杜其章為發起人，以提倡藝術為宗旨，組織內設文藝組，從事創作研究，成員以香港美術界及文藝界為主。有關此會組織及活動，將另文介紹。

的邀請，出席座談會。當晚討論主題是〈怎樣紀念魯迅〉，茅盾席中發表了〈學習魯迅〉的演講[27]，遂掀起香港文藝界「紀念魯迅逝世兩周年」活動的序幕。

以「香港中華藝術協進會」名義制定的紀念工作大綱，題為〈如何紀念偉大的導師——魯迅〉[28]，先後在《立報》及《大眾日報》刊出。而〈召集魯迅紀念大會緣起〉也在十月十九日，《大眾日報．文化堡壘》第二十三期的〈魯迅紀念會專號〉中刊出。其中發起人具名的包括宋慶齡（1890–1981）、何香凝（1877–1972）、許地山、茅盾、陽翰笙（歐陽繼修，1902–1993）、歐陽予倩、吳涵真、金仲華、鄧志清等二十一人及「香港中華藝術協進會」。該〈緣起〉強調：

> 當此中華民族與侵略主義作殊死戰以求解放獨立之嚴重關頭，追念魯迅先生之生平事業，繼承其未竟遺志，意義之重且大，非言可喻。

而代蔡元培（1868–1940）為紀念會主席的陽翰笙，在開會致辭中說：

---

27 消息見〈會務報告〉條，載於《大眾日報．文化堡壘》第二十二期，一九三八年十月十二日，二張六版。遊子筆記的講稿，分別載於《大眾日報．文化堡壘》第二十二、二十三、二十四期，一九三八年十月十二、十九、二十六日，二張六版。

28 〈如何紀念偉大的戰士——魯迅〉條，載於《立報．言林》。一九三八年十月十七日，二版。〈如何紀念偉大的導師——魯迅〉條，載於《大眾日報．文化堡壘》第二十三期，一九三八年十月十九日，二張六版。二文題目不同，內容則一，均以「香港中華藝術協進會」名義發出。

> 魯迅的一世，是戰鬥的一生！從開始文化活動直至最後呼吸的一口氣，他都沒有放棄他底戰鬥的任務！……現在漢口危逼，廣州也在九天之內完了，在這種情況之今天，我們應如何去紀念他呢？最重要的是：我們要學習魯迅先生的不屈不撓的戰鬥到底的精神！……在他生前，他極力主張建立之民族革命的統一戰線，今日我們紀念他，我們便應鞏固統一戰線……。[29]

均足反映這次紀念活動實與「抗日統一戰線」配合。

紀念會本來準備在十九日舉行，但因「時間倉卒，一時不及普遍通知」[30]，延期至廿二日。

大會預定的主席團名單是：

宋慶齡、蔡元培、何香凝、周啟剛、許地山、陽翰笙、茅盾、歐陽予倩、陳伊範、簡又文、杜其章、譚世藩夫人、婦女兵災會王孝英，中國記者公會代表。

到了二十二日下午開會時，由陽翰笙代缺席的蔡元培任主席。茅盾擔任報告魯迅生平事略，來賓演講的有：陳伊範、許地山、杜其章、陸禮華。大會又因聞魯迅上海寓所失火，還打了電報給許廣平（1898–1968）慰問致意。

---

29 劉寧：〈莊嚴肅穆，香港文化界紀念魯迅〉，載於《大眾日報》，一九三八年十月二十三日，一張三版。

30 〈紀念魯迅，廿二日在孔聖堂舉行隆重紀念會〉條，載於《立報》，一九三八年十月十九日，三版。

以上的資料，是根據一九三八年十月二十三日，《大眾日報》記者劉寧的紀錄[31]，其他報紙如《大公報》、《立報》、《星島日報》的紀錄多不詳細。這個本港首次較具規模的魯迅逝世紀念活動，卻有一段不大不小的「枝節」，從中足以透露了當時的某些「矛盾」。

大會後三天《大公報．小公園》刊出了葉式凝〈參加了魯迅先生紀念會之後〉一文[32]，指摘大會不守時，到下午二時十分還沒舉行[33]。這文章本來只是指摘不守時的不良習慣，但卻引來一個意外反應。就是三天後，身為具名發起人，又是主席團成員的許地山，在《大公報》上發表了〈關於魯迅先生紀念會底「不守時刻」〉一文[34]，他除了解釋自己遲到的原因外，竟然揭露了：

> 那個紀念會到底是甚麼「文化界」，那位「文化人」最初發起，我實在不知道，……主席團裏底人員當中，或者有人還不知道魯迅是何許人……，我要驚訝香港還有許多文化團體都沒有參加……。

---

31 同29。

32 載於《大公報．小公園》第八二一期，一九三八年十月二十五日，二張八版。

33 依《大眾日報》、《大公報》、《星島日報》、《立報》，一九三八年十月二十二日發出的新聞稿，該會是「下午一時正」開始的。

34 載於《大公報．文藝》第四三一期，一九三八年十月二十八日，二張八版。

這究竟是大會負責人通知不周到，還是許地山自己誤會了，這畢竟是大會活動以外的一段小插曲。

一九三九年

一九三九年，中國文藝界人士來港更多，人才薈集。代表左右翼兩大陣營的兩個文藝團體：「中華全國文藝界協會香港分會」（以下簡稱「文協」），及「中國文化協進會」分別在三月、九月成立。但由於香港政府對華文報紙、某些社團活動，特別是含政治意味的活動管制頗嚴[35]，故較大型的集會不易獲得批准。有些時候，某些活動得在半隱蔽情況下舉行，例如「文協香港分會」成立那天，負責人許地山就再三叮囑新聞記者不要把集會地點公開。[36]

35 香港政府對左翼活動及抗日宣傳均有顧忌，這從檢查華文報紙法例中可見。一九三六年十月一日，華民政務司向報界傳達政府嚴禁刊登的四項內容：

（一）凡於效忠大英帝國之事而有所紊亂者。

（二）可損害英國對於中國或其他友邦之友誼者。

（三）所有宣傳共產主義之文字。

（四）凡屬挑撥文字以致擾亂治安者。

見於〈「言論自由」尚待努力，港督改善華報檢查四辦法〉條，載於《大眾日報》，一九三六年十月三日，二張八版。

36 黎夫：〈伙伴們！我們的旗子〉，《青年與文藝》，上海：耕耘出版社，一九四二年，頁146–162。據該會成立後一日，即一九三九年三月二十七日，各報所刊新聞稿，果不見開會地點。

在文藝界活動進入高潮一年，魯迅逝世三周年紀念會，理應比上年更大規模才對，但事實並不如此。十月十四日，《大公報》、《立報》、《國民日報》、《星島日報》發出新聞稿，報道「文協香港分會」、「中國文化協進會」、「中華全國漫畫界協會香港分會」（以下簡稱「漫協」）、「中國青年新聞記者學會香港分會」、「業餘聯誼社」等團體代表議決在十九日舉行「魯迅逝世三周年紀念會」，但「地點則尚未決定」。直到十九日，《立報．言林》刊出開會消息一小則，也沒提開會地點，文末並列明「參加者以會員為限」[37]。到了十月二十日，只有《大公報》用較長篇幅記敘這次紀念活動情況，文中仍沒提及開會地點，只說「會場在操場裏」[38]。出席該會的人計有戴望舒、葉靈鳳、劉思慕（1904–1985）、陸丹林（1897–1972）、林煥平、喬木（喬冠華，1913–1983）、馮亦代（1913–2005）、袁水拍（1916–1982）等。由劉思慕當主席報告籌備經過及紀念魯迅的意義。此外，演講者還有林煥平、陸丹林。另有新從陝北回港的《救亡日報》記者葉文津，報告延安「魯迅學院」的動態。餘下來還有「業餘聯誼社」的歌詠隊演唱、溫功義朗誦袁水拍的短詩，「螞蟻孩子劇團」的話劇。

37 〈今晚舉行魯迅紀念晚會〉條，載於《立報．言林》，一九三九年十月十九日，二版。

38 〈魯迅先生三年祭．來港文化界昨聯合紀念．多人到會．群情嚴肅熱烈〉條，載於《大公報》，一九三九年十月二十日，六版。

這會在半公開半隱蔽情況舉行，規模並不龐大[39]，但並不表示紀念行動受到遏止，因為紀念文字及特刊很多，其中以《星島日報》篇幅最多。在十八日的〈星座〉第四二七期刊出〈魯迅先生三周年紀念特輯〉[40]，另商借十九日的〈畫刊〉版，刊出〈特輯〉第二部份[41]，包括魯迅照片十一幀。在第九版的〈青年記者〉[42]第四十號中，也刊出〈魯迅先生三年祭特輯〉[43]。此外，《立報．言林》[44]、《大公報．文藝》[45]、《大眾日報．青年新地》[46]均有紀念專號。

本年紀念行動中，最具深厚意義，應是由《大公報．文藝》編者楊剛，為紀念魯迅，在十九日下午三時召開的座談會。論題為〈民族文藝的內容與技術問題〉，應邀出席的留港文

39 雖然一九三九年十月二十日，《星島日報》版四的新聞標題是〈魯迅逝世三周年，文化界聯合紀念，數百文化人昨舉行晚會〉，但據刊出圖片看，規模實在不大。

40 〈魯迅先生三周年紀念特輯〉，載於《星島日報．星座》第四二七期，一九三九年十月十八日，十版。

41 〈魯迅先生三周年星座紀念畫輯〉，載於《星島日報》，一九三九年十月十九日，十版。

42 〈青年記者〉創刊於一九三九年一月一日，附於《星島日報》中，由「中國青年新聞記者學會香港分會」主編。王文彬：〈長江對中國新聞事業的貢獻〉，載於《新聞研究資料》第一輯，一九七九年八月，頁92–94，提及〈青年記者〉創刊日期為一九三八年一月一日，實誤。

43 〈魯迅先生三年祭特輯〉，載於《星島日報．青年記者》第四十號，一九三九年十月十九日，九版。

44 載於《立報．言林》，一九三九年十月十九日，二版。該版並無標題為紀念魯迅專號，但全版內容均以紀念為主。

45 〈魯迅先生三年祭〉(一)、(二)，載於《大公報．文藝》第七一九、七二〇期，一九三九年十月十八、二十日，二張八版。

46 〈魯迅先生逝世三周年紀念〉，載於《大眾日報．青年新地》第十、十一號，一九三九年十月十九、二十二日，四版。

藝界有：許地山、黃鼎、劉火子、陳畸、岑卓雲、黃文俞、田家、陳東、郁風、宗玨、曾潔孺、劉思慕、沙威、林煥平、林蒲、麥穗、張君幹、楊剛、葉文津、余順彬、李馳二十一人。

該座談會的所得結論包括下列三點：

> 第一，民族文藝是現階段和中國文藝的將來所必要的一條路，牠是抗戰的，反漢奸的，大眾的，有中國民族特性的。
>
> 第二，牠的內容是抗戰的現實，大眾的生活（包括光明和暴露兩方面），要有中國的典型環境與典型個性。
>
> 第三，利用各種舊形式和外來形式，創造新的民族形式，要適合於群的內容的形式，要敘述大眾生活的，紀錄現實的詩和散文。[47]

可見完全配合「重慶中心文壇」[48]，「民族形式」文藝論爭精神。在此之前，香港文藝界討論「民族形式」問題的文字很多，但這座談會可說是討論問題結束前的高潮。會後，《大公報．文藝》就有〈創造文藝民族形式的討論〉專題篇幅，而《立報》、《星島日報》、《國民日報》均參與這討論。

47 〈「文藝」魯迅紀念座談會記錄〉條，載於《大公報．文藝》第七二三期，一九三九年十月二十五日，二張八版。

48 此詞據藍海：〈文藝理論的發展〉，《中國抗戰文藝史》，上海：現代出版社，一九四七年，頁146–164。

一九四〇年

魯迅六十誕辰紀念

香港文藝界紀念魯迅的活動，除了魯迅逝世的追悼會外，相信規模最大，應是「魯迅六十誕辰紀念會」了。早在一九四〇年六月，本港文藝界已接得上海文藝界建議，擬發動大規模紀念儀式。本港文化團體：「文協香港分會」、「中國青年新聞記者學會香港分會」、「政府華人文員協會」、「漫協」、「中華全國木刻協會香港分會」（以下簡稱「木協」）、「業餘聯誼社」，「以國難方殷，正宜發揚魯迅先生之精神」[49]，決定響應上海號召，於八月三日[50]舉行大規模紀念活動。

此次活動可分下列三部份：

（一）木刻展覽

該展覽由「文協」、「漫協」、「木協」聯合主辦。會場設於堅道二十號地下[51]。展出木刻

49 〈文化情報〉條，載於《立報．言林》，一九四〇年六月二十一日，二版。

〈港文化團體紀念魯迅誕辰〉條，載於《大公報》，一九四〇年七月二十七日，二張六版。

50 魯迅生於一八八一年九月二十五日，農曆八月初三，此次以西曆八月三日為慶祝日期，其故不明。

51 此乃「中華中學」校址。校長黃祖芬是名報人黃冷觀之子，黃祖耀（黃苗子，1913–2012）之兄，一九三八年一月後，繼其父任校長，常熱心借出校址給「文協」、「木協」、「漫協」舉行各種活動。

作品近百點，另有三年來木刻家抗日宣傳作品、木刻專集、木刻刊物、私人珍藏西洋木刻圖籍數十種及木刻運動史料百餘件[52]。此次為本港第一次木刻展[53]，因參觀者眾，會期由三天延至五天。

（二）紀念大會

三日下午三時正，「紀念大會」在加路連山的孔聖堂舉行。台上以黑布為幔，上懸國黨旗、總理遺像及魯迅巨幅畫像。主席許地山致開會辭後，由蕭紅報告魯迅事跡，張一麐（1867–1943）演講，長虹歌詠團演唱，徐遲朗誦魯迅作品五篇[54]。是日參加者約三百餘人。

（三）紀念晚會

三日晚七時三十分舉行的紀念晚會，地點仍在孔聖堂，由「文協香港分會」的詩歌組、音樂組、戲劇組主辦，並由「漫協」、「業餘聯誼社業餘劇團」協辦。節目包括：

52 〈本港文化界今日紀念魯迅誕辰〉條，載於《大公報》，一九四〇年八月三日，二張六版。

53 初俊：〈關於第一次木展〉，載於《國民日報．木刻與詩》第十二期，一九四一年二月二十四日，八版。

54 〈本港文藝團體昨紀念魯迅誕辰〉條，載於《大公報》，一九四〇年八月四日，二張六版。
郡嬰：〈紀念巨人的誕生，加山孔聖堂昨天一個盛會〉，載於《星島日報》，一九四〇年八月四日，三張三版。
子燮：〈紀念魯迅先生六十誕辰〉，載於《立報》，一九四〇年八月四日，四版。

話劇——《阿Q正傳》，田漢編劇，李景波導演，並自演阿Q一角。

啞劇——《民族魂魯迅》，馮亦代與「文協」、「漫協」同人集體參照蕭紅所作同名劇本改編，並集體演出。[55]

話劇——《過客》，魯迅原作，馮亦代導演。

魯迅逝世四周年紀念

大規模的魯迅六十誕辰紀念活動過後兩個月，魯迅逝世四周年紀念會就顯得簡略了。十月十九日，「文協香港分會」、「漫協」、「中國青年新聞記者學會」、「業餘聯誼社」聯合舉行紀念會，地點原定在堅道十三號A「文協」會址，但因參加者多，臨時借用附近「中華中學」的三樓大廳。紀念儀式十分簡單，先由主席林煥平致辭，再請剛抵港的胡愈之（1896–1986）及梁若塵演講，最後由「業餘聯誼社」同人朗誦魯迅的《過客》，集會便告結束。[56]

55 馮亦代：〈啞劇的試演——民族魂魯迅〉，載於《大公報》，一九四〇年八月十一日，二張八版。

56 功義：〈魯迅先生四年祭〉，載於《大公報》，一九四〇年十月二十日，二張六版。

一九四一年

一九四一年，一月「皖南事變」後，大批左翼文化人「轉移」來港，強調它是「文化據點」[57]，文化活動更見「熱鬧」。四月《華商報》創刊、五月《大眾生活》復刊、六月《時代文學》創刊、九月《光明報》創刊，使本港新文化空氣盛極一時。但同時，本年左右翼關係也由從前的「貌合神離」轉為尖銳鬥爭，例如《國民日報》公開正面與《華商報》、《星島日報》發生衝突。至五月三十一日，金仲華、邵宗漢、羊棗（楊廉政，1900–1946）、郁風離開《星島日報》[58]，鬥爭更烈。

魯迅逝世五周年紀念，就在這種緊張氣氛下舉行。這是由「文協香港分會」單獨主辦的紀念晚會，會場在德輔道西「福建商會義學」[59]，當晚參加者約二百人：

57 「皖南事變」（一九四一年一月七日）後，中共黨中央大規模疏散文化人的情況，在近年追思、回憶文章中可見。例如：戈寶權（1913–2000）：〈憶葉以群同志二、三事〉，《往事與哀思》，上海：上海文藝出版社，一九七九年，頁318–323。

58 金仲華、邵宗漢、羊棗、郁風：〈告別讀者〉，載於《星島日報》，一九四一年五月三十一日，一張三版。

59 翁靈文：〈懷端木蕻良〉，載於《大任周刊》第二十三期，一九七六年二月二十六日，頁31，謂「魯迅逝世五周年，香港幾個文藝團體在銅鑼灣孔聖堂聯合舉行一個紀念晚會」，想是誤記。依他形容的晚會內容應是一九四〇年八月，魯迅六十誕辰紀念晚會。

這是一個奇蹟，只憑着少數報紙上刊載着簡短的紀念魯迅晚會的消息，來參加這晚會的男女青年，擠擁在福建商會的四樓上，真是如岡如陵。[60]

文藝界到會的有：馬鑑（主席）、柳亞子（柳慰高，1887–1958）、茅盾、夏衍、林煥平、楊剛、喬木、黃藥眠、徐遲（1914–1996）、袁水拍、郁風等。演講的有馬鑑、柳亞子、黃藥眠。最後由徐遲朗誦〈鑄劍〉，大會便告結束。

——一九八一年八月初稿，原載於《抖擻》第四十六期，一九八一年九月，頁38–45。

一九八六年十月修訂。

【附錄一】

「魯迅追悼大會」輓聯摘錄

國難當中君何可死
救時無策我愧偷生
書畫文學社社長杜其章輓

先生雖死精神永生
漢字不滅中國必亡
香港新文字研究會・香港新文字周刊社同輓

60 加因：〈紀念魯迅晚會〉，載於《光明報》，一九四一年十月二十日，三版。

遺下了千百篇幽默妙文增人快感終無補
算造成幾十年糊塗大夢知汝長眠尚未安
南海畫人鄧芬一哭

光明與黑暗拚命的緊急關頭為甚麼先生竟遽然死去
為真理為自由當本着先生的倔強精神作進一步鬥爭
香港文藝協會敬輓

青眼觀人、白眼觀世、一去塵寰、靈犀頓闇
熱心做事、冷眼做文、長留海宇、鋒刃猶銛
香港大學學生會同人敬輓

【附錄二】

魯迅先生輓歌

你底筆尖是槍尖，刺透了舊中國的臉；你底聲音是晨鐘，喚醒了奴隸們的迷夢。在民族的鬥爭裏，你從不會退後，擎着光芒的大旗，走在新中國的前頭！啊導師，啊同志，你死了，在艱苦的戰地。你沒有死去，你活在我們的心裏；你沒有死去，你活在我們的心裏！你安息吧！啊導師，我們會踏着你底路向前，那一天就要到來，我們站在你底墓前報告你，我們完成了你底志願。

統一戰線中的暗湧——抗戰初期香港文藝界的分歧

前言

香港，這個地當華南地區與外國溝通要衝的小島，由於交通方便，政治環境特殊，已經不只一次成為國際政治敏感地帶。近五十年來，這個以中國人為主的地方，更是左右翼鬥爭、宣傳必爭的據點。所謂政治環境特殊，是由於它是英國殖民地，法例典章一向以英國為藍本，西方重視言論自由、出版自由，香港政府也依樣遵行。戰前，雖然實施新聞出版檢查法例，但比起國內，仍算十分自由。甚麼派系都可在香港辦報或出版書刊，只要先向政府注冊，由具社會地位的名人擔承責任，及繳交兩三千元按金，即可成事。

英國對於中國內部的政治紛爭，一向採取相當曖昧態度，以自利為前提，只作監視而不加干涉。因此，抗戰初期，左翼、右翼、汪派、軍閥如桂系、民主人士，均紛紛在港辦報。而左右派更是兩大陣營，在這彈丸之地展開外表若無其事，內則驚心動魄的鬥爭。現試就幾件具體事例，把這段時期的文藝界分歧，概括地反映出來。

「港澳總支部」和「南方局香港分局」

早在一九三〇年九月「中國共產黨中央六屆三中全會」中，黨中央就決定要在香港建立華南交通總站，南方局在香港銅鑼灣設立了秘密機關及招待所，在九龍上海街設置秘密電台。[1]

到了抗日戰爭開始，在國共合作抗日的呼召下，「抗日統一戰線」形成。左右翼表面雖然同心協力抗敵救亡，但實質，仍嚴守自己的陣線，無時或斷地進行鬥爭。在香港，他們也各自設立據點，各派要員來主持大局。

國民黨主理港澳事務的是吳鐵城，他派陳策擔任「國民黨港澳總支部」的主任委員。[2]在中環亞細亞行二樓，設立了「榮記行」，表面是貿易公司，實際就是支部辦公室，更是宣傳中樞。「榮記行」內設「編審室」，利用津貼款項，招攬留港的文化人，「派他們做委員，寫些海外社論，又出版一些定期刊物，每人拿薪水一百元。」[3]在這編審室中的委員包括：嚴既澄、張孤山、祝秀俠、龍大均、陸丹林、祝百英等，[4]他們常在《國民日報》發表政見，立場顯明。

1 饒衛華：〈我所知道的華南交通總站紅色交通線情況〉，載於《廣州文史資料》第二十四輯，一九八一年十二月，頁28–41。

2 簡又文：〈策叔突圍詳記〉，載於《掌故月刊》第四期，一九七一年十二月十日，頁22–27。

3 林熙（高貞白）：〈連士升在香港的一段日子〉，載於《波文月刊》第四期，一九七四年十一月，頁11–13。

4 高貞白先生一九八一年三月四日口述資料。

共產黨則由廖承志擔任華南局香港分局的負責人，同樣也開辦了一家貿易公司，名叫「粵華公司」，「買賣由東江游擊隊的同志來做。」[5]而另外在中環滙豐銀行四樓，設立了「陶記公司」，負責八路軍的一切捐款事宜。[6]兩派各以貿易為掩蔽，以不同形式，展開鬥爭。

其實，這種掩蔽，也只做給一般不知內情的人看，左右翼的人彼此知道，例如香港淪陷前夕，薩空了到亞細亞行去，就說：

「大家都知道的榮記行就設在這個樓內的二樓，現在陳策也在這裏辦公，他們似乎在進行組織便衣隊，助港當局擾亂敵人的後方，樓裏來來往往的人非常混雜。」[7]

而香港政府，更是一清二楚。何以見得？現不妨舉一例子說明。一九四一年十二月八日，日本偷襲了珍珠港，戰火立刻便波及到香港來了。左右翼負責人也趕忙召開緊急會議，商討應變、疏散問題。但此時，香港政府也分頭與左右派負責人商討對策。據資料顯示，十二月十日，

「港督代表麥都高（Macdougal）、英軍代表博差（Boxer）、警司代表米耶（Mayer）、華民司代表那夫（North）同到亞細亞行晤商討論作戰及治安事宜。」

5 張友漁：〈我和《華商報》〉，載於《新聞研究資料》第十二輯，一九八二年六月，頁18–26。

6 徐遲先生一九八三年二月十二日口述資料。

7 薩空了：《香港淪陷日記》，香港：進修出版教育社，一九四六年。

這是陳策的紀錄。[8]

「大約是十二月十二或十三日，一位澳大利亞籍的英國記者貝特蘭向廖承志同志提出，説香港當局想和中國共產黨在香港的負責人會晤，討論協同保衛港九的問題。這樣，下一天，廖承志、喬冠華和我，和香港總督楊慕琦的代表輔政司（忘其名）以及居間人貝特蘭在香港大酒店三樓舉行了會談。」[9]

這是夏衍的回憶。從這兩件事看，就可見香港政府對兩派活動監視得很嚴，在緊急關頭，還會利用兩派的矛盾，為自利計來討價還價。[10]

自抗戰以來，香港文藝界的暗湧，一波復一波，全都由這兩個機構策動出來。可惜，能找到的資料不多，無法作更深入及更全面的反映。

8 陳策：〈協助香港抗戰及率英軍突圍經過總報告〉，載於《掌故月刊》第四期，一九七一年十二月十日，頁14–21。這是陳策呈報中央原文，從未公開發表。

9 夏衍：〈白頭記者話當年——記香港《華商報》〉，載於《新聞研究資料》第十二輯，一九八二年六月，頁1–17。

10 據夏衍回憶，雙方會談後，沒有下文，那是因為：「英國人有他們自己的想法。他們知道，港九這塊彈丸之地保不住的，讓日本佔了，英美聯軍打敗日本之後，日本還得把香港交還給英國。而一旦中共部隊進入港九，那麼戰爭結束之後，問題就複雜了。」所以，結果還是國民黨在討價還價中，領得「突圍」這份差事。

「中華全國文藝界協會香港分會」和「中國文化協進會」

中國共產黨的抗日統一戰線政策，對文藝界的確產生了廣泛的影響。在民族存亡的關頭，果然有許多文藝工作者肯消除成見、捐棄前嫌，團結起來一致抗日。正因這樣，一九三八年三月二十七日在武漢成立的「中華全國文藝界抗敵協會」，雖然是在共產黨指示下組成，但仍包括了各不同流派的文藝工作者。一九三八年十月，廣州失守，華南地區頓失一重要文化據點，而文化人又雲集香港，這正是建立宣傳陣地的大好機會，所以「文協」總會便議決推定樓適夷、許地山、歐陽予倩、戴望舒、蕭乾籌備建立「文協香港分會」[11]。一九三九年三月二十六日該分會正式成立，國民黨中央立法委員簡又文也寫了文章，提議文人共同努力，「在意志上有共同的大目的『民族至上，國家至上』超過我們私人的意見之異同和感情之愛惡之大原因」下，抗戰救國[12]。真好一派大團結的景象。但由於在第一屆理事選舉中，「喬冠華發表了煽動性的演講後，人心一面倒」[13]，投票結果，簡又文只得了個候補幹事名位，會裏右

11 組織部：〈組織概況〉，載於《抗戰文藝》第四卷第一期，一九三九年四月十日，頁4–5。

12 簡又文：〈文人相重論〉，載於《大風》第三十五期，一九三九年四月二十五日，頁1105–1107。

13 徐遲先生一九八三年二月十二日口述資料。

派代表完全佔不到地位。因此，不到半年，他就受吳鐵城之命，另組「中國文化協進會」了。[14]

簡又文另組文藝團體的理由很牽強，他說：

「當前文化界的大問題和大需要乃是聯合團結和合作共進，……但是聯合共進的團體仍付闕如，……我以為這個團體第一步的進行步驟應得有一個適當的會所……成為文化界活動和交際中心。」[15]

國民黨港澳總支部文化設計委員陸丹林也附和說「中華全國文藝界協會香港分會」：

「顧名思義，他的成份只限於文藝工作者。為着適應時代和環境的需要，聯合文化界各部門工作人們共同大規模的組織，發揮光大祖國固有的文化，而和現代文化相溝通，不是更有深切的意義，切合時勢所需要的嗎？」[16]

事實上，「文協香港分會」的會員已包括了文化界各個部門的成員，而日後所設「中國文化協進會」會址，也不見得是個「文化活動中心」，因為資料顯示，該會絕大部份活動，都不在會所舉行。

14 高貞白先生一九七八年九月十六日口述資料。簡又文在出席一九四〇年度「文協香港分會」全體會員大會時，也承認「中國文化協進會」是「秉承中央意旨」成立的。

15 簡又文：〈向香港文化界建議〉，載於《大風》第四十四期，一九三九年八月五日，頁1393。

16 陸丹林：〈香港文化界大聯合〉，載於《大風》第四十九期，一九三九年九月二十五日，頁1545。

簡陸二人倡議後，《國民日報》就立刻響應，而左翼的《立報》，在一九三九年八月十一日開始，便陸續出現了反對的意見[17]，說他們是「文化紳士，脫離群眾」[18]，說他們是「名士」「大師」[19]。雖然都是些諷刺文字，但壁壘分明，陣勢已成。

這個「聯合團結」的文化組合，除了第一屆理事名單裏，包括了「文協香港分會」的許地山、楊剛、戴望舒，以後各屆理事，均是右翼文化人。（許地山較特殊，在第二屆理事會裏，仍佔一席位。）主要成員有：簡又文、胡春冰、溫源寧、李應林、羅明佑、陳訓悆、鄧志清、伍伯就、陸丹林等。

以後兩會各自活動，表面沒有明顯紛爭，不過，從此「文協香港分會」不再借用與「中國文化協進會」有密切關係的「大風社」社址，而《國民日報》也以篇幅不足為理由，停刊〈文協〉周刊。最令他們傷腦筋的是：香港許多報紙總是分不清這兩個會的名稱，有時一律稱為「香港文協」或「文協」。

17 王三：〈山中語〉，載於《立報》，一九三九年八月十一日，三版。
狂男兒：〈文化俱樂部——香江雜詠之四六〉，載於《立報》，一九三九年八月二十日，三版。

18 大頓：〈□□□□〉，（該文標題被刪去，代以□號）載於《立報．言林》，一九四〇年六月十三日，二版。

19 夏雨：〈戰線的轉移〉，載於《立報》，一九四〇年十一月二十九日，二版。

一九四〇年三月，汪精衛在南京組成偽政府，發表所謂〈和平建國宣言〉，左右兩派為了表示團結統一，加強抗日統一戰線精神，就來了一次大聯合。四月十四日，「文協香港分會」召開了全體會員大會，簡又文以「中國文化協進會」代表身份出席，在會中表示：「與該會為姊妹組織，希望今後能攜手合作」[20]。四月二十七日，兩會理事舉行了聯誼會，會中宣佈：今後在報刊上簡稱：一為「文藝協會」，一為「文化協會」，以糾正一向的混淆[21]。並議決兩會聯合舉辦「音樂欣賞會」，聯手實行「文化清潔運動」及「文化肅奸運動」[22]。這段日子，可以說是左右翼文化界最合作協調時期，但其實這正是暴風雨前夕，因為不久就發生了一場大論爭，接踵而來的就是「皖南事變」，彼此的分歧便無法隱藏了。

在「抗日統一戰線」口號下出現的這兩個文藝界組織，最能夠反映「貌不合神亦離」的暗湧鬥爭。能夠掌握及分析這兩個會的活動資料，香港文藝界在抗戰初期的分歧情況，就差不多盡在其中了。

---

20 〈廿九年度本會全體會員大會紀錄〉條，載於《立報．文協》第四十九期，一九四〇年四月十六日，二版。

21 〈兩文協理事昨舉行聯誼會〉條，載於《大公報》，一九四〇年四月二十八日，二張六版。

22 同注21。

「反新式風花雪月」論爭

香港左翼文藝界一切活動，都依黨中央推行的文藝路線進行，例如「大眾化問題」、「民族形式問題」的討論，他們都積極參與，在《大公報》、《星島日報》、《立報》、《華商報》上，發表重要文章，但這些討論，都沒有把右派拉進去。直到一九四〇年十月，楊剛提出了〈反新式風花雪月——對香港文藝青年的一個挑戰〉[23]，就很快演變成一場相當激烈的文藝論爭了。

抗戰初期，「文協香港分會」屬下的「文藝通訊部」（以下簡稱「文通」）對組織香港文藝青年活動，一向是很有成績的，宣傳工作也做得很好，參加的青年文藝愛好者「愈來愈多，其中有工人、有文員、有經紀、有護士、還有教員」[24]。這個組織自一九三九年八月六日正式成立後[25]，就在楊剛、黃繩、黃文俞、喬冠華、馮亦代的指導下，蓬勃發展[26]。但甚麼派系都想來爭奪「文藝青年」的領導權，據說：

23 楊剛：〈反新式風花雪月——對香港文藝青年的一個挑戰〉，載於《文藝青年》第二期，一九四〇年十月一日，頁3–5。

24 鄧官哲：〈談「文通」——三十年代的香港文藝通訊員〉，載於《星島日報》，一九八四年七月十四日，十八版。

25 〈文藝通訊部〉條，載於《國民日報》，一九三九年八月七日，六版。

26 據楊奇先生回憶，該組織很早就成立了黨小組，一九四〇年五月後，由香港文委直接領導的文化特別支隊負責組織及領導工作。可見這是政治性很強的一個青年文藝組織。

「那時，從廣州撤退到港九的一個國民黨徒，他以『左』傾的面貌出現，陰謀以討論文藝問題為掩護，奪取青年的領導權」。[27]

而汪派報紙《南華日報》的文藝副刊上，也出現了〈關於寫生競賽的批判——給《大公報》文藝版編者的公開信〉[28]，矛頭直指「文通」舉辦的「文藝競賽」，說「香港文協裏的仁兄們，連文藝的本質也沒有弄得清楚」，更連帶把楊剛也罵了一頓，最後更露骨地說：

「今天就是『抗戰』運動已經失卻了現實基礎，……更由革命的和平建國運動負起了偉大底時代任務……」。[29]

《南華日報》副刊中，多刊「通常有眼淚，通常有向故鄉凝望，有流亡的心」「仿造抒情」文字[30]，於是楊剛針對這種文藝病態，寫成了引起一場論爭的導火線文章，她把香港文藝青年的脫離現實式抒情，歸納成殖民地人物式和公子態兩種病態。但沒想到，她這篇文章引來的反應，最強烈的不是《南華日報》，而是右翼的《國民日報》，於是，一場左右派文藝大論爭從此

27 馮亦代：〈戴望舒在香港〉，載於《海洋文藝》第七卷第五期，一九八〇年五月十日，頁34-40。據馮先生一九八〇年十一月三十日口述資料，這個國民黨徒是胡春冰。

28 娜馬：〈關於寫生競賽的批判——給《大公報》文藝版編者的公開信〉，載於《南華日報．一週文藝》第二十五期，一九四〇年七月二十日，二張八版。

29 同注28。

30 同注23。

展開了。參加這場論爭的作家很多。首先向楊剛文章反攻的是：胡春冰、潔夫、曾潔孺，他們在《國民日報》的〈新壘〉版，一連兩天刊出反對的文章[31]，以後，《大公報》、《星島日報》、《立報》均見論爭文字，作者包括：黃繩、許地山、林煥平、喬木、陳畸，及一群「文通」作者。到了一九四〇年十一月二十四日，「文協香港分會」召開「反新式風花雪月座談會」，雙方主要戰將就在這會上正面交鋒了。出席人數多達二百餘人，楊剛、喬木、黃繩、葉靈鳳、胡春冰、曾潔孺等，展開了針鋒相對的辯論。事後《國民日報》並沒有提及這次座談會，而屬「文通」機關刊物的《文藝青年》卻刊登了座談會紀錄[32]，及他們對這次論爭的結論[33]，可以推想，這次是左翼一面倒的勝利。

為甚麼右翼文藝界對「反新式風花雪月」那麼敏感？為甚麼掀起那麼強烈的爭辯？相信，這除了爭取香港文藝青年的領導權外，最重要的還是「抗戰文藝」論爭的延續。因此，會上曾潔孺就一再提到「創作方法」和「創作傾向」「題材」等問題，而楊剛、喬木、黃繩的理論

31 胡春冰：〈關於新式風花雪月的論爭〉、潔夫：〈哪些是新式風花雪月——反新式風花雪月讀後感〉，載於《國民日報》，一九四〇年十一月八日，八版。潔孺：〈錯誤的挑戰——對新風花雪月問題的辯正〉，載於《國民日報》，一九四〇年十一月九日，八版。

32 松針：〈反新式風花雪月座談會會記〉，載於《文藝青年》第六期，一九四〇年十二月一日，頁7–9。

33 陳傑：〈論加強生活實踐——對一個爭辯的結論的檢討〉，載於《文藝青年》第七期，一九四〇年十二月十六日，頁3–5。

卻一致的是：「加強生活實踐……現實主義的寫法是最好的出路」[34]。這場論爭的結果，除了「新民主主義的現實主義」正式在香港提出外[35]，更使由左翼指導下的青年文藝運動，在理論及實踐兩方面，有進一步的發展。而「反新式風花雪月」論爭，也標誌了左右翼文藝界暗湧的高潮，過了這段時期，衝突就顯得尖鋭而明顯了。

《星島日報》和《國民日報》

香港的「出版自由」「言論自由」，吸引了各黨派的文化人。左翼文化界早就認定這是個很理想的宣傳據點，相當有計劃進據這小島。文化人到了香港，辦報、設出版社的不少，他們更多在不同立場的報紙上，負責編務或寫稿，例如杜埃（曹傳美，1914–1993），除了從事地下文化聯絡工作外，主要就在《大眾日報》寫社論，戴望舒、郁風、金仲華、邵宗漢、羊棗就進了《星島日報》，楊剛進了《大公報》，茅盾、薩空了在《立報》。他們各佔有利的文化陣地，為抗日、為政治宣傳而努力。

由於在「抗日統一戰線」口號下，一般文藝界筆下，重點均在宣傳抗日，極少明顯觸及國共的紛爭。但金仲華當主筆的《星島日報》，卻常刊他報不易見到的國共紛爭消息，和立場

34 同注32。

35 林煥平：〈一年來的理論活動〉，載於《立報》，一九四一年一月二十日，二版。

鮮明的社論，頗為矚目。「皖南事變」後，金仲華執筆的社論〈中山先生十六周年忌辰〉[36]，就引出了《國民日報》的總主筆王新命的一連串猛烈攻擊，說《星島日報》「反國府反國民黨」，《星島日報》也強烈還擊說《國民日報》「造謠生事，含血噴人」[37]。結果雙方大戰三個多月，《星島日報》方面可能受了壓力，把金仲華、羊棗等人辭退，改聘了程滄波任主筆。一九四一年六月一日，金仲華、郁風、羊棗、邵宗漢四人聯合刊出〈告別讀者〉聲明：

> 「由於國內政治逆流的影響，我們的工作，受到了種種限制，使我們不能不向本報當局提出辭職。」

雖然，表面這場鬥爭是結束了，但左右翼間的分歧，就在再無掩蓋的情況下，完全呈露出來了。

後記

近六十年來，中國的左右翼鬥爭，幾乎沒有一刻休止過，研究現代文學史的人，也無可避免面對「左右翼文藝鬥爭」這課題。近年，現代文學史研究，已有不少人注視抗戰初期的淪陷區、國統區、上海「孤島」區的左右翼文藝活動情況。但對於這個極其複雜、暗湧不斷的

36 見〈社論：中山先生十六周年忌辰〉，載於《星島日報》，一九四一年三月十二日，一版。

37 有關此次筆戰，各文章均逐日刊於兩報中，不再一一開列刊出日期及題目。

小島，從三十年代直至現在，文藝鬥爭活動從沒間斷的一個場所，卻還沒有人全面的加以探討及描繪，畢竟是急待填補的缺口。這篇文字只憑有限的資料寫成，希望得到指正及補充。並感謝給我提供資料的各位文藝界前輩。

一九八五年四月二十二日，初稿。

一九八五年四月二十七日在「香港文學研討會」上的發言。

——原載於《香港文學》第六期，一九八五年六月，頁8–12。

「中華全國文藝界抗敵協會香港分會」（一九三八——一九四一）組織及活動

前言

「中華全國文藝界抗敵協會香港分會」在一九三九年三月二十六日成立，直到一九四一年十二月香港淪陷才停止活動，時間橫跨了三十年代末及四十年代初，是本港第一個最具規模的現代文學團體。它成立於中國烽火連天的抗日期間，可以說是「中華全國文藝界抗敵協會」（以下簡稱「文協」）一個重要分支，要研究抗戰文藝，及「文協」的歷史，絕不應遺漏這個部份。可是，因為資料缺乏，歷來沒有人作過詳細的敘述和深入探討。為了填補這段空白，現試利用在香港能找到的資料，排比整理，以求反映該會的組織及活動情況，及中國文藝工作者在香港留下的痕跡。

第一節　籌備經過

自一九三七年七月七日「盧溝橋事變」，掀開正式抗日戰爭後，由於敵人瘋狂轟炸，各大城市均受到威脅和破壞，有些更淪於敵手，文化界中人流亡四散。為使文藝工作力量集中於抗敵救亡目的上，為配合抗戰的現實需要，「文協」在一九三八年三月二十七日在漢口正式成立。

為了團結散居各地的文藝界，發揮更大的抗戰文藝宣傳力量，該會決定在各地成立分會或通訊處。[1]自一九三七年十一月上海淪陷後，部份文藝工作者到了香港，一九三八年十月廣州失守，華南地區頓失了一個重要文化據點，更促使文化人紛紛南來，使香港成為全國人才薈萃之地。該會理事會對此十分重視，很快就通過組織部的建議，推定了樓適夷、許地山、歐陽予倩、戴望舒、蕭乾等為香港分會的籌備員。[2]一九三八年十一月初，[3]總會組織部副主任樓適夷到了香港，籌備工作大概便告展開了。

雖然，在總會工作紀錄中，是一九三九年「一月二十七日由理事會議決函聘總會留港理事許地山，作家戴望舒、歐陽予倩、簡又文及組織部副主任樓適夷等，積極籌備。」[4]但早在此正式函件傳遞到港前，在香港報紙上，已有一系列文字，呼喚文藝界團結，為組織分會，製造輿論。首先是林煥平，在〈一點小意見〉[5]一文中，認為香港的文藝工作者，對總會發起「除奸及清除妨害抗戰的書報刊物運動」反應冷淡，感嘆「我們也可以做得到的工作，倒也不少。」

1 組織部：〈組織概況〉，載於《抗戰文藝》第四卷第一期，一九三九年四月十日，頁4–5。

2 同注1。

3 樓適夷：〈茅公和《文藝陣地》〉，《話雨錄》，北京：生活．讀書．新知三聯書店出版，一九八四年，頁156–174。文中說自廣州淪陷，即離開，走了整整十三天，才到達香港。

4 同注1。

5 林煥平：〈一點小意見〉，載於《立報．言林》，一九三九年一月十八日，二版。

但是我們卻做得太少了。」更覺得：

「有好些人真是還像彼此不知道同住在一個地方。這樣隔膜，對於抗戰，是有些我們可以做得到的工作，我們都沒有做了；對於我們自己，也是失去了學習、觀摩與研究的機會。我們的接觸，聯絡感情，自不必一定有一個甚麼團體，掛起一個堂皇冠冕的招牌，……但是一個月半個月一回，找一個安靜的地方，大家集起來喝喝茶，交換交換見聞，這是很有益的吧，也是很容易做得到的吧？」[6]

林煥平雖然説「自不必一定有一個甚麼團體」，但這只是個「以退為進」的辦法，因為該文刊出後，不久便出現了譚冷霞的〈再來一點小意見——關於林煥平先生的建議〉[7]、謝子真的〈也來插嘴〉[8]，郁彬的〈響應——讀林先生的《一點小意見》後〉[9]三篇文章。其中謝了真文章已進一步説：

「我以為雖然只是喝喝茶，有經常的固定時間總比較好些。」

6 同注5。
7 載於《立報．言林》，一九三九年一月二十五日，二版。
8 載於《立報．言林》，一九三九年一月二十九日，二版。
9 載於《立報．言林》，一九三九年一月三十一日，二版。

郁彬文章中，就出現了林煥平文中沒有用過的「香港文藝界的團結問題」等字眼，更強調：

「我們應該團結起來，適當的、穩健的替祖國盡點力量吧。」

在這種循序漸進的推動下，樓適夷在一九三九年二月一日，就文化工作者的團結問題，發表了〈我的意見〉[10]，表示對香港的文化工作者的散漫態度不滿。他認為：

「在香港，處境至少要比上海好些，對國內的接近，也比上海方便，大家也不是不在工作，只是各自為戰，因此效果是非常的稀少，許多文化工作，一天比一天的表現着對抗戰的遊離。」[11]

然後，他提出了：

「在原則上我自然主張堅決地執行已經在內地普遍展開着而且已經收了很好效果的統一戰線的政策，號召一切站在抗戰救亡的立場上的文化工作者都集中在一個旗子之下，但事先似乎還應該有一種預備的工作，就是由幾個比較接近比較進步的工作者先有一種聯繫。不妨用聚餐會、座談會，或俱樂部的方式作經常的集合，掃除相互之間的隔閡，討論一些目前的迫切的工作上的問題，解決許多工作上的困難。」[12]

10 樓適夷：〈我的意見——關於文化工作者的團結問題〉，載於《立報．言林》，一九三九年二月一日，二版。

11 同注10。

12 同注10。

「堅決地執行已經在內地普遍展開着而且已經收了很好效果的統一戰線的政策」，「文化工作者都集中在一個旗子之下」，這種說法已十分明顯表示了一種未來路向。但他仍如林煥平的文章一般，說「不妨用聚餐會、座談會或俱樂部的方式作經常的集合」。三天後，黃繩就緊接作了補充：

「召集的時候是『不妨用聚餐會、座談會或俱樂部的方式』，但必須準備好一個切實可行的工作的綱領，作為號召，並作為聚集時的討論中心。」[13]

文章最後更清楚地說明：

「所謂文化工作者的大團結，不需要是不分部門的千百人集攏來喝喝茶，交換交換意見；而要的是各同部門的工作者，在統一戰線的原則下，聯繫起來和加緊工作。」[14]

這樣，文化工作者的團結問題和方式，輪廓已愈來愈清晰。

自適夷〈我的意見〉刊出後，《立報．言林》上，便出現和應，其中包括了下列各文：

一九三九年二月六日

王劍鳴〈幾個緊要的工作——文化工作者的團結是前題〉

13 黃繩：〈我的建議〉，載於《立報．言林》，一九三九年二月四日，二版。

14 同注13。

一九三九年二月十日

黃繩〈活力的提振——對香港文藝界獻議之一〉

一九三九年二月十一日

鄭郁郎〈我的意見〉

一九三九年二月十一日

拉特〈我的補充〉

一九三九年二月十一日

林螢牕〈建立作者座談會〉

一九三九年二月十五日

黃繩〈黑暗的克服——對香港文藝界獻議之二〉

一九三九年二月二十五日

黃繩〈落後者的爭取——對香港文藝界獻議之三〉

這些文章，除黃繩三文對香港文藝界具針對性外，其餘可說無甚新意，但卻形成一種聲勢，襯托出「眾人的意願」。同時，在這響應聲中，葉靈鳳以《立報．言林》編者身份，透露「文化工作者大團結」的進展情況：

「對於這建議的實現；本港文藝工作者已經有幾位分頭在準備工作。因了這裏環境的特殊，我們必須取得成熟的客觀條件，然後這工作才可以順利進行和開展。編者希望將來，在這團結之下，除了『喝喝茶、談談天』之外，本港的文藝工作者可以加緊各人的工作和自我批評，監視敵人漢奸的文化陰謀，爭取本港的落後文人和讀者。此外，更和國內的文藝組織取得密切的聯繫，使這孤島和祖國抗戰氣息的阻隔，能夠從這上面流通起來。」[15]

如此，「中華全國文藝界抗敵協會香港分會」已呼之欲出了。

第二節　成立目的和組織

一九三九年三月二十日，許地山、樓適夷等十八人在香港勝斯酒店召開第三次籌備會議後[16]，便「決定依據總會指示，成立留港會員通訊處。」[17]該會在一九三九年三月二十六日下午二時，假香港大學中文學院禮堂舉行成立大會。當日主席為許地山，出席的文藝界共七十一人。開會程序除主席報告、籌備會代表樓適夷報告籌備經過、陸丹林朗讀宣言外，更有葉恭綽（1880–1968）、許世英（代表汪大燧）、陳衡哲、劉思慕演講，並即席選出幹事九人，組成第一屆幹事會。

15　葉靈鳳：〈團結工作已在進行中〉，載於《立報．言林》，一九三九年二月十一日，二版。

16　同注1。

17　〈文協香港辦事處成立大會報告〉，載於《抗戰文藝》第四卷第一期，一九三九年四月十日，頁29。

該會既是秉承總會指示組成，故目的及精神必與總會吻合。許地山起草的〈成立宣言〉[18]，就強調：留港會員「必須變更過去留港同人們各自為戰的方式，而一致歸於全文協的旗幟之下，立刻團結起來。」又選擇總會成立一周年紀念日的前夕[19]為成立日期，表示對母會的敬意及密切關注。此外，「更希望利用香港這個溝通國內外聲氣的中繼站地位，在積極方面，多做點國際宣傳工作，在消極方面，應該盡量的檢舉失敗主義者以及發和平謬論的漢奸，和敵人的種種宣傳，並隨時予以打擊。」[20]

會員資格，一切均依從總會簡章，由於初期成立名義是「重慶總會」的「通訊處」，不能在本港招收會員，故：

「有志加入者，該通訊處自可代為向重慶總會申請入會。凡是有志從事文藝工作而有兩個會員介紹者，經過理事會通過手續，即為會員。」[21]

---

18 （《抗戰文藝》記者）：〈文藝簡報〉，載於《抗戰文藝》第三卷第十二期，一九三九年三月一日，頁192，可見該宣言為許地山執筆。又該宣言全文載於《立報》，一九三九年三月二十七日，增刊七版；《大風》第三十三期，一九三九年四月五日，頁1041。

19 司馬長風：〈戰時戰後的文壇〉，《中國新文學史》下卷，香港：昭明出版社有限公司，一九七八年，頁22，提及該會時，說「一九三九年三月二十七日正式成立分會」，日期有誤。（《抗戰文藝》記者）：〈文藝簡報〉，同注18，所載該會成立消息，日期亦誤為「三月二十七日」。

20 見〈評論：文協香港通訊處成立，希望能全始全終奮鬥到底〉，載於《立報》，一九三九年四月十日，二版。

21 （《立報》）編者：〈怎樣加入文協分會〉，載於《立報．言林》，一九三九年三月二十八日，二版。

其實「自可代為向重慶總會申請入會」，只是逃避香港法例的手法。利用這一方法，該會就在本港招納了許多新會員。

有關該會組織及人選，現分述如下：

第一屆[22]（一九三九年度）

（一）幹事九人：

樓適夷、許地山、歐陽予倩、戴望舒、葉靈鳳、劉思慕、蔡楚生、陳衡哲、陸丹林。

（二）候補幹事二人：

陳占元、簡又文。

（三）研究部及其負責人：

(1)藝術文學——許地山、陳衡哲。

(2)雜誌文學——劉思慕、陸丹林。

(3)西洋文學——戴望舒、馬耳（葉君健）。

(4)電影戲劇——歐陽予倩、蔡楚生。

22 據注17及樓適夷：〈一個月的報告〉，載於《大公報·文協》第一期，一九三九年五月二日，二張八版。

（四）《文協》周刊編輯委員會：

李馳、陳占元、吳景崧、戴望舒、樓適夷、袁水拍、陳適懷。

第二屆[23]（一九四〇年度）

（一）理事九人：

喬木、許地山、楊剛、戴望舒、施蟄存、葉靈鳳、袁水拍、黃繩、徐遲。

（二）候補理事五人：

馬耳、端木蕻良、林煥平、陸丹林、劉思慕。

（三）各部及其負責人：

(1)總務部——許地山、袁水拍、徐遲。

附設「經濟委員會」——委員七人：許地山、陸丹林、簡又文、郁風、馬耳、馮亦代、徐遲。

(2)組織部——葉靈鳳、黃繩。

附設「文藝通訊部」——黃繩。

---

23 〈廿九年度本會全體會員大會紀錄〉條，載於《立報．文協》第四十九期，一九四〇年四月十六日，二版。〈會務報告〉條，載於《大公報．文協》第五十一期，一九四〇年四月三十日，二張八版。

(3)宣傳部——施蟄存、戴望舒。

附設「編輯委員會」——葉靈鳳、陳畸、楊剛、戴望舒、馬耳。

(4)研究部——喬木、楊剛。

附設「文藝座談會」——喬木、陸丹林。

附設「文藝研究班」——施蟄存、端木蕻良。

附設「文藝指導組」——楊剛。

(5)文化服務部——袁水拍、馮亦代。

第三屆[24]（一九四一年度）

（一）理事九人：

許地山、葉靈鳳、楊剛、林煥平、戴望舒、茅盾、夏衍、端木蕻良、陸丹林。

（二）候補理事六人：

喬木、宋之的（宋汝昭，1914–1956）、周鋼鳴（周剛明，1909–1981）、郁風、蔡磊、林林。

24 〈會務報告〉條，載於《立報．文協》第九十期，一九四一年五月十三日，二版。又本屆應有一「教育委員會」，負責推動指導「文通部」、「文講會」等工作，由各部推選一人共同組成，但因資料缺乏，未知代表名單。

（三）各部及其負責人：

(1)總務部——許地山、林煥平、蔡磊、陸丹林。

(2)組織部——葉靈鳳、郁風、周鋼鳴。

(3)研究部——楊剛、夏衍、茅盾、喬木、端木蕻良。

(4)宣傳部——戴望舒、宋之的、林林。

（四）會報編輯委員會：

葉靈鳳、戴望舒、楊剛、周鋼鳴、林林。

看以上開列的名單，人選在文藝界均有一定份量，理應構成一較理想的核心力量，可惜他們因局勢動盪及個人生活問題，流動太大，加上私人事務繁忙，對會務的推動，並無助力。只有部份留港時間較長、工作崗位較穩定的幹事如許地山、楊剛、戴望舒，葉靈鳳、林煥平等，努力支撐局面。

第三節　名稱的更易

「文協」各地的分會按理應稱為「中華全國文藝界抗敵協會某地分會」。據會章規定如該地會員不足十人，則改稱為「某地全國文藝界抗敵協會通訊處」。[25]

一九三九年三月，留港的「文協」會員超過十人，組成的分會名稱，卻一變再變，情況較其他各地特別。根據正式見於報刊中的該會名稱則相當混亂。曾用的名稱包括：「中華全國文藝界協會留港會員通訊處」、「文協香港辦事處」[26]、「文協」、「文藝協會」、「中華全國文藝界協會香港分會」、「中華全國文藝界抗敵協會香港分會」。現試分析各名稱更易原因如下：

（一）「中華全國文藝界協會留港會員通訊處」：

此名由成立開始採用，一直沿用至一九四〇年四月。此名稱較特殊，一是隱去「抗敵」二字，二是當時留港會員已超過十人[27]，但仍稱「通訊處」，不符會章規定。

據〈組織概況〉中，就有：「決定名稱為『中華全國文藝界協會留港會員通訊處』，以適環境。」的解釋。所謂「以適環境」，是適應香港的法例禁忌。一九三六年十月一日，香港華民政務司轉述港督對「華文報紙檢查條例」的意見時，即申明禁刊下列四類文字：

---

25 據《中華全國文藝界抗敵協會簡章》第八條：「各地會員如有五人以上得設立分會」，但據注1，則見長沙一地，因會員不足十人，按章不能成立分會，遂將分會名改稱「長沙全國文藝界抗敵協會通訊處」。

26 此名只見於〈文協香港辦事處成立大會報告〉。此乃以許地山、樓適夷署名，向總會報告分會成立經過的文字，又見於總會會報，何故有此名稱，理由未明。

27 據注1，可見出席第三次籌備會議的會員共有十八人。

(1)凡於效忠大英帝國之事而有所紊亂者。
(2)凡可損害英國對於中國或其他友邦之友誼者。
(3)所有宣傳共產主義之文字。
(4)凡屬挑撥文字以致擾亂治安者。[28]

此條例一直成為本港華文報紙必須遵守的規條。英國政府在一九四一年前，一直對日本保持「友好」態度，故一切書刊中，有損日本的文字，如「敵」、「倭」、「抗日」均被檢去[29]，內容稍有「敵意」即遭抽檢。故隱去「抗敵」二字，以適應本港法例。

另一原因是本港法例，一切集會結社，均應呈報華民政務司署，辦理登記手續，並須於獲得批准，始能正式成立。故在未辦手續前，只能稱「通訊處」。[30]

（二）「中華全國文藝界協會香港分會」：

此名自一九四〇年四月開始採用，也是用得最長時間的正名。一九四〇年一月二十六日，該會「會務調整委員會」召開第一次會議，即席通過：「向本港當局進行登記手續，正式

28 〈「言論自由」尚待努力，港督改善華報檢查四辦法〉條，載於《大眾日報》，一九三六年十月三日，二張八版。
29 陸丹林：〈復版贅言〉，載於《大風》第二十四期，一九三八年十二月二十五日，頁737。
30 黎初民：〈參加八月文藝通訊競賽〉，載於《大眾日報．文協》第十七期，一九三九年八月二十八日，四版。文中作者稱該會為「香港文協分會」，編者用按語更正為「文協留港會員通訊處」。

成立『中華全國文藝界協會香港分會』。」[31]直到同年四月十五日，報上始出現此名。[32]

（三）「文協」、「文藝協會」：

此二名為該會簡稱。「文協」本為總會沿用的簡稱。本港報刊為方便標題起見，亦採此名。自一九三九年九月十七日，「中國文化協進會」成立後，報上對兩會稱謂，即出現混亂現象，有時兩會均稱「文協」。直至一九四〇年一月二十六日，該會「會務調整委員會」召開第一次會議，即通過：「擬定今後對外名稱簡稱為『文藝協會』，以免與本港其他文化團體名稱雷同。」[33]到一九四〇年四月二十七日，該會與「中國文化協進會」舉行兩會理事聯誼會時，即議決確定兩會簡稱，以免混淆[34]。此後，報上提及該會，多用「文藝協會」一名。

（四）「中華全國文藝界抗敵協會香港分會」：

此名應是該會最正確的名稱，但直至一九四一年十月，才在《人公報》、《華商報》、《工商日報》上出現。至於何故此時可用「抗敵」二字，據當時時局情況推想，可能由於日本南侵

---

31 〈本會會務調整委員會舉行第一次會議〉條，載於《立報．文協》第三十八期，一九四〇年一月二十九日，二版。

32 《大公報》，一九四〇年四月十三日，二張六版，刊出有關該會活動消息，仍用「通訊處」一名。〈文藝協會港分會昨舉行會員大會〉條，刊於《大公報》，一九四〇年四月十五日，二張八版，是此名首次在報上出現。

33 同注31。

34 〈兩文協理事，昨舉行聯誼會〉條，載於《大公報》，一九四〇年四月二十八日，二張六版。「中國文化協進會」簡稱為「文化協會」。

野心日顯，香港自一九四一年初已進入積極備戰狀態，英日關係也日益惡化[35]，當局不必再嚴守「尊重友邦」的規條，對報刊上用字尺度已告放鬆。至於有無其他原因，因資料不足，只好存疑。

由上述會名變易情況看，在香港，稱該會為「中華全國文藝界協會香港分會」較合當時環境所需。

第四節　活動與特點

由於「文協香港分會」（方便行文以下均採此名）的成立目的，除了與總會相同以外，本身也因所處地點環境特殊，多一層意義，就是：

「遙對着祖國，留港的文藝工作者應該一面克服身邊的困難，說服爭取工作圈外的同伴，一面利用環境負起一個運輸站的責任，將淪陷區民眾的希望和世界的同情寄回祖國，再將祖國新生的氣息傳遞到黑暗的區域和全世界。」[36]

---

35 自中日戰爭爆發以後，香港一直均有備戰措施，亦曾幾度因日軍入侵英界而形成戰雲密佈局面。一九四一年初，本港當局備戰行動更顯著增加：增建防空洞，增加義勇軍人數，進行燈火管制演習。一九四一年七月二十五日，中英美三國在重慶舉行軍事合作會議。七月二十六日，港督即下令凍結日人在港債項。八月宣佈停於港內之十九艘日輪為敵產。九月舉行軍事大演習。十月《南華早報》發出：「保衛香港即係保衛中國」的呼籲，日英雙方，已到正面衝突邊緣。

36 葉靈鳳：〈留港文藝工作者的責任——遙祝文協總會一周年紀念〉，載於《立報．言林》，一九三九年三月三十一日，二版。

故該會成立後的重要活動，均緊扣目的：「一切在堅持抗戰」、「加緊團結，共負事功」。[37]

現在就將所得資料，按年月日，把該會三年來活動表列出來（見附錄二「中華全國文藝界抗敵協會香港分會（一九三九—一九四一）活動紀事」），根據「紀事」看來，該會三年來的活動，重點多放在「文藝通訊」及與來往本港的文藝界聯絡方面。歸納該會成立以來的工作，可見下列四個特點：

（一）一切活動依從總會指示：

該會成立乃依總會發展計劃而籌設，最初採用名稱亦為「留港會員通訊處」，故一切活動依從總會指示進行，作總會在外地文藝據點之一。

該會在港推展的「文藝通訊員」組織，出版英文《中國作家》、〈文協〉周刊，在報上展開的「民族形式」論爭，舉行「魯迅先生逝世紀念大會」、「郭沫若先生祝壽大會」[38]，都是緊隨

37 同注20。

38 「郭沫若先生祝壽大會」的意義，《華商報》稱之為「文化界統一戰線象徵」。〈本港文化界慶祝郭沫若五十壽辰〉條，載於《華商報》，一九四一年十一月十七日，四版。而有關人士的回憶文章可見如下：
杜宣：〈樸實無華和易近人——懷念邵荃麟同志〉，載於上海《文匯報》，一九七九年九月二十三日，三版。
白楊：〈敬愛的郭老，深切悼念您！〉，新華月報資料室編：《悼念郭老》，北京：生活．讀書．新知三聯書店出版，一九七九年，頁249–253。
陽翰笙：〈回憶郭老創作二十五周年紀念和五十壽辰的慶祝活動〉，載於《新文學史料》一九八〇年第二期，一九八〇年五月，頁126–131。都說明此次活動目的在「團結大後方的文化界進步人士」，是一次由黨策劃，以「中華全國文藝界抗敵協會」名義舉行的活動。

總會步伐，為發展抗戰文藝而努力。

（二）大力推廣文藝通訊活動：

「文藝通訊」本是報告文學的一種。為推動抗戰文藝，反映各生活層面實際情況，除了文藝作家的創作外，必須發掘、培養、組織新的文藝工作者。各階層各職業的青年都可能成為文藝陣線的一員。他們可以把生活中所見所聞，所受所感，作為寫作題材，寫成反映現實的通訊文字，但在寫作技巧方面，他們逼切需要的是：

「第一是寫作的練習，第二是他們的習作能有人加以指正和修正。此外，他們還有許多關於寫作的問題，關於一般文藝理論修養的問題，都需要人給以解答。」[39]

因此把有志文藝工作的青年人，集合起來，加以培育，編練成一支文藝新軍，是逼切的任務。這項任務由總會發起，廣州、長沙、延安、上海，均先後成立「文藝通訊員」的組織。「文協香港分會」也於一九三九年八月六日，成立「文藝通訊部」。該組織：

「分指導、服務、組織、編輯四股，指導股負責文藝通訊員問題的解答，文章的修改，以及寫作指導，寫作綱領的編製等等，服務股負責向各通訊部和通訊員介紹和寄送新出版的文藝書籍雜誌等等，組織股負責文藝通訊的發展，組織和登記等事宜，並向各通訊站和通訊

39 茅盾：〈抗戰期間中國文藝運動的發展〉，北京大學、北京師範大學、北京師範學院、中文系中國現代文學教研室主編：《文學運動史料選》第四冊，上海：上海教育出版社，一九七九年，頁178–186。原載於《中蘇文化》第八卷第三、四期合刊，一九四一年四月二十日。

員提供會務報告，必要的組織工作方針的指示等等，編輯股負責向各報章雜誌，主持人取得關係，根據各方面需要，經常供應文藝通訊稿件等等。」[40]

這個簡稱「文通」的小組，在一九三九年舉辦了「八月文藝通訊競賽」，雖然五、六十篇來稿「無論在技巧上，在內容上，都沒有一些光彩」[41]，但卻招納了許多青年文藝愛好者。他們辦每周座談會、舉行旅行野餐。一九四〇年又辦「七月文藝通訊競賽」，並依楊剛提議，改組成「組織、研究、指導、總務四股」[42]。又再分成許多學習小組，由「楊剛、黃繩、徐遲、文俞、馮亦代、郁風等」擔任指導員[43]。使「文通」工作較為落實。又先後辦過〈文通〉周刊[44]，《第一戰線》、《第二陣地》等小刊物[45]。雖然他們面臨的困難很多，包括經驗不足、經費短絀、參加者人數不穩定、寫作技巧不成熟，但通過這小組，團結了不少青年文藝愛好者，使「文協香港分會」多點生氣。在「文協香港分會」指揮下，「文通」於一九三九年曾與惠州、台山等鄰近

40 黃繩：〈工作的賡續和開展〉，載於《立報．言林》，一九三九年八月十八日，二版。

41 黎夫：〈伙伴們！我們的旗子〉，載於《青年與文藝》，上海：耕耘出版社，一九四二年，頁146–162。

42 〈本港「文協文通」改組〉條，載於《立報．言林》，一九四〇年四月八日，二版

43 同注41。

44 據注41一文，說「在一家晚報裏借得一個篇幅，每周附刊〈文通〉一次。那個篇幅比〈文協〉周刊還要大，大約容得下八千字左右，稿子全由『文通』供給，編排校對也由『文通』負責。」至於在哪一家晚報刊出，則目前仍未找到資料。

45 易豐：〈活躍的香港青年文藝運動〉，載於《立報．文協》第七十四期，一九四〇年十二月十七日，二版。文中提及此二刊物，原刊未見。

地區的「文通」，有過緊密聯絡，出版了《文藝青年》，也表現了「擴大抗戰文藝運動的一個動力」。[46]日後「文通」成員，無論在文藝、政治、宣傳、軍事方面，均有出色表現，而現在也證實它的出現與政治有極密切關係。[47]

(三)集中力量推廣抗戰文藝創作，及展開文藝理論的探討：

該會秉承總會的工作任務，「我們應該把分散的各個戰友的力量團結起來，像前線戰士用他們的槍一樣，用我們的筆，來發動民眾，捍衛祖國。」[48]故會員在文藝創作方面，均緊扣「抗日建國」的精神。他們的作品多刊於先後由蕭乾、楊剛主編的《大公報．文藝》、戴望舒主編的《星島日報．星座》，先後由茅盾、葉靈鳳主編的《立報．言林》，茅盾主編的《筆談》、端木蕻良主編的《時代文學》、會刊〈文協〉及《大眾生活》、《華商報．燈塔》中。其中茅盾的〈你往哪裏跑？〉、〈腐蝕〉、〈如是我見我聞〉、端木蕻良〈蒿壩〉、〈新都花絮〉、〈大江〉、〈大時代〉，蕭紅的〈呼蘭河傳〉、〈曠野的呼喊〉、〈北中國〉、〈民族魂魯迅〉，駱賓基的〈人與土

46 黃繩：〈關於文藝通訊競賽〉，載於《立報．文協》第十六期，一九三九年八月二十一日，二版。

47 「文通」成員於一九八三年組成聯誼會，並着手編寫《文通簡史》(未正式出版)。該文序言中說：「文通是一支從開始就一直在中國共產黨直接影響和領導下的革命的青年文藝團體。」這是一個很重要的政治、文藝團體，但本論文以「文協香港分會」為主，故不詳述。

48 見〈中華全國文藝界抗敵協會發起旨趣〉，北京大學、北京師範大學、北京師範學院、中文系中國現代文學教研室主編：《文學運動史料》第四冊，上海：上海教育出版社，一九七九年，頁15–17。原載於《文藝月刊．戰時特刊》第九期，一九三八年四月一日。

地〉、〈仇恨〉等，均很有代表性。其他如詩歌、散文、報告文學等作品，數量極多，使香港文壇面目一新。

自抗戰以來，為了適應抗戰時期的需要，加上政治觀點不同，國內文藝論爭很尖銳，例如「文學與抗戰無關」論爭、「抗戰詩」論爭、「民族形式」論爭等，「文協香港分會」會員在香港報刊上，均對同樣的論題展開探討。其中以「民族形式」論爭方面，討論至為激烈，《立報》、《大公報》、《星島日報》、《大眾日報》除了轉載國內部份主要理論外[49]，本港文藝工作者

49 例如：
郭沫若：〈紀念碑性的建國史詩之期待〉，載於《大公報》，一九三九年四月十六日，一張二版。
胡秋原：〈論新形式與舊形式〉，載於《立報．言林》，一九三九年四月二十四日，二版。
齊同：〈大眾文談〉，載於《大公報．文藝》第六一四、六一五期，一九三九年五月十八、十九日，二張八版。
穆木天：〈歐化與中國化〉，載於《大公報．文藝》第六二九期，一九三九年六月二日，二張八版。
林山：〈關於運用民族文藝形式的意見及嘗試〉（一）至（六），載於《立報．言林》，一九三九年十一月六、八、九、十、十一、十二日，二版。
黃藥眠：〈中國化和大眾化〉，載於《大公報．文藝綜合》第七二九期，一九三九年十二月十日，二張八版。
黃藥眠：〈文藝上之中國化和大眾化的問題〉，載於《立報．言林》，一九三九年十二月二十一、二十三、二十五、二十六、二十七日，二版。
郭沫若：〈民族形式商兑〉，載於《大公報．星期論文》，一九四〇年五月三十一日，一張二版。
陳伯達：〈關於文藝民族形式的論爭〉，載於《星島日報．星座》第八六五期，一九四一年三月五日，三張一版。
胡風：〈論民族形式問題底實踐意義〉，載於《星島日報．星座》第八六五期，一九四一年三月五日，三張一版。

也發表數量豐富的文章。

這個論爭，在一九三八年一月已有人在《大眾日報．大眾呼聲》中提出[50]。一九三八年八月便在《立報》、《星島日報》上出現了論爭高潮。一直踏入一九三九年整年，這論爭仍未停息。一九三九年七月，「文協香港分會」召開了一次「通俗文藝座談會」，批判由該會與《大公報．小公園》合編，適合香港一般讀者口味的通俗文藝《香港風》[51]。一九三九年十月十九日，《大公報．文藝》主催召開「魯迅紀念座談會」，主題為〈民族文藝的內容與技術問題〉。出席者有許地山、劉火子、郁風、宗珏、劉思慕、林煥平、楊剛等二十一人。[52]

這兩次座談會更顯示該會對這論爭的參與。又一九三九年十一月，《大公報．文藝》更擬定兩個範圍的徵文題目：（甲）〈文藝之民族形式的創造問題〉。（乙）〈新文藝外來影響的估價和清算〉，展開民族文藝問題的討論。十二月在《大公報．文藝》中便刊出一系列討論文

50 李育中：〈舊形式載新內容的問題〉，載於《大眾日報．大眾呼聲》，一九三八年一月二十日，二張六版。楚青：〈抗戰是我們今日底基本主題——給運用舊形式的朋友們〉，載於《大眾日報．大眾呼聲》，一九三八年三月九日，二張六版。杜埃：〈舊形式運用問題的實踐〉，載於《大眾日報．大眾呼聲》，一九三八年三月二十日，二張六版。

51 該會召開的正確日期不詳，紀錄文字則載於《立報．文協》第十三期，一九三九年七月二十四日，二版。出席者有：黃繩、袁水拍、陸丹林、陳殘雲、杜埃、黃寧嬰等。

52 〈「文藝」魯迅紀念座談會紀錄〉條，載於《大公報．文藝》第七二三期，一九三九年十月二十五日，二張八版。

字，成為又一次高潮。

除了緊隨總會展開的論爭外，一九四〇年十月，本港出現了一次由「文藝傾向」引發的論爭。

這次論爭，針對的是由《國民日報》、《南華日報》副刊推動的軟性風花雪月文風，而引致本港部份文藝青年的畸形創作傾向。

楊剛在《文藝青年》第二期上，發表了〈對香港文藝青年的一個挑戰〉[53]一文，提出「反新式風花雪月」的意見，認為「我所讀到的大都是抒情的散文。寫文章的人情緒，大都在一個『我』字的統率之下發出種種的音調。……很顯然，寫作者在動筆挖掘感情以外，似乎沒有做其他的事。……其中除了對祖國的呼喚在某方面能夠引起相當共鳴，而比較有意義以外，別的都可以風花雪月式的自我娛樂概盡……。」於是引起巨大波瀾，一場左右翼文藝論爭就此展開。《大公報》、《立報》、《國民日報》、《南華日報》均刊出有關論文。其中以《國民日報．新壘》反應最強烈，認為楊剛的挑戰是錯誤的，是：「在於她不能徹底把握現實主義的觀點，看錯了問題本質，把所謂『新式風花雪月』的問題，誤解為創作傾向的問題。」[54]

53　楊剛：〈反新式風花雪月——對香港文藝青年的一個挑戰〉，載於《文藝青年》第二期，一九四〇年十月一日，頁3–5。

54　潔孺：〈錯誤的挑戰——對新風花雪月問題的辯正〉，載於《國民日報》，一九四〇年十一月九日，八版。

此外，該報刊出很多針對楊剛的文章，但內容是意氣之爭多於說理。參加這次具地方色彩的文藝論爭的人，除了文藝觀及政治觀不同的人外，有切身關係的青年文藝工作者或愛好者，及關心青年文藝的著名作家、評論家都紛紛提出自己的看法。黃繩[55]、許地山[56]、林煥平[57]、喬木[58]等，分別從寫作技巧、取材、傾向及感情真偽等方向，加以探討，使這論爭顯得矚目。一九四〇年十一月，由「文協香港分會」組織，再由《文藝青年》編輯會主催，召開一次座談會，讓雙方有機會當面討論。出席的有楊剛、黃繩、喬木、馮亦代、葉靈鳳、胡春冰、曾潔孺、黎覺奔等[59]。會中爭辯主要方向，仍在青年創作方法及文藝政治路線的不同。論爭結論自然不會一致，且更顯示左右翼兩派的文藝觀的差異。而發展下去，便引起本港青年文藝運動的開展，及使「文通」成員「大大地提高了思想政治覺悟」。[60]

撇開政治意味不談，這場論爭，在香港新文學史中，應佔重要地位。

55 黃繩：〈論新式風花雪月〉，載於《大公報．文藝》第九六七期，一九四〇年十一月十三日，二張八版。
56 許地山：〈論「反新式風花雪月」〉，載於《大公報．文藝》第九六八期，一九四〇年十一月十四日，二張八版。
57 林煥平：〈作為一般傾向的新式風花雪月〉，載於《大公報．文藝》第九六九期，一九四〇年十一月十六日，二張八版。
58 喬木：〈題材．方法．傾向．態度——關於新式風花雪月的論爭〉，載於《大公報．文藝》第九七二期，一九四〇年十一月二十日，二張八版。
59 松針：〈反新式風花雪月座談會會記〉，載於《文藝青年》第六期，一九四〇年十二月一日，頁7–9。
60 《文通簡史》，未正式出版。

（四）成為抗戰時期，國內外文化訊息傳遞站：

自一九三七年十一月二十一日，上海淪陷後，文化人紛紛南來，及分散到各地去，他們都同時感到：

「如果文化工作者沒有在交通上建立一個適當的組織，那麼，對於整個文化運動之動向及其因抗戰情勢的急速發展而影響到文化策略之變更，或關於文化運動之統一的步驟等等，會發生隔閡，步調不一致。」[61]

故一致認為香港是個建設交通站的理想地方，更希望：

「在香港能成為永久的組織，在這個組織中，不但要盡文化工作者彼此間的聯絡，文化資料之相互提供的責任；同時也要負整個救亡文化運動之聯繫配合的責任，更能完成文化人向內地去工作的一種嚮導的責任。」[62]

及至漢口和廣州相繼陷落，要找尋一個交通方便，物質條件較佳，政治壓力不太大的地方，使宣傳抗戰刊物能很快大量地輸送到各方去，就更是一件急務。由於文化人的聚合及往來國內外必經之路，香港很快便成為一個「新文化中心」，並且，「這個文化中心，應更較上海為輝

---

61 杜埃：〈關於建立文化交通站問題〉，載於《大眾日報》，一九三七年十二月三日，二張六版。

62 同注61。

煌，因為它將是上海舊有文化和華南地方文化的合流。」[63]茅盾在香港編的《文藝陣地》，正是個好例子：「決定把《文藝陣地》移到上海秘密排印，然後再把印好的刊物運到香港，轉發內地和南洋。」[64]一九三九年三月二十六日，「文協香港分會」成立後，就正式發揮了「文化傳遞站」的功效。該會又與總會合作出版英文《中國作家》，向外國介紹中國的抗戰文藝。此外，更選了馬耳（葉君健）負責對國外的宣傳工作。

由於地利關係，該會除了訊息傳遞工作外，更負責「送往迎來」[65]，成為文藝工作者往來國內、國外的中途站。

第五節　面對的困難

「文協香港分會」雖然得了地利，總會也委以重任，但工作的推展，卻顯得處處在風雨飄搖中。該會面臨的困難有下列四點：

63　了了（薩空了）：〈建立新文化中心〉，載於《立報．小茶館》，一九三八年四月二日，四版。

64　茅盾：〈在香港編文藝陣地〉，載於《新文學史料》一九八四年第一期，一九八四年二月，頁1–20。

65　徐遲：〈香港分會通訊〉，載於《抗戰文藝》第六卷第二期，一九四〇年五月十五日，頁113。

（一）經費缺乏：

「總會窮得連清茶恭候也作不到」[66]，香港分會的經濟情況也很窳劣。

該會每年收的會費是一元至五元，按各人經濟能力繳納。據成立之初，會員七十一人，收得的會費卻只有港幣六十餘元[67]，可見單靠會費，實不足成事。何況還有許多會員因來去匆匆，或本身生活困難，欠繳會費。三年中的會務推展，受到阻礙可以想見。

會務推行，例如「文通」活動，出版小刊物，租用會所等等，在在非錢不行。在一九三九年八月，幹事會便因經費不足，除催促會員繳交會費外，另呼籲會員捐贈文稿，由該會分配送交各刊物報章發表，以所得稿費補助會中經費。但此項行動，收效不大，於是在一九四〇年四月，由新理事會組成「經濟委員會」選出委員許地山、陸丹林、徐遲、簡又文、郁風、馬耳等七人，謀求開源辦法，解決經費支絀問題。該委員會曾發起一次「事業經費募捐」，半年後結算得港幣二百六十七元[68]，尚算稍解倒懸。

由於經費不足，最初連會址也沒有，通訊靠租用郵箱，不大規模的聚會則借用「大

66 老舍：〈八方風雨〉，北京大學、北京師範大學、北京師範學院、中文系中國現代文學教研室主編：《文學運動史料選》第四冊，上海：上海教育出版社，一九七九年，頁235–241。原載於北平《新民報》，一九四六年四月十七—二十三日。

67 同注1。

68 〈文協香港分會理事會經濟委員會啟事〉條，載於《大公報．文協》第七十五期，一九四〇年十一月二十九日，二張八版。

風社」社址[69]，較大活動則需四處籌借開會場所。直到一九四〇年四月才租得灣仔高士打道一一〇號二樓作為會所。到五月，租得堅道十三號A地下，與「漫協」聯合辦公，才算安頓下來。但到一九四一年三月，因該屋租約期滿，未得新址，只好又再租郵政信箱作通訊之用。

該會在如此經濟情況下，許多計劃，例如組織「戰地訪問團」、「抗戰宣傳隊」，繼續出版《中國作家》，出版會刊等，均難付諸實行，實屬可惜。

（二）推展實務的人力不足：

香港是個華南與外地溝通的中心點，文化人往來必經之所，這使它自「八一三」以後，成為中國文化人疏散的重要據點之一。但由於許多文化人只是「路過此地」，就是參加文化活動及文藝工作，時間不長，且部份文化人為解決生活問題，個人工作繁重，不易抽空參與各項實際推動文藝工作。「文協香港分會」面臨的困難之一——「人力不足」，就與上述原因有關。

「幹事中流動性太多的，和事務太忙的，往往不能多多為本會努力。幹事而不幹事，對於事的本身，就難於實行。……文藝作家多少有點『專談文藝，其他不問』的風度，對於開會、演說、報告、發信、錢銀出入、跑街接洽等等『齷齪』的日常雜務，莫不搖頭。……組織剛開始，雖不轟轟烈烈，至少也熱熱鬧鬧，一過半載一年，難免懶散敷衍起來……。」[70]

69 簡又文：〈香港的文藝界〉，載於《抗戰文藝》第四卷第一期，一九三九年四月十日，頁23–24。

70 袁水拍：〈文協一年來〉，載於《大公報．文協》第四十二期，一九四〇年二月二十七日，二張八版。

以上種種情況，使「文協香港分會」開始陷入停頓狀態，空氣消沉得很，勉強舉辦了一些座談會，組織了「文通部」，出版了〈文協〉周刊，都是由幾個熱心工作的幹事，加上一些青年文藝愛好者，努力支撐的結果。

組織散漫，人事不健全，工作自然不易開展。為了針對這些困難，該會於一九四〇年一月推出許地山、葉靈鳳、戴望舒、杜埃、寒波、林煥平、劉思慕、袁水拍、楊剛、陸丹林、黃繩、簡又文、陳畸等十三人，組成「會務調整委員會」，以謀求改進會務。經六次會議後，決定改組「文通部」，舉辦「文藝講習會」，與「木協」、「漫協」聯合主辦「魯迅先生六十誕辰紀念大會」，會務才算有點起色。

(三)香港法例的壓力：

在太平洋戰爭前，香港政府對一切華人活動，特別是集會結社，華文報刊出版，都有特別法例管制，而對抗日及宣傳共產主義的行動及文字，尤為嚴禁。故「文協香港分會」的活動常常受到限制，例如該會成立典禮的集會地點，許地山就再三叮囑新聞記者不要在報上公開[71]。其他許多公開活動，也常靠許地山、戴望舒的奔走，才能辦妥注冊登記手續，及找到適合場地。

71　同注41。

此外，港府對文化人的活動，也十分注意，例如戴望舒收到國內寄來一批抗日宣傳品，就受到警察局的傳詢[72]。他們與國內的來往信件，也由政府官員特別組成的書信檢查小組負責檢查[73]。又如在「文協香港分會」的「文通」小組十分活躍，寫作甚多的青年詩人彭耀芬，就因「犯有不利本港之文字嫌疑」，在一九四一年四月二十三日被捕，於一九四一年五月被港府根據戰時法例遞解出境。[74]

這些有形及無形的壓力，對「文協香港分會」工作的展開，頗為不利。

（四）左右陣營政治的暗湧：

「文協香港分會」成立不到半年，由簡又文為首，「秉承中央意旨」的「中國文化協進會」便告出現[75]，顯示左右兩翼文化人的對立。當時英國與中國國民政府的關係良好，加上許多政治形勢，均對「中國文化協進會」較為有利，而在政治暗湧中，「文協香港分會」面臨的困難較多。

72 馮亦代：〈戴望舒在香港〉，載於《海洋文藝》第七卷第五期，一九八〇年五月十日，頁34–40。

73 陳君葆先生一九七八年十一月十二日口述資料。

74 〈彭耀芬將被解出境〉條，載於《華商報》，一九四一年五月二十日，四版。

75 〈廿九年度本會全體會員大會紀錄〉條，載於《立報．文協》第四十九期，一九四〇年四月十六日，二版。文中引述簡又文代表「中國文化協進會」致辭。

該會主編的〈文協〉周刊，原則上是借用香港較大報紙，例如《星島日報》、《珠江日報》、《申報》、《國民日報》的副刊篇幅，輪流刊出。一九三九年十月，右翼的《國民日報》曾願借出篇幅，但由於一九三九年十一月十一日，「中國文化協進會」會刊〈文化界〉創刊，該報就於一九四〇年二月開始，以「篇幅不夠」為理由，停刊〈文協〉，把原來版面轉給〈文化界〉。這次只不過是很輕微的暗湧，直至一九四一年「皖南事變」後，情況日益嚴重。首先是《國民日報》總主筆王新命在該報社評對《星島日報》展開攻擊，矛頭直指金仲華、羊棗等人。繼又針對《華商報》，筆戰劇烈，足反映當時政治鬥爭的嚴重程度。一九四一年五月底，金仲華、邵宗漢、羊棗、郁風等辭去《星島日報》編輯之職，使編輯部改組，就連同一向多刊該會會員作品的〈星座〉，也受到影響。

除了左右翼的政治鬥爭外，汪派報紙也對該會展開攻擊。例如一九四〇年七月二十日，《南華日報．一週文藝》第二十五期，就刊出署名「娜馬」的文章：〈關於「寫生競賽」的批判——給大公報文藝版編者的公開信〉。文章內容既針對「文協香港分會」主辦的「八月文藝通訊競賽」，又從文藝理論方面，批判《大公報．文藝》編輯楊剛提倡的「文藝寫生」，認為她誤解「現實主義」，只在「提倡那類似十九世紀的自然主義的文藝形式」。

一九四〇年十月，「反新式風花雪月」論爭，也是一個文藝鬥爭路線的爭辯。會員均需全力應戰。

從資料看，「文協香港分會」成立以來，主幹人物如許地山、戴望舒、楊剛、林煥平、徐遲、馬耳、郁風、葉靈鳳、馮亦代、黃藥眠等帶領着本港的青年文藝愛好者如：杜埃、胡危舟、袁水拍、余所亞、黃繩、溫功義、寒波、施征軍、楊奇、文俞、彭耀芬等，雖然在困難重重中，仍緊隨母會步伐前進，給本港文壇帶來一股新風，這是值得推崇的。

一九八一年九月初稿

一九八六年九月修訂

【附錄一】

中華全國文藝界協會留港會員通訊處成立宣言

「中華全國文藝界協會，自從去年春間在武漢成立以來，到現在是整整一周年了。這個團體的成立，是全中國的文藝工作者在抗戰建國的共通目標下，空前未有的團結的開始。一年來秉其精誠無間，勇往邁進的精神，跟隨着政府抗戰建國的偉大國策展開了巨大的抗戰文藝運動。我們一部份留在香港的會員，和其他一切文藝界同人，雖然遠離祖國的烽煙，寄居這個沒有炮火和血腥的特殊環境中，卻未曾有一時一刻，自外於戰鬥的營陣，而不思以本位的工作，勉自盡力於民族生存自由的鬥爭。欣逢這個舉國歡慶的全文協周年紀念日，在熱烈慶祝，覺得要加緊本身的工作，必須變更過去留港同人們各自為戰的方式，而一致歸趨於全文協的旗幟之下，立刻團結起來。只有集體的力量，才能使我們充實健全，擴大文藝的事功，實踐以文藝動員全民的神聖任務，因此有留港會員通訊處的組織。全體會員抱守共同的信念，深感文藝工作在國民精神動員，國際同情爭取中之重要崗位；誓願在全國統一組織領導之下，策勵精進，奠國民文藝之基，齊一步驟，赴抗戰建國之路。謹掬至誠，宣告成立。」

陸丹林：〈文藝統一戰線〉，載於《大風》第三十三期，一九三九年四月五日，頁1041。

【附錄二】

中華全國文藝界抗敵協會香港分會（一九三九—一九四一）活動紀事

日期	事項
一九三九年	
三月二十六日	留港「中華全國文藝界協進會」會員，成立「留港會員通訊處」，發表成立宣言，選出幹事九人，組成幹事會。
三月三十日	舉行首次幹事會議，議決各項工作大綱，成立研究小組，出版周刊《文協》。
四月八日	在利園袖海堂舉行會員首次交誼會，出席五十餘人。
五月二日	《文協》創刊。
五月五日	商借「中國製片廠」出品《抗戰特輯第六集》，在中央戲院試演，招待文藝界、新聞界。
五月二十六日	在「青記學會」會址，舉行會員座談會，題目〈用甚麼方式爭取香港的讀者大眾〉。
六月十八日	在香港大學聖約翰宿舍禮堂舉行「文藝晚會」。

日期	事項
六月二十四日	舉行會員座談會。
六月	發起會員響應「全國慰勞總會」主辦之「慰勞信運動」。
六月	出版馬耳以世界語翻譯之抗戰小說《新的工作》。
七月七日	與「青記學會」、「中國藝術劇團」合辦「七七紀念會」。
七月八日	一連三天，舉行「文章義賣」運動，稿酬獻呈國府作慰勞傷兵之用。
七月十七日	舉行會員座談會。
七月	舉行「通俗文藝座談會」。
八月六日	響應總會「文藝通訊運動」，組成「文藝通訊部」（簡稱「文通部」）。舉辦「八月文藝通訊競賽」。
八月	與重慶總會合作，出版英文月刊《中國作家》（Chinese Writer）。
九月十六日	「文通部」在「業餘聯誼社」商討「八月文藝通訊競賽」評選辦法。議決聘請戴望舒、葉靈鳳任評判。
九月三十日	與「中國文化協進會」、「香港戲劇協進會」、「青記學會」假「華商總會」合辦歡送「粵劇救亡服務團」大會。

日期	事項
十月十九日	與「業餘聯誼社」、「青記學會」、「漫協」聯合舉行「魯迅先生紀念晚會」。
十月二十九日	舉行「文藝通訊員聯歡座談會」。杜埃、林煥平、黃繩、戴望舒，葉靈鳳、楊剛、馮亦代等出席指導。
十一月二十六日	「文通部」在「業餘聯誼社」舉行通訊員座談會。
一九四〇年	
一月二十六日	許地山、戴望舒、葉靈鳳、楊剛、林煥平等十三人組成「會務調整委員會」首次會議。 議決向本港政府辦理登記手續，正式成立「中華全國文藝協會香港分會」，並草分會會章。
二月五日	假大東酒店舉行聚餐，招待由渝來港之作家蕭紅、端木蕻良。
二月二十日	呼籲新舊會員從速登記。
三月十日	「文通部」舉行第一次工作檢討會。徐遲、黃繩出席參加討論。
三月十七日	派出朗誦隊參加「業餘聯誼社」主辦之「賑濟東江難民聯合公演會」。朗誦〈最強音〉一詩。

日期	事項
三月十七日	「文通部」舉行通訊員座談會，討論《文藝新潮》及《文藝陣地》二刊。楊剛、黃繩、郁風、馮亦代、徐遲、袁水拍等出席參加討論。
三月十九日	《文協》第四十五期刊出悼念蔡元培先生專文。
三月二十四日	「文通部」舉行通訊員座談會，討論《耕耘》創刊號。
三月二十五日	舉行會務調整會議。
四月七日	「文通部」舉行大會，檢討過去工作，決定改組。
四月十二日	與「漫協」聯合舉行茶會，歡迎施蟄存、丁聰來港，歡送寒波返國。
四月十四日	舉行「一九四〇年度會員大會」，戴望舒作會務報告，並選出新理事及候補理事。又一致通過開除穆時英會籍。
四月十七日	一九四〇年度理事會召開第一次會議，推定各部工作負責人，審查新會員登記表格。修訂章程草案。
四月十九日	理事會召開第二次會議。通過：(1)總務部請馮亦代任本會會計。(2)租借「漫協」餘屋為會所。(3)發行英文文化通訊報，由馬耳負責。等項。
四月二十三日	「研究部」召開第一次會議，討論組織文藝研究班及座談會事。

日期	事項
四月二十五日	「宣傳部」召開第一次會議，議決出版會刊《南線》，及接受《今日中國》建議，每期供給英法文之文藝作品譯文兩頁。
四月二十七日	與「中國文化協進會」舉行理事聯誼會，彼此交換意見，同意聯合舉行(1)音樂欣賞會。(2)文化清潔運動。(3)文化肅奸運動。並選出負責人。又同意今後對外兩會簡稱：一為「文藝協會」，另一為「文化協會」。
四月二十七日	「經濟委員會」召開第一次會議，議決舉行第一次募金。
四月二十八日	舉行會員座談會，並歡迎耿濟之、周煦良。在會上，耿氏談蘇聯作家生活及政府對作家寫作生活保障。周氏談「成都文協」情況及詩朗誦問題。
四月	租得灣仔高士打道一一〇號二樓為會址。
四月	「文通部」發起〈香港的一日〉徵文。
四月	代「印度泰戈爾大學」徵文，題目〈泰戈爾對於中國新詩的影響〉。
五月十二日	與「中國文化協進會」聯合主辦「黃自紀念音樂欣賞會」。
五月十八日	理事會召開會議，通過成立「音樂研究組」及「戲劇研究組」。

日期	事項
五月二十二日	舉行音樂座談會。討論題目〈音樂的特殊性和它的社會性〉。郁風主持，出席者有許地山、施蟄存、戴望舒、楊剛、葉靈鳳、徐遲、馮亦代等三十餘人。林語堂亦列席。
五月	「文通部」舉辦「星期日文藝座談會」，由徐遲出席領導討論。講題為〈詩與預言〉。
五月	遷入堅道十三號A地下新會所，與「漫協」聯合辦公。
五月	指定專人負責調查文藝界漢奸活動情形。
六月四日	公佈《文藝協會香港分會主辦文藝講習會簡章》。
	共開辦十五科，講者包括：許地山、劉思慕、戴望舒、黃繩、喬木、楊剛、徐遲、林煥平、葉靈鳳、馮亦代、施蟄存、袁水拍、林琮等人。
六月十六日	與「漫協」聯合主辦「文藝晚會」，以聯絡會員感情，鞏固文化統一戰線。
六月十六日	「文通部」主辦「七月文藝通訊競賽」開始徵稿。聘請葉靈鳳、黃繩、馮亦代為評判。
六月二十四日	「文藝講習會」開課，舉行始業儀式。

日期	事項
七月	〈香港的一日〉徵文評定完竣。
七月	響應「上海文化界聯合會」，發動本港各文化團體共同舉行「魯迅先生六十誕辰紀念大會」。
八月三日	在孔聖堂舉行「魯迅先生六十誕辰紀念大會」。演出啞劇《民族魂魯迅》。又與「木協」、「漫協」聯合主辦「紀念魯迅木刻展覽會」。
八月十六日	第一屆「文藝講習會」結束，會員組成「香港文藝研究社」。
八月十九日	理事會召開會議，重要討論為：「會員杜衡、唐錫如要求恢復會籍」事。
八月二十一日	第一屆「文藝講習會」舉行結業典禮。許地山、林煥平、郁風、徐遲、馮亦代等出席。
九月十日	「七月文藝通訊競賽」評閱完竣。
九月二十二日	「文通部」舉行「七月文藝通訊競賽頒獎會」。林煥平、馮亦代、葉靈鳳、喬木等出席。
九月	把丁玲所作劇本《重逢》譯成英文，寄往印度。「泰戈爾大學戲劇組」正式上演該劇。

日期	事項
十月六日	「研究部」舉行「小説座談會」，討論谷斯範《新水滸》與利用舊形式問題。
十月十五日	推定劉火子負責邀請各文化團體共同舉行「魯迅先生逝世紀念大會」。
十月十九日	與「青記學會」、「漫協」、「業餘聯誼社」等文化團體，聯合舉行「魯迅先生逝世紀念大會」，林煥平主席、胡愈之演講。
十月	決定恢復杜衡、唐錫如兩人會籍。
十一月	「經濟委員會」發起募捐經費，共得二百六十七元。
十二月二十一日	第二屆「文藝講習會」開始招生。
十二月二十五日	與「青記學會」、「漫協」聯合主辦電影欣賞會，招待會員參觀蔡楚生新作《前程萬里》。
一九四一年	
一月一日	「文通部」舉行會員元旦聯歡旅行。標題為「一九四一年，勝利的通知，文通人馬大合唱」。
一月四日	舉行會員茶聚，歡迎柳亞子，及英記者伯特蘭。許地山、戴望舒、郁風、葉靈鳳、楊剛、喬木等出席。

日期	事項
一月十五日	第二屆「文藝講習會」舉行啟業儀式。
二月二日	第一、二屆「文藝講習會」同學改組「香港青年文藝研究社」，舉行大會。
二月二十七日	舉行聯歡茶會，招待新來港之宋之的、長江（范長江）等人。史沫特萊亦出席，並演講。
三月	會所租約期滿，未得新址，改用郵箱通訊。
四月二十七日	第二屆「文藝講習會」舉行結業儀式。
四月二十八日	理事會召開會議。
五月四日	舉行「一九四一年度會員大會」。林煥平、葉靈鳳作會務報告，並選出新理事及候補理事。及歡迎由內地來港各作家。
五月八日	理事會召開本年度首次會議，推定各部負責人。又新成立「文藝電影推薦會」。
六月十六日	推薦文藝名片《童年的高爾基》，並舉行首映招待會員，由許地山主持揭幕及致辭。

日期	事項
九月二十一日	派代表出席「全港文化界追悼許地山先生大會」。
十月十九日	假福建商會義學舉行「魯迅先生逝世紀念大會」。茅盾、馬鑑、林煥平、徐遲、夏衍、柳亞子、喬木、胡風等出席並演講。
十一月十六日	舉行「郭沫若先生祝壽大會」，並以詩一首電賀。
十一月	「文通部」同人響應《華商報》發起之「為英、蘇將士致送耶誕禮物代金」運動。

——原載於《香港文學》第二十三、二十四、二十五期，一九八六年十一、十二月、一九八七年一月，頁91–94、82–85、21–29。

中國文化協進會（一九三九——一九四一）組織及活動

第一節　旅港文化人新組合

「中華全國文藝界抗敵協會」（以下簡稱「文協」）在漢口成立後的第二年，即一九三九年三月二十六日，香港部份文藝工作者便緊隨其後，以「必須改變過去留港同人們各自為戰的方式，而一致歸於全文協的旗幟之下，立刻團結起來」[1]的理由，組成「留港會員通訊處」。這是團結文化工作者、實踐文藝統一戰線抗日救國的一項工作。簡又文以中央立法委員身份參加，並以十三票當選候補理事[2]。一九三九年四月九日，他在重慶參加了「文協」的第一次會員年會，回港後，寫成〈文人相重論〉[3]，強調：「黨派意見一概化除，門戶界限一概泯沒」[4]，帶給他一個「極深極佳永銘心版的印象」。文中更認為「主張相重」是「文人相重」的一項重要意義，並謂看見留港文藝界也組織起來，覺得十分感動和興奮。

1　陸丹林：〈文藝統一戰線〉，載於《大風》第三十三期，一九三九年四月五日，頁1041。

2　〈文協香港辦事處成立大會報告〉條，載於《抗戰文藝》第四卷第一期，一九三九年四月十日，頁29。

3　載於《大風》第三十五期，一九三九年四月二十五日，頁1101–1107。

4　同注3。

但在「文協香港分會」[5]正展開團結文藝界、推動抗日文藝宣傳工作的時候，簡又文又另有建議。他認為：

「當前文化界的大問題和大需要乃是聯合團結和合作共進。雖然從事各方面活動的人，已各有組織，如教育界、學術界、文藝界、新聞界、戲劇界、電影界、藝術界、音樂界等，但是聯合共進的團體仍付闕如。我們認為這一團體之組織至為重要，亦至為時勢的需要。」[6]

因此提議要有一個這樣聯合各文化界的團體，而這個團體又要有一所適當會所。他強調了會所的重要性：

「會所之為用大矣：(1)可供各文化團體集會及會議之用。(2)可作各文化團體公共的辦公室。(3)可供各文化同志會友晤談、駐足休息，和閱報讀書之所。(4)可作各文化團體或同志通訊交通的機關。因此，這會所便可成為文化界活動和交際的中心。會所裏，應設一供應部，廉價發售茶點、咖啡、香煙、糖果等。有此設備，會所便可成為文化界『沙龍』，足與外國的文藝沙龍比「媲」美了。」[7]

5 為方便計，本文對「中華全國文藝界抗敵協會香港分會」採此簡稱。
6 簡又文：〈向香港文化界建議〉，載於《大風》第四十四期，一九三九年八月五日，頁1393。
7 同注6。

簡又文的建議，很快即得到反應和附議。一九三九年八月九日，《國民日報．新壘》便在〈今日文摘〉欄中，轉載了簡氏〈向本港文化界建議〉全文，編者也在〈我的話．附議簡建議〉中，響應這個建議。

到了一九三九年九月三日，以原提議人簡又文為首，黃祖耀、陸丹林、歐陽予倩、胡春冰等十一人，在勝斯酒店召開了發起人大會。由簡又文當主席，報告發起緣由。當場決議組織籌備委員會，定名為「中國文化協進會」，並訂定九條簡章草案。[8] 於是本港在「文協香港分會」以外，另一個「旅港文人新組合」[9]，便開始形成。

第二節　成立目的和組織

一個「為着適應時代和環境的需要，聯合文化界各部門工作人們共同大規模的組織，發揚光大祖國固有的文化，而和現代文化相溝通。」[10] 文化團體——「中國文化協進會」，經幾星期積極籌備後，在一九三九年九月十七日，「九一八」八周年紀念前夕正式成立。

8　〈中國文協會發起人昨開會〉條，載於《大公報》，一九三九年九月四日，六版。

9　〈中國文協會成立〉條，載於《國民日報》，一九三九年九月十八日，六版。

10　陸丹林：〈香港文化界大聯合〉，載於《大風》第四十九期，一九三九年九月二十五日，頁1545。

葉恭綽在開會辭中說：

「我們這裏的一群文化工作同志，雖然來到香港的時間有先後，雖然在香港工作的部門有不同，但是大家都那樣無時稍懈地努力工作，分頭邁進。不過有一點是非常值得遺憾的，那就是在事實上，我們直到今天還沒有一個好好的方法，還沒有一個實際的機會，共同聯繫起來向我們共同的目的前進，而今日，在『中國文化協進會』正式宣告成立的今日，我們就有了機會，有了一個健全的組織，來互相聯絡……我們今日之所以要組織這個『中國文化協進會』的原因，是因為我們感覺到中國的文化到今天有切實的認真的發展之必要。同時在香港，又集中着如許眾多的文化工作者，他們是在各自獨立地工作，各自為戰。實在有共同組織起來的必要。」[11]

又該會成立目的有三：

「(1)克服過去各自為戰之缺點，使得有一共同會所交換意見，實行大團結。(2)保養中國新文化，保衛人類文明。(3)在此抗戰建國過程中，在特殊意義之香港，集中大家力量，輸送並

---

11 葉恭綽在「中國文化協進會」成立日致開會辭，紫恒筆述：〈今日中國文化界的使命〉，載於《大風》第五十期，一九三九年十月五日，頁1570–1571。

供應國外文化入內地，做一國內外文化溝通站，直接服務祖國。」[12]

二者都強調了該會結束「各自為戰」局面的理想，和實行文化界大團結的精神。

至於該會訂定的會員資格，也極廣泛，包括：

「凡屬中華民國國民，致力文化各部門工作，恪遵國家法令，贊同本會宗旨者，經會員二人之介紹及理事會之通過，皆得為本會會員。」[13]

該會的章程規定，由會員大會選出理事十五人至二十一人，組織理事會，主持會務[14]。另有顧問若干人。理事會為推進會務，又分成七部辦事，即：總務、財務、組織、出版、服務、宣傳、聯誼。因應推行工作需要，另設各種委員會，其主任委員及委員，由該會在會員中推選出來。

由於理事人選，各委員會負責人，均可反映該會的立場、工作範圍，故不厭其詳，開列三屆理事、侯補理事、顧問及各工作委員會負責人名單如下：

12 〈中國文協會成立〉條，載於《國民日報》，一九三九年九月十八日，六版。
13 同注10。
14 會章本規定理事人數最多為二十一人，但第一屆理事會卻有二十七人。到一九四〇年度改選，才把人數由二十七人改為二十一人。

第一屆[15]（一九三九年）

（一）理事二十七人：

伍伯就、朱昌梅、李馳、李應林、竺清賢、胡春冰、梁朝威、袁錦濤、馬師曾、陳良猷、陳炳權、許地山、溫源寧、陸丹林、陳畸、黃祖耀、葉秀英、葉淺予、楊剛、楊素影、鮑少游、戴望舒、鍾魯齋、薛覺先、簡又文、羅明佑、羅靜予。

（二）顧問一人：

葉恭綽。

（三）各工作委員會及其主任委員：

(1)臨時組織國慶紀念籌備委員會——胡春冰。

(2)圖書館設置委員會及會所佈置委員會——葉秀英。

(3)學術研究委員會——許地山。

(4)文化座談會委員會——陳炳權。

(5)讀書運動推行委員會——何蔭棠。

(6)美術研究委員會——簡又文。

---

15 〈中國文協會成立〉條，載於《國民日報》，一九三九年九月十八日，六版。〈中國文協會二次理事會議〉條，載於《大公報》，一九三九年九月二十五日，六版。

(7)文物研究委員會——葉恭綽。
(8)戲劇電影委員會——胡春冰。
(9)新音樂運動促進委員會——伍伯就。
(10)廣東文物展覽籌備委員會——葉恭綽。
(11)《真光》周刊籌備委員會——羅明佑。

第二屆[16](一九四〇年)

(一)理事二十一人:
李應林、陳炳權、許地山、郭兆華、鍾魯齋、陳友琴、簡又文、譚維漢、陸丹林、溫源寧、楊素影、趙少昂、鮑少游、伍伯就、羅明佑、馬師曾、袁錦濤、陳良猷、陳訓悆、李韶清、吳公虎。

(二)候補理事六人:
蔡介公、溫仲良、馬國亮、連士升、龍大鈞、陳彷林。

16 〈中國文化協進會昨日舉行會員大會〉條,載於《國民日報》,一九四〇年九月二十六日,五版。〈中國文化協進會第二屆理事會議〉條,載於《大公報》,一九四〇年十月一日,二張六版。〈文協組委員會辦理獎助文藝〉條,載於《國民日報》,一九四〇年十二月一日,五版。〈文藝界貸金委員會定期舉行審查會議〉條,載於《大公報》,一九四〇年四月二十四日,二張六版。

（三）顧問四人：

葉恭綽、王雲五、何明華[17]、史樂斯。

（四）各工作委員會及其主任委員：

(1)文化座談會委員會——陳友琴。

(2)美術研究委員會——簡又文。

(3)新音樂運動委員會——伍伯就。

(4)巡迴演講委員會——陳炳權。

(5)廣東叢書編印委員會——葉恭綽。

(6)《大風》半月刊管理委員會——陳炳權。

(7)文化講座委員會——李應林。

(8)粵劇改進委員會——薛覺先。

(9)新劇運動委員會——胡春冰。

(10)讀書運動委員會——鄧志清。

17 何明華會督——Bishop Hall（1895–1975），英國人，是聖公會港澳教區第七任主教。在中國及港澳服務達卅四午之久，於一九六六年榮休返回英國。他熱心支持中國抗日，亦與中國文化界相當稔熟。中國抗日期間，在本港籌辦難童工業學校，支持中國作家發起之「人權運動」。

(11)學術演講委員會——溫源寧。

(12)電影清潔運動委員會——羅明佑。

(13)會所設計委員會——鮑少游。

(14)國語推進委員會——朱有光。

(15)文藝界貸金委員會——許地山。

第三屆[18](一九四一年)

(一)理事二十一人：

簡又文、李應林、陸丹林、陳炳權、羅明佑、劉世達、陳仿林、吳公虎、李韶清、馬鑑、郭兆華、鮑少游、黃般若、林聲翕、黃劍棻、吳灞陵、黃軼球、王淑陶、王永載、蘇安平、黃馮明。

(二)候補理事六人：

蔡介公、趙少昂、李馳、麥少霞、譚維漢、陳友琴。

(三)名譽理事：

吳鼎新、金城夫、周尚、高廷梓、高劍父、陳訓悆、溫源寧。

18 〈中國文化協進會昨日舉行會員大會〉條，載於《國民日報》，一九四一年九月二十八日，五版。

(四)顧問：

王雲五、史樂斯、何明華、金曾澄、周壽臣、程滄波、葉恭綽、鍾榮光。

(五)各工作組及負責人：[19]

(1)教育組——李應林。

(2)學術組——簡又文。

(3)文藝組——陸丹林。

(4)繪畫組——鮑少游。

(5)音樂組——林聲翕。

(6)電影組——羅明佑。

(7)戲劇組——王永載。

(8)新聞組——李韶清。

(9)社會服務組——劉世達。

19 由於此屆在報刊上所載資料不足，只見開列工作部門負責人名單，而未見各工作委員會名稱。在此屆新理事選出後，到香港淪陷前這三個多月內，在報上只見「新音樂運動委員會」，及「文化座談會委員會」辦過兩次較公開的活動，其負責主任委員前者是林聲翕，後者是陳仿林。

由上述的組織項目及人選，可以見到該會的確存有欲實踐「大規模的組織」來「發揚光大祖國固有的文化」的理想。

第三節　活動與特點

由於「中國文化協進會」成立時提出的理想是「聯合文化界各部門工作人們共同大規模的組織，發揚光大祖國固有的文化」所以，它的任務是：

「(1)關於文化問題之研究與批判。(2)關於文化事業之創建與推動。(3)關於文化界人士之聯絡與合作。(4)關於國內外文化事業之溝通與服務。(5)其他屬於文化事業之工作。」[20]

如此說來比較空泛，且看成立後，第一次理事會議定出的第一期工作提案，就可顯示該會的工作範圍：

「(1)聯合本港文化團體主辦國慶紀念大會。(2)與國內外文化團體建立聯繫並提倡通訊運動。(3)舉辦各種學術座談會。(4)舉辦巡迴文化演講會。(5)舉辦中國文化講壇並對國外人士介紹並宣揚本國文化。(6)舉辦國際問題研究會。(7)舉辦美術批評會。(8)舉辦書畫文物展覽會。(9)編刊《文化通訊》會刊。(10)創辦通俗文化小型報。(11)設立戰地文物展覽會。(12)設立文化圖

20　同注10。

書館。(13)籌設小劇場促進戲劇運動。(14)組織文化界戰地訪問團。(15)提倡讀書運動。(16)提倡普及國語運動。(17)提倡識字運動。(18)提倡各種學藝競賽。(19)提倡國產影片清潔運動。(20)援助『粵劇救亡服務團』回國表演抗戰戲劇。」[21]

試看三年來活動(見附錄一)，的確大部份能實踐第一期工作提案中各項目標，再看活動範圍和參加者身份，很清楚顯示該會注意力集中在學術界方面較多，例如辦「藝術觀賞會」、「廣東文物展覽會」都很專門化。「巡迴演講」對象只在學校中的學生。〈文化界〉內容多是專門研究或理論，只有「文化講座」的對象較能普及。若說：

「香港的學術大眾化運動，到了『中國文化協進會』的崛起，澎湃擴展的程度，可以說已發展到了相當的高潮。」[22]

則此種說法，就有不盡不實的地方。

歸納該會三年來的活動及工作，可見該會具有下列的三個特點：

(一)與國民政府的關係較密切——

這點可以從五方面得到證明：

21 見〈附錄：中國文化協進會第一期工作〉，載於《大風》第五十期，一九三九年十月五日，頁1571。

22 趙世光：〈學術大眾化在香港〉，載於《國民日報．文化界》第三十七期，一九四一年四月十一日，八版。

(1)理事及顧問的立場及身份：

該會理事人選中，許地山比較特別，他屬無黨無派，態度積極，思想開明，熱心文化事業，又與左翼文化界交往甚密，更是「文協香港分會」發起人及主要分子，又為香港大學中文系主任，在推動文化活動上，有不可推卸的責任，故他成為該會理事，可以說是理所當然。

其餘的理事，除第一屆在「大聯合」口號下，「文協香港分會」成員：楊剛、戴望舒入選外，其餘兩屆，都無「文協香港分會」成員在內。三屆理事人選中如簡又文是廣東省主席吳鐵城的秘書、立法委員。李應林是嶺南大學校長。陳炳權是廣州大學校長。胡春冰是國民黨機關報《中山日報》、《國民日報》的副刊編輯。羅明佑是「聯華影片公司」總經理。黃祖耀是吳鐵城的機要秘書。顧問：葉恭綽歷任中央大員，又以「中華實業專使」身份來港。王雲五是「商務印書館」總經理。吳鼎新是廣東國民大學校長。高廷梓是教育部秘書兼代教育司司長。金曾澄是廣東教育廳廳長。陳訓悆是《國民日報》社長。[23]

通過各人履歷，可見該會與國民黨的密切關係，亦可推斷此文化團體的「立場」。

23 各人身份以最近一九三九至一九四一年間的擔任職務為準。

(2)得到國民政府的資助：

一九四〇年三月，該會獲廣東省府通過撥款二萬元，作為購置廣東文物之用。[24] 在抗戰期間，政府撥巨款給一個海外文化團體，雖然指明「為購置廣東省文物之用」，而不是作為該會常費，但仍是很特別的措施。

(3)協助中央辦理「文藝獎助金」事宜：

一九四〇年，政府表示重視文化人生活問題，及支持抗敵文藝發展，特設「文藝獎金保管委員會」，撥款十萬元，作為文藝獎助金，以援助作家，使其生活安定。而在香港方面的調查審核申請人資格工作，是委托該會負責辦理。[25]

(4)會刊〈文化界〉在《國民日報》定期刊出：

《國民日報》在一九三九年六月創刊，陶百川任社長，樊仲雲主筆[26]，郭蘭馨、陳福愉、杜衡、路易士、胡春冰先後擔任該報副刊〈新壘〉編輯[27]，是家「堂堂正正代表國

---

24 〈本港文協，粵省府助二萬元，專備購置本省文物〉條，載於《大公報》，一九四〇年三月十一日，一張三版。

25 〈我政府獎勉文藝界人士，本港由文協辦理〉條，載於《大公報》，一九四〇年九月二十五日，二張八版。

〈文協組委員會辦理獎助文藝〉條，載於《國民日報》，一九四〇年十二月一日，五版。

26 〈國民日報決定六日出版〉條，載於《大公報》，一九三九年六月二日，二張六版。

27 劉郎：〈香港國民日報〉，載於《大華》第二十六期，一九六七年三月三十日，頁7。

民政府說話的報紙」[28]。該會會刊〈文化界〉自一九三九年十一月十一日創刊，便一直附刊在《國民日報》中[29]，儼然如該報的定期副刊。

(5) 負責主辦全港文化團體「雙十節慶祝大會」。

（二）並不重視文藝創作——

這個特點，我們可以通過會刊〈文化界〉、附屬該會的刊物《大風》的內容，得到證明[30]。這種不重視文藝創作的情況，可以分成兩個層面解釋：第一是與「文協香港分會」分工，不跨越「文藝」的範疇。第二是參加該會的成員，多不是文藝作家，而他們多在學術研究上下工夫。其實，最主要原因，相信與該會的「立場」有關。文藝創作很容易接觸到生活層面、社會現況，這是他們有意迴避的部份[31]。甚至，連「民族形式」、「大眾化」這些重要文藝理論，也避而不談。[32]

28 林友蘭：〈政治性報紙的旋風〉，《香港報業發展史略》，台北：世界書局，一九七七年，頁57–63。

29 《國民日報》在一九三九年十月十六日至一九四〇年一月十三日間，曾刊過四期「文協香港分會」的會報〈文協〉，但自一九四〇年二月開始，便以「篇幅不夠，決定停止」為理由，停刊〈文協〉了。

30 〈文化界〉目錄見本文附錄二。《大風》內容雖偶有文學作品，但仍是掌故、歷史研究、雜文、趣聞等為主。

31 一九三八年，針對所謂「與抗戰無關」，引起一場「文藝政策」論爭，也顯示了國共兩方的文藝歧見。

32 《國民日報．新壘》，一九三九年十月十七、十八日，八版，曾轉載了趙景深〈通俗文藝的討論〉及何鵬〈與趙景深討論通俗文藝問題〉兩文，也只不過是聊備一格的表現。

（三）與學術界及社會高層人士聯繫較多——

「中國文化協進會」在組織成員方面，〈文化界〉所刊文章，均顯示了與傳統學術文化的密切關係。該會三年來最主要的活動包括十一次的「藝術觀賞會」、「廣東文物展覽會」及出版《廣東文物》、《廣東叢書》[33]。其中多次「藝術觀賞會」的展品，為本港藏家珍藏的歷代名畫、名瓷、書法精品。「廣東文物展覽會」的主辦宗旨是「研究鄉邦文化、發揚民族精神」[34]，為了「一以表文獻之菁華，一以動群倫之觀感」[35]，故展出時間較長[36]，觀眾達兩萬，多是學生及知識分子[37]，性質較普及，但最終還是以「學術研究」為目標。至於與本港社會高層人士的聯繫，則在「藝術觀賞會」活動中，特別明顯。該會與「中英文化協進會」、「中美文化協進會」聯合主辦[38]，目的在「欲將中國文化介紹給本港中外

33 據蒐集資料所見，此叢書只出版第一集。第一集包括張九齡《張文獻公集》、屈大均《翁山文鈔》等「民族英雄」文集共七種。

34 〈粵文物展昨日開幕〉條，載於《大公報》，一九四〇年二月二十三日，二張六版。

35 葉恭綽：〈廣東文物展覽之緣起〉，載於《大風》第五十六期，一九三九年十二月五日，頁1713。

36 該展覽會會期五天，由一九四〇年二月二十二日至一九四〇年二月二十六日。

37 （《立報》）記者：〈從廣東文物展覽會」出來〉，載於《立報》，一九四〇年二月二十三日，四版。

38 首六次均是三會合辦。一九四〇年七月三十日，「中美文化協進會」解散後，便只得兩會合辦。

人士，以資溝通中西文化」[39]。而第一次觀賞會，到場參觀的有港督羅富國爵士、港紳周壽臣、羅旭龢、羅文錦等[40]。此外，顧問名單中，第二屆有：史樂斯是香港大學校長。第三屆有：周壽臣是華人代表及太平紳士。凡此種種都可見該會與學術界及社會高層人士的良好聯繫。

第四節　暗湧式的鬥爭

在「抗日文藝統一戰線」的口號下，香港這個環境複雜的地方上，左右兩翼的文化工作者表面也服從這一政策，在共同的目標下，團結起來，「跟隨着政府抗戰建國的偉大國策，展開了巨大的抗戰文藝運動」[41]。但事實上，兩派間的分歧、鬥爭仍無時或斷，處處可見「貌不合神亦離」的情況。而從「文協香港分會」與「中國文化協進會」兩個團體的成立、行事活動，不難找出鬥爭的痕跡來。

簡又文在「文協香港分會」成立不到半年，便提議成立「中國文化協進會」。他所持的理

39 〈藝術觀賞會盛況〉條，載於《大公報》，一九四〇年一月十一日，二張六版。
40 同注39。
41 〈全國文藝界協會港通訊處昨成立〉條，載於《立報》，一九三九年三月二十七日，增刊七版。

由是「聯合共進的團體仍付闕如」[42]。又強調要有一個作為「文藝沙龍」的會所。他這建議，可以說是針對「文協香港分會」而發。因為「文協香港分會」的會員資格是：「(1)文藝作者，(2)文藝理論及文藝批評者，(3)文藝繙譯者。」[43]看來，的確沒有包括教育、學術、新聞、戲劇、電影、藝術、音樂等各界。而「文協香港分會」也的確沒有會所[44]。但其實「文協香港分會」的成員已包括他所提的各界人士，例如歐陽予倩、蔡楚生、司徒慧敏是電影界、戲劇界，方與嚴是教育界，陳烟橋（1912–1970）是藝術界，許地山、葉恭綽是學術界，李馳是音樂界，郭步陶是新聞界。至於會所方面，雖然「中國文化協進會」擁有自己的會址，但大部份較大規模的活動，也難在會所舉行。

簡又文的提議，很快得到響應，其中主要是國民政府的喉舌《國民日報》，但同時惹來一些人的不滿。左翼文化人在「團結抗敵」的形勢下，沒有明顯反對他，不過，在《立報》上，就出現諷刺式的批評。例如一九三九年八月二十日，《立報．小茶館》，就刊出諷刺簡又文的打油詩，現試把原詩錄出如下：

---

42 同注6。

43 同注1。

44 「文協香港分會」要到一九四〇年四月十九日，理事會才議決租借「漫協」的餘屋為會所。

狂男兒〈文化俱樂部——香江雜詠之四六〉

「報載：此間文化界名流簡又文（大華烈士）等，擬籌組一大規模之文化俱樂部……下走一時興到，亂哼了幾章：

（一）

十個文人九個窮，數到第十是富翁，
俱樂而家能有部，咖啡多喝幾多鐘？

（二）

大華烈士幾玲瓏，計仔『諗』來確係工，
沙發軟『淋』真好坐，奶茶西餅腋生風。

（三）

雖然異曲亦同工，人上沙場我『沙龍』，
詩意要清茶要熱，東北西南另一風。

（四）

誰人不愛上『沙龍』？一盅在手語生風，
文章有餅能充實，詩句得茶興更濃！」

打油詩嬉笑怒罵，其中「人上沙場我沙龍」一句，罵得卻十分尖刻。此外，斷斷續續仍有側面批評的文字，針對「中國文化協進會」各項活動。例如有人批評該會的活動脱離群眾，是「文化紳士」。[45]

簡又文另組「中國文化協進會」，當然不是他個人的意思，看該會與國民政府的良好關係，就分明有與「文協香港分會」分庭抗禮之意。[46]而簡氏曾在「文協香港分會」的全體會員大會中，坦然承認：

「『中國文化協進會』係秉承中央意旨促進香港文化運動。」[47]

由此可見，兩會的「貌不合神亦離」是理所當然的事。

不過，這兩個文化團體，也曾一度「攜手合作」。那是一九四〇年三月，汪精衛在南京成立偽政府後，本港文化界為表示「步伐齊一，力量集中」、「擁護抗戰」不讓「這類文化陰謀動搖，始終站在文化戰線最前列的今日中國作家的抗戰意志。」[48]「文協香港分會」理事會便通

45 大頓：〈□□□□〉，（該文標題被刪去，代以□號）載於《立報・言林》，一九四〇年六月十三日，二版。

46 據一九七八年九月十六日，高貞白先生對筆者説，簡氏乃受吳鐵城之命行事。當時國民政府在海外的機關是以「榮記行」為名，撥款資助同路的文化團體及文化人。該組織與簡又文關係十分密切。

47 〈廿九年度本會全體會員大會紀錄〉條，載於《立報・文協》第四十九期，一九四〇年四月十六日，二版。

48 葉靈鳳：〈再斥所謂「和平救國文藝運動」〉，載於《大公報・文協》第五十一期，一九四〇年四月三十日，二張八版。

過接受「中國文化協進會」的邀請，舉行兩會理事的聯誼會。[49]

在這個聯誼會中，兩會理事到會二十餘人，重要議決有：

「(1)兩會簡稱一為『文藝協會』，一為『文化協會』。(2)『文化協會』之《文化通訊》，文藝方面消息，盡量發表。」[50]

這兩項議決，可以說是兩會的一種友好表示，因為報上常把「中國文化協進會」稱為「文協」。「文協香港分會」曾於一九四〇年一月廿六日，宣佈：

「今後對外名稱簡稱為『文藝協會』，以免與本港其他文化團體名稱雷同。」[51]

現在正好「有話說明白」，畫清界限。而《文化通訊》盡量發表文藝消息，也表示支持文藝之意。

此外，兩會又通過合辦「音樂欣賞會」、「文化清潔運動」、「文化肅奸運動」[52]，以求有共同的工作綱領，面對共同敵人。一九四〇年五月十二日在中央戲院舉行的「黃自先生逝世兩周

49 〈會務報告〉條，載於《大公報．文協》第五十一期，一九四〇年四月三十日，二張八版。

50 〈兩文協理事昨舉行聯誼會〉條，載於《大公報》，一九四〇年四月二十八日，二張六版。

51 〈本會會務調整委員會舉行第一次會議〉條，載於《立報．文協》第三十八期，一九四〇年一月二十九日，二版。

52 同注51。

年紀念歌樂會」便成了兩會唯一共同攜手的活動。[53]

在政治氣候特別、環境複雜的小島上，兩派立場不同的文化人，不斷地進行暗湧式的鬥爭，直到一九四一年一月「皖南事變」後，《國民日報》正式向《星島日報》、《華商報》展開猛烈攻擊，這鬥爭才由暗湧變成巨浪。

在一九三九年至一九四一年的三年間，國民政府與香港政府當局的關係頗佳，「中國文化協進會」在微妙的政治形勢下，再加上該會的活動偏重學術性，受到的外來壓力較少，故由創立直至香港淪陷這段日子中，一切會務及活動，均能依照原定工作提案，「平穩」發展，但對香港文化的推動，對一般知識分子的影響，卻未見實際效果。

一九八六年十一月二十六日完稿

53 自該歌樂會後，兩會曾組「音樂欣賞會」，又擬組織「華南管弦樂隊」及「華南合唱團」，可是不到兩星期，就因「種種困難」、宣告停辦。〈音樂欣賞會決定結束〉條，載於《大公報》，一九四〇年五月二十六日，二張六版。

【附錄二】

中國文化協進會（一九三九——一九四二）活動紀事

日期	事項
一九三九年	
九月三日	簡又文、陸丹林、胡春冰等十一人為發起人，開籌備大會。
九月十七日	舉行成立大會，選出理事，組成理事會。
九月二十一日	函請會員認捐會費。
九月二十四日	第二次理事會議，議定第一期工作大綱。
九月三十日	與「文協香港分會」、「香港戲劇協進會」、「青記學會」假「華南總會」合辦歡送「粵劇救亡服務團」大會。
十月十九日	與各文化團體聯合舉行「魯迅先生逝世紀念大會」。
十月二十七日	第三次理事會議。
十月	遷入新會址：德輔道中三十號四樓。委派會員陳拔群為調查華僑文化專員，調查華僑文化事業。
	《文化通訊》出版。

日期	事項
十一月四日	舉行第一次「文化座談會」（題目〈華僑教育與抗日〉）。
十一月九日	發起徵求會員運動，分函各會員促請踴躍介紹。
十一月十一日	〈文化界〉半月刊創刊，在《國民日報》附印。
十一月十五日	「廣東文物展覽會籌備會」第一次會議。
十一月二十一日	與本港其他十三個團體聯合主辦「馬相伯先生追悼大會」。
十一月二十四日	第四次理事會。
十二月五日	葉恭綽〈廣東文物展覽之緣起〉在《大風》第五十六期發表。
十二月二十三日	舉行第二次「文化座談會」（題目〈抗戰時期憲政問題〉）。
十二月三十日	全體理事會議。
一九四〇年	
一月六日	籌設「華僑圖書館」徵集普通參考書一萬冊，以供各界人士參考。館址：德輔道廣東銀行四樓。
一月六日	舉行會員新年聯誼會。

日期	事項
一月十日	與「中英文化協進會」、「中美文化協進會」聯合主辦第一次「藝術觀賞會」，在香港大學馮平山圖書館舉行。陳列黃子靜所藏明清兩代精品共六十點。
一月二十四日	華僑文化專員陳拔群返港。
一月二十六日	籌辦《真光周刊》，舉行第一次籌備會議。籌備委員有羅明佑、陸丹林等人。
一月二十七日	「新音樂運動推進委員會」議決舉辦「抗敵歌詠比賽」。
一月	成立「新音樂運動推進委員會」，以伍伯就為主任委員。目的在改進原有國樂，提倡新興歌詠。
二月一日	與「中英文化協進會」、「中美文化協進會」聯合主辦第二次「藝術觀賞會」，在香港大學馮平山圖書館舉行。陳列何冠五氏所藏宋元明清名畫共三十三件。

日期	事項
二月二十二日	「廣東文物展覽會」開幕，葉恭綽致開幕辭，簡又文報告工作經過。展會在香港大學馮平山圖書館舉行，會期五天，展品二千餘件。編印目錄一大冊。
二月二十二日	《真光周刊》創刊。
三月二日	組成「巡迴演講委員會」，擬定講題，邀請講者以便分赴各校作學術時事演講。
三月九日	獲粵省府撥款二萬元，為購置廣東文物之用。
三月三十一日	歌詠比賽初賽。
四月四日	與「中英文化協進會」、「中美文化協進會」聯合主辦第三次「藝術觀賞會」，在香港大學馮平山圖書館舉行。陳列馮己千之珍藏品。
四月七日	歌詠比賽決賽。
四月十一日	代收「渝市三民主義文化展覽會」港澳兩地參展作品。
四月十四日	簡又文代表「中國文化協進會」出席「文藝協會」一九四〇年度全體會員大會，並致辭表示今後兩會攜手合作。

日期	事項
四月十四日	舉行會員大會，陸丹林報告半年來工作概況。
四月十七日	歌詠比賽團體賽冠軍發生名次之爭。
四月二十日	「廣東文物展覽會」正式結束。學生徵文比賽揭曉。
四月二十四日	舉行第三次「文化座談會」（題目〈廣東繪畫〉）。
四月二十五日	舉辦第一期學校團體「抗建獨幕話劇比賽」，開始接受報名。
四月二十六日	「廣東叢書編印委員會」第一次會議。議決出版第一集為「廣東民族英雄遺著」。
四月二十七日	與「文協香港分會」舉行兩會理事聯誼會，議決兩會今後簡稱，合辦「音樂欣賞會」、「文化清潔運動」等事宜。
五月十二日	與「文協香港分會」合辦「黃自紀念音樂欣賞會」。
五月十三日	議決續辦「巡迴演講」。
五月十四日	與「中英文化協進會」、「中美文化協進會」聯合主辦第四次「藝術觀賞會」，在香港大學馮平山圖書館舉行。陳列何氏嘉樂園所藏中國名瓷。

日期	事項
五月二十二日	「廣東叢書編印委員會」選定《廣東民族英雄集》第一集書目。
五月	與「逸經社」合辦《大風》半月刊。簡又文任社長。
六月二十一日	《真光周刊》自第二卷第一期起改由「中國電影教育協會」獨立辦理。
六月二十七日	與「中英文化協進會」、「中美文化協進會」聯合主辦第五次「藝術觀賞會」，在香港大學馮平山圖書館舉行。陳列旅居港澳中西畫人作品。代港督史美到場參觀。
七月一日	議決「藝術觀賞會」暑期暫停三月。
七月五日	〈文化界〉增闢〈文化顧問部〉。
七月十日	「巡迴演講」暑期暫停。第一期工作總結：在各學校社團演講共二十五次。聽眾達六千八百餘人。
八月二十五日	議決續辦「巡迴演講」。
九月二十五日	舉行周年同人大會，報告一年來會務、財政概況，並選出理事二十一名，候補理事六名，及討論下年度工作大綱。

日期	事項
九月二十五日	中央定出頒給文藝獎助金辦法，本港方面，由「中國文化協進會」負責調查辦理。
九月二十八日	在簡又文九龍寓所召開本年度第一次理事會。
九月	會址遷德輔道中八十一號四樓。
十月五日	受聘為《國民日報》主辦「飾櫥圖展競賽」評判團。
十月十六日	簡又文代表該會函告「兒童劇場」，表示相助推動兒童劇運。
十月十八日	舉行第四次「文化座談會」（題目〈新粵劇之推進〉）。
十月二十日	與「中國電影教育協會」、「香港九龍教聯會」聯合在報上推介電影《白雲故鄉》。
十一月二日	「藝術研究委員會」舉行會議，商定半年度工作。
十一月十六日	與「中英文化協進會」、「中美文化協進會」聯合主辦第六次「藝術觀賞會」，在香港大學馮平山圖書館舉行。陳列何冠五、嘉樂園、黃般若等所藏明末四僧畫作。
十一月二十五日	第一期「文化講座」舉行開學禮，簡又文致辭說明開辦各科的時代意義。

日期	事項
十一月三十日	第二次理事會議。除討論會務外，特別討論中央文藝獎助金辦理方法及宣佈中央所定受助條例。又議決組成「國語推進委員會」。
十二月六日	舉行「文化座談會」（續第四次「文化座談會」，題目〈新粵劇之推進〉）。
十二月十三日	「國語推進委員會」舉行第一次會議，議決開設國語講習班。
十二月十五日	舉行「港九中學生繪畫比賽」。
十二月二十日	與「中英文化協進會」聯合主辦第七次「藝術觀賞會」，在香港大學馮平山圖書館舉行。陳列歷代名家書法。
十二月三十一日	遷入皇后大道中五十號陸佑行四樓新址。
一九四一年	
一月九日	在報上推介蔡楚生編導的《前程萬里》。
一月十五日	邀請高劍父為會員演講。
一月二十一日	「文化講座同學會」成立。
二月二十六日	舉行第五次「文化座談會」（題目〈香港物價問題及其救濟方法〉）。

日期	事項
二月二十七日	舉行茶會招待史沫特萊、宋之的、夏衍、長江等人。
二月	《廣東文物》出版。
三月三日	第二期「文化講座」舉行開學禮。
三月二十三日	舉行「文化講座」師生聯歡大會。
三月二十九日、三十日	與「中英文化協進會」聯台主辦第八次「藝術觀賞會」，在香港大學馮平山圖書館舉行。陳列旅居港澳知名畫家作品。
四月六日	舉行會員半年大會、聯歡聚餐。即席議決通電向蔣委員長致敬及擁護國策。又顧問王雲五演講。講題〈戰時中國文化動向〉。
四月七日	第二屆歌詠比賽初賽。
四月十三日	第二屆歌詠比賽決賽。
四月二十日	歡宴「中華文化基金會」全體董事。
四月二十五日	「文藝界貸金委員會」舉行審查會議。
五月二日	主辦之「東江兵賑書畫展覽大會」開幕。

日期	事項
五月二十五日	「文化講座同學會」舉行第一次幹事會議。
五月三十日	舉行「文化座談會」（題目〈今後中國文化建設〉）。
六月二日	「文化講座同學夏令聯誼會」成立。
六月四日	「文化講座同學夏令聯誼會」邀請柳存仁為會員演講。講題〈中國古代語言文字的演變〉。
六月七日	與「中英文化協進會」聯合主辦第九次「藝術觀賞會」，在馮平山圖書館舉行。陳列梁慧吾氏所藏宋元明清名畫。
六月十一日	「文化講座同學夏令聯誼會」邀請張孤山為會員演講。講題〈國際問題〉。
六月十三日	「文化講座同學夏令聯誼會」邀請談社英為會員演講。講題〈中國婦女問題〉。
六月十八日	「文化講座同學夏令聯誼會」邀請陸丹林為會員演講。講題〈官場黑幕〉。
六月二十四日	「文化講座同學夏令聯誼會」邀請李應林為會員演講。講題〈苦學的經過〉。

日期	事項
六月二十五日	「文化講座同學夏令聯誼會」邀請周振光為會員演講。講題〈處世哲學〉。
六月二十七日	「文化講座同學夏令聯誼會」邀請何紹申為會員演講。講題〈迷信心理〉。
七月六日	舉行「文化講座會」（題目〈藝術批評之標準〉）。
七月七日	第三期「文化講座」舉行開學禮。
七月二十日	「文化講座」新舊同學舉行聯歡聚餐。
八月八日	「文化講座同學會」主編〈文座〉周刊創刊，逢星期五在《中國晚報》刊出。
八月二十六日	「音樂講座」舉行開學禮，由簡又文主持。
八月三十日	受出品人委托，去函重慶「中蘇文化協進會」，追查運蘇藝術展品之安全。
九月十四日	邀請孫科為會員演講。講題〈抗建大計及國際形勢〉。
九月二十一日	派代表出席全港文化界「追悼許地山先生大會」。

日期	事項
九月二十四日	邀請吳靄宸為會員演講。
	講題〈從蘇聯內部説到蘇德戰爭〉。
九月二十七日	舉行會員大會，並選出下屆理事。
九月三十日	為鄭聦裳舉辦國畫預展。
十月二十三日	邀請黃勗吾為會員演講。
	講題〈華僑在泰國〉。
十月三十一日	決定續辦第二期「巡迴演講」並約聘講者。
十一月十日	第四期「文化講座」舉行開學禮。
十一月十三日	為「請統制洋紙貿易辦法」事去函華人代表，請求轉呈港府。
十一月二十三日	「新音樂運動委員會」舉辦「音樂教師座談會」。
十一月二十八日	與「中英文化協進會」聯合主辦第十次「藝術觀賞會」，在香港大學馮平山圖書館舉行。陳列唐宋元名畫。
十二月六日	舉行「文化座談會」（題目〈怎樣提高中學生國文程度〉）。
十二月二十日	主辦第十一次「藝術觀賞會」，在香港大學馮平山圖書館舉行。陳列西洋名畫。

【附錄二】

〈文化界〉目錄

日期	刊期	作者	題目
一九三九年			
十一月十一日	創刊號	郭步陶	〈從固有文化說到文化侵略〉
		黎覺奔	〈關於戰地文化〉
		陳大年	〈玉鱗施之研究〉
		風　人	〈畫人高奇峰〉
十一月二十五日	二	黎錦明	〈「卓別麟」「體裁」與「天才」〉
		翰　昭	〈沈演公書法講演記〉
		怒　濤	〈西北西南的文化食糧問題〉
		馬小進	〈潘冷殘之畫例〉
十二月九日	三	簡又文	〈葡國民族詩人賈梅士〉
十二月二十三日	四	陳友琴	〈拉丁文化中國文字之檢討〉
		自　在	〈違背歷史的畫法〉
		劉寒若	〈參觀語文展覽會〉（上海通訊）

日期	刊期	作者	題目
一九四〇年			
一月七日	五	陸丹林	〈評《行草書例》及《行草集成》〉
		郭步陶	〈文化界今後的責任〉
		陳友琴	〈嶺南畫人溫幼菊〉
一月二十一日	六	（缺紀錄者）	〈華僑教育問題〉
			〈座談會紀錄〉
		劉寒若	〈文藝展覽會一瞥〉（上海通訊）
二月二日	七	何多源	〈香港之圖書館〉
二月十六日	八	簡又文	〈平靖錢考〉
		自　在	〈呂碧城的曉珠詞〉
三月一日	九	任真漢	〈從馬遠「女孝經」圖卷論宋畫〉
		何多源	〈香港之圖書館〉（續）
		高貞白	〈記清廷罷留美學生事〉

日期	刊期	作者	題目
三月十五日	十	陸丹林	〈墨井道人吳歷〉
		黃詠雲	〈廣州部曲將印考〉
三月二十九日	十一	吳鐵城	〈對於廣東文物展覽會的感想〉
		李撫虹	〈姚粟若及其繪畫〉
四月十四日	十二	陳天任	〈戰時文化工作的我見〉
		徐信符	〈廣東版片記略〉
四月二十八日	十三	蘇肇鎏	〈參觀廣東文物展覽會述評〉（徵集學生論文取錄第二名）
		顧　齋	〈與黃苗子論粵文物展出品書〉
五月十日	十四	工　爻（紀錄）	〈中國文化協進會第三次文化座談會〉（題目〈廣東的繪畫〉）
五月二十四日	十五	余蘊清	〈斥所謂「和平運動文藝」〉
		劉修業	〈巴黎我國藝術展覽會參觀記〉
六月七日	十六	余蘊清	〈文丐的無恥與無聊〉
		陳天放	〈談談齊白石之詩〉

日期	刊期	作者	題目
六月二十一日	十七	薩悍干	〈現階段新聞界應有的精神〉
		李景新	〈廣東修志概述〉
七月五日	十八	高劍父	〈居古泉先生的畫法〉
七月十九日	十九	李景新	〈「中華民國」解〉
		孫仲瑛	〈關於修志〉
		李撫虹	〈送關山月北行序〉
八月二日	二十	陸曼炎	〈白屋詩人吳芳吉的詩〉
八月十六日	二十一	陸丹林	〈國際文學之中國抗戰文藝〉
		李撫虹	〈近代中西繪畫理論之共通性〉
		鄭子瑜	〈門外詩談〉
八月三十日	二十二	簡又文	〈白沙學說之研究〉
九月十三日	二十三	趙浩公	《畫的抄襲及其他》
		李撫虹	〈劍父先生之畫虎法〉
		陳斯馨	〈近期的「中蘇文化」〉

日期	刊期	作者	題目
九月二十七日	二十四	自在	〈直筆與曲筆〉
		楊彥岐	〈評《成人的童話》〉
		李撫虹	〈劍父先生之畫虎法再誌〉
十月十三日	二十五	薩悍干	〈瞎了眼睛的活屍〉
		林溥倫	〈戰爭和藝術〉
十月二十五日	二十六	楊彥岐	〈評蔣廷黻的《中國近代史》〉
		周炎荔（紀錄）	〈新粵劇之推進〉（文化座談會）
十一月八日	二十七	簡又文	〈湛甘泉學說之研究〉
十一月二十二日	二十八	鮑少游	〈繪畫上之不即不離說〉
十二月六日	二十九	林溥倫	〈關於尼安得太爾人種〉
		畫熳	〈沒骨畫法源流〉
十二月二十日	三十	工爻（紀錄）	〈藝術研究座談會紀錄〉（題目〈明末四名僧的畫〉）

日期	刊期	作者	題目
一九四一年			
一月十七日	三十一	嘯　聞	〈我國法律和文化〉
		陳公哲	〈科學的書法〉
一月三十一日	三十二	自　在	〈中學生繪畫比賽的經過〉
		溥　倫	〈倫敦新聞事業〉
二月十四日	三十三	（缺名）	〈藝術與戰爭〉
		蔡語邨	〈談墨〉
二月二十八日	三十四	鮑少游	〈中國畫的鑑賞法〉
三月十四日	三十五	周炎荔	〈新粵劇之推進〉（座談會）
		（紀錄）	
三月二十八日	三十六	自　在	〈精神糧食的推銷〉
		西　山	〈戰爭與文化〉
四月十一日	三十七	趙世光	〈學術大眾化運動在香港〉

日期	刊期	作者	題目
四月二十五日	三十八	楊彥岐	〈評《一家》〉
		逸　冰	〈歌詠的欣賞與比賽〉
五月九日	三十九	勞少衡 余元鑑 等八人	〈我所愛讀的書〉
五月二十三日	四十	簡又文	〈介紹鮑少游畫師〉
		鮑少游	〈長恨歌詩意寫作經過〉
六月六日	四十一	韋浩如	〈歌劇略論〉
六月二十日	四十二	周炎荔 （紀錄）	〈今後中國之文化建設〉（座談會）
		林聲翕 （講辭） 行　健 （紀錄）	〈怎樣欣賞音樂〉

日期	刊期	作者	題目
七月四日	四十三	余蘊清	〈現階段的文化問題〉
		柳存仁（講辭） 一百（紀錄）	〈我國古代代表語言的文字的演變〉
七月十八日	四十四	全增嘏（講辭） 梁瀚薇（紀錄）	〈哲學思潮〉
八月一日	四十五	李　馳	〈室樂概論〉
八月十六日	四十六	簡又文	〈居廉畫學之研究〉

日期	刊期	作者	題目
八月二十九日	四十七	何川 汪時 等十七人	〈我所愛讀的書和定期刊物〉
九月十二日	四十八	陸丹林（講辭） 梁瀞薇（紀錄）	〈寫作研究〉
九月二十六日	四十九	麥默	〈音樂遺產的繼承〉
		馬葉	〈小提琴音樂的欣賞〉
十月十日	五十	任真漢	〈蘇仁山的藝術〉
		李凡夫	〈蘇仁山——一個倔強的畫家〉
十月二十四日	五十一	予且	〈怎樣看話劇〉
		呂思勉	〈俞理初先生年譜序〉

日期	刊期	作者	題目
十一月七日	五十二	楊素宜	〈古史辨第七冊〉
		以振	〈門外譚藝〉
		吉人	〈辭和意〉
		鄭子瑜	〈學行兼顧〉
		楊素宜	〈論愛美的戲劇運動——從五四運動到北伐前的中國話劇簡論〉
十一月二十一日	五十三	梅鶴	〈廣東畫壇四大創作家之一——蘇仁山〉
		唐英偉	〈現代木刻論〉
		因英	〈建立正確的批評〉

茅盾在香港的活動（一九三八——一九四二）

前言

茅盾在香港有過三次時間較長的停留，就是一九三八年二月底至一九三八年十二月底、一九四一年三月至一九四二年一月、一九四六年四月至一九四九年十二月。在這三段時期中，茅盾在香港的文藝活動影響很大，有人認為這是茅盾文學活動高潮期的重要部份[1]，可惜歷來研究者均未見詳細論述，多只是簡略帶過。現試就在香港能找到的資料，先描敘一下茅盾第一、二次在香港的活動情況。

第一段文藝活動期——一九三八年二月至十二月

（甲）展開文藝戰鬥的生活

一九三七年「盧溝橋事變」後，中國抗日戰爭開始，茅盾和許多文化人一般，投身抗日的文藝宣傳隊伍中。在上海他主編《吶喊》（《烽火》）周刊，及任《救亡日報》編委。一九三七

---

1 如玉：〈茅盾與香港——兼賀《脱險雜記》的首次出版〉，《脱險雜記》，香港：時代圖書有限公司，一九八〇年，頁383–395。文中把茅盾的文學活動分成四個階段。第四個階段自一九三七年至一九四九年，是高潮期，而他在香港的文學活動是這個高潮期的重要組成部份。茅盾對這個説法也表示同意。見明鈺：〈訪文聯名譽主席茅盾〉，載於《新晚報》，一九八〇年五月二十日，十二版。

年十一月，上海淪陷後，茅盾便離開上海，先後到了長沙、武漢、廣州等地，繼續從事抗日文藝活動。

一九三八年二月底，他帶了家眷到香港來，最先住在香港灣仔的軒尼詩道[2]，後來才在九龍太子道一九六號四樓安頓下來[3]。雖然他認為「停留在這樣安靜的香港，可說是一種意外」[4]，但已準備全力投入以文藝發動群眾、捍衛祖國、鞏固「抗日統一戰線」的文藝活動中。

一九三八年三月十二日，晚上七時半，茅盾出席了「中華藝術協進會」[5]「文藝組」主辦的座談會，並發表演講。這是他首次公開參加本港文藝活動，雖然出席者只有三十多人，但對一向沉寂的文藝沙漠地——香港來說，特別對熱愛新文藝的青年人來說，已發揮很大的鼓舞

---

2 茅盾：〈在香港編《文藝陣地》——回憶錄（二十二）〉，載於《新文學史料》一九八四年第一期，一九八四年二月，頁1–20。文中誤把「軒尼詩道」說成在「九龍尖沙咀」。

3 孔海珠：〈茅盾書簡七封〉，載於《海洋文藝》第十期，一九八〇年十月，頁64–69。其中第一封信，信末就附了這地址。松井博光（Matsui Hiromi，1930–2012）著，高鵬譯：《黎明的文學——中國現實主義作家茅盾》，杭州：浙江人民出版社，一九八二年，第四章〈流浪中的茅盾——抗日時期和內戰時期〉，頁192說「但他實際住在九龍的太子道（Prince Edward Road）一九二號」，誤。林煥平《茅盾在香港和桂林的文學成就》一書也誤記此地址。

4 白鳥：〈訪問茅盾先生〉，載於《大眾日報．大眾呼聲》，一九三八年三月十三日，頁碼不詳。全文輯入盧瑋鑾、黃繼持編：《茅盾香港文輯（一九三八——一九四一）》，香港：廣角鏡出版社，一九八四年，頁319–321。

5 「中華藝術協進會」成立於一九三七年五月二十七日，為本港文化界為「提倡我國文化藝術及舉辦慈善事業」而成立的文藝團體。簡稱「藝協」，是「中華全國文藝界協進會香港分會」成立前，最具規模、最活躍的本地文藝社團。

作用。[6]在那次演講中，茅盾以很濃的浙江土音發表他對抗戰後文藝的一般問題的意見。由於在應邀的時候，他曾問過主辦者李育中、杜埃，香港文藝界最注意的是甚麼問題，而答案是：「為甚麼沒有偉大作品產生」，因此首先他就針對這個問題來發揮了。

「……我們來討論為甚麼沒有偉大作品產生，是把我們工作的本末倒置了的，問題是，我們現在的工作方向對不對？我們在創作方法上有沒有深入而正確的理解？如果答案是肯定的，那麼，偉大作品遲早會產生——特別因為我們已經看見現今這偉大的時代已經覺醒了不少的文藝天才……因此，如果我們不精密而刻苦地檢討我們的工作方向、探究我們的創作方法，而先來討論為甚麼沒有偉大作品產生，那就是本末倒置。……」

其次，他提出了工作方向與創作方法。在這點中，他提及「左聯」的「創作大綱」及承認：

「這兩個綱領，……使它的成效不能如所預望。」[7]

此外，他又說及正確的宇宙觀、人生觀、作家生活經驗等等，他認為：

「關於作家的生活應是戰鬥的——這一點，我的意思是：所謂戰鬥的，並非一定要上火線

---

6 丘亮：〈茅盾先生印象記〉，載於《大眾日報．大眾呼聲》，一九三八年三月十七日，頁碼不詳。全文輯入盧瑋鑾、黃繼持編：《茅盾香港文輯（一九三八—一九四一）》，香港：廣角鏡出版社，一九八四年，頁323–324。

7 〈茅盾先生的一封來信——關於「抗戰後文藝的一般問題」〉條，載於《大眾日報．大眾呼聲》，一九三八年三月二十一日，頁碼不詳。全文輯入盧瑋鑾、黃繼持編：《茅盾香港文輯（一九三八—一九四一）》，香港：廣角鏡出版社，一九八四年，頁1–4。

> 或天天在幹群眾運動之謂，一個人對於真理忠實，對於自己忠實，做事一絲不苟，嫉惡如仇，見一不善必與之抗——用口或用筆，這就是戰鬥的生活……。」[8]

演講後，還有自由討論時間，討論了「國防文學」、「香港文藝作品的缺點」、「公式主義」等問題。[9]由於記錄者馬凡的記錄頗多不盡不實之處，茅盾特別執筆寫了一封訂正的信，在三月二十一日《大眾日報》中刊出，這應該是茅盾南來第一篇文字紀錄了。自這次活動後，他就在香港開始他「解放前文學活動第四個階段——高潮期的重要組成部份」[10]的生活。

（乙）主編《立報．言林》

提到一九三八年茅盾在香港的工作，自然免不了提到《立報》的〈言林〉版。

一九三八年四月一日，成舍我在香港復刊了上海著名的《立報》。薩空了勸茅盾住在香港，並為《立報》編副刊〈言林〉。茅盾對上海《立報》素有好感，對謝六逸（一九〇六—一九四〇）原編〈言林〉的風格很滿意，加上看到薩空了的工作整天忙得透不過氣來，就明知

---

8 同注7。

9 馬凡記錄：〈抗戰後文藝的一般問題——茅盾先生在藝協文藝組座談會上的演講及討論〉（一）至（四），載於《大眾日報．大眾呼聲》，一九三八年十月十八、十九、二十、二十一日，頁碼不詳。全文輯入盧瑋鑾、黃繼持編：《茅盾香港文輯（一九三八—一九四一）》，香港：廣角鏡出版社，一九八四年，頁325–331。

10 同注1。

「這續貂的工作，自然更覺不易做好，然而我還是答應了下來。」[11]

當時香港各報的副刊很「保守」，多是掌故、佚聞、神怪、武俠、香艷奇情等文字，近似「五四」以前上海有些報紙的「屁股」味兒，這裏也包含了「南國和殖民地文化的特性」[12]，茅盾為了保持《立報》的原有風格，又不至脫離現實，脫離群眾——顧及當時香港讀者水準，又要提高讀者品味，他除了蕭規曹隨外，把副刊內容弄得：

「五花八門，雅俗共賞。應當有一連載半月或一月之長篇小說作為主柱，而用五花八門的短文以為陪襯。」[13]

為了編好這個副刊，他自己執筆寫了一個「通俗形式」以抗戰為題材的小說〈你往哪裏跑？〉。[14]此外，除廣泛約稿，使短文內容能「上下古今，無所不談」外，作為編者自也免不了動筆寫些補白文字，故在〈言林〉中，除了用「茅盾」這一筆名外，他還用了「止水」、「仲方」、「微明」寫了許多雜文。[15]

---

11 茅盾：〈第一階段的故事．新版的後記〉，《茅盾文集》第四卷，北京：人民文學出版社，一九五八年，頁379。

12 同注11。

13 茅盾：〈談編副刊〉，載於《戰地》第六期，一九八〇年十一月，頁39。

14 此小說自一九三八年四月一日始刊於《立報．言林》，至一九三八年十二月三十一日止，即因茅盾赴新疆及對小說發展並不滿意，而草草結束。一九四五年在重慶出版單行本時改名《第一階段的故事》。

15 詳見盧瑋鑾編：〈茅盾在香港報刊（一九三八——一九四一）上發表的著作〉，載於《抖擻》第四十四期，一九八一年五月，頁41–46。

茅盾自《立報》創刊便擔任〈言林〉副刊編輯工作，一直到一九三八年十二月二十日離開香港赴新疆為止。[16] 在任期間，〈言林〉的確使香港讀者耳目一新，也顯示了編者的見聞廣博，及約稿範圍廣泛。由於該刊文稿除本地作者的作品外，更多國內各地作者來稿，成為一個很全面的文壇交通網，使本港和國內訊息互通，故有人以為：

> 「這是《香港立報》對作為一個「中國文化中心」的香港的一項歷史性的影響。」[17]

（丙）辛勤的園丁

茅盾在香港更負責了主編《文藝陣地》的工作。這個「擁護抗戰到底、鞏固抗戰的統一戰線」[18] 刊物，出版的過程十分複雜。這刊物的創刊號在一九三八年四月十六日出版，出版地名義是在漢口，但從第一期起，編輯和印刷地點都不在漢口。最初，在廣州排印，但由於主編茅盾在一九三八年二月便到了香港，他必須每月到廣州去兩次，住三、四天旅館，在那兒發稿和看大樣。直到五月底，廣州受到大轟炸，印刷工作要移到更遙遠的上海「孤島」去，而編

16 離港正確日期首見於《立報．言林》，一九三九年二月一日，二版。編者以代郵方式刊出：「茅盾先生安抵新疆——茅盾先生自十二月二十日離港赴海防轉入內地後，曾在重慶、蘭州小作勾留，日昨有電致此間友人，謂已安抵新疆，特為關心者告。」

17 林友蘭：〈成舍我先生與香港報業〉，《香港報業發展史》，台北：世界書局，一九七七年，頁100–106。

18 〈發刊辭〉，載於《文藝陣地》第一卷第一期，一九三八年四月十六日，頁1。

務仍在香港進行。茅盾編好每期全稿，就寄交上海「生活書店」排版，再由孔另境（孔令俊，1904–1972）按他來信指示代校清樣。從他給孔另境的信件裏，[19]大可體察這種隔海指示編輯校樣工作，實在困難而費心思。在《文藝陣地》各期中，他更分別用「茅盾」、「微明」、「仲方」、「玄珠」、「玄」等筆名寫了許多雜文、書評，他的工作量是相當驚人的，可以說是個辛勤的文藝園丁。[20]

茅盾在香港工作極忙，而健康又不好，先後受到胃病、失眠、神經衰弱、牙疾等侵擾，[21]但他的文藝活動仍十分活躍。許多社團的文藝組請他演講，例如「九龍文化研究社」、「香港學生賑濟會中環段段委會」、「紅磡自強社」、「中華藝術協會．文藝組」等。他更先後為「中華藝術協會」的「文藝研究班」主講〈現階段的文藝運動〉，及擔任「中華業餘學校」的「文

19 同注3。

20 詳見孫中田：〈茅盾著譯年表〉，《論茅盾的生活與創作》，天津：百花文藝出版社，一九八〇年，頁227–231，附錄一，松井博光：〈茅盾創作評論散文目錄II〉，載於《人文學報》第一一二號，一九七六年一月，頁127–169。

21 在下列各文中，均見提及他的健康不佳：
(1) 白鳥：〈訪問茅盾先生〉，載於《大眾日報．大眾呼聲》，一九三八年三月十三日，頁碼不詳。全文輯入盧瑋鑾、黃繼持編：《茅盾香港文輯（一九三八—一九四一）》，香港：廣角鏡出版社，一九八四年，頁319–321；
(2) 陳適懷：〈一點希望——茅盾先生的話〉，載於《大眾日報．文化堡壘》第十九期，一九三八年九月二十一日，二張六版；
(3) 茅盾：〈第一階段的故事．新版的後記〉，《茅盾文集》第四卷，北京：人民文學出版社，一九五八年，頁379–384。

藝科」講師之職。雖然他的浙江口音使香港愛好文藝的青年人感到困難，往往需要借助翻譯，才能了解他所說的話，例如一九三八年四月二十九日晚上，「香港學生賑濟會中環段段委會」請他演溝，他到港僑中學發表〈戰時文學問題〉，就得請名木刻家陳烟橋用粵語翻譯了。[22]但這個「瘦小個子……清雅灰白的臉孔，下巴尖尖的，表現出中國文人的本色，額頭是低狹的，兩個眼睛滾溜溜的，閃耀着的光芒。……說話和態度，常是那麼謙遜、和藹、雍容、使人感到親切温暖……的中國文壇上的巨星……」[23]早已在他們心中撒下文藝的種子。他編《立報．言林》，除了大量採用了國內外名作家作品外，也培植了年青一代的作者。且看當年的一個青年文藝愛好者怎樣記錄茅盾對他的培植：「……這小小的刊物是一根刺、一朵花、一個果實，是茅盾的心血灌溉的收穫。茅盾的謹嚴，給予我的鼓勵，我回答他的是感激。他仔細修改我的文章，有時是不憚煩的大加斧削，退回的稿，有他的批評意見……」[24]這個年青人，得到茅盾的鼓勵便不斷地寫作，熱切投入文藝工作，他就是現任廣東省出版局局長黃文俞。[25]

22 〈茅盾二十九日演講〉條，載於《華字日報》，一九三八年四月二十七日，二張三版。
23 同注6。
24 文俞：〈我的摸索〉，載於《大風》第八十四期，一九四一年二月二十日，頁2779–2781。
25 馮亦代：〈羊城日記〉，載於《戰地》一九八〇年第五期，一九八〇年九月，頁29–34。

除了演講外，茅盾在一九三八年留港期間，更參加了一次極具意義的文藝紀念活動，那就是本港首次舉行的「魯迅先生逝世周年紀念大會」。

在一九三八年以前，本港的新文化活動並不活躍。一九三六年十月，魯迅逝世消息傳到香港，當時規模較大的「香港文藝協會」曾去電上海魯迅先生治喪處，表示哀悼。十一月十一日幾個文化團體，以「旅港文化界追悼魯迅先生大會籌備會」名義，召開了「追悼大會」，算是相當熱烈的一次表現。但到了第二年，即一九三七年，魯迅逝世周年，本港竟無任何紀念活動，甚至連前一年活動中，支持最力的《大眾日報》的副刊編者，也抱歉地說：

「十月十九日，是魯迅先生的逝世周年紀念日，在百忙中，這痛悼的紀念日，竟給忘記過去了，真太對不起這位文壇的巨人。」[26]

由此大概可反映當時的「冷淡」。到了一九三八年十月九日晚上，茅盾出席「中華藝術協進會」，以〈怎樣紀念魯迅〉為主題的文藝組座談會，發表了〈學習魯迅〉的演講[27]，就顯示了本港文化界開始籌劃紀念魯迅的活動。十月廿二日，在孔聖堂舉行的紀念大會上，茅盾負責報告

26 〈上海市文化界救亡協會魯迅逝世周年紀念宣傳大綱〉條，編者附注，載於《大眾日報．大眾副刊》第一四三期，一九三七年十月二十七日，二張七版。

27 茅盾演講，游子筆記：〈學習魯迅〉，載於《大眾日報．文化堡壘》第二十二、二十三、二十四期，一九三八年十月十二、十九、二十六日，二張六版。

魯迅生平事跡。這可以說是本港首次「魯迅先生逝世周年紀念」的活動，因此，也顯得特別有意義。

茅盾在香港的辛勤工作，雖然很有意義，但由於華南戰火的蔓延，《文藝陣地》也受到交通不便的影響，無論稿源、銷路均成問題。自廣州失陷後，香港形勢就顯得緊張，故在十月廿二日他給孔另境的信中，就透露了：

「此間情勢將日趨嚴緊，蓋廣州既失，此間真成了孤島，英帝國對日大概只有更恭順，反日分子在此愈難立足。而生活程度之高漲，亦使人不能再久居。我們還是想到內地去，大概一月後即可決定。倘去，則將往西北耳。」[28]

終於在一九三八年十二月二十日，應了杜重遠（一八九七——一九四三）的邀請，離開香港，取道海防、重慶、蘭州，到新疆去。在新疆學院任教，及和張仲實分任「新疆文化委員會」的副委員長[29]，結束了他在香港的第一段文藝活動時期。

---

28 同注3，第七封信。

29 潘朗：〈茅盾先生返抵重慶，談杜重遠被扣經過〉(上)、(下)，載於《星島日報》，一九四一年一月十二、十三日，一張三版。有關茅盾到新疆後的工作，據葉子銘：《論茅盾四十年的文學道路》，上海：上海文藝出版社，一九七八年，頁156引述一九七八年二月十九日，茅盾來信敘在新疆各項任務中，未提此職，但據一九四〇年十二月四日晚上，他對范長江、潘朗、沈鈞儒（一八七五——一九六三）、沈志遠等人的敘述，則任「文化委員會」正委員長之職。由於事隔不久，不該誤記。又：茅盾：〈寄自新疆〉，載於《文藝陣地》第三卷第十號，一九三九年九月一日，頁1115-1117。提及之「文化協會」，未知是否即「文化委員會」，待考。

第二段文藝活動期——一九四一年三月至一九四二年一月

（甲）展開第二段文藝活動

茅盾在新疆逗留了一年多後，由於軍閥盛世才的所謂「開明進步」假面具已經揭去，對到新疆助他發展文化工作的文人已動殺機，茅盾只好用「眼疾甚劇，體亦違和」、「母親病故、返里料理後事」[30]等藉口，想盡辦法，在一九四〇年五月十日[31]離開殺機四伏的新疆。

在延安、重慶過了另一種「戰鬥」的生活後，一九四一年春，「皖南事變」發生，茅盾便在三月中旬再到香港來，展開他在香港的第二段文藝活動期的生活。

「皖南事變」後，重慶、桂林、昆明、上海等地的左翼文化人，為了「安全」問題，由中共黨中央安排，紛紛到了香港來。一九四一年四月十七日，《大公報．文藝》的編者楊剛便假溫莎餐廳舉行了「香港文藝界聯歡會」，出席的有茅盾、夏衍、黃藥眠、以群（葉以群，1911–1966）、于伶（任禹成，1907–1997）、林林、周鋼鳴、黃新波（1916–1980）等。茅盾在會上報告了抗戰以來的文藝運動及講述民族形式大眾化緒論問題。[32]

一九四一年五月四日，「文藝協會香港分會」召開了該年度會員大會，同時招待內地來

30 孫中田：〈茅盾在延安〉，載於《社會科學戰線》一九七九年第四期，一九七九年十一月三十日，頁283–290。

31 同注29。

32 〈文協會員大會，歡迎來港作家，選出新理事〉條，載於《立報．言林》，一九四一年五月五日，二版。

港文化界。大會中選舉新理事，茅盾就當選為該會理事，並負責研究部工作[33]。由於「文藝協會」的工作，一向已有許地山、戴望舒、楊剛等負責，故茅盾的工作重點並不放在該會上。

（乙）政治意味濃厚的活動

「皖南事變」後，國民政府與香港政府的關係十分微妙，左翼活動顯然受到壓力。加上《國民日報》對《華商報》、《星島日報》展開猛烈攻擊[34]，左右翼的鬥爭由暗湧變成巨浪。但儘管形勢不利，左翼文化人處境十分困難，例如「文藝協會」的工作陷半停頓狀態，金仲華、羊棗、郁風等被逼辭去《星島日報》編輯之職[35]。但他們仍在不斷努力從事文藝活動，堅持一貫的立場，茅盾顯然是活躍而積極的中堅分子。五月二十九日，茅盾與鄒韜奮等九人聯名寫〈我們對於國事的態度和主張〉[36]，向國民政府提出了九項原則以冀求全國團結統一，爭取抗戰最後勝利。七月七日，又與郭沫若、許地山、胡風、巴金（李堯棠，1904–2005）等七人，聯名致書給世界主持正義人道的作家如賽珍珠（P. Buck，1892–1973）、斯諾（E. Snow，1905–1972）、

33 〈留港文藝作家昨舉行聯歡會〉條，載於《華商報》，一九四一年四月十八日，四版。

34 自一九四一年三月中旬開始，《國民日報》的〈評論〉不斷針對《星島日報》的〈社論〉，兩報罵戰持續多月。

35 金仲華、邵宗漢、羊棗、郁風：〈告別讀者〉，載於《星島日報》，一九四一年五月三十一日，一張三版。

36 本文由茅盾、韜奮、金仲華、惲逸群（惲長安，1905–1978）、長江（范長江）、于毅夫、沈志遠、沈茲九、韓幽桐聯署，載於《華商報》，一九四一年五月三十一日，二版。

羅曼羅蘭（R. Rolland，1866–1944）等[37]，請「建立一個文化界的國際反法西斯聯合戰線」。同年十月七日，與郭沫若、柳亞子、鄒韜奮、周鯨文、胡風、夏衍等百餘人聯名致蘇聯人民書[38]。另與宋之的、戈寶權、胡風、夏衍、以群、于伶、章泯（謝韻心）、黃藥眠、廖沫沙（廖家權，1907–1990）、郁風等聯名，以「留港文藝作家」名義致函世界作家，提議「各國作家應公開的聯結為一全世界之反法西斯同盟，盡我們力量之所能及以各種措施援助民主國家及人類自由之勝利……」[39]。這一連串的發表公開信行動，都展示了在太平洋戰爭前，中國「國統區」文藝運動沉寂的一年中，這海外文藝據點的活躍面貌。

同年十月二十日，茅盾與柳亞子、夏衍、胡風、葉靈鳳等十二人聯名發出〈為郭沫若先生創作生活二十五周年及五十壽辰紀念論文集徵稿啟事〉，揭開了別具政治意味的一次文藝活動的序幕。[40]

37 該信未見。只於思葦：〈由七作家致書歐美文化界說到郭沫若〉，載於《天文台半周評論》，一九四一年七月十七日，四版，及〈留港文藝作家致世界作家書〉條，載於《華商報》，一九四一年十一月七日，三版，兩文中提及。相信該信刊於《華商報》，但因香港大學期刊室所藏《華商報》缺去一九四一年七月七日，故無法證實。

38 該信應於十月七日，「十月革命」二十四周年紀念日發出，但於《華商報》，一九四一年十一月七日，三版，始見刊出全文。

39 同注38。

40 據陽翰笙：〈回憶郭老創作二十五周年紀念和五十壽辰的慶祝活動〉，載於《新文學史料》一九八〇年第二期，一九八〇年五月，頁126–131。可見這是周恩來（一八九八—一九七六）傳遞中共黨中央的意見，並說：「是一場意義重大的政十一月十六日，與柳亞子、鄒韜奮等一百二十七人聯名刊出〈敬祝沫若先生五十初度〉[41]，是日下午，本港文化界假座溫莎餐室舉行慶祝大會，到會的文藝作家、新聞界、戲劇界、漫畫界、教育界共百餘人。茅盾是主席團成員之一，席上他：

「指出文化界團結的寶貴，並認為郭沫若之回國參加抗戰，為民族統一戰線重復形成之象徵。」[42]

除了上述具戰鬥意味的工作外，茅盾同時忙於寫作及編輯工作。一九四一年四月八日，范長江等在香港創辦了《華商報》，茅盾就在它的副刊〈燈塔〉上，發表了連載的〈如是我見我聞〉。[43]

五月，鄒韜奮在港辦了《大眾生活》，茅盾成為編輯委員之一，並在該刊發表了連載小說〈腐蝕〉。這作品反映的年代是從一九四〇年九月到一九四一年二月，利用日記體形式，揭露重慶的某些黑暗層面，故被評為：

治鬥爭。」

41 〈祝沫若先生五十初度〉條，載於《華商報．燈塔》第一五七期，一九四一年十一月十六日，三版。
42 〈本港文化界慶祝郭沫若五十壽辰〉條，載於《華商報》，一九四一年十一月十七日，四版。
43 該文自一九四一年四月八日始至一九四一年五月十六日刊畢。

「它鮮明地表現了茅盾的政治立場，嚴正的革命態度，對敵人的極大仇恨和對一切危害人民群眾的黑暗勢力，要徹底鞭撻暴露之精神。」[44]

九月，茅盾主編綜合性的文藝刊物《筆談》創刊。除了編輯工作，他更以「甫」、「仲」、「來復」、「形天」、「明」、「玄」、「直」、「亮」、「民」、「克」、「華」、「葉明」、「德」、「明甫」、「希」、「曉」等筆名[45]發表大量雜感、隨筆、書評等文章。

此外，他在《大眾生活》、《華商報》、《時代批評》、《時代文學》、《青年知識》、《國訊》等報刊上發表很多極具針對性的文章。

（丙）告別香港

自一九四一年三月來港後，茅盾幾乎全力投入寫作和編務中，但仍參加了許多文化活動，例如一九四一年六月，他擔任「新文字學會」創辦的「人文學講座」講師。十月十九日晚上出席「文藝協會」主辦的「魯迅先生逝世五周年紀念晚會」，並發表了演講。

這九個月留港期間，他更熱心推介了《童年高爾基》、《霧重慶》、《北京人》、《東亞

44 孫中田：〈抗戰和解放戰爭時期的創作〉，《論茅盾的生活與創作》，天津：百花文藝出版社，一九八〇年，頁157–222。

45 據孔海珠女士一九八〇年六月九日來信提供資料及孫中田：〈茅盾筆名（別名）箋注〉，《論茅盾的生活與創作》，天津：百花文藝出版社，一九八〇年，頁333–353。

之光》等戲劇和電影。直到一九四一年十二月，太平洋戰爭爆發，日本入侵香港，他經歷了「一二·八」香港之戰，與葉以群、廖沫沙等輾轉逃躲。到一九四二年一月九日，在東江游擊隊保護下，才離開香港，回到內地去。茅盾先後寫成了〈劫後拾遺〉、〈生活之一頁〉、〈回憶之一頁〉、〈脱險雜記〉、〈虛驚〉、〈過封鎖線〉、〈太平凡的故事〉、〈歸途雜拾〉八篇文字，記錄了這段驚險的經歷，同時反映了香港在淪陷前後的某些層面生活情況及一些小市民心態，也使香港在他筆下留痕。

為抗戰、政治鬥爭而創作

茅盾在香港刊登的散文，仍沿着一九三五年〈速寫與隨筆〉，一九三六年〈印象·感想·回憶〉的路線發展，但由於「未嘗敢忘記了文學的社會的意義」[46]，加上針對時代社會需要，特別是抗戰、政治鬥爭的需要，此時期（包括一九三八年及一九四一年留港期間）的散文，以議論或具尖鋭針對性的雜文為主，敘事、寫景、寫人、抒懷的創作少見。為了對社會現象立刻反應，作品中極多隨寫隨刊、不及求之於形象的時評雜文，故如〈白楊禮讚〉的精細刻劃及藝術構思的作品不多，但由於他的寫作技巧已極成熟，思想立場鮮明而堅定，故每篇從立意謀

46 茅盾：〈我的回顧〉，《茅盾論創作》，上海：上海文藝出版社，一九八〇年，頁7–11。原載《茅盾自選集》，上海：天馬書店，一九三三年。

篇到語言用字，均言簡意深、顯示了深厚的功力。例如〈七七〉一文[47]，在抗日戰爭周年紀念日中，他提出了：

「民眾應當在政府領導之下把紙面上的抗建綱領成為事實，並且也應當依據紙面上的抗建綱領來指揮各級政治機構之缺憾失職，以補中央耳目所未及。政府應有澄清政治的決心，以大公坦然之心來接受民意，必先有言論自由，然後真能做到上下一心一德。」

就針對了「紙上抗建綱領」的未落實，「各級政治機構之缺陷失職」，缺乏「言論自由」等實際情況而發。

對於「老作家」在文藝思想上，未能應時代需要而改變作風，只重浮而不實地做表面文章，形成習非成是的極壞影響，茅盾也毫不留情地加以鞭撻，稱之為「血毒」：

「然而好像血毒似的，既普遍於四肢百骸，非伐毛洗髓，似乎難見廓清。說是血毒，大概也並不過份。因為民族的新細胞，也有些不知不覺中染了這毛病。」[48]

一九四一年四月及六月，國民政府為鼓勵創作，設有文藝學術獎金，茅盾就借題發揮，針砭了文網森嚴的情況：

「責文者今日之所苦，除了百物漲價而文章不漲價以外，更還有一層，即文章難寫。文章題

47 載於《立報．言林》，一九三八年七月七日，二版。
48 茅盾：〈談作風〉，載於《立報．言林》，一九三八年八月二日，二版。

> 材，無非是『現實』生活。但要寫『現實』，則大後方就不准，甚至在海外也會飛來一頂帽子，幾被開除國籍。『現實』既犯忌諱，那只好談歷史。然而奸臣賊子，何代無之，所以一談歷史又有毛病，據批令是托之古事，以譏當世，相應不准。……因此歸根一句話：與其甚麼獎金，還不如開放文綱罷。」[49]

這些雜文隨手拈來，有力尖刻，極具戰鬥性特色。

在小說創作方面，一九三八年匆匆完成的〈你往哪裏跑？〉，茅盾自己也承認了無論在內容或形式方面，都是失敗之作。失敗原因大概是他在創作時要「照顧」的事情太多，一方面他要照顧香港讀者：

> 「對於如何寫一部既能顧及當時香港的讀者水準而又能提高讀者的作品，我那時是這樣主張的：形式上可以盡量從俗，內容上切不能讓步。然而，陶醉於武俠神怪色情歷有年所的讀者，到底給以怎樣的內容才能使他們接受呢？這不是簡單的問題。」[50]

另一方面，他又要「照顧」貫徹抗戰文藝的方針。在面對「聽不到炮聲、聞不到火藥氣」的香

---

49 茅盾：〈談提倡學術之類〉，載於《華商報・燈塔》第四十六期，一九四一年六月九日，三版。

50 同注11。

港讀者，而「小說卻不能不抗戰，又不能不是遠在上海的戰爭」的夾縫下，他只能坦白承認：

「寫到一半時，我已經完全明白，我是寫失敗了。失敗在內容，也在形式。內容失敗在哪裏？在於書中只寫了上海戰爭的若干形形色色，而這些又只是一個個畫面似的，而全書則缺乏結構；在於書中雖亦提到過若干問題，而這些問題是既未深入，又且發展得不夠的；最後，在於書中的人物幾乎全是『沒有下落』的。撇開其他原因不談，單是這幾點，已經足使這一本書不大能為那時的香港讀者所接受了。」[51]

此外，此書只剛剛點出主題就結束了，與他寫長篇前沒有預算要到新疆去有關。據他在一九三八年八月二十日給孔另境的信中說：

「我寫的長篇，尚未登完，且未寫完，隨寫隨登。此書何時可畢，自己也沒預算，大概還有一二月。因為每天所登極少。」[52]

看《立報．言林》，這連載小說，每天刊出的字數不多，有時篇幅短得像補白。到同年十月，他已有離港之意，故在時間不足情況下，匆匆了結。

至於一九四一年創作的長篇〈腐蝕〉，是茅盾繼〈子夜〉之後一部長篇，被推崇為「取得

51 同注11。
52 同注3。

巨大成就」[53]的代表作，具有濃厚而尖鋭的政治意義。他着手寫這小說時：

「雖然是邊寫邊發表，但在我寫本書第一段的時候，也不是全然沒有總的結構計劃的。」[54]

儘管有結構計劃，由於要趕在《大眾生活》創刊號登出來，又不能中斷，故只能邊寫邊發表，自有倉卒之感。而在計劃結束全篇時，又受到意外的「干擾」，據他的〈後記〉記載，故事的結局，一方面要應讀者來信的要求，給女主角趙惠明一條自新之路；另一方面為了適應《大眾生活》合訂本規格——二十六期為一個合訂本，故事必須「拖」到第二十六期才可結束，那只好在「原定結構上再生枝節」。

這日記體小説重心在反映一九四〇年九月到一九四一年二月間的國共鬥爭情況。通過主角的自我剖白來揭示人物的活動、心理狀態、及揭露當時複雜矛盾政治現象。茅盾在逼切需求中，把文學及政治鬥爭結合起來，寫成這小説，讓它成為：

「刺向敵人的利劍，也給一些政治上徬徨、不明大義的人們（特別是青年），以當頭棒喝，給正直的進步人們以戰鬥的武器。」[55]

53 邵伯周：〈新的成就之一——《腐蝕》及其他小説〉，《茅盾的文學道路》，武漢：長江文藝出版社，一九七九年，頁141–154。
54 〈《腐蝕》後記〉，《腐蝕》，北京：人民文學出版社，一九五四年，頁80。
55 同注44。

因此，這作品的政治價值多於藝術價值，由於本文重點不在作品的分析及批評，故不在此詳述。

總括來說，茅盾留港期間的創作，無論雜文或小說，均可以說是在力求文藝為抗日及政治服務，「緊抓住當時現實生活中的主要矛盾和鬥爭，用筆進行戰鬥」[56]，正是他的創作目標。

——原載於《抖擻》第五十期，一九八二年七月，頁57–64。

56 葉子銘：〈為祖國而戰——抗戰時期的生活與創作〉，《論茅盾四十年的文學道路》，上海：上海文藝出版社，一九七八年，頁151–179。

陶行知在香港

前奏

一九三六年夏天，「世界新教育會議」第七屆年會在倫敦舉行。以實踐「生活教育」、「教學做合一」教育理論及提倡「小先生」制度著名的陶行知先生應邀出席，報告經驗總結情況。一九三六年九月，他又到比利時去，以中國執行委員身份，參加「世界和平人會」的第一次大會。會議結束後，他受了「救國會」的委任，負上國民外交的使命，到歐美各國去宣傳抗戰，讓世人了解中國為甚麼要抗戰。對於他自己來說，這也是一種學習的新方向，所以他說：「我現在預備遊歷半個世界，好比是進了一世界大學。」[1]為了向國內傳遞所見所聞，他就「每逢看到、聽到、想到、做到的事，有一些歡喜寫下來，因為遊蹤不定，只好遊到哪裏，寫到哪裏，所以叫做遊稿。」[2]他投稿的方法也很特別，是用複寫紙，複印許多份，分別寄到各報館去。他要求的「稿酬」是：「凡登載九張遊稿者，請寄貴報一份。如蒙複印遊稿數份一併寄來，更為感激。」[3]

1 陶行知：〈九張遊稿說〉，載於《大眾日報》，一九三七年三月十九日，一張一版。
2 同注1。
3 同注1。

一九三六年冬天，他在美國從事團結洪門、聯絡華僑、發動獻金救國等工作。對於本來分門別戶的舊金山、芝加哥、紐約華僑聯合起來，為祖國抗日而努力，他認為這是「新華僑從舊的背景裏活躍起來，也好比是新生的孩子。」而自己「也可算是接生婆之一。」[4]

到了一九三八年，一方面因為國難期中，教育的實施需要熱心而切實推行的好手；另一方面參政會要召開了，身為參政員的他，也希望能在國內推展適合社會需要的教育方式，發揮他的影響作用。於是，在六月十五日由美國啟程，經歐洲大陸、埃及、印度、新加坡回國。八月三十日下午五時，法國郵輪「霞飛將軍」把他帶到香港。這位著名中國教育家在留港期間，展開了宣傳抗戰、推行業餘教育的行動，同時也發表他要做的三件大事的內容。

活動與演講

到了香港，還沒上岸，就在郵輪上接受記者訪問，他談華僑行動、國際形勢和漢回統一等問題；特別對於各地華僑的愛國行動，他認為最令人感動。

第二天中午，香港部份文化人為了歡迎他和鄧穎超，在九龍塘的一個俱樂部裏舉行聚餐會。在會上，他說自己離開國家已經兩年零一個月，但可報告的事卻並不多。不過對於捷

4 陶行知：〈新華僑之出現——在美國所見〉，載於《大眾日報》，一九三八年十一月二十五日，二張五版。

克，他還是談了許多。首先他提到由美國到歐洲的船上，遇到二百多名捷克青年，他們怎樣有秩序地組織起來做國民外交宣傳工作，表現良好的國族精神。繼續他談到在捷克的所見所聞。這時候正是德國對捷克虎視眈眈之際，他特別強調這個小國的團結精神，又認為德國要侵略它也不容易，大概想借這件事，告訴國人團結抗敵的重要性。

陶行知先生到了任何地方，都立刻投入宣傳抗戰的行動中。在香港自然也不例外。他出席各種集會和作專題演講，特別在演講中，以「通俗口吻探討高深之學理，且莊諧並重，談笑風生，極得聽眾的敬佩。」[5]

他在香港停留三個多月，十月初回國內參加第二次參政大會；一九三九年一月初又再到港，直到一月三十日才再離港到重慶參加第三次國民參政大會。現在把他留港期間主要的活動和演講題目開列出來，從中足可反映他接觸面的廣闊。

一九三八年九月一日　在「青年會」作公開演講，講題：〈國際形勢與中國抗戰〉。

一九三八年九月二日　出席香港四婦女聯會的歡迎會並致辭。

一九三八年九月八日　在「香港女子體育籌委會」對教育界演講，講題：〈健康教育問題〉。

5 〈陶行知昨日在自強會講抗戰教育〉條，載於《立報．教育界》，一九三九年一月二十五日，七版。

一九三八年九月九日　在「香港中小學教師座談會」演講，講題：〈戰時教育問題〉。

一九三九年一月六日　出席「香港記者座談會」新年聚餐會，並談〈政治問題〉。

一九三九年一月七日　在九龍「德明中學」對學生演講，講題：〈抗戰現況及學生應負之責任〉。

一九三九年一月八日　出席「業餘聯誼社」成立大會並致辭。

一九三九年一月十二日　出席「中國青年記者學會」新年聚餐會，並談〈廣西情況〉。

一九三九年一月二十四日　在紅磡「自強體育會」為工人演講，講題：〈新階段的抗戰形勢與工人教育〉。

教育理想的實現——中華業餘學校

陶行知先生在一九三八年八月底來港，曾對記者發表了他回國要做的三件大事：「一是創辦曉莊研究所培養高級人才，二是辦難童學校，收容教養在戰爭中流離失所的苦難兒童，三是辦店員職業補習學校，動員華僑抗日。」[6]為了實現第一、第二件事，他在香港召開曉莊學院校董會議。出席的校董有：張一麐、許世英、李晉、何艾齡、楊德昭、吳涵真、張宗麟

6 白韜：《回憶陶行知先生》，哈爾濱：光華書店，一九四八年，頁131。

（方與嚴代表）、陶對庭（陶行知代表）、陶行知等九人，由張一麐主席、方與嚴記錄，即席通過籌設「曉莊研究所」並訂定章程。同時更議決創辦育才學校及訂出意見計劃書[7]。所以，可以這樣說，在中國教育史有着特殊意義的「育才學校」，是在香港孕育出來的。

至於第三件事，他更立刻付諸行動，在香港推行了，這就是設立「中華業餘學校」。「『中華業餘學校』創設於一九三八年十一月。董事長是陶行知，副董事長是黃澤南，校長是吳涵真，主任是方與嚴。校址在九龍山東街五十三號至五十九號的『中華兒童書院』。」[8]

這所學校的教育精神是直接承受「曉莊」理想，面對的卻是香港這個工商業社會。他們認為：「本校不是屬於少數人的，可說是師生共有的，推而廣之，也可說是社會共有的，所以我們希望大家共同來創造，共同來做好。」[9]又由於「我們不想把教育再關在少數知識分子的小圈子裏兜圈子，我們要把教育範圍擴大。」[10]所以除了設文藝、音樂、繪畫科外，還設工商科。

這是所夜校，設計上完全適合失學或失業而有意求長進的青年人。每三月為一學期，每科授課時間共二十四小時。收費是每期港幣五元，講義不另收費。校方按學生程度分成

7 〈實行全面教育籌設曉莊研究所〉條，載於《立報》，一九三九年一月二十八日，增刊七版。
8 〈中華業餘學校招收學員〉條，載於《立報》，一九三八年十一月一日，二版。
9 方與嚴：〈誠懇的接受社會指導，答覆黃繩先生兼告社會人士〉，載於《立報．言林》，一九三八年十二月十六日，二版。
10 同注9。

甲、乙、丙三組，學生可自由選科。學習過程充份發展個人能力，也注重集體主義的自我教育。[11]

有關該校工商科的情況資料不多，因此無法知道它是不是很配合香港社會需要。但文藝、音樂、繪畫等科，則毫無疑問，有一定的影響力和成果。首先，看看講師的陣容。第一期文藝科講師是茅盾、林煥平、適夷。第二期文藝科講師有：孫鈿、黃繩、劉思慕、樓棲、蔡磊、方與嚴。音樂科有蔡自新。戲劇科有：歐陽予倩、胡春冰。再看學生人數：第一期獲結業證書[12]的有二百多人，第二期獲結業證書的有二百多人。為了學和做要配合起來，他們在第一期中，已組成水準不低的「中華業餘合唱團」和「中華業餘戲劇團」。一九三九年三月，還以「中華業餘學校校友會」名義出版會報〈業餘〉[13]。由於第一期招生反應不錯，第二期便計劃在香港灣仔駱克道二八〇號明德學校設立第一分校，並增設了英語科。一九三九年五月籌辦了婦女義學，公開的圖書館也在力求擴展中。

11 有關該校組織、課程安排、講師姓名等資料，散見於一九三八年十一月至一九三九年七月間的《立報》、《星島日報》。

12 由於該校主張：「生活即教育」，人生一天，即要受一天教育，永遠不畢業，故不發畢業證書，只發結業證書，以適應社會需要。

13 此刊物各見於《中華圖書館協會會報》第十三卷第六期，一九三九年五月三十日，頁7–10；毛宗蔭：〈全國雜誌調查表續篇二〉文中。因未見原書，未知內容。

「生活即教育」、「社會即學校」的精神，也充份在學生的活動中表現出來。例如他們響應了「中國青年運動周」，舉辦夏令營為長洲漁民服務，參加救亡籌賑演出；文藝創作在《立報．言林》、《大公報．文藝》中刊出，更有學生回國參加抗日行列。在這所學校裏，「青年的講師倒也很得青年的愛戴和擁護，那種嚴肅、活潑、親愛的空氣，就只有在青年群隊中間才會有的，而青年文藝運動的幹部也在這樣的空氣裏面養起來。」[14]

這所在短期內表現得有聲有色的業餘學校，陶行知先生是催生者。可惜當時的局勢動盪，講師流動性大，加上不久，吳涵真和方與嚴都相繼離港，校務乏人主持，雖然校友會曾發起救校運動，但到一九三九年九月，也無法支持下去，宣告停辦了。

儘管這所學校只辦了十一個月，在香港教育史上只如電光一閃，但仍不失一種光輝標誌——陶行知的教育理想的實現。

詩歌作品

陶行知先生的「陶派詩」[15]，是以通俗淺白，不避口語見稱的，凡有所見所感，都可立刻入詩。在留港期間，他也作了不少詩歌，特別有兩件事令他十分興奮。第一是與趙老太太遇

14　黎夫：〈伙伴們！我們的旗子〉，《青年與文藝》，上海：耕耘出版社，一九四二年，頁146–162。

15　白韜：《回憶陶行知先生》，哈爾濱：光華書店，一九四八年，頁138。

上了。趙老太太外名叫「游擊隊之母」，兒子趙侗是著名義勇軍領袖，她老人家就到處宣傳抗日，也為軍隊募籌衣物藥物經費。在港時，陶行知先生跟她一同出席了許多歡迎會，又和她在九龍一所照像店合攝了一張照片，更寫了一首長詩送給她。（見附錄〈敬送趙老太太〉）另外一件事是他經歷了一次本港僑胞獻金救國的熱潮。這次叫「八一三」獻金運動，可以說是一次波瀾壯闊的愛國捐款行動，其中以九龍區及中區的菜果、鮮魚小販的熱烈捐輸，更是驚人紀錄——九月的募款結算，竟達港幣三十七萬元[16]。陶行知先生也為中區商販義賣寫了一首詩。（見附錄〈為香港中區商販義賣紀念特刊題詩〉）

結語

陶行知先生在香港只短短兩個月，但他的活動範圍很廣闊，而活動的意義也很重大，可惜尚未見有較詳細的記載，我從當年報刊上搜得一些資料寫成本文，表示對這位平民教育家的敬意。由於資料很零碎，所以寫來不夠全面，希望將來有機會補充。

——原載於《開卷》第二十期，一九八〇年八月，頁18–20。

16 有關捐款數字載於《星島日報》，一九三八年九月五日，八版。

【附錄】

陶行知在香港發表的詩作

〈為香港中區商販義賣紀念特刊題詩〉

南海有義賣，高風可崇拜！跟着苦人學，中華萬萬載！

原載於《立報》，一九三八年九月七日，三版。

〈書贈「八一三歌詠團」〉

巍巍金字塔，浩浩尼羅河；法老若猶在，驚醒問誰歌。

原載於《立報．花果山》，一九三八年九月九日，三版。

〈敬送趙老太太〉

東洋出妖怪　中國出老太　老太捉妖怪　妖怪都嚇壞
説起趙老太　誰個不崇拜　生長在岫岩　與朝鮮交界
少小不識字　明理無人蓋　眼看眾同胞　受盡妖怪害
組織義勇軍　動員休妖怪　母子與孫兒　同軍見三代
遠近齊響應　三軍都推戴　軍隊大家庭　英勇而親愛
高粱為城堡　鋤頭是軍械　兵器雖不足　百戰不能敗

軍中沒有糧　民眾送飯菜　軍中沒有槍　妖怪送槍來
截斷妖怪路　一塊又一塊　鑽進妖怪肚　妖怪搖腦袋
最後大目的　趕妖出東海　自由而平等　中華萬萬載
老太有名言　救國莫能外　「別死在牀上　戰死才痛快」
博學男子漢　富貴少奶奶　要想中國好　學學趙老太

「九一八」七周紀念　為《星島日報》寫

原載於《星島日報》，一九三八年九月十八日，六版。

本在人間的豐子愷

一九四九年四月五日[1]，由廈門開出的「豐祥號」客輪在香港泊岸了。一個瘦長身材，清癯面貌的「老頭子」跑下來。其實，他只有五十二歲，一點也不算老，只是他那飄拂稀疏的灰黑鬍子，和斑白的頭髮，給別人第一眼的印象是個「老頭子」罷了——他就是豐子愷（1898–1975）。

他的學生、朋友都來接船，《星島日報》的總編輯沈頌芳是他學生的丈夫，就把他接到跑馬地藍塘道自己住的洋房安頓下來。可是，住不上三四天，他就耐不住，獨個兒跑去中環干諾道去找他的學生李君毅。在那幢既是住宅又是辦公室的中式屋子裏，他指着騎樓的一角說：「君毅呀！讓我在這兒打個地鋪，可以麼？」李君毅着實覺得奇怪了，怎麼好端端的跑馬地洋房不住，寧願擠在中環呢？追問之下，他才說出道理來：「跑馬地的洋房靜得怕人，我要在人叢中生活才好啦！更叫人不忍看見的，是沈頌芳的小女兒，整天孤孤獨獨地在大廳地毯

1　據〈當代名書畫家豐子愷氏抵港〉條，載於《星島日報》，一九四九年四月六日，六版。筆者在寫〈豐子愷先生二三事〉一文時（載於《明報月刊》第八卷第三期，一九七三年三月，頁38–42。）還沒見到這條報紙資料，而引用了李君毅先生一九七二年十二月七日口述資料，說豐氏來港是「三月下旬」，而豐一吟、潘文彥等合著的《豐子愷傳》（杭州：浙江人民出版社，一九八三年）因引用了筆者這條錯誤資料而把豐氏來港日期寫成「三月下旬」。

上爬。父母把孩子交給傭人，自己忙工作，小孩子怪可憐的，我看不慣啊！」當然，李君毅沒讓他打地鋪，把自己住的房間空出來，這個是師是友的「老頭子」就快快樂樂的住進去了！[2]

他這次由廈門到香港，主要是辦兩件事。第一是把在廈門靜居兩月，完成了的〈護生畫集〉七十幅畫，帶到香港，請葉恭綽先生寫題詞。[3]第二件事是在香港舉行畫展，以解決今後在上海安居的生活費。[4]到香港的第三天，他就和沈頌芳夫婦、李君毅，帶同七十幅護生畫，和自己撰寫或就畫意取材的古詩，到半山區去拜訪葉恭綽了。在葉先生的書室中，他們暢談書畫藝術，也談起弘一法師的遺著和印章，後來更談到中國的前途問題。豐子愷對葉恭綽是執弟子之禮的，所以他對葉先生說：「集子裏所選的題詞，都是我個人在閩南時選定的，一部份選古人詩，一部份還是我自己杜撰的，因為我不會作詩，第二集中我所作的，皆由弘一法師修改，現在請葉先生也替我斧正，為了佛法請勿客氣。若有不合用的，敢請函示，以便另選另撰，力求完善。」[5]葉恭綽答應在兩個星期內，把詩抄好，讓他帶回上海去。

---

2 李君毅先生一九七二年十二月七日口述資料。

3 《護生畫集》第三集〈序言〉。

4 豐一吟、潘文彥等合著：〈南國之行〉，《豐子愷傳》，杭州：浙江人民出版社，一九八三年，頁133–135。

5 李君毅：〈豐子愷訪葉恭綽——合作護生畫集第三集〉，載於《星島日報》，一九四九年四月十二日，六版。

第二件事也在積極籌備了。在葉恭綽、黃般若、沈頌芳等人的協助下[6]，在香港舉行畫展。豐子愷的漫畫，在中國，自然是很著名，自二、三十年代以來，他的漫畫、插圖、封面畫，都為知識界所熟悉，在香港，也不會例外，特別在一九四八年一月開始，他的單幅漫畫在《星島日報》的〈漫畫與木刻〉雙周刊，和〈星座〉版刊出，同年五月下旬，又擔任了《星島日報》、《兒童樂園》周刊的主編，四幅連環的兒童漫畫也逐期刊出，十月，《大公報》的〈大公園〉也常用他的漫畫。因此除了本來已熟知他的好畫者外，一般的讀者也應對他的畫有深刻印象。本來，他的畫展只準備四月十五、十六兩天在花園道聖約翰禮拜堂舉行，後來由於參觀者眾，再於十九、二十日，在中環思豪大酒店續展兩天。後來更為了方便九龍的藝術愛好者，培正中學為提高學生美術興趣，除了請豐子愷到校演講外[7]，還特約他在二十一、二十二兩天，把畫展移到該校圖書館舉行[8]。這三次展覽，他展出了立軸四十幀、大冊頁三十九幀、扇面五十件[9]。他也在展會中與參觀者見面交流[10]，至於三次展會中，賣出了多少作品，就不得

6 同注4，但該文把「黃般若」誤寫為「黃般石」。
7 周梅開：〈聽豐子愷教授演講筆記〉，《廣州培正中學六十周年暨港校十六周年特刊》，欠版權頁。
8 〈豐子愷畫展——在九龍培正中學再開〉條，載於《星島日報》，一九四九年四月二十一日，六版。
9 《豐子愷傳》說「舉行了兩次畫展」，就遺漏了九龍這一次。筆者〈豐子愷先生二三事〉更錯誤，只說舉行了一次。
10 〈豐子愷畫展，下周再度舉行〉條，載於《星島日報》，一九四九年四月十七日，六版。
秋水：〈豐子愷先生印象記〉，載於《華僑日報》，一九四九年四月十五日，三張一版。

而知了。他把剩下的畫，都放在李君毅家裏，沒有帶回上海去。在這次來港展覽中，他得了許多人讚許，但同時也面對了嚴厲的批評。四十年代末期，在中國，是個火紅鬥爭的時代，許多人認為無論文學藝術，均應反映抗爭，作為反對壞政權的有力工具，於是有人對豐子愷「這樣的老好人」[11]產生了不滿及懷疑：

「我們不明白子愷先生的慈悲心腸，在現社會裏教人去看山上的落英，把中國的社會描寫得那麼平淡，把人民的生活描寫得那麼悠閒？子愷先生的藝術企圖，也許是要大家洗脫那『凡俗』的感情，遵守『與人為善』為處世的宗旨。然而，寄沉痛於山水，寓抑鬱於郊遊，這就可以使人與人之間產生出愛的理念麼[12]？」

勸這個「在寂寞的『仁慈』中孤獨地徘徊」的人，快快「從空中回到人間」[13]。也許，在豐子愷的畫中，的確有太多不合時宜的「仁慈」，但他卻並不是遠離人間。他只不慣那種張弓拔弩的，或金剛怒目的表達方式。且看他在《星島日報》上刊出的單幅漫畫、如〈爸爸不要去〉[14]寫拉夫，

11 廖鶴：〈從空中，回到人間——寫給豐子愷先生和類似他這樣的老好人〉，載於《大公報》，一九四九年五月十五日，二張六版。

12 駱文宏：〈豐子愷的畫〉，載於《大公報．新美術》第十三期，一九四九年四月二十四日，二張七版。

13 同注11。

14 載於《星島日報．漫畫與木刻》第五期，一九四八年一月三十日，十版。

〈樂不思蜀〉[15]寫飢寒迫人的慘況，〈都會的月明之夜〉[16]寫警察打人，就該明白，他採用一種比較含蓄而引人深思的方法，表現他對黑暗社會的鞭撻。

除了在香港辦畫展外，他還為《新兒童》寫文章、畫漫畫[17]，為李君毅母親說佛理。最令李家大人小孩興奮的，要算他用一百零八筆畫佛像這件事了。由於他有不在人前執筆畫畫的習慣，所以有機會看他即席揮毫的人不多，但為了崇佛，他願意當眾在白紙上以　百零八筆畫成佛像，然後送給李老太晨昏供奉[18]。經過十九天的逗留，四月二十三日，他就乘坐飛機，回到上海[19]，繼續過他「在寂寞的仁慈中孤獨地徘徊」的生活。

一九八六年十月三十日修訂稿

---

15 豐子愷：〈樂不思蜀〉，載於《星島日報．星座》，一九四八年二月二十一日，十一版

16 豐子愷：〈都會的月明之夜〉，載於《星島日報．漫畫與木刻》第十三期，一九四八年三月十九日，十版。

17 豐子愷：〈甜的叫聲〉，載於《新兒童》第一三八期，一九四九年五月一日，頁碼不詳。

18 同注2。

19 〈藝壇簡訊〉條，載於《華僑日報．圓社藝文》第十六期，一九四九年四月二十六日，四張二版。

石門灣的水依舊流着——豐子愷先生逝世五周年祭

石門灣的水依舊流着，純樸的鄉人依舊過着日出日落的平凡生活；而在這塊土地上，毫無印記，提醒人們：這裏曾孕育了一個可敬可愛的人——這個人在過去幾十年裏，憑着明慧和寬容，用文字和畫，給我們帶來溫馨和愛。——而這個人已經離開我們五年了。

不知道從甚麼時候開始，世道會變得如此怪異：「溫馨」是腐化的表徵，「愛」是嘲諷的對象。懷疑和怒火齕着人心，像患一場高熱病。從此，人們眼中看不見春陽朗月、嫩草鮮花，只看見烈日暴風、荊棘敗葉。

這時候，在小小的日月樓裏，他——豐子愷先生沉默地仍握着筆，重複又重複畫繪有楊柳、有詩、有兒童的畫，抄下一首又一首含蘊着古人溫厚特質的詩，譯了一頁又一頁日本古代的故事。

在狂流暴風日子裏，連沉默也成了一種罪狀。恕我是卑微的人，我問：他怨麼？恨麼？他還相信率真和愛麼？親近他的人說：他默默喝一杯酒，然後平淡地閒話家常，或者用漫畫家的幽默，恰當的敘述描繪一些事和人。他會跟小孩子玩耍，跟愛他的畫的三輪車夫聊天。

他在等待！

下了。

石門灣的水依舊流着。他是個愛鄉土的人，回去喝過一勺故鄉水後，歸來，就安詳躺下了。

他倦了麼？不！宛如溫柔的江南一灣水，恆久不斷注入海洋，他的意念和他所信的，也靜靜地流滿人間。

他等待，等待迷戀偽和恨的人們，像蕩遊罷的浪子回頭。等待東風解凍，第一絲綠意自冰硬石隙、寒瘦枝梢衝出。

有人說：都五年了，骨灰已冷，還說甚麼等待？

人的年壽有盡的時候，但有些事情是超乎年壽的。他傳遞的信念，像盞燈，自有後來人，接着！

骨灰雖冷，他不計較。且看：

石門灣的水依舊流着！春天還是會來的。

原載於一九八〇年九月十五日《明報》副刊〈群英會〉專欄，筆名「明川」。後收入明川：《承教小記》，香港：明川出版社，一九八三年，頁161-163。

十里山花寂寞紅——蕭紅在香港

蕭紅為了「逃避」——逃避特務，日人的轟炸也好[1]，逃避那種苦纏的感情熱病也好，在一九四〇年底，和端木蕻良由重慶來到了遠離炮火的南方小島[2]，總以為可以找到一個身心俱靜的環境，繼續她的創作，同時也可掙脱多少年來的感情死結。

來港之前，蕭紅的文章已在《星島日報》和《大公報》發表了，例如〈曠野的呼喊〉，在一九三九年四月十七日到五月七日，於《星島日報》的〈星座〉連載，此外，還有〈花狗〉[3]、〈汾河的圓月〉[4]、〈茶食店〉[5]、〈記憶中的魯迅先生〉[6]。她和端木蕻良是著名作家，到香港來，「文協香港分會」為了表示歡迎，就在二月五日假大東酒店舉行全體會員餐聚。那天晚上，出席的作家四十多人，由林煥平當主席，蕭紅還報告了「重慶文化糧食恐慌情形，希望留港文化人能

1 肖鳳：《蕭紅傳》，天津：百花文藝出版社，一九八〇年，頁98–109。文中所用為端木蕻良一九七九年九月口述資料。

2 〈文化情報〉條，載於《立報．言林》，一九四〇年一月三十日，二版。

3 蕭紅：〈花狗〉，載於《星島日報．星座》第三七一號，一九三九年八月五日，八版。

4 蕭紅：〈汾河的圓月〉，載於《大公報．文藝》第四〇七號，一九三八年九月六日，二張八版。

5 蕭紅：〈茶食店〉，載於《星島日報．星座》第四一九號，一九三九年十月二日，十版。

6 蕭紅：〈記憶中的魯迅先生〉，載於《星島日報．星座》第四二七至四三二號，一九三九年十月十八日至十月二十八日，十版。

加緊供應工作」[7]。

為了解決生活問題，創作或找一份穩定工作是必須的。有一天，胡愈之到九龍樂道住所去找他們，説帶他們到中環認識一位東北同鄉周鯨文。周鯨文在香港辦了一份《時代批評》，鑒於香港沒有甚麼文藝雜誌，很願意出錢，找個人來合作，出版一份純文學雜誌[8]。那天下午，端木和蕭紅就到中環雪廠街十號《時代批評》的辦公室，認識了周鯨文。同是東北人，又是文化界，他們「真是一見如故，彼此非常親近，」[9]周是個社會活動很多的人，興趣也全放在《時代批評》上，對於端木蕻良提出唯一的要求：「編輯有自主權，不要過問及干預，」也十分樂於答應了[10]。以後的日子裏，他們常常見面。周鯨文很關心蕭紅，甚至可以説很憐惜她，認為她在感情上所受的苦楚，實在太重了，正因如此，直到三十多年後提到這件事時，對當時在蕭紅身邊的端木蕻良，似有微詞。[11]

三月初，本港好幾間著名女校，聯合成立了一個「紀念三八勞軍遊藝會」的籌備委員

---

7 〈文藝協會昨晚聚餐〉條，載於《立報》，一九四〇年二月六日，二版。

8 端木蕻良一九八六年十月七日口述資料。

9 周鯨文：〈憶蕭紅〉，載於《時代批評》第三十三卷第十二期，一九七五年十二月，頁19–22。

10 同注8。

11 周鯨文一九七八年十月二日口述資料。

會。該會在三月三日晚上七時，在堅道養中女子中學舉行座談會，討論題目是「女學生與三八婦女節」。婦女領袖廖夢醒、蕭紅等都參加了。[12]

四月，蕭紅以「中華全國文藝界抗敵協會」會員身份，登記成為「文協香港分會」的會員[13]。這段日子，蕭紅應該是集中精神在構思她那本充滿自傳色彩，瀰漫着對童年往事及故鄉思緒的《呼蘭河傳》，因為在四月十日開始，她發表了〈後花園〉[14]。這個短篇與後來出現的《呼蘭河傳》，有極其密切的關係。「後花園」是《呼蘭河傳》的重要場景，是蕭紅童年生活中最奇妙、最寬闊的天地，自該書第三章開始，後花園的一草一木，四季變化，都成為蕭紅生命的一部份，荒涼的氣氛和在園中活動過的人物，都使身處於南方海隅的蕭紅念念不忘。《呼蘭河傳》內容及描敘的人物都很多，〈後花園〉卻只集中在書中第七章的磨官馮歪嘴子身上。這個「生命力最強」[15]的人物，是蕭紅童年記憶裏最熱愛，筆下最「光明」的描寫對象，在這小說裏，交代得更詳細。我們知道他叫馮二成子，曾經單戀了鄰家趙老太太的女兒。更清楚他怎樣跟

12 〈紀念三八婦女節，決在港聯合舉行〉條，載於《大公報》，一九四〇年三月二日，二張六版。

13 〈總會來函（關於會員登記事）〉條，載於《星島日報．文協》第五十期，一九四〇年四月二十三日，三張二版。

14 〈後花園〉自一九四〇年四月十日至四月廿五日，共十二段連載於《大公報》的〈文藝〉及〈學生界〉。筆者自舊報中找出來後，寄給黑龍江省文學研究所的王觀泉先生，後收入《蕭紅短篇小說集》，哈爾濱：黑龍江人民出版社，一九八二年，頁140–160。

15 茅盾：〈論蕭紅的《呼蘭河傳》〉，載於《文藝生活》新第十期，一九四六年十二月，頁21–23。

那個王大姐偷偷結了婚，而王大姐原來是個三十多歲的寡婦。這些情節，對讀過《呼蘭河傳》的人來説，簡直像插敘或倒敘的鏡頭，也是一段補充。這個短篇，究竟是《呼蘭河傳》的試筆練習，還是修訂重寫？是一個很有趣味的研究課題。

一九四〇年八月三日，是魯迅先生六十誕辰紀念，本港文化團體，包括「文協香港分會」、「漫協」、「青年記者協會香港分會」、「華人政府文員協會」、「業餘聯誼社」、「木協」等聯合主辦了一個前所未有，規模很大的紀念大會[16]。這會在八月三日下午三時，在加路連山的孔聖堂舉行。蕭紅在會中負責報告魯迅生平事跡，內容「大部係根據先生自傳，並參證先生對人所講述者，加以個人之批評」。

該日晚上，又在孔聖堂舉行內容相當豐富的紀念晚會，單是戲劇節目，便佔三項，包括田漢編的《阿Q正傳》、啞劇《民族魂魯迅》、魯迅寫的《過客》[17]。其中《民族魂魯迅》的劇本，本來是「文協香港分會」戲劇組請蕭紅執筆的，因為在港的文化人中，她是最熟習魯迅生活的人[18]。蕭紅接過這個任務後，發現要把魯迅豐富的一生，包括在一個短劇中，並不容易，

16 〈本港文化界今日紀念魯迅誕辰〉，載於《大公報》，一九四〇年八月三日，二張六版。

17 〈本港文藝團體昨紀念魯迅誕辰〉，載於《大公報》，一九四〇年八月四日，二張六版。

18 馮亦代：〈啞劇試演《民族魂魯迅》〉，載於《大公報》，一九四〇年八月十一日，二張八版。

與端木蕻良商量斟酌，終於決定用較新的形式——啞劇來表現[19]。她認為自己「取的處理態度，是用魯先生的冷靜、沉定，來和他周遭世界的鬼祟跳囂作個對比」[20]。這個四幕啞劇，出場人物除了魯迅之外，還有何半仙、孔乙己、阿Q、當鋪掌櫃甲、乙、單四嫂子、王鬍、牽羊人、藍皮阿五、祥林嫂、日本人甲、朋友、鬼、紳士、強盜、貴婦、惡青年、好青年、賣書小販、外國朋友、開電梯人、德國領事館人、殭屍、買書青年群。蕭紅寫的這個劇本，設計劇情、表演形式、燈光、佈景，也很細意做了一些處理手法上的説明，例如在第四幕，她寫一九三三年的魯迅事跡後，就作如下的交代：

「魯迅先生遞抗議書和歡迎外國朋友，在時間去的順序上是倒置了，這是為了戲劇效果而這樣處理的，請諸位注意並且予以原諒，作者特別聲明。」[21]

整個劇本，處理手法，就是現在看來，仍是很新，但嫌過於繁富，牽涉的事與人物也過多，所以，儘管「蕭紅費了幾晝夜的工夫完成了一個嚴密周詳的創作。可惜格於文協的經濟情況，

19 同注8。

20 蕭紅：〈民族魂魯迅．附錄〉，載於《大公報．文藝》、《大公報．學生界》，一九四〇年十月二十一至三十一日。重載於《明報月刊》第一六七期，一九七九年十一月，頁71–77。

21 同注20。

人力與時間的侷促」，只好臨時由馮亦代與「文協香港分會」和「漫協」的會員，參照了原作，寫成另一個一幕四場的劇本，排練後在紀念會中上演。至於蕭紅原作，就在十月的《大公報》上發表，並注明「劇情為演出方便，如有更改，須徵求原作者同意」。這是蕭紅很特別的創作，值得研究者注意。

自從參加這個紀念會後[22]，蕭紅就不再參加甚麼公開的文藝界大型活動了，並開始了一連串寫作計劃。九月一日，《星島日報．星座》開始刊出她的巔峯之作〈呼蘭河傳〉，一直到十二月二十七日才登完。文前注明：「本書由作者保留一切權益」，這種說明在當時報刊上很罕見，不知道是不是出自蕭紅自己的意思，她大概也沒想到這個時候，就伏下了「他日版權給誰」的契機，造成了幾十年後，一場版權之爭。[23]

22 據丁言昭一九八〇年十二月十日來信說：當年在《民族魂魯迅》中扮演青年甲的漫畫家丁聰，對她證實蕭紅那天晚上也出席了紀念會，並在演出後，到台上去和演員們握手。

23 《呼蘭河傳》的版權之爭，最先見於孫陵〈駱賓基〉，《文壇交遊錄》，台北：大業書店，一九五五年，頁5–10。葛浩文：《蕭紅評傳》，香港：文藝書屋，一九七九年，也用了這條資料。駱賓基：〈寫在〈蕭紅選集〉出版之前〉，《初春集》，南昌：江西人民出版社，一九八二年，頁232–238，說：「版權之爭一類，純屬虛構。」但一九八六年十月八日，接受筆者訪問時，又說出另一個「版權之爭」：蕭紅的繼母女兒，曾因《呼蘭河傳》版權問題，向中宣部告狀，要駱賓基把權益交出。

一九四〇年底，〈呼蘭河傳〉的完成，標誌着蕭紅創作成績的豐收，同時，她的健康，也顯明的出現更大的危機。其實，身體本來已經不夠好的蕭紅，到了香港後，雖然住的吃的都比重慶舒服，但健康卻一直沒有好轉，一九四〇年六月二十四日她給朋友華崗的信中，說：

「我來到了香港，身體不大好，不知為甚麼，寫幾天文章，就要病幾天。大概是自己體內的精神不對，或者是外邊的氣候不對。」[24]

在「寫幾天文章，就要病幾天」的情況下，七月已經寫成長篇〈馬伯樂〉的第一章[25]，這書的單行本出版日期是一九四一年一月，從出版所需時間考慮，〈馬伯樂〉第一部，可能在一九四〇年八、九月間完成。聖誕前夕，她單獨一個人帶了一盒聖誕糕到周鯨文家去，「她走了一段山坡路和登樓梯，累得她呼吸緊張，到屋裏坐了一會才平伏了。」[26]從周鯨文這段描寫，我們可以推想她的健康情況如何不妙，但她並沒有因此而停止費盡心神的創作，因為她正着手寫〈馬伯樂〉的第二部，在一九四一年二月出版的《時代批評》六二期開始連載。三月二十六日，又完

24 〈蕭紅、端木蕻良在香港期間致華崗的信〉，哈爾濱師範大學北方論叢編輯部編：《蕭紅研究》，哈爾濱：哈爾濱師範大學，一九八三年，頁8–17。
25 同注24，一九四〇年七月二十八日信。
26 同注9。

成了短篇小說〈北中國〉[27]，六月又完成了〈小城三月〉[28]，由此可見，由一九四〇年到一九四一年六月，她正以驚人的速度，完成她一生創作歷程的重要段落，彷彿早已預知時日無多，要拚盡氣力，發出最後又是最燦爛的光芒。七月她終於實在熬不住，在朋友的關心安排下，進了瑪麗醫院[29]，開始她進出醫院、身心受盡折磨的生活。最後，在炮火連天的情況下，帶着驚惶與痛楚，死在剛剛陷落於日本人手中的小島，結束短暫的一生，而直到今天，還有一大半骨灰散落在香江某一角落。寂寥飄泊恐無過於這個可憐女性了。

一九七九年九月十日初稿

一九八六年十二月六日定稿

27 蕭紅：〈北中國〉（共十四段），載於《星島日報．星座》，一九四一年四月十三—二十九日。筆者自舊報找出後，重載於《抖擻》第四十期，一九八〇年九月。後收入《蕭紅短篇小說集》，哈爾濱：黑龍江人民出版社，一九八二年，頁161–183。

28 蕭紅：〈小城三月〉，載於《時代文學》第一卷第二期，一九四一年七月一日，頁68–84。文末注「一九四一年，夏重抄。」

29 〈文化廣播〉條，載於《青年知識》第十號，一九四一年十月八日，頁186。文中提及：「蕭紅女士因肺病留醫瑪麗醫院已將三月，」可推斷約在七月初進院。至於關心她的朋友及進院後情況，論及的文章很多，在此不再一一重複。

後記

本文是從七年前一篇舊作〈一九四〇年蕭紅在香港〉改寫過來的。七年來，蕭紅研究，在中國已由冷變熱，又漸漸由熱變冷。研究者、親與非親的人都紛紛以蕭紅為題，把可挖的蕭紅事與文都挖出來了，看過了許多文字，忽然對自己這篇舊文，有點意興闌珊，但為了出版單行本，重看時感到從前有些資料引用不恰當，還是動手删去，也同時加入一些新的材料，在這一删一增之間，大概也顯示了我對某些人某些事的不同看法。

愈看得多寫蕭紅的文章，特別與她有過親密關係的人寫的東西，就愈感到蕭紅可憐——她在那個時代，烽火漫天，居無定處，愛國愛人都是一件很困難的事，而她又是個愛得極切的人，正因如此，她受傷也愈深。命中注定，她愛上的男人，都最懂傷她。我常常想，論文寫不出蕭紅，還是寫個愛情小說來得貼切。

一直以為一九五七年她的骨灰遷葬廣州，總算在祖國土地上落葉歸根，但又怎料，那只是一半的骨灰而已，還有一半竟仍散落在香江。我說「散落」，是一個悲觀的估計，因為端木蕻良先生說當年他把一半蕭紅骨灰，偷偷埋在聖士提反女子中學校園小坡上，他還要我為他找找看。那個倚在屋蘭士里旁的小校園，多年前是我天天路過的，園裏小坡上，樹影婆娑，也沒人走動，靜悄悄的恐怕比蕭紅的「後花園」更岑寂，我從沒想過那兒的朝東北坡上，竟也悄悄的埋着一個可憐女人的一半骨灰。幾年前，園裏大翻土一次，大概在修圍牆，和修了一條沿坡小徑。我不知道那一次翻土，會不會驚動了那坎坷的靈魂，怕只怕修築的人發現了那一尺高的好看花瓶，就會扔掉瓶中灰，當成古董賣。又或者那瓶子早已碎於鋤下，骨灰已和泥土混合，永回不了呼蘭河畔。我接到這份委托，實在感到為難。回到香港，幾次站在聖士提反校園外，滿心淒愴。我在想辦法，但能不能找到這一半骨灰，那就得看天意了。

如此深愛着人的人，竟如斯寂寞，才華文章，對她來說，又有甚麼意義？

一九八六年十二月六日深夜

蕭紅《呼蘭河傳》的另一種讀法

一

難怪中國當代年輕一代的文學批評家認為：「一個認真的文學批評家大概是免不了要苦惱的。」[1]因為長年累月，大陸的文學批評家往往習慣了拿一把特定的尺，去選取作品「及格」的部份，然後把它嵌進容許的藝術觀點裏。萬一遇上「不及格」部份，如果不是要乘勢鞭撻作者一番的話，就只好視而不見，或者避重就輕，或者兜個大圈，勉強為作者開脫。讀茅盾在一九四六年為蕭紅《呼蘭河傳》寫的序，[2]早就充份證實了這種苦惱。

茅盾寫這篇序言，可以說很不符合四十年代文學批評的格式，因為他把自己某些個人心緒感情投射在作品中，直接影響了他的尺度。當時他正被「寂寞」與「感傷」情緒籠罩，[3]加上對

1 王曉明：〈批評家的苦惱〉，《所羅門的瓶子》，杭州：浙江文藝出版社，一九八九年，頁259–262。

2 蕭紅：《呼蘭河傳》，哈爾濱：黑龍江人民出版社，一九七九年。本文所用引文均據此版本。

3 茅盾一九四六年四月十三日第三次到香港，在政治紛亂中躲逃。他重臨香江，心情矛盾與抑悒，因正值愛女沈霞逝世不久，觸景傷情，想起女兒小時候在香港的情況，就連繫到蕭紅早逝這悲劇上去，故序言第一節是看得出他正沉浸於「憤怒也不是，悲痛也不是……願意忘卻，但又不忍輕易忘卻」的痛苦中。故這序言內涵對生與死、寂寞等題材特別敏感。

蕭紅坎坷遭遇的理解與關懷，令他筆下多了幾分同情，或甚至可以說「偏袒」。在序言中，他強調了蕭紅作品呈現的「寂寞」情調，但同時他不能漠視全書份量佔比重最多的小村風土畫，和蕭紅所寫的一群屈服於傳統的人物。這些人物，正如有些批評家說，不夠積極，全是「甘願做傳統思想的奴隸而又自怨自艾的可憐蟲」，[4] 這些畫面一點也不如一般人說的美麗。就當年的文藝作品評標準來說，這樣的人物、社會描繪，一定稱不上健康寫實，只會反映了作者的思想弱點。茅盾理解蕭紅，要保護她就必須為她開脫，於是作了下面的解釋：

「也許你要說《呼蘭河傳》沒有一個人物是積極性的。都是些甘願做傳統思想的奴隸而又自怨自艾的可憐蟲，而作者對於他們的態度也不是單純的。她不留情地鞭笞他們，可是她又同情他們：她給我們看，這些屈服於傳統的人多麼愚蠢而頑固——有的甚至於殘忍，然而他們的本質是良善的，他們不欺詐，不虛偽，他們也不好吃懶做，他們極容易滿足。」[5]

這樣說還怕不夠力，更須橫加一筆，以策「安全」。

「在這裏，我們看不見封建的剝削和壓迫，也看不見日本帝國主義那種血腥的侵略。而這兩重的鐵枷，在呼蘭河人民生活的比重上，該也不會輕於他們自身的愚昧保守罷？」[6]

4 茅盾：〈《呼蘭河傳》序〉，《呼蘭河傳》，哈爾濱：黑龍江人民出版社，一九七九年，頁1–10。

5 同注4。

6 同注4。

面對有些論者批評蕭紅「完全將她自己關在自己的小圈子裏」，「已經無力和現實搏鬥，她屈服了。」[7]茅盾也無奈地再為她開脱：

「她的一位女友曾經分析她的『消極』和苦悶的根由，以為『感情』上的一再受傷，使得這位感情富於理智的女詩人，被自己的狹小的私生活的圈子所束縛（而這圈子儘管是她咒詛的，卻又拘於惰性，不能毅然決然自拔），和廣闊的進行着生死搏鬥的大天地完全隔絕了，這結果是，一方面陳義太高，不滿於她這階層的知識分子們的各種活動，覺得那全是扯淡，是無聊，另一方面卻又不能投身到農工勞苦大眾的群中，把生活徹底改變一下。這又如何能不感到苦悶而寂莫？而這一心情投射在《呼蘭河傳》上的暗影不但見之於全書的情調，也見之於思想部份，這是可以惋惜的，正像我們對於蕭紅的早死深致其惋惜一樣。」[8]

我費了一番筆墨引用茅盾的序言，首先想證實在四十年代寫文評的人的某些程式，左兜右轉，最終都必須回到當時文評的大潮中去。但最重要想説的是：幾十年來，評論蕭紅《呼蘭河傳》的人，竟然也無法擺脱這種程式。

開放十年以來，文藝批評尺度稍稍寬鬆了，最初依然有人放心不下，除了緊隨茅盾的解析之外，還要強暴地為蕭紅加上一項安全帽，説從《呼蘭河傳》中可以見到：

7 石懷池：〈論蕭紅〉，《石懷池文學論文集》，上海：耕耘出版社，一九四五年，頁92–105。

8 同注4。

「蕭紅雖出生在一個地主家庭，但她對勞動人民卻是非常同情和熱愛的。……童年生活，對她後來認識封建地主階級的本質，產生憎恨封建统治階級的思想，最終背叛自己的階級走上革命道路，有很大的啟示和影響。……終於成為一位反帝反封建的勇士，自覺自願地置身於民族解放鬥爭的漩渦之中。」[9]

不久有人嘗試從另一研究角度出發，從茅盾序言中拈出「寂寞」這一點，加以擴展，[10]也有人從文字結構及敘述方式等方向去挖深，[11]使文評研究漸漸有了新的格局。可見要打破舊有的批評模式，要衝開思維程式的禁錮，真是一條艱難而漫長的道路。

二

說「寂寞」，說「生與死」，[12]都能把《呼蘭河傳》的主題點出來。但細細閱讀這作品，我們往往可從蕭紅平淡真切的文筆中，觸及一種極濃郁的悲哀，那不是來自「寂寞」的悲切，又不

9 彭珊萍：〈略論《呼蘭河傳》的藝術結構〉，哈爾濱師範大學北方論叢編輯部編：《蕭紅研究》，哈爾濱：哈爾濱師範大學，一九八三年，頁166–173。

10 例如：陳樂山：〈「寂寞」——蕭紅散文的基調〉，載於《惠陽師專學報．社科版》，一九八六年一月，頁39–43。

11 趙園：〈論蕭紅小説兼及中國現代小說的散文特徵〉，《論小説十家》，杭州：浙江文藝出版社，一九八七年，頁213–252。

12 同注11。

是來自「生與死」的慨嘆，而是對一種已入沉痾的病態，殘忍剖析後的無奈。石懷池說，在這作品中，「生活的真實似乎已降到次要的地位」，[13]那真是睜着眼睛說瞎話。就算茅盾真的想為蕭紅開脫，但他說《呼蘭河傳》中的人物「不欺詐不虛偽」，[14]同樣不免過於牽強，或者他可能有隱衷，不能甚至不敢接觸蕭紅作品的核心。

除了「寂寞」、「生與死」外，農民生活和農民性格的描繪，也是《呼蘭河傳》重要的主題。蕭紅洞察生活於貧困小城的農民性格，她更明白這些性格，其實是中國民族性的重要部份，為了不忍中國民族的沉淪不拔，她用相當懇切的感情，卻用不留餘地的態度，把這種沉潛入骨的病根挖出來。中國民族的靈魂能否因此而獲得改善，她預計不到，但在困惑與無奈中，她仍有點盼望。

要讀到《呼蘭河傳》的核心去，我相信魯迅給了我們很大的啟發。魯迅曾說過中國文人對於人生，向來沒有正視的勇氣，只採取了一種特殊方法，就是：

「萬事閉眼睛，聊以自欺，而且欺人，那方法是瞞和騙。」[15]

---

13 同注7。

14 同注4。

15 魯迅：〈論睜了眼看〉，載於《語絲》第三十八期，一九二五年八月三日。後收入《墳》，《魯迅全集》第一冊，北京：人民文學出版社，一九八一年，頁237–242。

但他針對的其實不單是文人，因為文人的這種性格，不過是民族性的一個抽樣罷了。因此，他繼續要說出來的是：

「中國人的不敢正視各方面，用瞞和騙，造出奇妙的逃路來，而自以為正路。在這路上，就證明着國民性的怯弱、懶惰，而又巧滑。一天一天的滿足着，即一天一天的墮落着，但卻又覺得日見其光榮。」[16]

「瞞和騙」，不敢正視各方面，也就是「自欺欺人」，中國民族靈魂裏就有這些糟粕，掌握魯迅這些話，就可從《呼蘭河傳》中，找尋蕭紅如何或濃或淡，或深或淺地挖出這些糟粕來。

「自欺欺人」成了一條或隱或現的線索，貫串着整個作品。小城內外的人，大多都患有「自欺欺人」的病，如果說這就是「屈服於傳統的人多麼愚蠢而頑固」，未嘗不可，他們正如茅盾所說「本質是良善」的，但他們無知而頑固，愚蠢而欺詐，自以為「良善」，所作的一切都為了別人好。他們自足於一個自己建構的「自欺」圈套裏，或者應該說是顯現着民族性格的糟粕。瞞與騙的手段層出不窮，可是問題沒有解決，他們依舊痛苦不堪，又令他人痛苦不堪，最後只好犧牲一些比較善良的人。

遙遠的呼蘭城，並沒發生甚麼幽美的故事，在天真的小孩子心目中，充滿荒涼寂寞。

---

16 同注15。

日出日落，人們平平淡淡過年過月，出生死去。蕭紅從小城的大大小小生活動態中，看出了陣陣的悲涼。

三

在第一章出現的「瘟豬肉」，是一個很好的象徵。貧窮的小城人知道吃「豬肉」有益，也是很有體面的事情。同時又知道「瘟豬肉」吃了可能會生病，可是總有人冒險吃了。吃了生不生病還不打緊，因為只有自己知道，但千萬別讓人家知道。這樣自足於「吃了豬肉」這回事，由於吃的是「瘟豬肉」，也得瞞着別人。可惜，偏偏還有入世未深的小孩子「不知時務」，在大人面前「很固執」，仍是說：「是瘟豬肉嗎！是瘟豬肉嗎！」[17]到頭來只惹來母親一頓打，外祖母本想安慰一番，只因抬頭看見鄰里站在門口往裏看，也只好朝孩子屁股上哐哐地打起來，還說着「誰讓你這麼一點你就胡說八道！」孩子心眼清明，只因說了實話，衝擊了大人「自欺欺人」的特性，就只好被打，「哭得也說不清了」。

還有那些買賣麻花的雙方，蕭紅用不厭其詳的筆墨去描繪賣麻花的人怎樣挨家逐戶去招徠，每戶人家怎樣用髒手在筐子裏挑了又摸。旁觀的讀者早如作者一樣，清楚知道麻花髒的程度，只是買得麻花的老太太卻「一邊走一邊說：『這麻花真乾淨，油亮亮的。』」而賣麻花的

17 同注2，頁14。

人也說：「是剛出鍋的，還熱忽着哩！」[18]作者寫到這裏，就兀然停住了。讀者作者心裏有數，只是我們都不像不知時務的小孩子，也就是不會把實情說穿了。

四

許多零零碎碎的民生瑣事，在此不再一一列舉了。而在第二章裏，蕭紅描繪了呼蘭城五個「盛舉」：跳大神、唱秧歌、放河燈、野台子戲、娘娘廟大會。正如蕭紅說：

> 「這些盛舉，都是為鬼而做的，並非為人而做的。至於人去看戲，逛廟，也不過是揩油借光的意思。……只有跳秧歌，是為活人而不是為鬼預備的。……趁着新年而化起裝來，男人裝女人，裝得滑稽可笑。」[19]

這些都是裝神弄鬼而人趁機「揩油借光」的事。

「跳大神」說是神降人身，為人治病。大神二神都是「人」，請神的人只能相信這些「人」是「神」，得殺雞供酒供紅布來孝敬「神」。

> 「這雞這布，一律歸大神所有，跳過了神之後，她把雞拿回家去自己煮上吃了，把紅布用藍靛染了之後，做起褲子穿了。」

18 同注2，頁28。

19 同注2，第二章引文各見頁37–63。

說穿了也只不過是瞞和騙那麼一回事。求神的是自欺，裝神的是欺人，治病好不好，那與看熱鬧的無關。

放河燈這種風俗，為了讓每一個鬼托一個河燈去脫生，可是鬼果然得了燈嗎？河燈是這樣歸宿的：

「河燈從幾里路長的上流，流了很久很久才流過來了。再流了很久很久才流過去了。在這過程中，有的流到半路就滅了。有的被沖到了岸邊，在岸邊生了野草的地方就被掛住了。還有每當河燈一流到了下流，就有些孩子拿着竿子去抓它，有些漁船也順手取了一兩隻。到後來河燈愈來愈稀疏了。」

至於野台子戲，分明是「戲」。人們為了感謝天地一年來的照顧而設，可是台下還有一家家「活戲」，蕭紅借機探究了人間的恩怨。唱戲的人怕遠處的人聽不見，拚命在喊，「喊破了喉嚨也壓不住台」，只因人們關心的不是天地之神有沒有來享領。在鑼鼓喧天中，他們心安理得，自以為已經完成祭神心願。

提到娘娘廟會，蕭紅就說起廟中的老爺、娘娘塑泥像來，葛浩文（Howard Goldblatt）認為那是蕭紅的「女權主義」的表現，[20]從另一個角度看，那又何嘗不是「自欺欺人」民族特性的顯現？且看她如何說：

20 葛浩文：《蕭紅新傳》，香港：三聯書店（香港）有限公司，一九八九年，頁159–160。

「塑泥像的是男人，他把女人塑得很溫順，似乎對女人很尊敬。他把男人塑得很兇猛，似乎男性很不好。其實不對的。……那麼塑像的人為甚麼把他塑成那個樣子呢？那就是讓你一見生畏，不但磕頭，而且要心服。……至於塑像的人塑起女子來為甚麼要那麼溫順？那就告訴人，溫順的就是老實的，老實就是好欺侮的。」

塑像的存在就是一個欺人的東西，塑像的人再擺弄一下，就成了雙重的欺人了。去逛廟的女人，為的是去討子討孫。她們從子孫娘娘旁邊，偷抱走一個泥娃娃，據說來年就會生兒子。明明去向神討子孫，偏偏要「偷」，偷的卻是泥娃娃，真是欺神欺人，至於來年能不能添出個子孫來，也沒有人會追問。

跳秧歌是為活人而預備的，蕭紅寫得最少。那輕輕一筆帶過的「化起裝來」，「男人裝女人」，也正把複雜的「欺人」程式，簡化地呈現出來。

五

無知、愚昧、頑固的人，由於自欺欺人的特性造成的悲劇，無過於第五章裏團圓媳婦的遭遇了。[21] 這章佔全書的份量很多，內容也夠令人驚心動魄。出場的人物，一個個自以為善良，為他人着想，結果一步一步把無辜的團圓媳婦推向死地。

21 同注 2，以下各引文見頁 113–159。

這個可憐的老胡家團圓媳婦，一開始就被安排在「瞞和騙」的處境中。她十二歲，可是為了「長得高，說十二歲怕人家笑話」，就被家人說成是十四歲。至於好端端一個小姑娘，怎樣由笑呵呵，變成天天哭半夜哭，到要跳大神驅病，終於弄得被人在眾目睽睽下用熱水澆死。其中過程，從小事到大事，由當事人到旁觀者，都充滿「自欺欺人」的特性。

團圓媳婦的病是那自以為善良的婆婆打出來的。出主意的人真熱心，有的主張到紮彩店去紮個紙人當「替身」，有的主張給她畫上花臉，讓大神看了嫌她太醜，也許就不捉她去當弟子了。這說明人最初想用「欺」神（人）的手法來挽救她的生命。往後來了一個開偏方的人，胡亂開了方子，騙了老胡一家。最巧妙的一筆：原來這個欺人的人，早在三年前，被一個婦人騙了半生積下來的錢財，變成半瘋，這件事就只有老胡一家不知道。這裏顯現出一個荒謬的循環：老胡家騙人，又被開偏方的半瘋子騙了，而半瘋子又是個被人騙了的人。

在整個悲劇裏，婆婆正是個「自欺欺人」的典型人物，她自以為對團圓媳婦好心一片，不計錢財想盡辦法「挽救」這條買來的生命。強調「沒有給她受氣」，可是「只打了她一個多月」，「吊在大樑上……用皮鞭抽……打昏過去」。「用燒紅過的烙鐵烙過她的腳心」。最後當眾撕掉她的衣裳，讓她赤裸裸在大缸裏用燙水洗了三次澡。就在種種折磨下，小姑娘連大辮子都掉下來了，人們還硬說她是妖怪。很肯定，婆婆沒心要弄死小媳婦，她自信「一生沒有做過惡事，面軟心慈，凡事都是自己吃虧，讓着別人。」何況為了小團圓媳婦，她也花了不少吊錢，但到底還是悲劇收場。至於抽帖兒的雲遊真人，更花巧層出，次序不亂地欺騙婆婆。最後他竟然扮起專好打不平的好漢來，好像要為團圓媳婦主持正義，到頭來也不過為了多賺幾十吊錢。

可憐的小媳婦終於死去，據說靈魂變了一隻大白兔，常到東大橋下來哭，有人問她哭甚麼，她就說要回家，那人若說：「明天我就送你回去……，」白兔子擦擦眼淚，就不見了。最令人欷歔的是團圓媳婦一直處在「騙」的現實生活中，沒想到，至死不休，人們連冤魂也騙了。可見這畢竟是一種延綿不斷的病根。

六

書中的有二伯，是個落寞又性情古怪的寄生者。[22]一個活着卻與一切人不相干的人。他最忌別人叫他的乳名：「有二子，大有子」，那是自卑的來源。頑皮小孩若作弄他，假意尊稱他「有二爺」，他就「立刻笑逐顏開」。他的快樂來自「自欺」。他耍猴不像耍猴，討飯不像討飯，也偷過東西，可是他走起路來，「好像位大將軍似的」。他永遠內荏外強，多少帶了阿Q的身影，那也正是魯迅要着意挖出的民族性格糟粕。

22 同注2，以下各引文見頁160–185。

給茅盾稱為全書「生命力最強的一個」的磨官馮歪嘴子，是蕭紅筆下最實實在在生活過來的人。但仍只是迷迷糊糊的「堅強」，他在這世界上，他不知道人們用絕望的眼光來看他，「他不知道他已經處在了怎樣的一種艱難的境地。他不知道他自己已經完了。他沒想過。」[23]雖然蕭紅還在他身上抹上一絲對未來的盼望——他的孩子一天比一天大了，但讀到第七章結尾時，讀者不禁想，那個由他辛苦養大成人的兒子，在呼蘭城裏，頂多也不過像他自己一生那樣子，繼續處於一種艱難境地。蕭紅已經極形象地為這小孩子預卜了以後的命運，她這樣寫小孩子的表情：

「那孩子剛一咧嘴笑，那笑得才難看呢，因為又像笑，又像哭。其實又不像笑，又不像哭，而是介乎兩者之間的那麼一咧嘴。」[24]

一個可憐的生命，一種尷尬的處境，完全刻劃了呼蘭城人的命運。

最後，本文不得不說說向我們展示呼蘭河面貌的「我」了。我們都相信這作品正是蕭紅童年印象的重組，在她記憶中忘不了，難以忘卻的。蕭紅生長在小城裏，悲哀的是她自己也無法擺脫自欺欺人的氛圍。天真的小孩，自然免不了被欺騙。她就像其他呼蘭河小孩一樣，喜歡吃過晚飯就去看火燒雲。這段描寫很有象徵意味，孩子沉醉的火燒雲幻化成一匹馬、一

23　同注2，頁214。
24　同注2，頁214。

條狗、大獅子等等，「其實是甚麼也不像，甚麼也沒有」，[25]可是小孩子就滿心歡喜看足一個黃昏。「火燒雲」說明了一件事，他們從小到大，看到的所謂美麗東西，都並不真實存在。蕭紅一生最信賴的祖父所許下的諾言，也不真實。祖父也曾許諾「你不離家的，你哪裏能夠離家」[26]，可是，到頭來許諾落空了，小主人也得逃荒去了，直到寫成這書的時候，她流落在一個南方海島上，懷戀着火燒雲，一切都是虛幻，生命被自欺欺人的特性折磨着，最後變成一個不安的靈魂，也真的歸不了家。

七

「自欺欺人」既是中華民族性格中的糟粕，要改造民族，必須先把糟粕挖出來，魯迅說：

> 「大概，人必須從此有記性，觀四向而聽八方，將先前一切自欺欺人的希望之談全都掃除，將無論是誰的自欺欺人的假面全都撕掉，將無論是誰的自欺欺人的手段全都排斥……這才可望有新的希望的萌芽。」[27]

25 同注2，頁32。
26 同注2，頁90。
27 魯迅：〈忽然想到〉，《華蓋集》，《魯迅全集》第三冊，北京：人民文學出版社，一九八一年，頁88–96。

魯迅寫了阿Q，蕭紅寫了荒涼小城裏那群毫不積極的人，相信也有跡追魯迅的意圖。至於這良好的意願，結果如何，我不由得不想起書中開首不久所描繪的那個大泥坑。凡讀過《呼蘭河傳》的人，都很難忘記那個大泥坑。呼蘭城裏的人，給大泥坑弄得人仰馬翻，無論晴天雨天，都有麻煩，嚴重的鬧出人命來，可說受盡折磨。面對這個呼蘭河的糟粕，他們也不是沒想過改善辦法，只可惜：

「說拆牆的有，說種樹的有，若說用土把泥坑來填平的，一個人也沒有。」[28]

拆牆、種樹來對抗大泥坑，畢竟是無知愚昧的想法。幾十年來，總該有人想出「填平它」這辦法來罷？可是事隔幾十年，散文家姜德明在一九八一年到了呼蘭河，赫然還看到那大泥坑，難怪他感到意外，同時也有點驚愕。他說：

「我的心還是不能平靜。蕭紅怎麼會想到，她所感慨的那個大泥坑，多少年來仍然沒有人去把它填平呢！」[29]

「大泥坑」在作品中很有象徵意義，而八十年代它還未填平，也就具有更深一層象徵了。

一九九一年七月七日完稿

原結集於中國古典文學研究會主編：《二十世紀中國文學》，台北：台灣學生書局，一九九二年，頁159-174

28 同注2，頁12。

29 姜德明：〈初見呼蘭河〉，《相思一片》，北京：人民文學出版社，一九八七年，頁209。

寂寞灘頭

夏季過後，我去淺水灣！

乘公共汽車去，不必像戴望舒：走六小時寂寞的長途。不過，我也沒有帶一束紅山茶，因為在那裏，已找不到可放茶花的墳。

望着海一片，當年，就為了這個原因，兩個男人把蕭紅的骨灰埋在灘頭？多病的女作家，在一九四〇年到了香港來——多霧而潮濕的小島上，有沒有來過淺水灣？好像不見有人提過。她寫商市街，寫呼蘭河，我多麼渴望有一天，在發黃的報紙堆裏，竟然讀到她寫香港的文字，特別是寫淺水灣的。

日本人佔領了香港，蕭紅輾轉在兩間醫院的病牀中，捱不盡的恐懼與病痛折磨，終於死在臨時的戰時醫院裏，兩個男人——她愛的或愛她的，把她火化了，一九四二年一月二十五日的黃昏，把骨灰埋在淺水灣海邊。

那裏，已經沒有了骨灰，因為繁華的旅遊點容不了一個淒涼人的痕跡，一九五七年，關心她的人幾經辛苦才把小小半瓶骨灰移到廣州去了。但遠方來客，到今天，總會對我說：我想去看看蕭紅葬身之所。每一次，我都很難過，究竟在哪裏呢？淺水灣變了許多，「蕭紅之墓」四個大字的木牌，早就消失了，只能憑着當年的一幀照片，去找有欄杆的梯階，和一

一九三〇年代淺水灣沙灘，相片最左側山腳處白色建築為麗都酒店。

棵大鳳凰木，樹下就是曾埋蕭紅的土壤。

有一位詩人寫下這樣的「蕭紅墓誌」：「……而漫長的十五年，／小樹失去所蹤，／連墓木已拱也不能讓人多說一句。／放在你底墳頭的，／詩人曾親手為你摘下的紅山茶，／萎謝了，／換來的是弄潮兒失儀的水花。／淺水灣不比呼蘭河，俗氣的香港商市街，／這都不是你的生死場……」

淺水灣，無端地在中國文學上留下了刻骨銘心的名字，都同女作家有關。張愛玲藉着白流蘇、范柳原，讓淺水灣變成無盡又不斷翻新的愛情故事舞台。而蕭紅，卻是一個浪蕩的孤魂，找不到歸路，流落在太平洋的邊緣，叫許多人想起淺水灣。

我站在灘頭，許多鳳凰木的其中一棵下，彷彿聽見蕭紅說：「整個城市在陽光下閃閃灼灼撒了一層銀片，我的衣襟風拍着作響，我冷了，我孤孤獨獨的好像站在無人的山頂。每家樓頂的白霜，一刻不是銀片了，而是些雪花，冰花或是甚麼更嚴寒的東西在吸我，全身浴在冰水裏一般。」

海天一片，潮漲潮落，淺水灣，有過一個蕭紅的故事！

一九八七年六月十五日

原結集於小思：《香港文學散步》第三次修訂本，香港：商務印書館（香港）有限公司，二〇一九年，頁184-187。

淺水灣，位於港島南區，由私人機構與英國殖民政府開發的海濱度假區及游泳勝地。泳灘旁的淺水灣酒店於一九二〇年開幕，英式建築風格，吸引當時顯貴及遊客前去休憩遊玩。日治時期，淺水灣被稱為綠之濱，酒店曾用作醫院及療養中心。一九八二年酒店清拆改建為私人住宅及購物商場。

幽幽小園

五十年前，帶着病體的蕭紅來到了潮濕而寂寞的小島——這個南方小島跟她北方的故鄉大地多麼不同，她這樣對朋友白朗說：

「不知為甚麼，莉，我的心情永久是如此的抑鬱，這裏的一切景物都是多麼恬靜和幽美，有田，有樹，有漫山遍野的鮮花和婉轉的鳥語，更有澎湃泛白的海潮，面對着碧澄的海水，常會使人神醉的，這一切，不都正是我往日所夢想的寫作的佳境嗎？然而啊，如今我卻只感到寂寞！在這裏我沒有交往，因為沒有推心置腹的朋友。因此……我將儘可能在冬天回去。」

冬天，她沒有回去，而且，永遠沒有回去。兩個男人把她的骨灰埋在寂寞灘頭，一九五七年，關心她的人又把埋在那裏的半瓶骨灰移到廣州去，但還有一半，在哪裏呢？在西環的半山山坳上。

你聽過一條叫屋蘭士里的小街嗎？你當然知道那裏有一間著名的聖士提反女子中學。斜坡上，綠樹成蔭的小花園，鐵閘永遠用鏈子鎖住，多麼恬靜和幽美，蕭紅的一半骨灰，就埋在這裏，一棵大樹下。

端木蕻良當年，買了一個花瓶，偷偷藏起一半愛人的骨灰，為的是甚麼原因，旁人真難說得清楚，據說是為了很快就可以把她帶回故鄉去。

那裏，每天早上或者黃昏，都響起婉轉鳥語，許多女孩子無憂地踏上人生道路。你沿着柏道下來，或依着般咸道向西走，就回頭看看那個小花園吧！哪一棵樹？我不知道，但那裏一定有縷寂寞孤魂，向北遙望。呼蘭河，原來與聖士提反那麼不相關，可是，一生一死，可憐的蕭紅就把它們聯繫起來了。蕭紅的重要作品都在香港這小島上完成，蕭紅的愛情故事，也永埋在那幽幽小園裏。

一九九〇年六月

原結集於小思：《香港文學散步》第三次修訂本，香港：商務印書館（香港）有限公司，二〇一九年，頁202-203。

【附錄】

《香港文學散步》蕭紅篇「選文思路」

蕭紅埋骨一半的故事，原來還有個結尾沒講完。

那要等到一九九七年。她的愛人端木蕻良死後，端木太太棒了他一半骨灰到香港來，撒入聖士提反校園的泥土中，讓那兩顆分隔了五十多年的心靈重聚，重綴那幾乎被人遺忘了的愛情片段，這個故事才算完結。幽幽小園，從此又添動人一頁。

對於「一個女人把自己丈夫的一半骨灰分給另一個女人」的故事，我再沒有話說。

你呢？也許你能生出許多感觸。

這算不算很現代很浪漫的愛情故事？

蕭紅帶病在香港，完成了著名的《呼蘭河傳》等小說，但沒有寫過香港，我只選了一封提及香港的信，隱約可見香港的影子。一段《商市街》，反映她與蕭軍的窮日子。

災難的里程碑——戴望舒在香港的日子

前言

戴望舒，這個二十年代中葉就初露頭角，而三十年代已成為極具影響力的「現代派」詩人，在「幻滅感進一步形成為一種絕望的自我陶醉和莫名的惆悵」後[1]，面對多難的家國，流離的生活，誠實與敏感，終於使他驚醒過來。這種「驚醒」，一方面可體現在他沉默了一段時期，而再度執筆的詩作上，另一方面更清楚反映在他實際行動上。

戴望舒自抗日戰爭開始後，就跟許多中國文化人一般，到這個南方小島來，開始在香港文壇上，用實際工作反映了他對家國民族的熱誠與責任感。但跟許多因戰爭而南來的文化人不一樣，就是他沒有及時離開香港，致使他與香港一同陷於日本人手中。三年零八個月的陷敵生涯裏，既令他寫出〈獄中題壁〉、〈我用殘損的手掌〉、〈等待〉、〈過舊居〉等開拓了思想和感情領域的詩篇，但同時，也很不幸，殘損了他的健康和無法避免地在他一生中添了一絲污玷。

戰爭勝利後，他依舊留在香港，面臨家庭生活的破碎和淪陷時期的污點留痕，令他生活與感情都受到挫折。雖然他仍站在報紙副刊的編輯崗位上，但在創作方面，幾乎完全停滯

1 卞之琳：〈《戴望舒詩集》序〉，《戴望舒詩集》，成都：四川人民出版社，一九八一年，頁19。

了。到一九四六年他離開香港，回到上海，據說是去交代一些自己的事務，在上海教書和養病，但過了不久，他又回到香港來，再從事編輯工作。這段日子，戴望舒是在「浪費和虛耗中度過了」[2]。直到一九四九年三月，他帶着重病，為了「就是死，也要死得光榮一點」[3]，就毅然回北方去。

計算起來，戴望舒留在香港前後超過十個年頭，佔去他四份之一生命。他在香港的經歷，應該是他重要的片段，可是，歷來沒有詳細的記載。多年來，我能找到的資料，都很零碎，但為了引起研究者興趣，及認識他的人或前輩的記憶，我寫成〈戴望舒在香港〉一文，其中恐怕錯漏不少，但就是希望藉此獲得指正和補訂，讓戴望舒在香港的歷史清楚無闕，以供現代文學史的研究者參考，填補了空白的一頁。

本文分三章，分三個時期來展示戴望舒的活動，即：太平洋戰爭前、淪陷時期，及抗戰勝利後直到回國。為了方便學者研究，文中會大量引用原來資料並注明出處。由於本文目的在陳述戴望舒的工作與生活，對於他的作品，不會作分析研究，只另列〈戴望舒在香港發表的著作譯作目錄〉，好讓在這方面有專長的學者，以後再深入探討。

本文寫成，其間得到陳君葆先生、吳曉鈴先生、施蟄存先生提供了極寶貴的資料，在

2 葉靈鳳：〈憶望舒〉，載於《華僑日報．文藝》第一二七期，一九五〇年四月十日，四張一版。

3 同注2。

此謹致深切謝意。

第一章　一九三八——一九四一

一九三八年五月中，戴望舒從上海來到香港。本來，他跟許多南來文化人一般，只把香港當成中途站，先把家底安頓好，就轉到大後方去參加抗日工作，從沒有打算久居。可是，一個偶然機會，他就留下來了。他到香港後，住在西區半山的學士台，那地方正是由上海撤退到香港來的文化人聚居之所，先後住在那裏的有卜少夫、徐遲、馮亦代、張光宇、張正宇、杜衡、鷗外鷗、袁水拍、丁聰、施蟄存、穆時英等人，「儼然成為香港的拉丁區」。[4]

戴望舒居住的房子，本屬香港大學教授馬爾蒂夫人（Madame Marti）所有。馬爾蒂夫人是戴望舒的朋友，她回國去，就讓戴望舒一家住進去，順便為她看管房子。這房子英文名字是 Woodbrook Villa，[5]有人直譯為「木屋」，[6]但戴望舒給它起了一個更中國化、更美的中文名字叫「林泉居」。這座樓房「背山面海，四周被樹木環繞，從路邊到他的家裏，要經過一座

4　卜少夫：〈穆時英之死〉，《無梯樓雜筆》，台北：遠景出版社，一九八〇年，頁29–35。

5　據施蟄存先生一九八〇年六月七日來信提供的資料。

6　葉靈鳳：〈望舒和災難的歲月〉，載於《文藝世紀》一九五七年八月號，一九五七年八月，頁8–9。

橫跨小溪的石橋」[7]，詩人正合居於這種幽雅環境中。那時他有一個「安樂的家」，難怪日後他自費印行《蘇聯文學史話》，出版者的名字就用上「林泉居」[8]，而劫後餘生發表的劫中詩作〈題壁〉、〈願望〉、〈等待〉、〈墓畔〉、〈口號〉[9]、〈偶成〉[10]和一些雜文、譯文都用了「林泉居士」和「林泉居」作筆名[11]，正表示他對那些幸福的日子的眷戀。當然，我們在〈過舊居〉和〈示長女〉兩首作品中，就看到那段幸福生活和林泉居的環境的具體描寫了。

主編《星島日報·星座》

一九三七年胡文虎本來在廣州籌辦《星粵日報》，但因「盧溝橋事變」，抗日全面展開，他就叫三子胡好把廣州的全部器材及組織撤退到香港來。一九三八年四月，「籌備《星島日報》

---

7 同注6。

8 詳見本文「翻譯園地的耕耘」段。

9 這組詩載於《新生日報·新語》，一九四六年一月五日，四版中，但據《災難的歲月》，上海：星群出版社，一九四八年，則〈題壁〉改為〈獄中題壁〉，詩末注明寫作日期是「一九四二年四月二十七日」。〈願望〉改為〈心願〉，詩末注明「一九四三年一月二十八日」。〈墓畔〉改為〈蕭紅墓畔口占〉，詩末注明「一九四四年十一月二十日」。〈口號〉詩末注明「一九四五年一月十六日香港大轟炸中」。

10 戴望舒：〈偶成〉，載於《新生日報·生趣》，一九四六年一月九日，四版。在《災難的歲月》中，詩末注明「一九四五年五月三十一日」。

11 詳見盧瑋鑾整理：〈戴望舒在香港的著作譯作目錄〉，載於《香港文學》第二期，一九八五年二月，頁26–29。

的步驟已經到了相當完成的階段」[12]，也開始聘定各副刊編輯。五月中，戴望舒到了香港。由於陸丹林的介紹，他就擔任了《星島日報》文藝副刊〈星座〉的編輯[13]。這是一個機緣，本來，戴望舒沒有打算長期留在香港，他拿了陸丹林的介紹信，也躊躇了兩天才去見胡好。他考慮了許多問題，最後還抱着「先去看看」的態度去了。怎料當時只有十九歲的胡好給他很好的印象，更完全肯定地接納了戴望舒提出「理想副刊」的意見，於是，戴望舒就把先前訂好的全盤計劃打消，毅然答應下來，而且第二天就開始到館工作。也就如此，訂下他與〈星座〉的不可割切關係，同時，使這份文藝副刊變成了抗日文藝的重要園地，並為香港文壇帶來一股清新而健康的氣息。

《星島日報》在一九三八年八月一日創刊，但在正式出版之前，已有許多籌備工作要做，例如組稿問題，他向在國內的作家求稿，更在七月中「曾寫信給西班牙共和國的名流學者，請他們專為〈星座〉寫一點文字，紀念他們的抗戰兩周年，使我們可以知道一點西班牙反法西斯戰爭的現狀，並使我們可以從他們得到榜樣、激勵。」[14]

12 賈訥夫：〈星島二十周年史話〉，載於《星島日報》，一九六二年八月一日，增刊十一版。
13 以下資料多據戴望舒：〈十年前的星島和星座〉，載於《星島日報》，一九四八年八月一日，增刊十版。
14 〈編者話〉，載於《星島日報．星座》第四十一期，一九三八年九月十日，十四版。

他對〈星座〉的確抱有一個理想，在〈創刊小言〉中，他說：

「近日陰霾，晚間，天上一顆星也看不見，但港岸周圍明燈千萬，也彷彿是繁星之羅佈。倘若你真想觀星，現在是，在繼續陰霾的氣候，只好權且拿這些燈光來代替了。……〈星座〉現在是寄託在港島上。編者和讀者當然都盼望這陰霾氣候之早日終了。晴朗固好，風暴也不壞，總覺得比目下痛快些。但是，若果不幸而還得在這陰霾氣候中再掙扎下去，那麼，編者唯一的渺小的希望，是〈星座〉能夠為它的讀者忠實地代替了天上的星星、與港岸周遭的燈光同盡一點照明之責。」[15]

國內和流亡在港的作家，如郁達夫、穆時英、徐遲、馬國亮、許欽文、蕭乾、蕭軍、蕭紅、端木蕻良、沈從文、羅洪、蘆焚、沙汀、施蟄存、卞之琳、方敬、郭沫若、艾青、袁水拍、適夷、劉火子、陳殘雲、葉靈鳳、歐陽山、韓北屏、梁宗岱等都向〈星座〉投稿，正如戴望舒說：「沒有一位知名的作家是沒有在〈星座〉裏寫過文章的」[16]。他們的作品真如繁星點點，照亮了香港文壇，打破報紙副刊的沉寂局面，使〈星座〉成為抗戰文藝重要的據點。我認為研究抗戰文藝的人，絕不能忽視〈星座〉，該有人作全面而深入的研究，通過它，也可見到戴望舒的貢獻。

15 戴望舒：〈創刊小言〉，載於《星島日報．星座》第一期，一九三八年八月一日，十四版。

16 同注13。

〈星座〉應是戴望舒一手開展的「甚熱鬧有生氣」[17]的新文藝園地，但並不是說沒有遇上困難。例如，在一九四一年前英國與日本，仍屬「友邦」，為了維持良好國際關係，香港政府對「抗日」行為管制很嚴，特別在報刊檢查方面，設有特別檢查組織，頒給各報刊編輯一份小冊子，說明禁用的字眼——「日寇」、「敵」這些字不能出現[18]，文章也得送檢，後來禁刊的範圍也愈來愈廣，〈星座〉就成為全報「檢查的唯一的目標」，戴望舒「不得不索興在〈星座〉上『開天窗』一次」[19]，以後三年的日常工作，就是與檢查官冷戰。此外，大機構裏的人事組織，也帶給戴望舒一些煩惱，例如稿費的支收問題，就曾使他這個「中間人」十分為難，為了這些事，他曾一再寫信給遠在新加坡的郁達夫，訴說：

「這裏的事甚麼都不順手，例如稿費的事，糾葛就發生了不少。編輯部在七月三十一日就把稿費單發下去，會計部卻擱到五六號才發通知單（而且不肯直接寄錢，要等作者寄回收據後才寄）。在本地的作者，竟有領到七八次才領到的（例如馬國亮），不知是沒有預備好還是

17　適夷：〈文藝工作者在廣州〉，載於《抗戰文藝》第二卷第六期，一九三八年十月十五日，頁89–91。

18　陸丹林：〈復刊贅言〉，載於《大風》第二十四期，一九三八年十二月二十五日，頁737。文中可見政府嚴禁在報刊上使用的抗日字眼。

19　同注13。

甚麼，今天發一點，明天發一點，最遲竟有等到二十一號才領到的（如葉秋源），使我們感到異常痛苦，自領的說我們侮辱他們，代領的更吃了那挪用的枉冤，誰知道實際情況是如此。這月底以後，我決定和會計部交涉，得一個妥善的辦法，這樣下去，作者全給他們得罪到了……。」[20]

在辦〈星座〉的三年歲月裏，戴望舒拉了不少中國名家的稿，但並不表示他只重視這批成名的人，而疏忽了培養青年文藝愛好者的責任。他熱心誘掖後輩鼓勵他們創作，指出他們的優缺點，然後選好的作品刊在〈星座〉上[21]。作品刊出後更「自動把該日的副刊寄給作者」[22]，這種行動，使曾受他鼓勵的人，數十年後仍念念不忘。

---

20 馬漢茂輯錄：〈給郁達夫的信〉，載於《廣角鏡》第一一二期，一九八二年一月十六日，頁50–61，（Letters To Yu Ta-Fu-Edited By Hebmut Martin）其中收入戴望舒用「星島日報用箋」寫給郁達夫的信，信末只寫「廿三日」，未見年月，但〈星座〉中，郁達夫共有文章九篇，其中七篇均在一九三八年八、九月間刊出，而信中又提及代領稿費事，推測該信應在一九三八年八、九月發出。由於信中提及「七月卅一日」發稿費單一事，陳進權認為《星島日報》創於八月一日，故該信不應寫於「一九三八年」。載於《香港文學》第四期，一九八五年四月，頁25。但陳子善根據其他資料推斷應為一九三八年，「七月」恐是戴望舒筆誤。載於《香港文學》第七期，一九八五年七月，頁53。

21 馮亦代：〈戴望舒在香港〉，載於《海洋文藝》第七卷第五期，一九八〇年五月十日，頁34–40。

22 鄭官哲：〈望舒與《星座》〉，載於《星島日報・星辰》，一九七九年八月十三日，三十四版。

推動抗日文藝活動

一九三九年元旦，戴望舒發表了一首「不僅在主題和情調上，而且在藝術處理上截然不同的小詩〈元日祝福〉」[23]，正表示他要從狹小的個人圈子走出來，面對民族的苦難。正如卞之琳說：「抗日戰爭正好來促成戴望舒終於實現了朝健康方向的轉化。」他充滿激情地唱出：

新的年歲帶給我們新的希望。
祝福，我們的土地，
血染的土地，焦烈的土地，
更堅強的生命將從而滋長。
新的年歲帶給我們新的力量。
祝福，我們的人民
堅苦的人民，英勇的人民
苦難會帶來自由解決。[24]

從詩的技巧上說，這不算是優秀的作品，但它卻是詩人向過去消沉人生態度的告別詞。他不止於詩的宣告，在以後三年裏，他全心熱切投身在許多抗日宣傳的實際工作中，不遺餘力推

23　同注1。

24　戴望舒：〈元日祝福〉，載於《星島日報・星座》第一五四期，一九三九年一月一日，八版。後收入《災難的歲月》中。

動抗日文藝運動，用行動表現了他對民族的真心祝福，寫下他生命史裏積極的一頁。

一九三九年開始，戴望舒投入繁重的工作中，除了編輯〈星座〉，五月間，他又與張光宇等合編《星島周報》[25]，七月間，為了：「使中國新詩有更深邃一點的內容，更完美一點的表現方式……成為抗戰的一種力量」[26]。他與艾青合編詩刊《頂點》，以詩歌鼓動抗日情緒。八月間，為了實踐「文章出國」的口號，加強對外文化宣傳工作，和徐遲、葉君健、馮亦代等主編英文月刊《中國作家》（*Chinese Writers*）[27]，這份刊物是以「中華全國文藝界協會香港分會」名義，與重慶總會合作出版的，同時也請了旅港英美文化人，如愛潑斯坦、艾倫等為顧問，這是頭一個向國外宣傳的文藝刊物，也是老舍認為值得一提的外文刊物。[28]

在香港的三年多中，戴望舒與「文協」有着不可分割的關係，而他的許多實際工作也是為這個會而做的。

一九三八年戴望舒剛到香港，就已很熱心參加「作家文藝座談會」。這時候，由於上海

25 〈星島周報今日創刊〉廣告，載於《星島日報》，一九三九年五月十四日，一版。廣告中見他與張光宇是編委會委員。

26 豐：〈新刊評薦——詩的統一戰線〉，載於《立報．言林》，一九三九年八月九日，二版。

27 同注21。該文同載於《新文學史料》一九八〇年第四期，一九八〇年十一月，頁164–168。文中提及此刊時，年份誤為一九四〇年，其實該刊創刊號於一九三九年八月出版。

28 老舍：〈八方風雨〉（節錄），北京大學、北京師範大學、北京師範學院、中文系中國現代文學教研室主編：《文學運動史料選》第四冊，上海：上海教育出版社，一九七九年，頁235–241。原載於北平《新民報》，一九四六年四月十七—二十三日。

文化界集中在香港，旅港文化界也藉着「作家文藝座談會」的形式，兩周一敘，以求「聯絡感情、互通聲氣，以充實文化界救亡力量」[29]。戴氏五月到港，在五月二十日就立刻參加了第四次的座談會。[30]

一九三九年初，戴望舒與樓適夷、許地山、歐陽予倩等被「文協」推為香港分會籌備員[31]，到一九三九年三月二十六日，以三十九票當選為「中華全國文藝界協會留港會員通訊處」的首屆幹事，同時兼任「研究部、西洋文學組」的負責人、〈文協〉編輯委員。由於〈文協〉周刊不是獨立發行，必須附刊於本港各大報的副刊中，故戴望舒便得四出奔走，與各報副刊負責人接洽，請求借出篇幅，以便〈文協〉每周輪次刊出。

戴望舒在以後兩年內，可以說是「文協香港分會」的中堅分子。在第二屆（一九四〇年度）理事會中，他佔一席位，同時是「宣傳部」負責人，及「編輯部」委員會委員。第三屆

29 〈港滬文化界籌備舉行聯誼會〉條，載於《大眾日報》，一九三八年二月六日，一張四版。該會並無正式名稱，報上一時稱「作家茶話會」，一時稱「文藝座談會」。該茶話會首次於二月六日舉行，一直維持至一九三八年十月十四日，即第十一次召開後，就不再在報上見到消息。

30 〈利園山袖海堂文藝座談會〉條，載於《立報》，一九三八年五月二十一日，三版。文中可見出席的有：陸丹林、簡又文、葉恭綽、穆時英、戴望舒、徐遲等二十餘人。

31 組織部：〈組織概況〉，載於《抗戰文藝》第四卷第一期，一九三九年四月十日，頁4–5。以下有關「文協香港分會」資料均散見於各報刊及〈文協〉周刊中，不再一一列舉出處。

（一九四一年度）再連任以上各職。一九四〇年一月為了改善低沉氣氛而設立「會務調整委員會」，他又身負重責，努力為該會籌措事業經費。此外，他任「八月文藝通訊競賽」的評判。在第一次「文藝講習會」負責講授「巴爾扎克研究」，第二次「文藝講習會」負責講授《小說史略》，都是為了栽培熱愛文藝的青年人而努力。

看他為「文協香港分會」籌備會員大會、聯歡晚會，一九四〇年一月支持「海燕文學社」出版叢書，一九四〇年三月與郁風、葉淺予等等組織「耕耘社」出版《耕耘》，都證明他以積極的態度支持了宣傳抗戰的工作。

在香港，一九三七年至一九四一年間，政治氣候十分特殊，左右翼文化人的關係微妙——既在統一戰線之下，合作抗日，但骨子裏仍有不斷的暗湧。戴望舒身為「文協香港分會」中堅分子，又在文藝界中十分活躍，所以幾乎無可避免周旋在左右文藝界夾縫中。在一九三九年九月十七日，與右翼關係密切的「中國文化協進會」成立，他就與許地山、楊剛同時成為第一屆理事，及宣傳部主任。據說他又為了文藝問題，化名寫了許多文章，跟右翼文化人論戰[32]。在這種情況下，工作的緊張和繁忙，是可推想的，但他們仍不忘照顧生活困難的文藝界朋友，主動向國內文藝界及滯留香港的文化人拉稿，稿酬從優。一九三九年十一月，

32 同注21，筆者於一九八〇年十一月三十日訪問馮亦代先生，問及戴氏所用化名，可惜馮先生說因年代久遠，已無法憶及。

更為援助葉紫遺族募捐而奔走呼籲。[33]

一九四一年十二月初，香港局勢緊張，日本軍隊已在本港外圍地區密集，但當時的中西文報紙均向政府當局表示，在戰事發生時也絕不停刊，繼續為市民服務[34]。由於一九四一年十二月八日，日機已兩度轟炸本港，許多報紙均已減版，《星島日報》也於一九四一年十二月十日開始把原有的〈中國與世界〉、〈星座〉、〈娛樂〉，及晚報〈星雲〉各版停刊，改出紙一張，副刊改名〈戰時生活〉，戴望舒與葉靈鳳、張君幹、梁度孫三人負責合編。這便是香港淪陷前夕，戴望舒負責的最後編務工作了。

翻譯園地的耕耘

翻譯外國詩，是戴望舒重要的工作之一。這項工作「和他的新詩創作，幾乎是同時開始」[35]。他精通法文和西班牙文，到香港前，已得到「庚子賠款文化委員會」的翻譯合約，把西班牙塞凡提斯的《唐吉訶德傳》譯成中文。這份工作，不單使他得到部份生活保障，最重要的是他一生宏願在此。到了香港，他在百忙中，仍沒有完全放棄這計劃，據說是：

33 〈為援助葉紫先生遺族募捐啟事〉條，載於《立報．言林》，一九三九年十一月十五日，二版。

34 〈中西報紙戰時絕不停刊，已向當局表示〉條，載於《大公報》，一九四一年十二月三日，二張六版。

35 施蟄存：〈《戴望舒譯詩集》序〉，《戴望舒譯詩集》，長沙：湖南人民出版社，一九八三年，頁1–4。

> 「有空就繼續譯一點，或者將舊稿整理一下。但是能夠放在這件工作上的時間並不多，所以進展得一定很慢。直到他去世時為止，他仍在繼續這個工作。」[36]

這本書在一九三八年十一月時已譯成了十分之三，據他自己估計，「全書譯竣，大約尚須兩三年」[37]，到底最後譯了多少？原稿何在？是值得關心追查的。此書一直不見面世，相信是他一大憾事。

在香港，一九四一年前，他的創作不多，集中只見一九三九年元旦的〈元日祝福〉，一九四〇年五月三日的〈白蝴蝶〉[38]，一九四一年六月二十六日的〈致螢火〉[39]，相比之下，他的譯作就很充實了[40]。其中，譯出〈西班牙抗戰謠曲選〉，表示他決心把西班牙詩人在國家受到侵略時，以反抗心情寫下的動人詩篇，介紹到中國來，而這些譯詩深為讀者所愛好，引起了一些朋友的「西班牙熱」[41]。

此外，他還念念不忘要把在巴黎旅舍中譯好的一本書完整地出版。這本書原名《俄羅斯

---

36 同注6。

37 〈文藝信箱〉條，載於《星島日報．星座》第一二〇期，一九三八年十一月二十八日，八版。

38 文生：〈小詩〉，載於《新生日報》，一九四六年一月五日，四版。〈小詩〉共五節，其中第五節，即〈白蝴蝶〉的第一節。

39 收入《災難的歲月》，詩末注明「一九四一年六月二十六日」，但在《華僑日報．文藝》刊出，則是一九四四年一月三十日。

40 同注11。

41 馮亦代：〈海明威和史坦培克〉，載於《大公報》，一九七九年二月二十五日，十二張七版。

革命中的詩人們》，作者是蘇聯的本約明．高力里（Benjamin Goriely），一九三四年巴黎加里馬書店出版。戴氏於原書出版後一個月，就把它全譯出來了。可惜中國出版界沒有人願意出版這書。直到一九三六年他由法國回來，才有機會把此書第一部份付印，由上海雜誌公司初版，但「為了適應環境，不得不用了《蘇聯詩壇逸話》那個『輕鬆』的題名」[42]。直到譯成八年之後，即一九四一年，他終於自費以「林泉居」為出版者名義，把第一部及第二部全本印行。此書中譯本改題《蘇聯文學史話》，是因

「書中所接觸到的不僅是蘇聯的詩歌一方面，而是革命前後的整個蘇聯文壇。」[43]

這書只印一千五百冊，出版時又已近淪陷前夕[44]，故流傳不多，見者恐怕也不多，葉孝慎、姚明強〈戴望舒著譯目錄〉[45]也不見此書。

他日要整理戴望舒一生業績，相信翻譯介紹外國文學這項工作，應佔相當份量。

42 戴望舒：〈譯者附記〉，載於高力里著：《蘇聯文學史話》，香港：林泉居出版，一九四一年，頁273–275。
43 同注42。
44 該書版權頁中無出版月份，但〈譯者附記〉文末注「一九四一年十月十七日」，推想可能在十一月底或十二月頭出版。
45 葉孝慎、姚明強：〈戴望舒著譯目錄〉，載於《新文學史料》一九八〇年第四期，一九八〇年十一月，頁172–173。

文學遺產的整理

戴望舒除了致力編輯、翻譯之外，還推廣了中國通俗文學的史料研究。這種興趣，不是到香港後才產生，據施蟄存先生回憶，孔另境《中國小說史料》一書，多半是戴望舒提供的材料。戴望舒在西班牙看到了一本《風月錦囊》，回國後就對俗文學產生興趣了。[46] 他於一九四一年一月四日，在《星島日報》創設〈俗文學〉周刊，在〈編者致語〉中說明了目的及取稿原則：

「（一）本刊每周出版一次，以中國前代戲曲小說為研究主要對象，承靜安先生的遺志，繼魯迅先生餘業，意在整理文學遺產，闡明民族形式。

（二）本刊登載諸家對於戲曲小說研究最近之心得，以及重要文獻，陳論泛論，概不列入，除函約諸專家執筆外，並歡迎各界投稿。」

周刊刊出水準很高的學術論文，作者包括容肇祖、孫楷第、柳存仁、趙景深、譚正璧、吳曉鈴、楊蔭深、羅常培、馮沅君及戴望舒自己。這重要的周刊，一向沒有甚麼人提及，但現在已由馬幼垣先生整理全目並考訂別處重出的情況，刊在《馮平山圖書館金禧紀念文

---

46 據施蟄存先生一九八〇年十二月二十六日答覆筆者的資料。

集》中[47]，總算為戴望舒在這時期從事俗文學工作，做了一個結算。加上吳曉鈴編，戴望舒的《小說戲曲論集》[48]，就足反映他在這項研究上的成就了。

小結

戴望舒在這三年多，負着極繁重的工作擔子，朝着他的理想前進。可是，一九四一年十二月，清晨的炮火就把一切都改變了。那天，他例外地在早上就到了報館，由於「適應戰時環境，為了節省物力」[49]，《星島日報》自十二月九日起改出紙一張，把原有的〈中國與世界〉、〈星座〉、〈娛樂版〉及晚報的〈星雲〉取消，由戴望舒與葉靈鳳等合編〈戰時生活〉，在十二月十日刊出，這刊物是「在炸彈聲中，兩小時內趕編完成」的[50]。以後的幾天裏，報館在半停頓狀態，人手少了，他再不是副刊編輯，甚麼工作都要做，白天冒着炮火到中環去探消息，夜間在報館譯電訊。一直到戰火迫近，排字房工友也散去，報紙被迫停刊為止，他才離開報館。

47 馬幼垣：〈香港星島日報俗文字學副刊全目——附解題〉，陳炳良主編：《馮平山圖書館金禧紀念論文集》，香港：香港大學馮平山圖書館，一九八二年，頁98–108。

48 戴望舒：《小說戲曲論集》，北京：作家出版社，一九五八年。

49 〈發刊辭〉，載於《星島日報．戰時生活》，一九四一年十二月十日，三版。

50 同注49。

自此，他踏入三年零八個月的「災難的歲月」，但他在等待，等待「苦難的歲月不會再遲延，解放的好日子就快到」[51]。

第二章 一九四二——一九四五

一九四一年十二月，香港度過一個著名的黑色聖誕日。十二月二十五日下午，日本的先頭部隊到達了中環的「香港酒店」[52]，香港政府已豎起白旗，戴望舒與多數的香港市民一般，無可避免面臨「在醉後那些形同禽獸的士兵便四出搶掠、強姦和殺人」的恐怖時刻[53]。他服務的《星島日報》也停刊了，這段日子，他怎樣度過，沒有文字紀錄。但在一九四一年十二月底，到一九四二年春天，卻有三百多名文化界知名人士，例如鄒韜奮、戈寶權、茅盾、胡愈之、

51 林泉居士：〈口號〉，載於《新生日報．新語》，一九四六年一月五日，四版。後收入《災難的歲月》中，詩末注明「一九四五年一月十六日香港大轟炸中」。香港淪陷時期，盟軍飛機常來轟炸，最嚴重兩次，一次是一九四五年一月十五、十六日，轟炸目標為中區，另一次是一九四五年一月二十一日，轟炸目標是灣仔。

52 薩空了：《香港淪陷日記》，香港：進修出版教育社，一九四六年，頁58–59。該書封面與版權頁書名為《香港淪陷回憶》。該書為作者一九四一年十二月八日至一九四二年一月二十五日的日記，對這段日子香港文化人活動、避難情況、社會狀況、報界活動及物價民生，均有詳細記述，為香港淪陷後首一個月，保留了極重要參考資料。

53 李樹芬：〈恐怖的三日〉，載於《香港外科醫生》，香港：李樹芬醫學基金，一九六五年，頁109–113。

胡繩、金仲華、于伶、宋之的、葉以群、廖沫沙、胡仲持等，在中共黨中央指令下，受到東江縱隊的保護，離開香港，安全抵達後方[54]，為甚麼三百多人中，沒有戴望舒，這真是一個謎。因為論知名度，論抗日熱誠，甚至論與左翼關係，他不該不在搶救名單內[55]。日後，徐遲說他是「捨不了他的藏書」[56]，孫源說他「因各種原因一時走不了」[57]，無論甚麼原因，戴望舒就是這樣不幸地留在香港了。

牢獄之災

那一首著名的〈獄中題壁〉，刻劃了詩人在日本人牢獄中[58]的不屈精神和對勝利的盼望，但他甚麼時候入獄？在獄中多久？也缺乏可靠的資料。

54 有關東江縱隊保護留港文化人撤退詳情，可參考：
茅盾：《脫險雜記》，香港：時代圖書有限公司，一九八〇年，頁195–312。
王作堯：〈緊急搶救〉，載於《東縱一葉》，廣州：廣東人民出版社，一九八三年，頁161–171。
魯鋒、羅汝中：《威震港九》，深圳市委宣傳部編：《東江星火》（下），深圳：深圳市委宣傳部，一九七九年，頁7-8。

55 王作堯：〈緊急搶救〉一文中，可見此次「搶救」，是黨中央的指示，有了詳細計劃，才分頭行動。

56 徐遲先生一九八三年二月十二日口述資料。

57 孫源：〈回憶詩人戴望舒〉，載於《海洋文藝》第七卷第六期，一九八〇年六月，頁38–40。

58 戴望舒曾入獄，應毫無疑問，直至目前，只有鄭家鎮：〈我認識的戴望舒〉，載於《香港文學》第二期，一九八五年二月，頁25，說：「葉靈鳳曾陷黑獄，戴望舒倖免於難。」顯然是記憶錯誤。

日人攻陷香港，很快就把留港的各界知名華人，逐一逮捕審問，有些經審問後就釋放了，有些審訊了仍囚牢中。戴望舒在一九四二年春天被捕，孫源據朋友的傳說，有下列的紀錄：

「望舒那天去看望原任香港大學中文學院教授的馬鑑，馬先生是……住在香港大學附近半山腰的一座洋房裏。望舒從馬家出門後，就下坡到一家舊書店裏去看看，不知道自己從馬家出來時已被日方特務釘上了。他一走出書店門，就有兩個特務靠攏來，威脅他說：『戴先生，請你跟我們走一遭。』就這樣，他被逮捕入牢獄。」[59]

但據戴望舒的〈回憶〉[60]，他是「在雅各理髮室被捕，同時被捕的除黃魯外，另有潘姓青年，被捕後囚在奧卑利監獄內」。在受審期間，相信不免受到嚴刑，例如「放飛機」[61]，敵人可能因他在文藝界的地位，詢問了他許多抗日作家的資料，據端木蕻良憶述馬鑑的回憶時說：

59 同注57。

60 據施蟄存先生一九八〇年十月三十日手抄〈戴望舒回憶〉片段，但施先生對該文件的真實性，存保留態度。

61 同注60。「放飛機」，又稱「吊飛機」。這另有一旁證，戴望舒曾用「白銜」寫〈幽居識小錄之一——讀水滸傳之一得〉，載於《大眾周報》第一卷第二期，一九四三年四月十日，頁10。文中對「盆吊」這一刑罰及「拼扒」式逮捕，利用《水滸傳》引文作了詳細解釋，相信也是有感而發。

「望舒被傳詢，敵置黑名單於側，要彼相認。望舒知余已離港去久，又念發表我的文章甚夥，如云不識，難令置信。遂漫應之：與端木相識。因此入獄。」[62]

由此可知，如果他當時能夠「合作」些，也不必受牢獄之災。給囚禁了一段日子，經葉靈鳳設法，托人把他自獄中保釋出來[63]。可是，獄中生活，把如牛健的他，弄得虛弱，哮喘病狀也更深了。

出獄・婚姻

他甚麼時候出獄？看來不會遲過一九四二年的五月。出獄後，住在葉靈鳳家裏，為了生活，就在隸屬日本文化部的「大同圖書印務局」工作[64]。應該也就在此時，他與獄中難友黃

62 端木蕻良：〈五四懷舊詞〉，載於《文匯報》，一九七九年四月二十九日，十二版。

63 同注60。

64 「大同圖書印務局」本是胡文虎及何東二人合資經營，但受日本文化部管治，先後出版了《大同畫報》、《新東亞月刊》及一些叢書。葉靈鳳、張光宇、張正宇均曾在此局任職。但據胡漢輝：〈四十年後話中新〉，廣州，香港中國新聞學院校友會籌備會編輯：《歷史・話舊・懷念——香港中國新聞學院紀念文集》，香港：三聯書店（香港）有限公司，一九八四年，頁53–55，文中提及葉靈鳳是「利用他在日本文化部所屬大岡（按：應作「同」，原文誤作「岡」）公司工作方便，暗中挑選來自東京的各種書報雜誌」交胡漢輝做敵後工作。由此可知他們為了生活，在此局工作，但並不是真心附敵。

魯及一個叫萬揚的人，合股在利源東街十號，開設了一間舊書店，名字「懷舊齋」[65]。他們每人出了一百元軍票作資本，由黃魯擔任店務主持，戴望舒向一個姓沈的朋友買了千多二千本舊書，加上各人自藏而用不着的書，就開起店來了。戴望舒日常幹些甚麼呢？據黃魯回憶：

「望舒又是外省人，買賣間語言許多不便，不過，望舒卻時常在店裏幫忙，比如抄錄新購進的書目，定價與及計算賬目等」。[66]

可是，書生作買賣，第一個月還賺點錢，到了第四個月已經無法再支持下去，僅僅維持了四個月的「懷舊齋」，就因不善經營關門大吉了。[67]

戴望舒這個時候，正忍受敵人的凌辱，和妻子遠離的寂寞歲月，他的苦悶，恐怕只有老朋友葉靈鳳最清楚：

「在香港淪陷期間那幾年苦難的日子，他雖然始終興致很好，強顏歡笑，但我知道他的內心是淒苦的」。[68]

在這段苦悶時光中，他除了流連在永吉街、鴨巴甸街的幾檔舊書攤，買入許多善本絕版書

---

65 黎明起：〈回憶望舒〉，載於《華僑日報．文藝》第一二七期，一九五〇年四月十日，四張一版。黎明起是廣州詩人黃魯所用筆名。

66 同注65。

67 《大眾周報》第一卷第一期，一九四三年四月，頁九，仍見「懷舊齋」的廣告，不知道此時老闆是誰。

68 同注6。

外，也許，真的難耐寂寞，就在一九四二年五月三十日，跟比他小二十一歲的楊靜結了婚[69]。當時只有十六歲的楊靜，並不知道這時候戴望舒並未正式與前妻穆麗娟離婚[70]，而她也承認：

「那時候，我年紀太小，對他的瞭解不多，也沒有想到要好好的了解他。現在看來，可以說是一種遺憾。」[71]

「兩個生活方式不同的人」[72]在戰火患難中結合，雖然令詩人寫下了這樣的詩句，

「不如寂寞地過一世，
受着你光彩的薰沐，
一旦為後人說起時，
但叫人說往昔某人最幸福。」[73]

但到頭來，這段不如意的婚姻，徒添了詩人的煩惱。

---

69 楊靜女士一九八四年五月五日口述資料。

70 據施蟄存先生一九八三年九月二十九日抄錄《戴望舒日記》二則「一九四二年十一月二十四日，致穆麗娟第五十五函，同意離婚。」及「一九四三年一月二十六日，寄穆麗娟第五十六函，附寄離婚契約。」

71 公孫樹：〈與楊靜女士談戴望舒的愛和死〉，載於《南北極》第一一〇期，一九七九年七月，頁19–21。

72 卞之琳：〈悼望舒〉，載於《華僑日報．文藝》第一二七期，一九五〇年四月十日，四張一版。

73 戴望舒：〈贈內〉，載於《華僑日報．文藝》第三十三期，一九四四年九月十日。後收入《災難的歲月》中，詩末注明「一九四四年六月九日」。

陷敵後的工作

文藝界，歷來是敵人或統治者攻入一地後，最先控制的領域之一，因為文藝既繫人心志又易影響群眾思想，也最能表現統治者的「文明態度」。日本的「香港佔領地總督部報道部」最早就控制了本港各大報館，在督導之下，一九四二年六月，全港華文報紙共有五家：《香港日報》（戰前已有日文版，日人資本）、《香島日報》（利用《星島日報》器材資源出版）、《華僑日報》（是本港原有大報）、《南華日報》（是汪派機關報，戰前已出版）、《東亞晚報》（是淪陷時期唯一的晚報）。在日人控制下，均得以宣揚「大東亞共榮圈」及「聖戰」為目的。但負責的主編，特別是文藝副刊的編輯，多採取「只談風月」或較「中立」的態度編報。不涉及政治時事，多談文藝及推介外國作品，乃是淪陷時期，香港報刊的文藝版特色。[74]

一向從事文化活動的文化人，此時為了生活——部份可能被迫，部份可能甘心附敵，幾乎必然仍做着編輯或寫稿的工作，戴望舒和葉靈鳳，都是在三年零八個月的敵治時期，仍以編輯寫稿謀生的人。

據所知戴望舒負責過三個日報的副刊：

（一）一九四四年一月三十日創刊的《華僑日報．文藝》。這副刊的出現，除了「許多文藝

---

74 到了一九四五年，日人為了粉飾太平及腐蝕人心，出版了如《廣東人報》、《人報》、《香城》等小報，均以庸俗路線為主了。

愛好者所呼喊的一樣：兩年以來，南國文藝園地實在太荒蕪了」[75]外，相信最主要的是想借助這一塊園地，等待：

「燕子來了的時候，他自會將我們的消息帶給海外的友人，帶給遠方的故國」。[76]

可惜，這副刊一共出版了七十二期，就因「報社不允提高編費稿酬，不得已廢刊」[77]了。葉靈鳳、戴望舒都是副刊的編輯，從七十二期的內容看來，風格很像戴望舒編的《星島日報》的〈星座〉及〈俗文學〉兩版的混合。在刊中，他的譯作及詩作佔的份量很多，可以看出他是全力以赴的。

（二）《香港日報．香港文藝》。這張戰前由日人辦的報紙，因戰火停刊的時間很短，一九四一年十二月二十八日已經復刊[78]。據陳君葆先生回憶，在一九四四年左右，戴望舒曾主編該報一個文藝副刊，但忘卻叫甚麼名字[79]。而戰後「港粵文協」[80]資料室提供的〈敵佔期間香港文化活動〉[81]，就提及一九四四年十一月三十日至一九四五年七月五日的《香港日報》副刊〈香

75 見〈給讀者〉，載於《華僑日報．文藝》第一期，一九四四年一月三十日，二版。

76 同注75。

77 〈啟事〉條，載於《香島日報．日曜文藝》創刊號，一九四五年七月一日，頁碼不詳。

78 薩空了：《香港淪陷日記》，香港：進修出版教育社，一九四六年，頁194，一九四一年十二月二十八日日記。

79 陳君葆先生一九七九年十月六日口述資料。

80 「港粵文協」是「文協香港分會」的前身，關於這分會戰後的組織及變革，也跟戴望舒有關，詳見本文第三章。

81 文協資料室：〈敵佔期間香港文化活動〉，載於《正報》第四十六期，一九四六年三月一日，三版。

港文藝〉，共三十二期，其中經常撰稿人名單中，有戴望舒的名字。相信陳君葆先生提及的就是這個文藝副刊，可惜香港大學馮平山圖書館只藏一九四二年六月十日至一九四三年六月三十日的《香港日報》，故無從評價戴望舒這項編輯工作。

（三）一九四五年七月一日創刊的《香島日報．日曜文藝》。這個副刊是由葉靈鳳及戴望舒為首的《華僑日報．文藝》作者群，轉來撰稿支持的，所以兩刊的風格面貌並沒有多大分別。該刊只出至一九四五年八月二十六日，即第九號，便隨着日本向盟軍投降，香港重光而結束了，它也成為戴望舒在淪陷時期，最後一項編輯工作。

除了編輯副刊外，戴望舒還給幾個刊物譯寫外國文藝作品，也間有創作。譯稿多刊在《香島日報．綜合》版。此外，《新東亞》、《香島日報》、《大眾周報》，都常見他的文字。[82]但最特別的，應是他在《大眾周報》寫的〈廣東俗語圖解〉。這個專欄由一九四三年四月三日直至一九四四年十月十九日，不斷刊出，共八十一篇。他用「達士」作筆名，並由陳第（鄭家鎮）繪圖。據說戴望舒的上海口音還脫不掉，一個外省人來解釋廣東俗語，好像很「外行」，其實看過這些文字，就明白他把廣東俗語當成俗文學來研究。文中廣引古書筆記，加上廣東民間

82 同注11。

傳說及風俗資料，給廣東俗語來源合理的解釋，並不是信口雌黃的遊戲之作。這八十一篇文字，本來已列為「大眾周報叢書」之一，在一九四五年五月「均已付排，不日即出」[83]，但相信此書並沒有正式面世，因為同年八月，日本就戰敗投降了。此外，他為《南方文叢》第一輯寫過：〈詩人梵樂希逝世〉及〈對山居讀書雜記〉[84]，也為《香島日報》總編輯盧夢殊（羅拔高）的《山城雨景》寫過一篇跋[85]，但這些文章，均成為日後留港粵文藝作家聯名檢舉他附敵的證據。[86]

抗日民謠的創作

身陷敵人手中的知識分子，又是知名人士，既無法一死殉國，卻又難逃羅網，他們能做些甚麼？像戴望舒，戰前在香港的文藝活動，大部份都以宣傳抗日為主，香港失守，就落在敵人牢裏，等到放出來，還是得生活下去，而敵人自然也不輕易放過他，要好好利用一下他在文藝界的聲望，收一點影響人心的宣傳效果。於是、許多人就稱他「附敵」、「落水」了。

83 〈南方出版社新書預告〉條，載於《時事周報》第四號，一九四五年五月十四日，封底。

84 〈文藝綜合叢刊：南方文叢本期內容〉，載於《時事周報》第十七號，一九四五年八月十三日，封底。

85 該書內容曾於《華僑日報．華嶽》連載。《山城雨景》，香港：香港華僑日報社，一九四四年。

86 〈留港粵文藝作家為檢舉戴望舒附敵向中華全國文藝協會重慶總會建議書〉條，載於《文藝生活》光復版第二期，一九四六年二月一日，封底內頁。《文藝陣地》復刊第二號，同時刊出。

但從資料看，很容易看出有些人忍辱偷生，利用機會發揮抗日作用，筆下仍有自己立場，與那些處處逢迎敵人、動筆就無恥稱許「大東亞共榮精神」的文人，分別實在很大。

戴望舒在幾家報館裏擔任編輯工作，譯寫了許多東西，但文中未見片言隻字討好日本人。偶然給拉去看電影，參加「試映座談會」，座中也只說些無關宏旨的話[87]。雖然，他曾擔任了「香港佔領地總督部成立二周年紀念」徵文的「新選委員會」委員[88]，也是一九四五年八月三日成立的「香港文化聯誼社」發起人之一[89]，但這恐怕都不是出於自願。

究竟敏感而愛國的詩人，在這種困境裏還能用甚麼行動來表示內心的悲憤和抗日情緒呢？當然，他渴望重過跟朋友「遊山，玩水，談心，/喝杯咖啡，抽一枝煙，/唸唸詩，坐上大半天？」的日子，也希求與家人「燒個好菜，看本電影，/回來圍爐談笑到更深」的時光，但他也明白，那必須「送敵人入殮」、「將敵人殺盡」、「自由和幸福才會臨降」[90]。在盟軍飛機來炸的時候，他知道「也許我們會碎骨粉身」，同時也深信「苦難的歲月不會再遲延，/解放的

87 〈日本名片《歡樂家庭》試映座談會〉條，載於《大眾周報》第一卷第二期，一九四三年四月八日，頁14。
88 見注86，引錄一九四四年一月二十八日《東亞晚報》的啟事。
89 見注86，該社沒有甚麼實際活動，又因同年八月底，香港光復，故該社徒具不到一月的「歷史」。
90 林泉居士：〈願望〉，載於《新生日報・新語》，一九四六年一月五日，四版。後改名〈心願〉收入《災難的歲月》中，詩末注明「一九四三年一月二十八日」。

好日子就快到」[91]。這些詩都不能在當時發表，但詩人有一組歌謠，卻在當時就暗中在民間流傳，這恐怕不是許多人知道的事。

日本人攻佔香港以後，為了祀奉「在中日事變以至大東亞戰爭中陣亡英靈」，決定在港島金馬倫山西方高地，興建一座「忠靈塔」。不但向民間募捐經費，還大量抽調民伕協助興建工作，一九四二年十一月展開第一期工程，就在這時候，民間暗暗流傳着這樣一首民歌：

「忠靈塔、忠靈塔，今年造，明年拆。」

另外，還有咒罵日本的「神風飛機」的：

「神風，神風，
隻隻升空，落水送終。」

也有兩首打擊敵人信心的：

「玉碎，玉碎，
那裏有死鬼，
俘虜一隊隊，
老婆給人睡。」

91 同注51。

「大東亞，
啊呀呀，
空口說白話，
句句假。」

以上四首倖存的戰時反日民謠，據說作者就是戴望舒。我說「倖存」，是因為依照常理，這種反日民謠本不會公開作者姓名，而且只靠口耳相傳，和平後，很容易給人淡忘了。一九四六年十一月，有一個叫朱儒的人，在《新民報》中，刊出一篇香港忠靈塔的文章，提到這些民謠作者是戴望舒。朱儒的文章我沒有看到，只在一九四六年十一月十八日的《華商報．熱風》版中，看到馬凡陀的〈香港的戰時民謠〉，文中說：

「據香港朋友的證實，這首民謠的確是戴先生寫的。而且當時寫的民謠不只這一首，共有十餘首之多，因為他們單純易懂，富於民謠的特色，立刻為香港民間所接受而流傳了。環境使他不得不隱去作者的姓名，……曉得是戴望舒寫的，則難得一二人而已。」

這些抗日民謠作者是不是戴望舒，一時間沒有更多有力證據，而「難得的一二人」是誰？年代已久，茫茫世間，恐怕也難尋到。但有一點值得注意的是：一九四六年一月開始，留港粵文藝作家二十一人，聯名向「中華全國文藝協會重慶總會」檢舉戴望舒附敵，一九四六年春天，戴望舒回到上海，據説就是為了向「中華全國文藝協會」解釋交代自己在香港淪陷期間的情況[92]。這篇由馬凡陀寫的「文聯社特稿」[93]，刊在《華商報》上，從時間上看，大可明白左翼文藝界——特別是黨中央，基本已接納「作者是戴望舒」的説法。不知道目前還有沒有人能記起這件事，記起其餘的抗日民謠？如果能找到這些有力的證據，對戴望舒的研究，應有很大的幫助。

小結

三年零八個月的蒙污生活，詩人仍堅持地説：

「讓我在這裏等待，
耐心地等你們回來：
做你們的耳目，我曾經生活，
做你們的心，我永遠不屈服。」[94]

92 據施蟄存先生一九八一年十二月九日來信提供資料。有關這件「回國交代」事，詳見本文第三章。
93 〈香港的戰時民謠〉一文文末注：「文聯社特稿」。
94 〈等待〉其二，後收入《災難的歲月》中，頁58–62。詩末注明「一九四四年一月十八日」。

他經了折磨和考驗，他用「戰鬥的呼號」代替了「個人的低聲的哀嘆」[95]，詩風的改變，是這個時期戴望舒最重要的「收穫」。好容易盼得勝利的日子來臨，但勝利並沒有給他帶來好運，除了一身病困外，他還得為衣食奔走，為家事而煩惱，為洗脫自己的污玷而努力，這真是他一生的悲劇。

第三章　一九四五—一九四九

香港經過三年零八個月的黑暗日子，終於在一九四五年八月重見天日，留在香港的居民總算舒一口氣，但又得在百廢待興的殘局中，努力尋求生計。劫後餘生的戴望舒，也跟許多香港市民一樣，為生活而奔波了。

有過許多編輯副刊經驗的戴望舒，戰後很快就重操故業。一九四五年十二月十五日，《新生日報》創刊，他由陳君葆介紹，去編副刊〈新語〉[96]。從他以編者身份寫的創刊辭中，可見經過戰火後，仍不忘文化的擔子重大。他認為：

95　艾青：〈望舒的詩——《戴望舒詩集》序〉，《戴望舒詩集》，成都：四川人民出版社，一九八一年，頁1–10。

96　同注79。田芝：〈戴望舒與《新生》〉，載於《星島日報．星辰》，一九八一年八月二十七日，十三版。該文誤記《新生日報》創刊於一九四五年十二月一日。據香港大學馮平山圖書館館藏，該報創刊於一九四五年十二月十五日。

「以前，文化界有一個單純的目標，那就是『抗敵』，而今後，它的目標將更廣泛。它需要建設新的文化，它需要掃除法西斯的渣滓，它需要給民眾以再教育。」[97]

在戰火中走出來的人，精神上是饑荒的，他認為：

「這精神饑荒的災害，在香港是更為普遍，更為深沉。……看到這一點，我們應當了解香港文化人的擔子的重大了。〈新語〉這小小的篇幅，便是帶着負點沉重的責任心呈獻給它的讀者的。它的謙卑的願望是，提供一點希望合於衛生條件的精神食糧給它的讀者。」[98]

通過這篇小文，我們不難看到他的意向與淪陷前編《星島日報．星座》是完全一致，處處以對讀者「盡一點照明之責」為念[99]。而在他主編的〈新語〉版中，這點精神是貫徹的。他自己許多譯文及詩作，在〈新語〉及高雄主編的〈新趣〉版刊出，也表明了他盼望以積極態度投入工作。

經過淪陷的歲月，離開香港的朋友雖然消息隔阻，但並沒有忘記他，他也沒有忘記許多文藝朋友。香港光復後不久，杜宣奉南方局的命令到香港來，準備籌辦印刷所，從事出版工

97 （《新生日報．新語》）編者：〈致語〉，載於《新生日報．新語》，一九四五年十二月十五日，二版。
98 同注97。
99 同注15。

作，在新波介紹下，約請他出任編輯[100]。戴望舒對自己在日治時代坐過牢、出獄後又仍滯留香港，不免留下陰影。他想跟文藝界朋友聯繫上，多少也望他們理解自己的苦楚與經歷。他寫信到重慶的「文協」去，表明心跡[101]，很快就得到回信慰問，並委托他調查附逆文化人[102]。同時，老舍茅盾也囑托他盡快在港復辦「文協香港分會」[103]。這件事，對他來說不知道該說是好還是不好。因為在光復後極短期間，重慶總會的囑托，使他有「歸隊」的感覺，快速地在一九四五年十一月十五日就召開了「文協香港會員通訊處」的第一次會議，並議決了：通訊會宣告成立，恢復戰前出版的〈文協〉，及接受總會委托的調查工作[104]。更商借了《新生日報》篇幅，在十二月十七日復刊〈文協〉，並宣言：

100 杜宣：〈憶望舒〉，《飛絮．浪花．歲月》，天津：百花文藝出版社，一九八四年，頁73–80。

101 同注100，杜宣說看過戴氏〈寫給茅盾同志一封表明心跡的信〉。

102 〈全國文藝界抗敵協會慰勞上海文藝戰士並請檢舉文化漢奸〉條，載於《新華日報》，一九四五年九月二十五日，二版。該通訊末附：「又訊：該會接到香港戴望舒來信，隨即去出函慰問，並托其調查附逆文化人。」

103 同注92。又〈留港粵文藝作家為檢舉戴望舒附敵向中華全國文藝協會重慶總會建議書〉條，載於《文藝生活》光復版第二期，一九四六年二月一日，封底內頁，有「貴會根據某些私人不確實的報道，曾有委托戴望舒主持文協駐港通訊處之決定」之句。

104 〈關於文協港會員通訊處〉條，載於《新生日報．文協》新第二期，一九四五年十二月二十四日，四版。

「本刊今後的目標，將是：促進本港新文藝的復興以及與全國文藝界作密切的連繫。從我們的崗位上去推進中國的復興繁榮。」[105]

看來，他是想把總會囑托的事認真辦好，但正當他如此努力的時候，已有一些人對他的行為不滿，大概認為委托曾「與敵偽往來」的人來辦〈文協〉，「領導」留港粵文藝作家，實在不當。在一九四六年一月一日，何家槐、周鋼鳴等二十一人聯名發表了〈留港粵文藝作家為檢舉戴望舒附敵向中華全國文藝協會重慶總會建議書〉[106]表示不同意總會委托戴望舒主持「文協駐港通訊處」的決定，並要求撤銷已成立的通訊處，另組香港分會。在該建議書中，還有三個附件，證實戴望舒的附敵行為。一月二十九日，另一個班子的「文協港粵分會」就正式成立，由港粵兩地分別選出理事，發表成立宣言[107]，並立刻組織了「附逆文藝工作者調查委員會」。由戴氏以「中華全國文藝協會香港會員通訊處」名義主編的〈文協〉也早於一月二十一日刊出新六期後停刊了。而由港粵分會主編的《港粵文協》第一期裏，「文協資料室」提供的〈敵佔期間香

105 〈文協復刊小語〉條，載於《新生日報．文協》新第一期，一九四五年十二月十七日，二版。

106 同注86。

107 名單見〈港粵文協會務報告〉，載於《正報．港粵文協》第四期，一九四六年三月十七日，三版。宣言見《文藝生活》光復版第三期，一九四六年三月一日，頁碼不詳。

港文化活動〉[108]，更多處見到戴望舒的名字。這一連串事件，使稍見曙光的戴望舒重陷深淵，還有一點令他深感困惑的是，老朋友陳君葆在二月辭去《新生日報》社長之職，他也跟着失去編輯的工作[109]，生活頓成問題。據説當時重慶文協總會並未完全同意這一控訴，指令戴望舒到上海去向「文協」報到，以為迴避之計[110]。為了生活，為了謀求自辯機會，一九四六年四、五月間，戴望舒帶同妻女回到上海去。[111]

回到上海，他寫了自辯書[112]，相信很快就獲得文協的「諒解」。其實，有人檢舉他附敵及反對總會委托他籌組「文協香港通訊處」一事，現在從資料上看，恐怕箇中有些很特殊的因素，因為在一九四六年一月一日二十一名文藝作家聯名檢舉之前，一九四五年十二月二十二日，已有人收到「文協總會來函委托命即組織港粵分會」，在第二年一月二十九日該會籌備就緒正式成立[113]，而到三月，竟然又出現「文協總會否認曾有委托戴望舒主持此間文協通訊處」的

108 載於《正報．港粵文協》第一期，一九四六年三月一日，三版。
109 陳君葆先生一九七八年十二月八日口述資料。
110 同注92。
111 同注69。
112 同注110。
113 同注107。

消息[114]，我們試把幾個日期比對一下，就不難發現矛盾和混亂情況。究竟「戴望舒問題」，來自「文協」團體對成員操持的高度要求，還是戰後海內外消息溝通不便形成誤會，還是人事權力的紛爭，恐怕將永成懸案。但有一點十分肯定，就是總會方面很快就「體諒」了戴望舒，接納了他的自辯，因為在十一月十八日香港《華商報》刊出「文聯社特稿」的〈香港的戰時民謠〉[115]，問題顯然是解決了。

戴望舒這時候應該鬆一口氣。母親，姐姐和許多朋友都在上海，又找到了工作，分別在三個學校教書：「上海音專」教音韻學，在「暨南大學」教西班牙語文，在「新陸師範學院」教中文[116]，大概他也以為「可以自由自在地工作了」[117]。可是，命途多蹇，他無端又捲入了政治漩渦——參加了「教授聯誼會」的組織，由於教授們罷課，就被國民黨政府通緝[118]，他只好在一九四八年夏天，帶同妻女再度回到香港來了。

這一次回港，戴望舒面臨失業、家累、疾病的困擾，也是前所未有的。為了家計，他

114 《華商報．文藝圈》，一九四六年三月一日，三版。內容為：「港粵文藝界為『戴望舒問題』給文協總會的建議，據聞日內即有答覆到來，文協總會否認曾有委托戴望舒主持此間文協通訊處事。」
115 詳見本文第二章。
116 同注71。
117 同注21。
118 同注71。

必須立即找工作。胡好本來是他的老朋友，《星島日報》本來是舊時服務的園地，但此時卻無法容納他。在一九四八年七月，他用「江思」筆名主編《星島日報．讀書與出版》，但編不到幾期，十一月就結束了，原來這時《星島日報》的總編輯沈頌芳是國民黨人，自然不會讓戴望舒有一枝之棲。偶然稿件在《星島日報》刊出，稿費不足解決問題。總算得老朋友陳君葆的大力照顧，他的稿還可在《華僑日報》和《華僑晚報》[119]中刊出。另外，當時《華僑日報》有一個雙周刊叫〈民風〉，由香港大學中文系系主任馬鑑掛名主編，但實際沒有參與工作。陳君葆為了「戴生活無着，靠一月兩期的編輯費生活」[120]，就介紹戴望舒去代編，再由薛汕助編。連主編的名字也無法標明，他的心情自可想見。這個時期，他住在葉靈鳳家裏，據說他

「這時的哮喘病已經很深，同時家庭間又在一再發生糾紛，私生活苦痛已極，這時他的大女兒又從上海來了。為了病，為了這些不如意的事，他的肉體和精神上的負擔實在很大。本來樂觀強倔的他，這時也一再在人前搖頭說：『死了，這一次一定死了。』」[121]

既無法好好活下去，加上婚姻的不如意，離開困擾就得離開香港。一九四九年春天，他決心回祖國去，朋友都認為他的病體能否適應北方寒冷天氣而擔心，但他卻說：

119 據一九四八年八月六日《華僑日報》廣告，可見他是《華僑晚報》的每晚小說執筆人之一。
120 薛汕先生一九八四年五月三十一日來信資料。
121 同注6。

「不想在香港住下去，決定要到北方去，就是死，也要死得光榮一點。」[122]

喘着氣說「就是死，也要死得光榮一點」，我們可以想像其中包含了多少辛酸。三月九日，他的哮喘病已很嚴重，連走上一層樓的氣力也沒有[123]，但依然堅持非回國不可。三月十一日，一條北上的貨船，就把他帶離香港，結束了多年的流離歲月。

結語

戴望舒離開了佔去他生命十分之一時間的香港，離開林泉居的小園，離開「中區的最高一條街」[124]，離開他念念不忘的中區半山的舊書市，離開多年來他勤懇耕耘的報紙副刊，也許他沒留給香港人一些甚麼，香港也沒給他甚麼，他說：

「那不是我的園地，我要找自己的園地。」[125]

他終於帶着受盡折磨的身心去找他自己的園地。但每當我經過紅磚牆的奧卑利街域多

122 同注2。

123 卞之琳：〈悼望舒〉，載於《華僑日報．文藝》第一二七期，一九五〇年四月十日，四張一版。又詳見注65。

124 戴望舒：〈山居雜綴〉，載於《香港日報》，一九四五年七月八日，二版。

125 同注124。

利拘留所時，就不禁想起，詩人曾經在裏面，低吟：

「如果我死在這裏，
朋友啊，不要悲傷，
我會永遠地生存
在你們的心上。」[126]

畢竟他沒有死在這裏，香港人有多少會記得他的影子？

一九八六年十月三日完稿

126 戴望舒：〈獄中題壁〉，《災難的歲月》，上海：星群出版社，一九四八年，頁46–48。

林泉居的故事*

五十多年前，薄扶林道，應該是個適合詩人安居尋詩的地方，可是，他卻嫌不再擁有一個小園。

在上坡的路口，看到一塊木牌：寫着「Woodbrook Villa」。走一段曲折山徑，經過一座橫跨小溪的石橋，就會到達那座四層高的小洋房，那就是詩人戴望舒的「林泉居」。

他本來居住的房子外邊是個小園，離門前不遠的地方，有一棵合歡樹，夏天的時候，秋天的時候，都為詩人帶來了難忘的生意和歡樂。小園的泥地，也許正長着詩人親手培植的番茄和甘筍。

* 編者謹案：作者於本文及補注（原收錄於小思：《香港文學散步》第三次修訂本，香港：商務印書館（香港）有限公司，二〇一九年，頁134–137。）寫及，她曾以為戴望舒故居「林泉居」位於薄扶林道九十二號A至C的車路旁，那一幢四層高的白色洋樓就是昔日「林泉居」的所在地。後來根據潘惠蓮的考證，「林泉居」真正的位置為現時薄扶林道九十號，潘進一步向薄扶林道九十二號屋主李龍鑣查證事情的原委，他表示「二〇一三年底，他與盧瑋鑾教授一起來看他小時生活過的地方，可能溝通時有所誤會，他口中所說的白屋，並不是盧瑋鑾教授在一九八〇年代末攝得的白色洋樓。」潘由此澄清：「謎團終於解開！那個持續了三十多年的誤會也真相大白，『林泉居』其實不在這邊在那邊！然而，原本在九十二號A至C路旁、標示『林泉』兩個大字的牌子，是誰人所立？仍是一個謎！」詳見潘惠蓮：〈重見戴望舒在香港的「林泉居」〉，載於《明報》，二〇二二年八月三十一日，C06版。

房子四周山坡，植的是洋松。松濤，歷來都會使中國詩人心醉。冬天，卻有另一種松音：夜風正吹得勁，詩人把屋裏的壁爐生起火來，燃燒着日間拾來的松枝，迫卜迫卜地響着，滿屋纏繞了松香，暖了。妻子、女兒燈下做閒活，詩人翻開書頁，合上書頁，時光在窗外流過，淙淙的泉水聲在溪中流過，於是詩人說：「這帶露台，這扇窗，／後面有幸福在窺望，／還有幾架書，兩張牀，／一瓶花……這已是天堂。」

美夢和愛戀，往往墜落如櫻花，燦爛中就飄落了，是這樣的叫人冷不提防，你剛回過頭來，它已經去遠。他搬到「林泉居」後，天天望着海一片，荒疏了園耕，過了一段日子，妻子攜着女兒離開「林泉居」——離開詩人後，這裏一切都沒有改動，只是能共溫存的人不在。詩人帶着疲累的腳步，在遲遲日影裏，路過舊居，抬起頭來，憂傷地寫下〈過舊居〉。從此，「林泉居」，永遠成了一種新鮮的辛酸感覺，透滲骨髓，伴着詩人走完漫漫無盡的苦路。

林泉居，變成詩人的名字，變成詩，變成散文，永留人間，讓我們讀到一則溫馨而又苦澀的故事。究竟它在甚麼地方呢？

五十多年來，薄扶林道改變得太多了，那裏山邊還流着小溪。「林泉居」已經拆掉，但山坡路口仍豎着「林泉」的牌子。根據去訪過詩人的人的記憶，它就在蒲飛路巴士總站再過去一個車站，香港大學體育館的斜對面。這幢房子，本來屬於香港大學教授馬爾蒂夫人，她回

作者曾以為林泉居舊貌，攝於一九八〇年代末。現已證實這並不是原來的林泉居。

國去，就把房子讓給詩人一家住，沒想到它會成了戴望舒作品裏的重要部份。

失去的園子，永遠失去！

一九八九年五月十六日（二〇〇三年十一月修訂）

小思補注　追蹤歷史，有時也講機緣。我一直誤會，戴望舒住的林泉居是座木屋，因為英文叫「Woodbrook Villa」，葉靈鳳説過有人直譯「木屋」。因此，上世紀八十年代末寫作此文時，我以為林泉居已經拆掉，原址上的那幢白色四層洋房是「新」建的。然而，在錯過二十多年後，二〇一三年十二月底才偶獲三十年代該屋主人李龍鑣先生的指引，知道了當年那幢被我隨手拍下的白色洋房便是林泉居的真身，它自上世紀二十年代就在那裏。二〇一三年歲暮，我再度造訪林泉居，卻發現連白色洋房也被拆除，乾枯泥石成了工地主角。林泉居果真消失了，風景不再。我這個陌生人，也許是最後一個憑弔者了。

二〇一四年五月

二〇一三年，林泉居已被清拆，只餘下「林泉」的牌子。

林泉居旁的小溪。如今牌子和小溪已消失。

【附錄一】

消失了的林泉居

「有人開了窗，有人開了門，走到露台上——一個陌生人。……」戴望舒在人生苦路上曾經在這裏愉悦過：「還有幾架書，兩張牀，一瓶花……這已是天堂／我沒有忘記：這是家，妻如玉，女兒如花……」幾十年後，我去抬首仰望過那窗、那門，卻沒有人走到露台上。

那是薄扶林道九十二號的林泉居所在。

二〇一三年歲暮，幾天陰雨後，陽光微溫下，我再去，明知「那些真實的歲月，年代，走得太快一點，趕上了現在……」可是，到了現場——我竟從它身前走過，再走過了頭，而認不出來。白房子全消失了，乾枯泥石成了工地主角。不見工人開工，靠山的一邊有一堵生硬護土牆立着。很少建築地盤那麼靜。工程人員在測量些甚麼。往日流水如瀑的小溪，乾得只剩隱隱水痕。讓旁立上寫：「危險，排洪河道切勿進去」的標誌牌，變成滑稽的諷刺。白鐵欄杆圍着，枯枝亂石，把小溪囚如個久困牢犯，不再是呼喚詩人魂夢的天音了。

我拍幾張如此面貌的照片照，惹得地盤管理人上前，以不客氣口吻質問。我答非所問：「我來看詩人舊居。」使他一時搭不上話來。

我轉身而去。只知風景不再。

耳畔彷彿聽到詩人沉吟：「生活，生活，漫漫無盡的苦路！咽淚吞聲，聽自己疲倦的腳步／遮斷了魂夢的不僅是海和天，雲和樹／無名的過客在往昔作了瞬間的躊躇。」

我這個陌生人，也許是最後一個憑弔者了。

（文中所引詩句來自戴望舒〈過舊居〉）

二〇一三年十二月二十八日

【附錄二】

林泉居的真身

我終於遇到戴望舒住過的林泉居的最早主人了，為我情深講述一段真身故事。

說遇到，也實在不對，因為早認識了李龍鑣先生，卻一直只聽他講如何不辭勞苦，窮追查探看近代歷史人物祖居、墳地、歷史事件發生地點的故事，從不見他談到自己。直到他看了《香港文學散步》中說戴望舒住過林泉居，打電話給我，我才「遇到」他。

我一直誤會，戴望舒住的林泉居是座木屋，因為英文叫 Woodbrook Villa，葉靈鳳說有人直譯「木屋」。又不夠認真去追查，就以為眼前看到的白色四層洋房是「新」建的。原來，它二十年代就在那裏。

南北行廣元盛米行的老板李竹漪和兄長李竹溪在一九二二年以每呎五仙地價買了薄扶林道山邊一大塊地，在小溪兩旁各建一座四層高的小洋房，溪左的白色，溪右的紅色，就叫「林泉」。李先生就跟父親和伯父住紅屋，白屋租給南洋或外來香港大學讀書教書的人。八十多歲的李先生，說起童年在溪水石澗玩得通身濕透時，從他和煦笑臉上，我彷佛看到當年的小孩子在玩，竟忘記了他的歲數。他邊走邊指着山邊說：這裏、那裏，都種了許多野茶花、爆仗花……哦！戴望舒當年就從林泉居山邊採了一束紅山茶，放到蕭紅淺水灣的墓畔。一束花，是有來源的。

一九三九年，李氏家族離港。白屋依舊租給「港大人」。先是香港大學教授馬爾蒂夫人住進去，夫人回國就轉租給戴望舒，詩人遂賦予它林泉居之美名。

這幢白房子，在中國現代詩史中應佔了一頁，可惜，沒有人好好為它留下照片。

二〇一四年一月四日

【附錄三】

憶望舒故居

霜崖（葉靈鳳）

那時正是一九三八年的春天，「八一三」抗戰後的一年，上海已經無法再住得下去，大家都紛紛逃到香港來，人地生疏，「法幣」愈來愈不值錢，生活和住處都成為問題，大家都狼狽不堪。這時望舒卻由於在香港大學教法文的一位老太太的介紹，租到一座洋房的二樓，地點在薄扶林道，背山面海，居高臨下，十分幽靜，沒有門牌號數，只有英文名稱，附了一個用黑漆寫在一條木牌上的中文譯名，稱為「木屋」。

這塊木牌，就插在路邊，下面附着信箱。有一條溪水，從薄扶林北面的山中流下來，穿過薄扶林道的水道向下流去。因此要跨過用幾塊石板鋪成的小橋，拂開低垂的樹枝和雜草，沿斜坡走上石級，拾級而上，才可以到達望舒的住處。

這座房屋的外面，還有餘地可以闢作網球場。站在那裏向北望，薄扶林山水間的密茂樹林，青翠欲滴，不時可以聽到山畫眉嘹亮的叫喚聲。頭一聲彷彿近在眼前，第二聲聽來卻已經很遠很遠了。

當時初到香港來，一直住在斗室之中，只有在許地山先生的「面壁齋」山居的走廊上見過這樣幽靜的山景，在望舒新居中所見到的還是第二次，當時實在有點令人羨慕。難怪詩人徐遲再三情商，不嫌狹小，願意寄居在他家裏一間僅堪容膝的貯物室裏。

住在這地方，望舒曾經度過了他在香港最愉快用功的幾年。他的家庭生活過得美滿幸福，文藝工作方面則除了編輯工作外，仍熱心提倡新詩寫作和翻譯介紹，同時自己更埋頭研究元曲和俗文學……然而，在太平洋戰爭前夕，他的家庭發生了變故，這不僅影響了他的文學工作，更影響了他的健康，使他終於患上了不治的哮喘症。

望舒是一九四九年在北京去世的，葬在八寶山。我雖然去過北京多次，可惜一次還不曾去上過他的墓。只見過施蟄存攝的一張照片，墓碑題作「詩人戴望舒之墓」。一看那字跡，就認得出是沈雁冰先生手筆。

許久沒有到薄扶林道去過了，讀了吳琚的這幅詩帖，念着「橋畔垂楊下碧溪……日暖花香山鳥啼」的詩句，使我不禁回想到望舒當年住過的故居，很想再到薄扶林道去看看，只是想到這裏近年到處的變化都很大，時間已經過了一個世紀的四分之一了，難免桑田不變成滄海，因此我沒有勇氣敢去。

原刊於《新晚報．霜紅室隨筆》，一九七四年三月十三日。

憶望舒故居

霜崖

一堵奇異的高牆

那是一堵奇異的圍牆！每一次經過奧卑利街的時候，我總這樣想。

灰色為主，卻顯得斑駁的高牆，它的結構很特別：一種特殊的圖案，較低部份用石塊，較高部份用磚頭，另外又有一塊補上水泥。背後的民居比它高，但在視覺上，它仍然很高、很冷，也許，因為沒有窗，完完全全封閉式，再加上一道大鐵門，把外間一切都擋開了。在中環這個繁榮心臟裏，它顯得很不協調。域多利拘留所，現在拘留着些甚麼人呢？我並不知道。

一九四二年的春天，日本人把詩人戴望舒困在裏面，讀過戴詩的人，都會記得。在這堵高牆裏面，一個小牢裏，詩人在暗黑潮濕中寫下那首著名的〈獄中題壁〉，表達了在酷刑後仍不屈的志氣，和深深的仇恨。域多利監獄，從此，永留在詩裏。

一九四一年十二月，香港淪陷，一向支持宣傳抗日的戴望舒沒有及時逃離香港，很快就落在日本人手裏了。受了多少苦，身體殘損了，他在詩裏曾有這樣的記錄：「塚地只兩步遠近，我知道／安然佔六尺黃土，蓋六尺青草；／可是這兒也沒有甚麼大不同，／在這陰濕、窒息的窄籠：／做白蝨的巢穴，做沺腳缸，／讓腳氣慢慢延伸到小腹上，／做柔道的呆對手，劍術的靶子，／從口鼻一齊喝水，然後給踩肚子，／膝頭壓在尖釘上，磚頭墊在腳踵上，／聽鞭子在皮骨上舞，做飛機在樑上盪……」捱打、灌水、跪鐵釘、抽皮鞭、吊飛機，這些酷刑，他受過了，但他仍沒有屈服——他的心受磨煉，「在那裏，熾烈地燃燒着悲憤。」他忘不了無限的江山，他說：「我用殘損的手掌／摸索這廣大的土地：」……「手指沾了血和灰，手掌黏了陰暗，／只有那遼遠的一角依然完整，／溫暖，明朗，堅固而蓬勃生春。／……我把全部的力量運在手掌／貼在上面，寄與愛和一切希望，／因為只有那裏是太陽，是春……那裏，永恆的中國！」在以後的三年零八個月的淪陷區生活裏，儘管他已離開那堵奇異的圍牆，但卻離不開香港，於是，他張大眼睛，苦苦地、耐心地等待，等待朋友的回來！

那堵奇異的牆，足可以做個見證：詩人在敵人掌握中，怎樣度過那艱難的歲月。我們，生活在和平而繁華的日子裏的人，匆匆在那高牆外走過，有多少能捕捉當年的真實？有多少能體味透滲骨髓的沉哀？

從堅道走下來，或者從中環走上去，路過奧卑利街，別忘記細看那一堵奇異而高的圍牆！

一九八七年五月二十二日

域多利監獄，前稱中央監獄，位於中環奧卑利街十六號，一八四一年落成，為香港第一所監獄。二次大戰時，監獄內大部份建築物受轟炸而嚴重損毀，日治時期也用作囚禁英軍將領及同盟國要員等。重光後復修，並於一九四六年重新啟用。二〇〇五年十二月退役關閉。域多利監獄現已列為香港法定古蹟，連同毗連的舊中區警署及前中央裁判司署，組成具有重要歷史意義的中區警署建築群。二〇一八年活化改創成一藝術、表演、市民消閒場地，稱「大館」。（相片由小思在重修前拍攝）

許地山與香港大學中文系的改革*

前言

五四新文學運動的先行者許地山，一九三五年帶着一套中國文化新概念，到了英國殖民地、緊連中國大地的南方小島——香港，以最短暫的時間，[1]嘗試向這裏灌注他認為此地可以接受的新思想，例如現代婚姻觀、[2]中國拉丁化新文字、[3]通識教育觀念等等，[4]衝擊了部份固有文化建制，引起知識分子討論，也惹來保守派的側目及不滿。可惜，這些爭論，由於他的突然去世，加上香港淪陷於日人手中，沒有延續及發展，使他帶來的衝擊，只如火光一閃，不見更

* 原載於《香港文學》第八十期，一九九一年八月，頁60–64。

1 許地山自一九三五年七月到港，至一九四一年八月逝世，在香港時間首尾共七年。

2 〈許地山教授演講結婚底社會意義〉條，載於《工商日報》，一九三六年二月十一日，三張二版、〈人生的一課——許教授對新人講「現代姻婚」〉條，載於《大眾日報》，一九三六年九月二十六日，二張五版，均見他提出的「現代姻婚」觀，例如「男女結婚不應只用精神來維持，……結婚以多情為基礎是危險的事情。」「結婚有社會意義，……乃是建設社會……使女子從廚房解放出來……。」這都是使保守人士訝異的看法。

3 許地山在香港推動新文字不遺餘力，除組成「香港新文字學會」外，更執筆寫了拉丁拼音作品〈Noudae〉，這是他為〈新文字五分鐘讀物〉寫的，載於《香港新文字學會會報》第一號，一九三九年十一月一日，頁4。

4 〈港大教授許地山在華僑教育會演講〉，載於《工商日報》，一九三五年九月十日，三張一版。

香港大學中文系的課程設計，仍然保留了當年改革後的大概面貌。本文試就當年資料，對改革過程作一描繪，並試反映許地山在香港的處境，他與香港大學中文系改革的關係。

佳效應。但在他繁多的工作中，[5]應以香港大學中文系的改革，最受到重視，因為時至今日，

一

呈現許地山對香港大學中文系的改革藍圖前，我們必須理解二三十年代的香港社會文化情狀，及英國殖民地政府對大學教育的設計用心，這才能清楚理解許地山這個外來人，面對的難題，及所處的境況。

1　早年的香港文化特質

提到早期的香港文化地位，許多人喜歡用「中西文化交匯點」，「中西文化交流中心」這些字眼。其實，深入探究二三十年代香港文化歷史的人，都了解這些詞彙並不完全切合實際情況，因為對某些階層及制度來說，的確可見交流的效果，但對整體社會文化來說，卻還有一大段差距。

英國人把某些大英帝國的文化色彩帶到殖民地來，所形成的文化圈只與「高等華人」發

5　許地山七年工作，見盧瑋鑾：〈許地山在香港活動紀程〉，載於《八方文藝叢刊》第五期，一九八七年四月，頁271–293。

生關係，跟一般庶民生活無干。所謂中國學術文化，也只是極少數的傳統文化人——太史、秀才所傳播的「讀經宏道」思想，偶爾涉及書畫詩文唱酬的文雅玩意，他們就稱之為「國粹」。英國人懂華語的，例如香港總督金文泰（Sir Cecil Clementi）所熱心推動的也不過是這種「國粹」，並非中國文化的精深大流。而一般香港市民，如果進入正規學校或學堂的，接觸英文，以實用為目的，接觸中文，不過讀點古文經籍，這算不上文化交流。普羅大眾只求解決生活，文化認知多限於消閒作樂，更難理解何謂主流。既然學堂裏大人先生講的是四書五經，他們也就相信「讀經」是主流了。一九二七年魯迅南來，對那僵化保守勢力、英人的統治策略不滿，曾不留情面的為文鞭撻，[6]可是直到一九三五年胡適到香港來，情況仍然沒有改變，難怪有人概嘆：

「要如胡先生所期望的，把香港造成南中國文化的中心，那恐怕是不會有的事。」[7]

6 魯迅：〈略談香港〉，載於《語絲》第一百四十四期，一九二七年八月十三日，頁66–72。後收入《魯迅全集》第三卷，北京：人民文學出版社，一九八一年，頁427–437。

7 鄭德能：〈胡適之先生南來與香港文學〉，載於《香港華南中學校刊》創刊號，一九三五年六月一日。後收入盧瑋鑾編：《香港的憂鬱——文人筆下的香港（一九二五—一九四一）》，香港：華風書局，一九八三年，頁69–74。胡適：〈南遊雜憶〉，載於《獨立評論》第一四一期，一九三五年三月十日。後收入盧瑋鑾編：《香港的憂鬱——文人筆下的香港（一九二五—一九四一）》，香港：華風書局，一九八三年，頁55–61，原文應為：「使香港成為南方的一個新文化中心」。

2 香港大學中文部早期面貌

英政府於一九一一年制定香港大學成立的憲章，確定大學宗旨是：

「在促進文學科學之研究，供應高深教育，……而於來學諸生，不分種族國籍，……而於友邦中華，更得深切諒解。……」[8]

成立之初，規條訂明：「本港總督及兩廣總督應被聘任為本大學之當然贊助人。」[9]學生以中國人為主，只設醫工二科。到一九一三年，才增設文科，其中「中文科」屬一年普及選修課目，由賴際熙、區大典二太史講授中文經史，[10]只是聊備一格而已。

大概太史們講的經史，在英國人眼中，雖是「中國國粹」但終非大學教育的需要，所以在一九二六年英國威靈頓代表團（Willington Delegation）的報告書中，就有這樣的意見：

「其中文科目，雖不宜廢止經史，但大學之中文教育，不以造就中國舊式學者為鵠的，而另有其現代意義。」[11]

8 羅香林：〈香港大學中文系之發展〉，《香港與中西文化之交流》，香港：中國學社出版，一九六一年，頁228。

9 〈許地山教授談香港大學的條件〉條，載於《大眾日報》，一九三六年十月一日，二張五版。

10 羅香林：〈香港大學中文系之發展〉，《香港與中西文化之交流》，香港：中國學社出版，一九六一年，頁223–256。

11 《一九二六年香港大學特別委員會關於中文教育之報告》（Report of The Special Committee appointed to advise the Teaching of Chinese, 1926）轉引自羅香林：《香港與中西文化之交流》，香港：中國學社出版，一九六一年。

這意見含蓄地表示了對培養「舊式學者」的經史教學不滿，也顯露了中文科存在的問題。面臨危機，就得求變，在賴際熙奔走求援之下，得香港紳商及南洋華僑的資助，擴設中文學系的建議才獲校方通過，一九二七年中文系正式成立，教員仍是賴、區二太史，只加添了一名翻譯助理講師。[12]往後幾年，儘管中文系好像擴充了，設專用圖書館，教員名額也增加了，可是先後請來的講師還是講經史的太史與秀才，實質完全無法使中文系具備「現代意義」，亦即未能令英國殖民地政府滿意。所謂不滿意，一方面因為英國人心目中的「中文系」不是這個樣子，另一方面是英國人根本不重視這個系。有兩條鮮為人提及的資料，足證以上說法，現不妨引用一下。

一九三一年「中英庚款會」撥出款項二十六萬五千鎊給香港大學中文學院應用，但大學當局卻變更了原來用途，把這筆錢分了給其他各系。[13]而一九三二年底，「香港大學特別委員會」更建議「撤銷中文科」。[14]種種表現都反映了中文系的情勢不妙。

既然在華人佔大多數的地方，一所大學無可避免要設立「中文系」，而它又必須符合英國人心目中「漢學」條件，英國人一定要把「讀經」的模式改過來。一九三三年校長韓尼路（Sir

12 同注10。

13 〈香港大學巡禮——許地山博士之上下古今談〉條，載於《大眾日報》，一九三六年九月二十五日，二張五版。

14 The University of H.K. Annual Report 1932–1933，頁22。

William Hornell）親到北京去訪尋主持中文系的適當人選，[15]一九三四年夏天，還特別聘請了北京大學陳受頤教授、輔仁大學容肇祖教授到香港大學，提供改善中文系的方案。[16]一般說法都相信：一九三五年一月，胡適到香港大學接受名譽學位時，推薦了許地山出任中文系教授，才確立了香港大學改革中文系的意念，事實卻非如此。

二

改革的伏線

香港大學中文系自一九二七年正式成立以後，儘管「主流」還是「讀經」，但看香港大學每年年報，都可見校方其實不斷謀求把中文系格局改過來。一九三三年「校務委員會」決定文學院增設兩組課程：「組六」：中文及英文，「組七」：中文研究（Chinese Studies）。而教職員四名，則規定應分教：中國哲學（經籍）、中國文學、中國歷史、翻譯四科。[17]這很明顯是英國人心目中的「漢學」模式。到了一九三五年陳受頤、容肇祖向香港大學呈交的改革中文系意見

---

15 同注14。

16 The University of H.K. Annual Report 1934–1938，頁44–45。胡適〈南遊雜憶〉也提及此事，同注7。

17 同注14。

書，內容共有十點，其中第一點就清楚指出：「港大中文部應保持其原有過去之計劃，教授中國語言文字、歷史、哲學。……今後應注重用歷史與科學之見地研究經史。」[18]

據胡適的記述，他在一九三五初來港時，已「很感覺港大當局確有改革文科中國文字教學的誠意」。[19]最重要的是他們已開列了主其事者的應備資格：

「（一）須是一位高明的國學家，（二）須能通曉英文，能在大學會議席上為本系辯護，（三）須是一位管理才幹的人，（四）最好須是廣東籍的學者。」[20]

從上述四個資格看來，香港大學當局考慮到學術地位能不能壓得住某些人、與上層英人能否溝通、懂不懂科學化業務管理、與本地人能否協調等問題。[21]其中恐怕「通曉英文」及留學英國，是他們聘請許地山主要原因。而這個主持人來了，也必須保持及發展英人心目中的中文系「原有過去之計劃」。

這時候，正值許地山與燕京大學教務長司徒雷登（Stuant John Leighton, 1876–1962）意

18 〈香港大學改組中文部　昨日下午再正式召開會議〉條，載於《工商日報》，一九三五年十月十六日，三張二版。

19 胡適〈南遊雜憶〉，同注7。

20 同注7。

21 許地山祖先是「從廣東揭陽移到台南」，故有些學者把他列入廣東籍，例如宋聘莘：《廣東人物小傳》，台灣：作者自費出版），一九八〇年。

見不合，香港大學向他招手，就趁機會南來，希望在英式大學裏一展所長，把新的文化觀念帶來，幫助香港大學中文系脫離「舊式科第文人」[22]的手，承接中國大陸的中文教學大潮流。

改革的過程

許地山在一九三五年七月先來港一行[23]，這一次應是就職前的見面，到九月正式上任，許氏展開的改革行動，可以說是全速前進，一切計劃獲得香港大學的校務委員會（The Council）、教務委員會（The Senate）和校董會（The Court）順利通過，[24]且在報紙上作了一系列報道。這些速度和姿態，是值得我們注意的。

一九三五年九月初，許地山就職後就向報界宣稱：

「擬將港大之漢文院改為中國文史學系，蓋文學與史學有連帶之關係，今將之併成為一學系，固得其宜，在名義上亦較為妥當。」[25]

到了十月，許氏答覆記者訪問時，就說把「中文部」改為「中國文學系」的改組計劃書

---

22 同注7。

23 周俟松（許地山夫人）給筆者的信。

24 見《香港大學校務會議紀錄》各檔案。

25 〈港大漢文學院或將改為中國文史系，許地山教授就職後將有新猷〉條，載於《工商日報》，一九三五年九月九日，三張一版。

已經交給香港大學校長韓尼路察核，[26]以後一連數天，報上刊了相當詳細的改組計劃內容及許氏的意見，其中強調了「係依據許地山碩士之獻議及陳容兩教授之意見」，及文學、歷史、哲學的分科。[27]

當時在中文部任教的有：區大典太史、羅芾棠舉人、崔百越秀才、陳君葆。報上說各人均於學期末任期屆滿，但據資料顯示，區大典是退休，羅崔二人，卻是港大教務委員會建議：「於一九三五年十二月卅一日後不再續聘」的，[28]也就是表示一九三五年底，已把「讀經」派全部剔除，一九三六年三月，聘任馬鑑為該系全職講師，則整套改革計劃大功告成，從此，香港大學中文系包括了文、史、哲、翻譯四項課程，也成定局了。[29]

這項改革，在開始一兩年，許地山和香港大學當局都很滿意。許氏在香港大學五年年

---

26 〈許地山獻議改組港大中文部，計劃書已呈副校長察核〉條，載於《工商日報》，一九三五年十月十二日，三張一版。

27 〈香港大學今晨開會討論改組中文部事獻議人許地山教授亦出席會議〉條，載於《工商日報》，一九三五年十月十四日，三張一版。

28 〈香港大學改組中文部　昨日下午再正式召開會議〉條，載於《工商日報》，一九三五年十月十六日，三張二版。一九三五年十一月二十二日《港大校務會議紀錄》。

29 有些研究者或為許地山寫傳記的人，都誤把許地山「改革中文系」，說成「改革文學院」。說「把文學院分成文學、史學、哲學三個系」，這種錯誤說法，大概由於誤解了〈許地山先生生平事略〉及馬鑑〈許地山先生對香港教育之貢獻〉二文所載意思，也可能不清楚原始資料，而加推想而成。二文均見盧瑋鑾編：《許地山卷》，香港：香港中華文化促進中心，一九九〇年，頁1–4；頁78–80。

報中，對一九三七年的工作有這樣的描述：

「該年有一個突出的現象，學生對中文科的興趣顯著增加，他們不再以為研究中國文學是自己力有不逮的事情。他們的語文程度比以往同學更高，也明顯可見他們的閱讀範圍迅速擴展。」[30]

而港大「特別委員會」的報告中，也對中文系改革有下列嘉許：

「教師精明能幹，前途無限。若以其成績而言，則所開銷之費用並不浪費，應值得贊助與鼓勵。」[31]

改革後的困境

在學校當局這樣嘉許下，其實許地山也開始察覺這所殖民地大學給他發展中文系的機會不多。幾年來，教師沒有多聘一個，偶爾開些他感興趣的科目如梵文，選修的學生不多。教育界也認為：

「港大中文系僅聘許地山教授及馬鑑先生南來講學，此外並無其他顯著之發展，……未免令人失望。」[32]

香港大學拿了中國撥給的一大筆庚款，卻沒有履行促進中英文化關係及為中國培養人才的責

30 同注16。
31 〈港大特別委員會編造報告條陳改革方案〉條，載於《工商日報》，一九三七年五月二十九日，三張三版。
32 〈各方主張港大中文學院收中文中學畢業生〉條，載於《華字日報》，一九三七年三月二日，二張三版。

任，惹起了關注的人不滿，例如許地山就不只一次在接受記者訪問時提及庚款的事，他甚至希望中國政府「可能範圍內每年派員來校視察」。[33]但實際行政權掌握在英國人手裏，而改革中文系的計劃又已完成，發展與否，並不重要。我們看港大年報，有關中文系的部份，愈來愈單薄，[34]難怪有人慨嘆「地山在港大數年，絕不容其多所作為」。[35]

結語

研究結果，得出這樣的結論，並不表示許地山的能力不足，而是反映了一個熱切改革的中國知識分子，在別國人的已定決策中，那種無力感。我毫不懷疑許地山想改革香港大學中文系的誠意，他果然也的確把中文系架構改造了，把保守的「國學」派剔除，但這項改革，多少成份是香港大學當局的意願，多少成份是許地山的理想，是值得後人考慮的。許地山留港直至去世，其間為社會做的事，為中國付出的精力，充份表現了他的獻身精神，而他面對的困難與挫折，恐怕也不少。在困難與挫折中，不斷努力，毫不消極，這正是許地山可貴的品質。如實地描繪他的處境與行事結果，正是本文想達到的目的。

33 〈中英文化合作，許地山之意見〉條，載於《華字日報》，一九三九年三月二十一日，二張三版。

34 The University of H.K. Annual Report 1939–1940，頁8。有關中文系部份只說：「選修各課程的學生人數大致一樣。除堂課外，編排基本梵文課程。」

35 師山：〈香港大學故教授許地山〉，載於《星島晚報》，一九五三年十二月十六日，六版。文中引述「地山高足金君」的說話。

許地山在香港活動紀程*

盧瑋鑾編

一九三五年		
七月	到香港與「香港大學」聯繫任職事宜。事後即返北平辦妥離京手續。	據周俟松（許地山太太）來信。[1]
九月一日	到任「香港大學」中文學院教授。	據「香港大學」一九三五年九月十三日校務會議紀錄。[2]

* 原題〈許地山在香港的活動紀程〉，載於《八方文藝叢刊》第五期，一九八七年四月，頁271–292。

1 陳錦波：《許地山與香港之關係》，香港：學津書店，一九七六年，提及許氏：「……約在一九三五年的七、八月間到任」，誤。

2 〈華僑教育會許地山氏演講〉條，載於《工商日報》，一九三五年九月七日，三張三版，有「業經來港多日」之語，推想許氏應於八月底或九月一日到港。因據香港大學一九三五年九月十三日校務委員會會議紀錄，許氏受聘乃是一九三五年九月一日始，其薪金「從一九三五年九月一日（即其抵港之日）起計」。

九月九日	應「香港華僑教育會」邀請，於「港僑中學」禮堂作公開演講，講題：〈中等學校之國學教學問題〉。	《工商日報》，一九三五年九月七日，三張三版 《工商日報》，一九三五年九月十日，三張一版
九月十四日	向「香港大學」當局提交「中文部改組計劃書」。	《工商日報》，一九三五年九月十二日，三張一版
九月十五日	出席「香港大學」改組中文部會議，並提議「中文部」易名「中國文史學系」。	《工商日報》，一九三五年九月十六日，三張二版
九月十九日	出席「香港大學中文學會」第四次普通會議，並演講，講題：〈中國文藝之精神〉。	《工商日報》，一九三五年九月十四日，二張三版
九月	接受《工商日報》記者訪問，談現代中國文壇。	《工商日報》，一九三五年九月十三日，三張三版
十月	應「東蓮覺苑」邀請，主講關於梵文與佛學之問題。	《工商日報》，一九三五年十月二十日，三張三版

十一月十日	應「利園佛學會」邀請，作公開演講，講題：〈佛學與現代文化〉。	《工商日報》，一九三五年十一月九日，三張三版
十一月十二日	陪同「廣州中大理科師範學生教育實業考察團」參觀「香港大學」及「漢文」、「華僑」等中學。	《工商日報》，一九三五年十一月十三日，三張一版
十一月二十一日	出席香港名流杜其章歡迎徐悲鴻之晚宴。	《工商日報》，一九三五年十一月二十二日，三張一版
十一月二十三日	參加「香港蓮社」之彌陀法會圓經儀式。	《工商日報》，一九三五年十一月二十六日，三張三版
十二月二十七日	許地山夫人抵港，許氏藏書亦同時運抵本港。	《工商日報》，一九三五年十二月二十九日，二張四版
十二月二十八日	接受《工商日報》記者訪問，談「中國文學系」新動向。	《工商日報》，一九三五年十二月二十九日，二張四版

一九三六年

日期	活動	資料來源
一月五日	為「香港播音台」主辦之「教育問題播音演講周」主講〈學校教育應注意的幾個問題〉。	《工商日報》，一九三六年一月五日，三張三版
一月六日	出席「香港大學」第二十七屆畢業典禮。	《工商日報》，一九三六年一月七日，三張一版
一月	「香港大學」中文系正式改組。獲委任為中文系教授。	「香港大學」一九三五年十一月二十二日，校務會議紀錄。
二月八日	任「中華青年會」主辦之中小學生藝展會籌備委員會主席。	《華字日報》，一九三六年二月九日，二張四版
二月十日	「中華青年會」主辦第一屆集團結婚，許氏於宅中為新婚夫婦演講，講題：〈結婚的社會意義〉。	《華字日報》，一九三六年二月十一日，二張三版

二月十六日	出席「男女青年會」主辦之「學生冬令會」，並演講。	《華字日報》，一九三六年二月十二日，二張三版
二月二十四日	任全港學生作文比賽評判。	《華字日報》，一九三六年二月二十四日，二張四版
二月	於「香港大學」會議上提出增聘國文講師，並推薦馬鑑出任。	《華字日報》，一九三六年二月十一日，二張四版
三月十日	出席「香港大學」中文系新講師馬鑑之演講會，並發表談話，指出中國文學三弱點。	《華字日報》，一九三六年三月十二日，二張四版
三月二十一日	為「九龍華仁分校學生會」演講，講題：〈中國之命運與青年〉。	《華字日報》，一九三六年三月十九日，二張三版
四月一日	與科士打教授領香港大學學生二十餘人回國考察教育，經柳州、衡陽、長沙、漢口等地。	《華字日報》，一九三六年四月一日，二張三版

四月十八日	回國考察完畢返港。	《華字日報》，一九三六年四月十九日，二張三版
四月二十四日	迎平民教育家及戲劇家熊佛西來港。	《華字日報》，一九三六年四月二十五日，二張三版
四月二十五日	「香港大學學生會」歡迎熊佛西茶會中，許氏代表學生致謝辭。	《華字日報》，一九三六年四月二十六日，二張四版
四月	與羅旭龢、鄧肇堅、何東等人同獲選為「香港大學文學會」名譽會員。	《華字日報》，一九三六年四月一日，三頁二版
五月十三日	會晤《華字日報》記者談香港大學近況。	《華字日報》，一九三六年五月十四日，三貞二版
五月十六日	「華人青年會」主辦全港男女中學校學生國語演講比賽，許氏任評判。	《華字日報》，一九三六年五月十六日，三頁二版
五月十七日	在「香港電台」廣播演講：〈道德與社會之關係〉。	《華字日報》，一九三六年五月十八日，二張四版

六月六日	以個人名義參加由侯曜、盧湘父等人發起之「香港九龍中華教育會」。	《華字日報》，一九三六年六月三日，二張四版
六月	與《循環日報》總編輯何雅選、社會名流及書畫家杜其章同任「策群義學」主辦之全港學生論文比賽評判。	《華字日報》，一九三六年七月一日，三張二版
七月十一日	為「生活職業學校」新聞系學生演講，講題：〈中華民族之衰落原因及其補救辦法〉。	《華字日報》，一九三六年七月十一日，二張四版
七月二十日	出席「西南中學」畢業典禮，並頒發證書及致辭。	《華字日報》，一九三六年七月二十一日，二張四版
七月三十日	出席「振成商科專門學院」打字及商務全科畢業典禮，並頒發文憑及致辭。	《華字日報》，一九三六年八月一日，三張二版

七月	倡組兒童娛樂院，主旨在寓教育於娛樂，使兒童於娛樂中，養成健全人格。	《大眾日報》，一九三六年七月二十七日，二張八版
八月三日	出席「華南區聯青社」第一次聯席會議，並演講，講題：〈青年對於人類之使命〉。	《華字日報》，一九三六年八月五日，二張三版
九月二十五日	接受記者訪問，詳談香港大學組織結構。	《大眾日報》，一九三六年九月二十五日，二版 一九三六年十月一日，二版 一九三六年十月九日，五版 一九三六年十一月五日，五版 一九三六年十一月十日，五版 一九三六年十一月二十八日，五版

九月二十五日	為「香港中華基督教青年會」第二屆集團結婚之青年男女演講，講題：〈現代婚姻〉。	《大眾日報》，一九三六年九月二十六日，二張五版
九月二十九日	為「香港中華基督教青年會」第二屆集團結婚之青年男女演講，講題：〈現代家庭〉。	《華字日報》，一九三六年九月二十六日，二張四版
十月十日	香港大學學生籌備慶祝國慶，請許氏出席大會並演講。	《華字日報》，一九三六年十月五日，二張四版
十月	為「女青年會」作一連五次演講，講題： 1.〈宗教組織及起源〉 2.〈中國道儒及日禪道〉 3.〈印度教及日佛教〉 4.〈猶太教及回教〉 5.〈基督教及總結〉	《工商日報》，一九三六年十月二十二日，三張三版

十一月二日	在「香港大學」舉行之「魯迅追悼會」中演講，講題：〈魯迅先生對於中國新文學之貢獻〉。	《大眾日報》，一九三六年十一月二日，二張五版
十一月十一日	在沙田道風山演講，講題：〈東方宗教思想之特點〉。	《大眾日報》，一九三六年十一月十一日，二張五版
十一月十二日	為「麗澤女子中學」初中第六屆，小學第八屆畢業典禮頒獎。	《大眾日報》，一九三六年十一月十一日，二張五版
十一月十四日	出席「香港中學生秋令會」，並主持討論會及發表結論。	《大眾日報》，一九三六年十一月十五日，二張五版
十一月十八日	出席「香港英華女校」休業禮，並頒給畢業證書。	《大眾日報》，一九三六年十一月十九日，二張五版
十一月二十一日	偕同香港大學教授費德信先生參觀「標準影業公司」，由穆時英等引導參觀「十五義士」拍攝情況。[3]	一九三六年十一月二十二日，二張五版

3 國防電影《十五義士》為穆時英所編導。

日期	事項	出處
十一月二十九日	出席「香港九龍中華教育會研究部」主辦之第一次教育研究會議，並發表演講，主要內容談中華教育目的，指出過去教育沒有一定方針，及在特殊地區辦教育要注意民族意識。	《大眾日報》，一九三六年十一月三十日，二張八版
十一月	與華南人士簽名響應北平文化界八項主張，要求國民政府組織聯合戰線一致抗日。	《大眾日報》，一九三六年十一月十九日，二張六版
十二月十三日	任「全港學校第二屆書法比賽」主考。	《工商日報》，一九三六年十二月十四日，三張二版
一九三七年		
一月四日	出席「香港大學」第二十八屆畢業典禮。	《工商日報》，一九三七年一月五日，三張一版

一月二十八日	主持「官立漢文中學」頒獎典禮。	《工商日報》，一九三七年一月二十九日，三張四版
二月二十八日	為「華仁書院舊生會」會員演講，講題：〈我國昔時之教育階級〉。	《大眾日報》，一九三七年三月二日，二張八版
二月	港文化界紀念蘇東坡降生九百年，舉行「壽蘇會」，由許氏主持並宣佈開會理由。	《大眾日報》，一九三七年二月四日，二張五版
三月二日	蔣中正委員長駐港特派員陳其尤在「香港大學」演講，許氏代表學生會致謝辭。	《工商日報》，一九三七年三月三日，三張二版
三月三日	「遠東禁販婦孺會議」中國代表熊希齡在「香港大學中文學會」演講，許氏出席。	《工商日報》，一九三七年三月四日，三張一版
三月十六日	出席何東爵士歡迎天津「南開大學」張彭春教授之午宴。	《工商日報》，一九三七年三月十七日，三張一版

三月二十五日	領「香港大學廣西考察團」赴梧州、南寧、柳州、桂林等地考察。[4]	《大眾日報》，一九三七年四月十四日，二張八版
四月十七日	出席第三屆集團結婚典禮，並任司儀。	《華字日報》，一九三七年四月十四日，二張四版
四月二十二日	在「香港大學中文學會」第七次普通大會中演講，講題：〈桂遊感想〉。	《華字日報》，一九三七年四月二十日，二張二版
四月二十三日	出席「皇仁書院舊生同學會」周年聯歡大會。	《工商日報》，一九三七年四月二十四日，三張一版
五月十一日	出席「徐悲鴻個人作品展覽會」開幕禮。	《工商日報》，一九三七年五月十二日，三張三版

4　周俟松〈許地山年表〉於一九三七年項下，謂「港大法蘭斯教授曾邀約地山同送藥往延安（由中國福利會籌措），惜請假未准，深為遺憾。」請假日期，與此次考察有無關係，則待考。

日期	事件	出處
五月十九日	出席九龍「協恩女中學」開幕禮。	《工商日報》，一九三七年五月二十一日，三張三版
五月	偕徐悲鴻往遊赤灣，並拍攝宋帝昺陵墓照片。	考威〈許地山教授之赤灣少帝陵考〉，《天文台半週評論》，一九三七年二月二十二日，頁3
七月十日	出席「廣州培英分校」第一屆高小及幼稚園畢業典禮，並頒發證書及致訓辭。	《工商日報》，一九三七年七月十日，三張三版
七月	為「大華攝影服務社」舉辦之攝影作品展題字，「無光明則一切不能存在」。	《工商日報》，一九三七年八月二日，三張二版
八月二十日	出席「香港大學」歡迎「英庚款留歐學生」之晚宴。	《工商日報》，一九三七年八月二十一日，二張二版
九月二十六日	主持「鑰智男女中學」附設國語專修科第一期畢業典禮。	《工商日報》，一九三七年九月二十五日，三張二版

十一月二十八日	出席「華仁書院舊生會」第四屆周年大會，並演講。	《華字日報》，一九三七年十一月二十九日，三張二版
十二月一日	籌劃「中國古物展覽會」在「香港大學馮平山圖書館」舉行，由港督羅富國主持開幕禮。	《華字日報》，一九三七年十二月二日，二張四版
十二月	與林語堂、鄭振鐸、湯用彤、簡又文等發起組織「中國非常時期高等教育維持會」，並發表「保衛文化、完成救亡使命」的宣言。	《大眾日報》，一九三七年十二月五日，一張四版
一九三八年		
一月十一日	前國務總理熊希齡逝世，許氏夫婦執紼致祭。	《華字日報》，一九三八年一月十二日，二張四版
三月二十五日	發表〈英雄造時勢與時勢造英雄〉。	《大風》，第三期，一九三八年三月二十五日，頁67–69。

四月八日	往大嶼山考古。	《華字日報》，一九三八年四月十三日，二張四版
四月十二日	因女兒許懋新出走事，接受《華字日報》記者訪問。	《華字日報》，一九三八年四月十三日，二張四版
四月十三日	出席第二次「文藝座談會」，並講述「抗戰中文藝寫作應取方針」。到會者有樊仲雲、杜衡、簡又文、王紀元等四十餘人。	《華字日報》，一九三八年四月十四日，三張二版
四月二十一日	接見《華字日報》記者，述其女已入廣西。	《華字日報》，一九三八年四月二十二日，二張三版
五月十四日	任「基督教學生聯合會」主辦之中學生國語演講比賽評判。	《華字日報》，一九三八年四月十六日，三張二版
十月十八日	任「魯迅先生逝世二周年紀念會」發起人。	《大眾日報》，一九三八年十月十九日，二張六版

十月二十二日	出席「魯迅先生逝世二周年紀念會」並演講。出席者有茅盾等人。[5]	《大眾日報》，一九三八年十月二十三日，一張三版
十月二十二日	因魯迅滬寓失火，與茅盾等人以「魯迅先生逝世二周年紀念會」名義，致電慰問許廣平。	《立報》，一九三八年十月二十三日，三張三版
十月三十日	出席「武漢合唱團」表演會，並任該會主席。	《星島日報》，一九三八年十月二十九日，七版
十月	發表英文稿〈武訓〉（"Wun Shiunu"）	《天下月刊》第七卷第三號，一九三八年十月，頁235–255
十一月十一日	發表《女國士》（上），（獨幕劇）	《大公報．文藝》，第四三八期，一九三八年十一月十一日，八版

5 此次紀念大會，情況甚為混亂，一九三八年十月二十三日，報章報道，似甚具規模，如《大公報》則謂有許地山、陽翰笙、茅盾等四百多人參加，並由陽翰笙任主席、許地山、茅盾等人演講。但據一九三八年十月二十五日，《大公報．小公園》刊出葉式凝〈參加了魯迅先生紀念會之後〉及一九三八年十月二十八日，《大公報．文藝》第四三一期，刊出許地山〈關於魯迅先生紀念會底不守時刻〉二文，則可見情況混亂。

日期	活動	出處
十一月十二日	出席「旅港福建商會救濟難民臨時委員會公演大會」並演講。	《大眾日報》，一九三八年十一月十日，一張二版
十一月十六日	發表《女國士》（下），〈後記〉。[6]	《大公報・文藝》，第四四一期，一九三八年十一月十六日，八版
十二月十日	任「中華藝術團」成立會主席，並報告該團成立經過。	《大公報》，一九三八年十二月十一日，二張六版
十二月十二日	引導港督羅富國爵士夫婦參觀「中國現代名人書畫展覽會」。	《大公報》，一九三八年十二月十三日，二張六版
十二月三十一日	受聘為「華南電影界兵災籌賑會」顧問。	《華字日報》，一九三九年一月一日，二張四版
一九三九年		
一月一日	任卜少夫、徐天白之證婚人。	《立報》，一九三九年一月一日，四版

6 周俟松〈許地山年表〉將《女國士》置於一九三九年項下，誤。

一月一日	發表〈一年來的香港教育及其展望〉。	《大公報・文藝》，第四八七期，一九三九年一月一日，八版
一月五日	發表〈怡情文學與養性文學——序大華烈士編譯〈硬漢〉小說集〉。	《大風》，第二十五期，一九三九年一月五日，頁771
一月十五日	發表〈中國思想中對戰爭的態度〉。	《大風》，第二十六期，一九三九年一月十五日，頁801–807
二月十五日 五月五日	〈玉官〉開始連載，至同年五月五日刊畢。	《大風》，第二十九—三十六期，一九三九年二月十五—五月五日
三月八日	任《華字日報》春季徵文評判。	《華字日報》，一九三九年三月八日，一張一版
三月八日	應「香港大學中文學會」之請，用英語演講，講題：〈中國古玉研究〉。	《華字日報》，一九三九年三月八日，一張四版
三月十一日	為「中國婦女兵災籌賑會」主辦之「何鐵華淪陷區名勝影展」主持開幕禮。	《華字日報》，一九三九年三月十二日，一張四版

日期	事項	資料來源
三月十八日	任香港中學生國語演講比賽評判。	《大公報》，一九三九年三月十九日，二張六版
三月二十日	接受《華字日報》記者訪問，談有關「香港大學與中國各地大學切實合作委員會」事。	《華字日報》，一九三九年三月二十日，三張二版
三月二十日	接受《華字日報》記者訪問，談「香港大學與中國大學之合作」問題。	《華字日報》，一九三九年三月二十一日，二張三版
三月二十六日	與樓適夷合力籌備多時之「中華全國文藝界協會香港分會」成立，與樓適夷、戴望舒、葉靈鳳等九人任常務幹事，並起草該會宣言。[7]	《大眾日報》，一九三九年三月二十七日，六版
三月二十七日	發表〈題唐南注公手跡〉（舊詩並序）。	《立報》，一九三九年三月二十七日，三版

7 周俟松〈許地山年表〉將此事置於一九三八年項下，誤。

三月	接受《華字日報·學燈》記者訪問。	《華字日報·學燈》，第三期，一九三九年三月十九日，三張二版
四月六日	發表〈面壁齋稿·題徐悲鴻柳間雙鵲圖〉。	《立報》，一九三九年四月六日，三版
四月八日	出席「中華全國文藝界協會香港分會」會員茶敘，並與陳衡哲任研究部、藝術文學組主持人，兼任該會總務部負責人。	《大公報》，一九三九年四月九日，二張六版 《大公報》，一九三九年五月二日，二張八版
四月十日	發表〈面壁齋稿·仲琴先生五十初度敬獻拙句為壽〉、〈面壁齋稿·為雷竺笙先生題張大千檢書看劍軒圖〉（舊詩）。	《立報》，一九三九年四月十日，三版
四月十日	與劉思慕代表本港文化界出席「赴日菲學生代表聯歡敘會」。	適夷〈一個月的報告〉，《大公報》，一九三九年五月二日，二張八版

四月三十日	出席《華字日報》招待春季徵文前列交友茶會，並演講。	《華字日報》，一九三九年五月一日，二張三版
五月十一日	出席「郎靜山名作預展」。	《大公報》，一九三九年五月十二日，二張六版
五月二十五日	任港九小學生故事演講比賽評判。	《大公報》，一九三九年五月二十五日，二張六版
五月二十六日	出席「中華全國文藝界協會香港分會」主辦的第二次座談會。	《星島日報．文協》，第三期，一九三九年六月十九日，八版
五月二十八日	出席「華南國語講習所」第三屆畢業典禮，並頒發證書。	《華字日報》，一九三九年五月三十一日，一張四版
五月三十一日	出席「中英文化協進會」成立典禮，並任主席。[8]	《大公報》，一九三九年六月一日，二張六版

8 周俟松〈許地山年表〉將此事置於一九三七年項下，誤。

五月	致送禮金，賀歐陽予倩壽辰。	《華字日報》，一九三九年五月二十二日，二張四版
六月十八日	擔任東區中小學生作文比賽評閱人。	《華字日報》，一九三九年六月十八日，二張三版
七月五日	發表〈憶盧溝橋〉。	《大風》，第四十二期，一九三九年七月，頁1330–1332
七月七日	發表〈七七感言〉。	《大公報．文藝》，第六六〇期，一九三九年七月七日，八版
七月三十日	出席「香港新文字學會」成立大會，並當選為理事。[9]	《立報》，一九三九年七月三十日，七版
八月十五日	發表〈老鴉咀〉。	《紅豆》，第四卷第六期，一九三九年八月十五日，頁155

9 周俟松〈許地山年表〉將此事置於一九三八年項下，誤。該會活動已久，但正式得華民政務司批准登記，及正式以「香港新文字學會」為名，則於一九三九年三月三日，直至一九三九年七月三十日始正式開成立大會。

日期	活動	出處
八月十八日	發表〈一封公開的信〉。	《中國晚報》，一九三九年八月十八日，頁碼不詳
九月三日	簡又文、陸丹林、胡春冰、溫源寧等人發起籌備組織「中國文化協進會」，許氏為籌備委員會委員之一。	《大公報》，一九三九年九月四日，六版
九月十七日	出席「中國文化協進會」成立典禮，並任第一屆理事之常務理事。[10]	《大公報》，一九三九年九月十八日，六版
九月十九日	出席在「皇后戲院」舉行的「孤島天堂」獻演禮，並致辭。	《大公報》，一九三九年九月二十日，六版
九月二十四日	任「中國文化協進會」常務委員會會員，學術研究委員會主任委員。	《大公報》，一九三九年九月二十五日，六版

10 周俟松〈許地山年表〉並無提及此由右翼文化人發起之文化人團體，在「統一戰線」口號下，楊剛、戴望舒均為第一屆理事。

九月三十日	出席由「中華全國文藝界協會香港分會」、「中國文化協進會」、「中央社」、「大風社」、「青年記者學會」主辦之「歡迎粵劇救亡服務團大會」。	《星島日報》，一九三九年十月一日，四版
十月九日	發表〈國慶日所立底願望〉。	《大公報．文藝》，第七一五期，一九三九年十月九日，八版
十月十九日	出席「文藝魯迅紀念座談會」討論主題為〈民族文藝的內容與技術問題〉。出席者有劉思慕、林煥平、楊剛等人。	《大公報．文藝》，第七二三期，一九三九年十月二十五日，八版
十一月五日	出席「香港歌詠協進會」成立典禮，並致辭。	《大公報》，一九三九年十一月六日，六版
十一月十日	為「中英文化協進會」會員演講，講題：〈三百年來的中國婦女服裝〉。	《星島日報》，一九三九年十一月十一日，四版

十一月十五日	任「中國文化協進會」主辦之「廣東文物展覽」籌備委員會之執行委員，兼宣傳組負責人。	《大公報》，一九三九年十一月十五日，六版
十一月三十日	任「廣州青年會」發起之「中學生圖文比賽」贊助人。	《星島日報》，一九三九年十一月三十日，四版
十二月十二日	任「中國電影教育協會香港分會」第一屆理事。羅明佑、王雲五、葉恭綽、李應林等同為該會理事。	《大公報》，一九三九年十二月十三日，六版
十二月十六日	出席「中國電影教育協會香港分會」第一次理監事聯席會議。	《大公報》，一九三九年十二月十七日，六版
一九四〇年		
一月一日	發表〈中國文字底命運〉。	《大公報·文藝》，第七六三期，一九四〇年一月一日，十三版
一月九日	在「香港大學」中文系研究室內主辦「中國語文講座」，自任講者。	《大眾日報》，一九四〇年一月十二日，一版

一月二十二日	發表〈無法投遞之郵件——給憐生〉。	《大公報．文藝》，第七七二期，一九四〇年一月二十二日，八版
二月一日	參觀由「中國文化協進會」、「中美文化協進會」、「中英文化協進會」聯合主辦之「藝術觀賞會」。	《大公報》，一九四〇年二月二日，六版
二月十五日	受聘為「民族文化書院」在香港招生考試之評閱委員。	《大公報》，一九四〇年二月十五日，六版
二月二十二日	協助關良舉辦畫展。	志芸〈關良畫展先睹記〉，《大公報》，一九四〇年二月二十二日，六版
二月二十三日	出席「中英文化協進會」主辦之演講會。	《大公報》，一九四〇年二月二十四日，六版
三月四日	在「梅芳學校」演講，講題：〈中國新文學之研究〉。	《星島日報》，一九四〇年三月七日，三張三版

三月五日	任「蔡公臨時治喪委員會」委員。	《立報》，一九四〇年三月七日，四版
三月十五日	發表〈無法投遞之郵件——答寒光〉。	《大公報・文藝》，第八〇〇期，一九四〇年三月十五日，八版
三月二十二日	任「青年勵志社」文學指導。	《星島日報》，一九四〇年三月二十二日，三張三版
三月二十四日	發表〈蔡孑民先生底著述〉。	《大公報・蔡孑民先生追悼會特刊》，一九四〇年三月二十四日，八版
三月二十八日	發表〈香港小史〉（上）。	《天文台半週評論》，一九四〇年三月二十八日，頁4
四月一日	發表〈香港小史〉（下）。	《天文台半週評論》，一九四〇年四月一日，頁4
四月十日	任「元培紀念圖書館籌備委員會」顧問。	《大公報》，一九四〇年四月十日，六版

四月十四日	出席「中華全國文藝界協會香港分會」會員大會，並任主席，又當選為一九四〇年度理事。與楊剛、喬木負責起草慰勞前線將士電訊稿，以大會名義發電。	《立報．文協》，第四十九期，一九四〇年四月十六日，二版
四月二十六日	「中國文化協進會」編印《廣東叢書》，許氏任編印委員，負責編輯組。	《大公報》，一九四〇年四月二十七日，六版
四月二十七日	任「港九教師聯合會」主辦之「學生論文比賽」評判。	《大公報》，一九四〇年四月二十七日，六版
四月二十七日	出席「中華全國文藝界協會香港分會」及「中國文化協進會」之理事聯誼會。	《大公報》，一九四〇年四月二十八日，六版

四月二十七日	出席「中華全國文藝界協會香港分會」一九四〇年度第一次理事會，當選總務部負責人及經濟委員會委員。	《大公報・文協》，第五十一期，一九四〇年四月三十日，六版
五月十六日	發表〈無法投遞之郵件——給華妙〉。	《大公報・文藝》，第八三九期，一九四〇年五月十六日，八版
五月二十二日	出席「中華全國文藝界協會香港分會」主辦之「音樂座談會」。	
六月二日	應「港九教師聯會」之邀，為該會會員演講，講題：〈拼音字和象形字的比較〉。	《星島日報》，一九四〇年六月二日，三張四版
六月十一日	「燕京大學」在港籌辦中學，許氏為籌備人之一。	《大公報》，一九四〇年六月十一日，六版
六月十五日	出席中國教育部在香港主辦之「中學學校教師暑期講習會」。	《大公報》，一九四〇年六月十五日，六版

六月二十二日	任《時代批評》徵文比賽評判委員。	《大公報》，一九四〇年六月二十二日，六版
六月二十四日	「中華全國文藝界協會香港分會」主辦「文藝講習會」，許氏主講〈中國文學與印度文學〉。	《國民日報》，一九四〇年六月五日，五版
六月	發表《兇手》（兩幕劇）。[11]	《宇宙風》，第一百期紀念號，一九四〇年六月，頁4–16
七月七日	發表〈今天〉。	《大公報．文藝綜合》，第八七六期，一九四〇年七月七日，八版
七月十日	發表〈危巢墜簡：1.給樾人　2.覆成仁〉。	《大公報．文藝》，第八七八期，一九四〇年七月十日，八版
七月十五日	為「粵南中學」義務夜校主講「中國語文講座」。	《立報》，一九四〇年七月八日，四版

11　據該劇〈編後語〉注明「廿九年四月落華生」。

日期	事項	出處
七月十七日	任「國立院校統一招生考試」之巡視委員。	《大公報》，一九四〇年七月十七日，六版
八月二日	發表〈對於本年公立各院校統一招生入學考試底感想〉。	《大公報·學生界》，第三〇七期，一九四〇年八月二日，八版
八月三日	出席「魯迅先生六十誕辰紀念會」，任主席並致開會辭。	《星島日報》，一九四〇年八月四日，二張一版
八月二十一日	出席「中華全國文藝界協會香港分會」主辦之「文藝講習會結業典禮」並演講，講題：〈作家的責任〉。	《大公報》，一九四〇年八月二十二日，八版
八月二十四日	發表〈危巢墜簡——給少華〉。	《大公報·文藝》，第九一〇期，一九四〇年八月二十四日，八版
八月二十六日	「中國文化協進會」主辦「文化講座會」，許氏為委員之一。	《大公報》，一九四〇年八月二十六日，六版
八月三十日	出席「元培圖書館」籌委會。	《大公報》，一九四〇年九月一日，六版

九月十一日	任「女生文協」顧問。	《星島日報》，一九四〇年九月九日，三張三版
九月二十日	「幻術歌舞團」招待文化界，許氏與梅蘭芳等出席。	《星島日報》，一九四〇年九月二十一日，三張三版
九月二十五日	當選「中國文化協進會」一九四〇年度理事。	《國民日報》，一九四〇年九月二十六日，五版
九月二十七日	發表〈談《菜根談》〉。	《大公報》，一九四〇年九月二十七日，四版
九月二十八日	「新文字學會」主辦第二屆語文講座，許氏講：〈中國文字的四聲問題〉。	《星島日報》，一九四〇年九月二十八日，三張三版
九月二十九日	為「張善子畫展」與簡又文、葉恭綽等人具名發出請柬。	《大公報》，一九四〇年九月二十八日，六版

九月三十日	「中國文化協進會」第二屆理事首次會議，當選為常務委員，兼任宣傳部主任。	《大公報》，一九四〇年十月一日，六版
九月三十日	青年會提倡「兒童劇場」，許氏與曾昭森提倡鼓勵，並與蔡楚生、胡春冰等人組織指導委員會。是日出席首次會議。	《大公報》，一九四〇年十月一日，六版
九月	發表〈扶箕迷信底研究〉。[12]	
九月	以「蔡孑民治喪委員會」常務委員身份，參與籌募蔡孑民紀念基金。	《立報》，一九四〇年十月八日，四版
十月十八日	積極推行「兒童劇場」，出席指導會。	《立報》，一九四〇年十月十八日，四版
十一月八日	任唐紹儀葬地糾紛訴訟中之原告方面證人。	《立報》，一九四〇年十一月八日，四版

12 據〈扶箕迷信底研究〉之〈結論〉末注「民國二十九年九月底脫稿」。

十一月十日	任香港模型飛機比賽裁判員。	《大公報》，一九四〇年十一月十日，六版
十一月十四日	發表〈論「反新式風花雪月」〉。	《大公報．文藝》，第九六八期，一九四〇年十月十八日，四版
十一月十七日	出席「戲劇與兒童教育研討會」，並任主席。	《大公報》，一九四〇年十一月十八日，六版
十一月二十五日	「中國文化協進會」主辦第一期「文化講座」，許氏主講〈現代文化〉。	《大公報》，一九四〇年十一月二十三日，十版
十一月	為「中華全國文藝界協會香港分會」籌募作事經費。	《大公報．文協》，第七十五期，一九四〇年十一月二十九日，八版
十二月十三日	出席「中國文化協進會」之「國語推行委員會」，議決開設國語講習班，並任常務委員。	《國民日報》，一九四〇年十二月十四日，五版
十二月	任「基督教華南戰時兒童教養會香港籌款特組委員會」委員。	《大公報》，一九四〇年十二月二十日，六版

日期	事件	出處
一九四〇年	發表〈貓乘〉。	《香港大學學生會一九四〇年年刊》，頁14–27
一九四一年		
一月一日	發表〈民國一世——三十年來我國禮俗變遷底簡略的回顧〉。	《大公報．文藝》，第一〇〇一期，一九四一年一月一日，十版
一月四日	出席「中華全國文藝界協會香港分會」歡迎柳亞子之茶敘，並任主席。	《國民日報》，一九四〇年一月五日，五版
一月十五日	「中華全國文藝界協會香港分會」主辦第二屆「文藝講習會」，許氏主講〈情感與文學〉。	趙世光〈學術大眾化運動在香港〉，《國民日報．文化界》，第三十七期，一九四一年四月十一日，八版
一月二十三日	主持葉淺予、戴愛蓮婚禮。	《立報》，一九四一年一月二十四日，四版
二月一日	「少青服務團」公演夏衍之《新婚之夜》。許氏任演出顧問。	《大公報》，一九四一年二月一日，二版

二月一日	簽名發表有關「皖南事件」宣言。[13]	
二月二十日	發表〈鐵魚的鰓〉。	《大風》，第八十四期，一九四一年二月，頁2773–2778
二月二十二日	「中國文化協進會」主辦第二期「文化講座」。許氏主講〈現代文化概觀〉。	《大公報》，一九四一年二月二十四日，六版
二月二十七日	出席「中華全國文藝界協會香港分會」歡迎夏衍、長江、宋之的大會。	彭耀芬：〈文藝浪潮的交流——「文協」一個聯歡會的特寫〉，《立報．文協》，第八十二期，一九四一年三月十一日，四版
三月四日	任「朱子橋先生追悼大會」發起人。	《大公報》，一九四一年三月四日，一版

13 柳亞子：〈我和許地山先生的因緣〉，《追悼許地山先生紀念特刊》，香港：全港文化界追悼許地山先生大會籌備會，一九四一年，頁9–10。

日期	事件	出處
三月二十六日	任「北大同學會理事會」之財政委員。	《大公報》，一九四一年三月二十六日，六版
三月二十九日	發表〈香港史地探略〉。[14]	〈時報周刊〉，第一卷第三期，頁6–7
三月	為「合一堂」少年部主辦〈升學對擇業問題演講會〉主講。	《中華基督教會合一堂開基一百周年暨香港堂建堂六十周年榮慶特刊》，香港：中華基督教會香港堂，一九八六年
四月四日	出席「中英文化協進會」歡宴港督大會。	《大公報》，一九四一年四月五日，六版
四月十二日	發表〈香港考古述略〉。	《時報周刊》，第一卷第五期，頁4–5
四月二十日	出席「中國文化協進會」歡迎「中華文化基金會」全體董事大會。	《大公報》，一九四一年四月十八日，六版

14 該文首部份〈香港割讓經過〉遭檢抽去。

四月二十五日	出席「中國文化協進會」之「補助文藝作家貸金委員會」，負責審查申請者資格。	《大公報》，一九四一年四月二十四日，六版
四月二十六日	出席「北大同學會」歡宴蔣夢麟、任鴻雋大會。	《立報》，一九四一年四月二十七日，四版
五月三日	任「青年會」主辦之全港學生論文比賽評判。	《大公報》，一九四一年五月七日，六版
五月四日	出席「中華全國文藝界協會香港分會」第三屆會員大會，並任大會主席。又當選一九四一年度該會理事。	炎川〈文藝作家聚首一堂〉，《華商報》，一九四一年五月五日，四版
五月八日	於住所召開「中華全國文藝界協會香港分會」一九四一年度理事會第一節會議。議決工作大綱，並任總務部負責人。	《大公報》，一九四一年五月九日，四版

五月二十日	發表〈青年節對青年講話〉。	《大公報·學生界》，第二八九期，一九四一年五月二十日，八版
五月二十九日	「香港婦女兵災籌賑會」為教育難童籌款，慈善義演《孔夫子》，許氏主持揭幕禮。	《立報》，一九四一年五月二十九日，四版
六月一日	發表〈螢燈〉。[15]	《新兒童》，第一至三期
六月十三日	出席由「中英文化協進會」主辦之王濟遠畫展。	《大公報》，一九四一年六月十四日，六版
六月十五日	出席由「中華全國文藝界協會香港分會」主辦「高爾基逝世五周年紀念大會」及電影《高爾基的童年》獻映禮，主持揭幕及報告高爾基生平。	《大公報》，一九四一年六月十四日，五版

15 該文於《新兒童》第一至三期連載，並於一九四一年六月由「香港進步教育出版社」出版單行本，列為《新兒童叢書》第六號。

六月二十一日	任「新文字學會」主辦之「人文學講座」講師。	《華商報》，一九四一年六月二十一日，四版
六月二十七日	出席「中英文化協進會」周年大會，並任主席。	《華商報》，一九四一年六月二十八日，四版
六月二十八日	出席「嶺英中學」畢業禮，並演講。	《國粹與國學》，重慶：商務印書館發行，一九四六年
六月—八月	代鄭振鐸保管中國珍貴圖書。[16]	
七月七日	與郭沫若、茅盾、胡風、巴金等聯名致函世界作家：賽珍珠、斯諾、羅曼羅蘭等倡正義人道。	思葦：〈說到郭沫若〉，《天文台半週評論》，一九四一年七月十七日，四版

16 陳福康：〈鄭振鐸抗戰時期大事年表〉，載於《抗戰文藝研究》一九八四年第一期，一九八四年三月，頁101–111，引一九四一年六月二日鄭振鐸致張詠霓信。又鄭振鐸：〈求書日錄〉，《西諦書話》，北京：生活．讀書．新知三聯書店出版，一九八三年，頁527–573，及〈悼許地山先生〉，載於《文藝復興》第一卷第六期，一九四七年七月，頁673–674，均提及此事。

日期	活動	出處
七月	發表〈桃金孃〉。	《新兒童》，期數不詳。[17]
七月	發表〈國粹與國學〉。	《大公報》，日期不詳。[18]
七月	起草「從業知能補充學校建立意見書及計劃」。[19]	
八月二日	任「追悼陸費伯鴻先生大會」發起人。	《立報》，一九四一年八月二日，三版

17 據知此文刊於香港《大公報》，但因香港大學馮平山圖書館期刊室缺一九四一年六至八月《大公報》，故未知刊出確實日期。據此文附言中有：「六月二十四日某先生在《華字日報》寫了一篇質問我底文章，題目是《國粹與國渣》……唯有問甚麼是『國粹』一點，使我在學問的良心上不能不回答一下。……文中大意是曾於六月二十八日對嶺英中學高中畢業生講過底。」可見該文可能在七月刊出。」

18 據知此文刊於香港《大公報》，但因香港大學馮平山圖書館期刊室缺一九四一年六至八月《大公報》，故未知刊出確實日期。據此文附言中有：「六月二十四日某先生在《華字日報》寫了一篇質問我底文章，題目是《國粹與國渣》……唯有問甚麼是『國粹』一點，使我在學問的良心上不能不回答一下。……文中大意是曾於六月二十八日對嶺英中學高中畢業生講過底。」可見該文可能在七月刊出。

19 見張英：〈許地山先生底偉大的人格〉，《追悼許地山先生紀念特刊》，香港：全港文化界追悼許地山先生大會籌備會，一九四一年，頁41-43。又據《青年知識》第十號，一九四一年十月，〈文化廣播〉欄中，可見張一麐、馬鑑、陳君葆等着手籌辦「許地山從業知能補充學校」以作紀念。

八月四日	逝世於香港羅便臣道寓所。	
一九四一年	發表〈我底童年〉。	《新兒童》，期數不詳。
一九四一年	發表〈香港與九龍租借地史地探略〉。	《廣東文物》，廣東文物展覽會編：《廣東文物》中冊，香港：中國文化協進會，一九四一年，頁418–429

最後的「叛逆」——許地山在香港的思想初探

（一）

作為五四運動的一代人，一九三五年許地山從中國大陸來到一個號稱中英文化交匯地的殖民地小島——香港，擔任了唯一最高學府香港大學的中文學院教授，展開他忙碌的最後七年生活。

在香港活動的七年中，許地山堪稱得上是典型的「老鴉咀」。[1]社會活動愈多，接觸的人與事愈多，讓他看到的真相也更多。不平的事，都使他毫不客氣地發而為文，例如批判殖民地教育制度的形成的種種問題，[2]直斥統一招生入學試監改員的不盡責與揭露考生的作弊醜態，[3]指摘借抗日獻劍為名，浪費民眾捐款去玩樂的香港青年。[4]他帶着一股文化改革勁力，把中原知識分子深信可行的「反叛」行為延伸到一向「無風無浪」的小島來。他以旋風式速度去除了

1 〈老鴉咀〉是許地山的一篇文章題目，見於《紅豆》四—六期，一九三九年八月十五日，頁155。文中不留情的批評了走江湖的畫家。

2 許地山：〈一年來的香港教育及其展望〉，載於《大公報．文藝》第四八七期，一九三九年一月一日，八版。

3 許地山：〈對於本年公立各院校統一招生入學考試底感想〉，載於《大公報》一九四〇年八月二日，二張八版。

4 許地山：〈危巢墜簡．給少華〉，載於《大公報．文藝》九一〇期，一九四〇年八月二十四日，二張八版。

香港大學中文學院裏太史公式的教育團。[5]在遵行傳統禮儀的舊式社會裏，大力推行集團結婚，強調「結婚的意義在於建設社會」。[6]高呼為中國未來必須先破除對文學的神聖迷信，推動拉丁化新文字運動等等，[7]早已叫保守、閉塞的香港文化界側目。他那近似橫衝直撞的言行，在慣守清規的人心目中有如頑童不時向路人擲石，破壞原有的社會秩序，弄得許多人很不安寧。

距離逝世前不足一個月，他發表了一生最後一篇長文章〈國粹與國學〉[8]才真正向傳統文化投下一塊巨石，引起相當大的震動。這篇文章矛頭恐怕並不單指向香港文化界，而是全面痛責中國傾向復古傳統的學術文化人。

文章刊出後，引起廣泛注意，幾乎每個認識他的人都會提及對此文的觀感。柳亞子在一篇紀念文章中說：

> 「看了心中非常痛快，我覺得中國的文化界，正和中國的政治家一樣，被一般開倒車的人們鬧得太烏煙瘴氣了。許先生是文化界的戰士，實際上也就是政治的戰士，他有正確的見

5 盧瑋鑾：〈許地山與香港大學中文系的改革〉，載於《香港故事》，香港：牛津大學出版社，一九九六年，頁110–117。（編按：這篇文章現收錄於本書。）

6 〈許地山教授演講結婚底社會意義〉，《工商日報》，一九三六年二月十一日，三張二版。

7 許地山為一九三九年七月成立的「香老新文字學會」重要成員，寫了許多改革文字的文章。

8 連載於《大公報》，一九四一年七月十四日。

地，和偉大的正義感，在現在的局勢下真是非常的需要呢。」[9]

文化戰士對保守的勢力來說，就是「反動」、「叛逆」，是令人切齒痛恨的。據容肇祖的回憶，一九四一年七月二十四日他在港大中文學院聽見許地山說：「許多人想許地山死」[10]這話距離他去世不過十多天，我們可以視為讖語，但許氏如此說，不是毫無因由，討厭他的人平日閒言閒語，他必然聽得入耳入心。

這篇文章，本該可以引起討論，可是他的去世，再加上不久香港便淪陷了，死亡與烽火，使甚麼文化討論，都變得不再重要。

（二）

〈國粹與國學〉的寫作動機，根據該文的〈附言〉[11]，許氏說是為了回應一九四一年六月二十四日《華字日報》上的一篇文章〈國粹與國渣〉，同時也「連想到六月八日錢穆先生在《大公報》發表底星期論文〈新時代與新學術〉，覺得其中幾點也有提出來討論底必要」。[12]

我無法讀到那篇〈國粹與國渣〉，但從〈附言〉看來，那些「幼稚」問題，應該不值得許

9 柳亞子：〈我和許地山先生的因緣〉，載於盧瑋鑾編《許地山卷》，香港：香港文化促進中心，一九九〇年，頁75–77。
10 容肇祖：〈追憶許地山先生〉，載於盧瑋鑾編《許地山卷》，頁41–42。
11 許地山：〈國粹與國學〉，轉引自陳平原編《許地山散文全編》，浙江：浙江文藝出版社，一九九二年，頁144。
12 以下引文均採自許、錢文章，不再一一注出。

地山費那麼大勁去造反駁文章。細讀許文，再與錢穆先生的論文對讀，很容易看得出是一場新舊意識型態的討論，矛頭指向錢文。

許氏全文充滿了五四知識分子對傳統文化質疑態度——其實他對傳統文化也不是全面否定。五四落潮後，知識分子紛紛各自尋求中國思想出路，許地山曾經徬徨迷惘過，試圖在不同的領域中尋索。佛教、道教、基督教等哲理層面，他走過。到了抗日戰爭，在香港的生活中，他領悟了只有關注現實，改造現實，才可以尋出生路。他變得入世而積極，忙於從事他個人可以奉獻力量的一切社會活動。但由五四帶來沉潛入骨的對傳統文化的叛逆，依舊使他深信，一天不改造好文化的陰暗落後，一天國族堪危。這種「叛逆」精神，到了香港，仍未淡化。遠離中原主流，加上個人社會經驗，他的「叛逆」已經落實到朝向許多人與事中，不單講抽象理論了。

(三)

〈國粹與國學〉，全文寫來較凌亂，現執其重點，大概分成三大部份，來略說一下。

第一部份，針對把「國粹」等於「國學」的錯誤。他首先強調：民族特有的事物，民族久遠時代留下的遺風流俗，民族認為美麗的事物，都不一定是國粹。只有「有過重要貢獻，而這種貢獻是繼續有功用，繼續在發展底，才可以被稱為國粹」。否則只是「俗道」而已。我說叛逆已朝向實際的人與事中，在這部份許地山所舉的例子，針對的人事，都是香港的。多年來他生活在英國統治的殖民地，中國文化層次相當低的香港，許多其實對中國傳統文化一知半解而又食古不化的人，在在自認是國粹守護者，令他憤怒。他諷刺「製造假骨董來欺己欺人」的所謂學術家、藝術家為「灣仔市場邊的集團叫驚」。他遇到的尊孔讀經的「國粹派」與一九二七年魯迅到香港所見所聞，沒有分別。由五四文化改革運動走過來的許地山，「不能不這樣說了」。

第二部份，幾乎完全針對錢穆先生的文章而發。儘管錢文表面很講「新」，也要求學術界發揚新精神「創闢新路」，但骨子裏依舊是儒家傳統色彩濃厚。首先許氏不同意錢氏以「平世」、「亂世」來分學問本身的作用，而強調學問只有「需要與不需要」。至於錢氏指出「學者各傍門戶，自命傳統，只求為前人學問繼續積累，繼續分析，內部未能激發個人之真血性，外部未能針對時代之真問題」。許氏就借題牽扯到執政者沒有給學者吃飽，質問「吃不飽，怎能激發甚麼真血性」。錢氏說「所謂新學術，亦是溫故知新，從已往舊有中蘊孕而出」。這說法與許氏的想法差異更大了，因為他認為現代不能再講「師承」——學無常師，「師父只站在指導與介紹知識底地位」。徹底打破傳統尊師重道信仰，正是叛逆精神的呈現。錢氏認為許多學者「學問亦絕不見為人格之結晶，僅私人在社會博名聲佔地位之憑藉而已」。就給許氏借來大罵「社交學問」中人。所謂「社交學問」就是「為說說而學問」，「看潮流而學問」，「到外國去批發中國文化」而學問。繪形繪聲把許多「中國學者」罵得不留餘地。

錢文針對「民國以來人」「美其名曰以科學方法整理國故」，實是抑道咸以來史學，又抑乾嘉經學，使「人騾不得其宗主」。宗主是甚麼？許氏自然明白是指中國傳統學術抽離現實的理論。五四一向反對的「舊勢力」，他不同意是應該的。他堅持「現代學問的精神是從治物之學出發」，「而中國學術一向是被社交學問社交文藝最多也不過是治人之學所盤據。……」故「不能有新發現，就不能有新學術」。他批判指向近指香港學術界現況，遠指整個儒家所傳承的體系。

第三部份許氏提出了「尋求解決中國目前的種種問題」的方法，就是他鍥而不捨所推動的新文字運動，即採用拼音文字解決繁難文字束縛。在此部份，許氏說得十分粗略，可能在其他文章中，已詳細討論新文字問題，在此就簡略了，但給人的印象卻有點草草收筆。

綜觀全文，許地山並非別出新意。對傳統儒家思想及保守的文化人，叛逆一如以往，只是更實在地從民生、社會立場去談問題罷了。

（四）

考究許地山在香港多年的言論，自不難發現，他那種「叛逆」已不再如早年的空泛，又不像某些左翼作家般高喊革命，他深切了解必須站穩腳跟，面對傳統腐朽勢力絕不妥協，但對人間亦時刻不忘情。這種「叛逆」既帶五四色彩，卻又溫煦得多，仍充份展現「文學研究會」的風格與信念。

許地山在香港最後七年，個人思想發展，可以說十分「雜」——他去世後，後人代為出版的評論文集，就叫《雜感集》。但深察了解，其實，一條主線毫不含糊地連繫着——對虛假的國粹（國學）不留情面。

自他一踏足香港，就表現這種「叛逆」姿態。來港還不足兩個月，即一九三五年九月九日，在「香港華僑教育會」上，他發表演講，講題〈中等學校之國學問題〉。[13]就很清楚指斥當今人多誤以為「國粹」、「國學」「即經史而已」，質疑「聚學生而教之，以四書五經能否使其言盡學孔子，既能學矣，能否適應現代社會生活。」並明確提出「需要」與「適應」的實用問題。他認為要推廣包涵學與術的國學，（廣義的國學）則必須以科學眼光來編製教材，才能求得「國學」真精神。不過，他更擔心師資難以應付。

到一九三六年三月，他在香港大學發表的演講中[14]提出中國文學三弱點，其中也指出「不注意實際問題」的缺失。

一九三六年十一月又再向公眾提出對學生灌輸的不應是狹義的民族思想，不是狹義的國

13 〈港大教授許地山在華僑教育會演講〉，載於《工商日報》，一九三五年九月十日，三張一版。

14 〈如何研究中國文學〉，《香港華字日報》，一九三六年三月十二日，二張四版。

粹。[15]他一再反對狹隘的國粹國學觀念，實在是自五四以來的一貫精神。此外更強調國學必須配合社會需要，擴展視野，使傳統學術有新的發展，從而培養善具實質的民族信念。這種種想法不是等到一九四一年讀到錢穆文章才爆發出來的。對一泓死水的中華文化，他已到了忍無可忍的地步，說「五年前我不忍這樣說，最近我真不能不這樣說了」。[16]可見他給烏煙瘴氣的中國文化界氣得無法忍受。從不忍說到不能不說，反映了最後的「叛逆」已經有個理性克制的過程。還有一個可能就是因為「一些不懂學術的人的胡鬧」。[17]至於是誰，也不必細究，反正，文中所舉例子，比比皆是。

（五）

儘管〈國粹與國學〉一文，在許地山去世後，得到他的師友讚賞。可是，只要細讀他在香港眾多的演講和發表的文字，就清楚那對傳統建制的「叛逆」思想，一直沒有離開過他，並不只集中在這一篇文章中才顯示出來。

至於有學者認為：

15 〈許地山在中華教育會講教育目的〉，載於《大眾日報》，一九三六年十一月三十日，二張八版。

16 同注8。

17 憾廬：〈學術界的損失——悼許地山先生〉，載於盧瑋鑾編《許地山卷》，頁43–46。

「長期的書齋生活，使得許地山的散文必然日趨學者化。……晚年的雜感未免顯得過於『沉重』『拘謹』了些。……唯一值得欣慰的是，作者……雜感有極濃郁的『文化味』，不同於一般轉瞬即逝的時評政論。」[18]

我認為這段評價並未能完全理解許地山在香港七年的活動、思想、精神面貌。我不能同意「長期書齋生活」「學者化」這一講法。正好相反，許地山在香港，應該是他走出書齋的時期。[19]他投身文化活動中，用了許多時間在民眾身上。從種種生活實踐，明白了傳統而錯誤的「國粹」信仰，只會拖垮中華民族。如果他只藏身書齋，不可能寫出《雜感集》的評論。他愈投入社會，愈深切體察毛病源自。關懷國族、文化的人，怎能不「沉重」？面對有理說不清的「國粹」守護者，如何不以「拘謹」以應萬變？而至於「文化味」，恰恰正是許地山畢生繫念所在。他是以「叛逆」精神，在香港孤獨而勇敢地走完他人生最後一程。

一九九八年九月九日

18　陳平原：〈許地山散文全編·前言〉，《許地山散文全編》，頁1–11。

19　參考盧瑋鑾編〈許地山在香港活動紀程〉，原刊《八方》第五輯，一九八七年四月，後收入《許地山卷》。（編按：這篇文章現收入本書。）

侶倫早期小說初探*

前言

在香港文學尋根過程中，我們不難發現前人的步履如何艱難。二三十年代，香港新文藝像一片荒漠，舊有中國文化影響不全面，西方文化影響又不到底，愛好文藝的人要找尋一條新路，實在有意想不到的困難。當年辛勤開拓、尋路的前輩，由於種種因素，停筆的、轉業的很多，而又因他們在文藝界得不到適當重視，作品不易流傳下來，於是人們不再記得，甚至不知道他們曾經存在過、努力過了。

由二十年代末就參加開拓行列，而六十年來仍執筆不倦的，只餘侶倫一人，但讀者對他的認識，恐怕也只能通過四十年代中葉以後的作品。本文試圖從他的起步處，看他的發展路向和作品特色，也嘗試通過他的早期作品，反映香港早期的新文學面貌。

分期的意義

許多評論者甚至包括侶倫自己，也認為侶倫作品可劃分成兩個階段。在〈不算自傳——致答四川大學一講師〉中，侶倫說：

「以整個創作過程來說，大致也可劃分兩個階段：初期我是比較傾向感傷主義，……後期作

* 原載於《八方文藝叢刊》第九期，一九八八年六月，頁55-65。

風便有所演變，題材傾向於社會範圍。」[1]

所謂初期，侶倫舉了〈永久之歌〉、〈黑麗拉〉（均發表於一九三七年，一九四一年出版）為代表作品，後期則以《窮巷》（發表於一九四八年，一九五二年出版）、《殘渣》（一九五二年出版）為代表。儘管侶倫同時說過：

「假如斷章取義地拿作品寫出或印出的時期，作為衡量我的思想狀態的依據，即使不致錯誤，也不能算是準確的事。」[2]

但我仍堅持對一個作家的全面發展研究，分期應是一種不可避免的手段。只要把作家的作品整體地鋪陳出來，不論作家在出單行本時，如何兼顧內容統一性，「習慣把相近的題材歸類輯在一起，……把本來橫面的東西形成為縱線發展。」[3]依舊可以看出一條清楚線索，尋出作家風格特徵和演變過程來。因此，我仍在此把侶倫作品分為下列三期：

早期：一九二八年至一九三九年

中期：一九三九年至一九四八年

後期：一九四八年以後

---

1 侶倫：〈不算自傳——致答四川大學一講師〉，載於《大公報·大公園》，一九八三年一月二十二日，四張十六版。

2 侶倫：〈私話一頁——答一讀者〉，載於《大公報·大公園》，一九八二年十月十六日，四張十五版。

3 同注2。

我這樣分法，不是依侶倫單行本的出版年份或作品分類來分，而是依目前能看到的作品面世年份，依次排列，看出作家思想、感情的發展程序。

本文只集中說早期的作品風格特徵，中期及後期的作品均不在討論之列。我把侶倫早期作品定於一九二八年作為起點，是因為目前能找到的最早作品是一九二八年十月十五日出版的《伴侶》第五期中，〈初吻專號〉的〈試〉[4]，而香港淪陷前最後一篇短篇是一九三九年冬完成的〈母親說的故事〉。[5]

在這期間，侶倫也寫過新詩、電影劇本，散文等體裁，但由於作家本身以小說創作為重點，加上新詩、電影劇本他沒有收入集中，沒有看到作品，無法探究，故本文也只能就初期小說來看，尋出作品風格特徵。

早期小說特徵

現在能看到的最早侶倫小說，是《伴侶》（半月刊，一九二八年八月十五日創刊）第五期〈初吻專號〉中的〈試〉。自從這個短篇出現以後，他的作品就陸續在《鐵馬》、《島上》、《小齒輪》、《時代風景》、《朝野公論》、《紅豆》、《工商日報．文藝周刊》、《國際文摘》、《星島日

4 這作品比〈殿薇〉（於《伴侶》第六至九期連載）更早一期刊出。

5 侶倫：〈母親說的故事〉，《黑麗拉》，上海；香港：中國圖書出版公司，一九四一年，頁235–249。

報．星座》等刊物中出現。這些作品，日後大部份收入單行本內。其中有些改了題目，與原來初刊的不一樣，例如〈迷霧〉初名〈都會的哀情〉，[6]〈西班牙小姐〉初名〈愛莎 Elsa〉，[7]但對作品內容並無影響。就目前能看到的十三篇作品，可以找出下列三個特徵：

1 異國情調

就可見的侶倫初期小說中，我們不難發現十分濃厚的異國情調，說異國情調，其實還不夠準確，應該說是一種某層面的城市氣氛，尤其是指香港這個中西文化交錯的城市。這種特徵，大量表現於小說表層結構中，例如主角的生活方式：男女主角飲的是咖啡、紅茶，活動場所是餐廳、咖啡室、酒店、西式公寓，主角看外國小說（〈殿薇〉中主角看《茵夢湖》）、看外國電影（〈黑麗拉〉看《茶花女》，〈鬼火〉中提到荷里活女明星貞哈羅、鍾克羅馥），男女主角的名字：〈西班牙小姐〉女主角叫「愛莎」（Elsa）、〈黑麗拉〉女主角叫「黑麗拉」（Clara）、〈永

6 載於《朝野公論》第三期，一九三六年七月，頁20–25；第四期，一九三六年八月，頁21–27。後收入《黑麗拉》中。

7 分三期，刊於：《朝野公論》第八期，一九三六年十月，頁26–31；《朝野公論》第九期，一九三六年十月，頁27–33；《朝野公論》第二卷第一期，一九三七年一月，頁70–82。後收入《黑麗拉》中。

久之歌〉女主角叫「戴茵娜」、男主角一名「哈萊」、另一名「史密德」，〈母親說的故事〉男主角叫「羅道夫」、兩個女主角一叫「嘉梨」，一名「安娜」，〈白麗絲夫人家〉女主角就叫「白麗絲夫人」。甚至小說人物會說一句 Good night，以上所指出的表層材料，用了多少次，還不足以說明侶倫作品的異國情調特徵，最重要的是小說的內涵思想，和作者本身的氣質和意向。[8] 形成這種情調，一方面是作家深受西洋文學的影響，另一方面是作家接納某些外國觀念。侶倫曾如此說：

「當我發現了一個題材之後，不願放棄，可是那故事又不可能發生在中國社會，我便把它當作外國人的故事來寫，這會表現得自然些。」

為甚麼作家會覺得「當作外國人的故事來寫」會自然些？為甚麼他能接納「不可能發生在中國社會」的題材？原因就是他生活在香港，他接觸了外國人，對某些外國思想形態有體驗。侶倫在外國人家中當家庭教師，交上外國朋友，他個人的思想也傾向於洋化和開放，作品基層精神自然就流露着這種異國情調。

侶倫強調要寫自己熟悉的東西，[9] 在香港土生土長的他，對這泛着異國情調的城市，理應最為熟悉，但那些故事題材，又不可能發生在中國社會裏，就只好當作外國人的事來寫了。

8 本刊記者作家訪問：〈作家侶倫暢談小說創作〉，載於《讀者良友》第一期，一九八四年七月，頁 61–66。

9 同注 8。

也許，有人認為，生活在香港的，中國人佔絕大多數，侶倫何故不寫絕大多數中國人的題材，而寫「合乎洋場都市的小有資產者的胃口」[10]的主題呢？這可以分兩方面來看，第一方面，侶倫早年生活，雖然還稱不上甚麼「小資產階級」，更說不上富裕，但也不是「普羅大眾」。他很早就成為城市裏的文化人，且看他在清閒日子裏，跟志同道合的文藝友人，如何消磨在香港半山的咖啡座，或九龍城靠近飛機場、多異國軍人光顧的小咖啡室裏，[11]領受那種「有幾分寄身於異國荒村中的情調」。[12]有時候，他會和葉靈鳳夫婦，泳罷歸來，就到「By-The-Sea-Cafe」去吃晚飯，[13]然後回味無窮，就可相信，這正是作家自己傾向的一種生活情調，也是香港這個洋化城市中，某些階層能夠享受得到的情調。〈黑麗拉〉中的男主角生活：住進尖沙咀異國情調的公寓去構思電影劇本，晚上挾着一本書走進俄國人開的咖啡店消磨時光，痛苦的時候跑到酒吧裏喝一瓶白蘭地，應該是侶倫熟悉的生活片段。至於那些在傳統中國社會不易發生的熱烈而悲壯的愛情故事，如〈永久之歌〉、〈母親說的故事〉，也只有在香港這種充滿洋場氣氛的

---

10 五人書評：〈寂寞的夢：讀侶倫的《無盡的愛》與《永久之歌》〉，載於《青年知識》第四十一期，一九四九年一月，頁8–11。

11 侶倫：〈紅茶〉，載於《小齒輪》第一卷第一期，一九三三年十月，頁3–8。後加刪改，並改題〈紅茶憶語〉，收入《落花》，香港：星榮出版社，一九五三年。

12 同注11。

13 同注11，但在〈紅茶憶語〉中刪去此段。

城市裏，能夠得到，這也是侶倫熟悉的。另一方面，侶倫開始創作時，深受上海洋派作家的影響，吸納了當時那一派作品的異國情調特色，成為自己的特色。因此，侶倫初期作品，帶着濃厚異國情調，正符合「寫自己熟悉的」原則。

2 感傷色彩

正如作家自白：「這是由於個人氣質關係。」[14]這個很早就因家境不佳而輟學，過着流浪生活的青年人，他的生活與經歷，帶給他無限苦楚。寫作主要動力竟是「抒洩心中的鬱結」，[15]他的筆「幾乎是為了忘記痛苦而提起來，……因為心緒的關係，行文上就常常被過份濃重的感情所支配」。[16]感傷，幾乎成為他早期作品的主要色彩，小說中男主角往往帶着落落寡歡、寂寞孤高的性格。且看侶倫的朋友怎樣形容他：

> 「每次見到他，我幾乎也染上他的憂鬱，一種被播弄於命運的無可奈何的神氣，清楚地寫在面上，使人覺得他對你的言談歡笑，無非想藉此忘卻哀痛的心事罷了。」[17]

讀者可以毫不猶疑在〈西班牙小姐〉、〈爐邊〉、〈黑麗拉〉、〈永久之歌〉中，找到作家個性的投

---

14 同注1。
15 侶倫：〈題記〉，《落花》，香港：星榮出版社，一九五三年，頁1–2。
16 侶倫：〈序〉，《黑麗拉》，上海；香港：中國圖書出版公司，一九四一年，頁1–2。
17 夢白：〈黑麗拉讀後：侶倫其人及其小說〉，載於《華僑日報》，一九四一年十一月四—六日，四張一版。

影。在一篇早年散文〈像之憶〉裏，侶倫提及一幀自己稱心的照片時說：「我對於這個照像感着稱心，正為了這一點沉鬱的氣氛，因為它完全代表着我。」[18]同樣，也說明，沉鬱、感傷的色彩，作家作品都已渾然一體了。儘管在後期生活態度如何改變，但「感傷」仍可在某些散文中隱隱看到。[19]

3 愛情主題

愛情，亙古以來，是中外文學的好題材，如果人類缺少了「愛情」，文學作品的份量一定大大減少，而愛情帶來的悲慟，更是文學好作品的原動力。我們追溯侶倫早期作品，不難發現他的「感傷」源於愛情的創傷。他也坦然承認：

「由於戀愛問題的打擊，我很早就開始學習寫作，目的是借助筆墨來抒洩個人的感傷情緒。」[20]

他的作品中，多是一種「愛而不得其所愛」的悲情。例如〈暮秋小景〉，兩個舊戀人在田野石道間的短暫聚首，卻無由表示自己分手後的痛苦，說着異樣的客套話。面對着愛過的女人，男的只能用冷漠來掩飾熱切而悲苦的感情，最後，「回去罷，晚了！」一句話結束一切對話，兩人同走在淒然的暮秋空氣裏。整個短篇發散着「不再」的感傷。讀過侶倫早期作品的人，幾乎

18 侶倫：〈像之憶〉，載於《時代風景》第一卷第一期，一九三五年一月，頁1–7。
19 同注18。
20 同注1。

可以肯定〈黑麗拉〉正是隱藏「深深地傷害了他的靈魂」[21]的一段戀情。在異國情調的孔雀咖啡店裏，在尖沙咀的公寓中，我們目睹男主角怎樣與黑麗拉逐步走向不能自拔的愛情生活中，可是貧窮、機緣錯失，遂構成一幕不可挽回的永別悲劇。而〈永久之歌〉中，那個盲歌者的三角戀愛故事，動人的地方不在把愛人讓給朋友的偉大犧牲，而在他痛苦地生存下去，走遍天涯，終其一生尋找愛人蹤影的行為。〈母親說的故事〉也是一段三角戀情，女主角度過一生寂寞歲月，只為「一點小小的錯誤，兩個人的命運都改變了。」[22]我們與其說，那「愛而不得其所愛」的愛情主題帶給侶倫無盡的痛苦，不如說帶給他高度的創作動力。甚至可以說：侶倫在感傷喟嘆中，往往流露着對這主題依依不捨之情，而「享受」這種痛楚，漸漸也變成他的人生興味了。

侶倫愛用「愛情」這主題，除了構成感傷調子外，同時也不排除從中透露人性的溫馨或放肆的一面。在戀愛中的人，對愛情的試探、猜疑、妒忌、苦惱等等複雜感情，足以成為小說的豐富情節，侶倫的愛情主題也不乏刻劃這類心理狀態。有人認為侶倫選取了「太多集中在男女關係以至性愛的主題」，又說他「對愛的看法，是不同凡俗的，他把它提到更理想化神

21　同注17。
22　同注5。

聖化的境界」。[23]我認為都沒有看懂侶倫小說的愛情主題，侶倫沒有誇張甚麼性愛。男女關係構成愛情因素，而愛情是人生不可缺少的片段，因着人的不同人生態度，愛情的表現與發展方向，也自有不同面貌，但人的本質有因愛而生的種種不可理喻的反應——猜疑、嗔痴、嫉妒、放肆，有時實在難用客觀的準則去評定，旁人也難說對與不對。侶倫就是如實地寫出這些反應，沒有甚麼「理想化、神聖化」的動機。這些故事發展下去，有些團圓結局，快樂收場，例如〈試〉，寫兩個初戀者在愛情路上的互相試探，終於成就初吻，例如〈絨線衫〉，丈夫的猜疑令妻子受盡委屈，終也能真相大白。有些歷盡艱辛，還憑溫馨之情闖過難關，例如〈遮陽鏡〉。有些濫情玩弄，結果還得有個抉擇，例如〈殿薇〉、〈鬼火〉。

在愛情主題下，侶倫的早期小說，仍以傷感色彩為基調的作品寫得較好，這都與作家個人性格和遭遇有關，作者的感情大量投入，故也最易感人。儘管在後期，他說「為了事業，為了前途，我要活得堅強些，我是再也不會去寫這類東西了的」。[24]但在一九五二年出版的《殘渣》序中，依然可見這個主題的重現，[25]而格於時勢，及侶倫本身某些思想變革，他只好忍痛說出下面一段話來：

23 同注10。
24 侶倫：〈四版附記〉，《永久之歌》，香港：虹運出版社，一九四八年，頁2。
25 侶倫：《殘渣》，香港：星榮出版社，一九五二年。

「許多在當日認為值得留下的東西，很快都變成沒有用處，……但無論如何，我在這本小書裏所寫的人物或是我們所宣洩的感情，在社會或個人任何一方面的意義說，都是不中用的東西：這便是我所以拿『殘渣』作為題名的緣故。」

由此可以想見，愛情對他來說，實在是一個不輕易割捨的主題。

所受影響及如何定位

毫無疑問，一個作家的作品風格，與他本身的性向、生活際遇，有極大關連，但我們仍需要看作家受過甚麼前輩作品，或同輩友人的作風影響，同時也該審察作家所處的社會背景、文化氣氛，才能找出一條清楚的文學淵源和它的發展脈絡。

侶倫承認自己深受西洋文學的影響，這點也有人討論過了。[26]作家又說〈母親說的故事〉是受巴金的短篇〈洛伯爾先生〉的影響而寫，[27]但綜觀他初期小說風格，可見他其實受二十年代末三十年代初，上海的洋場現代派作家影響甚深。我說「洋場現代派」，是個自創新詞。「洋場」在這裏用上，並無貶義，而「現代派」也不是強行把他撥入現代主義中。只因這幾十年來，中國現代文學史家，對於有別於作為主流的寫實主義的其他作家作品，特別是寫城市、

26 東瑞：〈侶倫中短篇小說的特色〉，載於《讀者良友》第一卷第一期，一九八四年七月，頁84–96。

27 同注8。

小資產階級心態、受西方文化滋養、對人性某些虛弱本質加以肯定的素材，都有意地不加重視及研究，就是寫入文學史中，也多以否定態度對待。所以，要提到上海時期的葉靈鳳等作家，我只好另創新詞，求有別於施蟄存、穆時英、劉吶鷗等新感覺派（有人稱他們為「現代」也有人稱之為「心理分析派」，至今仍未有定論）。這個詞的涵蓋和這樣分類，或不夠周全，留待日後再加深入探討，在此處就作淺用。回頭再說侶倫，他在一九二八年便與葉靈鳳作了文字之交，在葉靈鳳主編的《現代小說》中刊出兩篇作品，[28]這正是他在香港《伴侶》發表〈殿薇〉的時候。一九三〇年，葉靈鳳由上海到香港來，侶倫與葉氏夫婦渡過一個月愉快的讀書散步閒談生活，[29]這段交往，對愛好新文藝的青年侶倫，有極深遠的影響。我們看《幻洲》時期（一九二六年十月至一九二八年一月）或三十年代中葉以前的葉靈鳳作品，就不難發現侶倫初期小說有着極濃厚的葉氏影子。他們的取材、對女主角的個性描繪、小說氣氛的營造，和愛情的悲劇性結局，竟有形影之跡。侶倫的〈黑麗拉〉與葉靈鳳的〈燕子姑娘〉的開首就十分相似，連女主角與菲律賓人的關係也如此相近。而侶倫在〈黑麗拉〉中，女主角對男主角說：「愛

28 侶倫：〈故人之思〉，載於《大公報．大公園》，一九八〇年五月二十三日，三張十一版。後收入《向水屋筆語》。

29 同注8、20。但〈故人之思〉收入《向水屋筆語》時，把原刊中葉靈鳳來港的一九三〇年改成「一九二九年夏季」，但據葉靈鳳在〈回憶幻洲及其他〉一文中，則說一九三〇年《現代小說》被禁停刊後才離開上海，較可信，故依用「一九三〇年」。

上我是不聰明的」，與葉靈鳳的〈麗麗斯〉中，女主角對男主角說「認識我，要使你痛苦的」，情緒完全一致。又葉靈鳳的〈山茶花〉，空中女飛人蘇菲亞，為了追求未嘗一面的中國青年人——瞭解她寂寞的觀眾，竟從高空韆鞦架上飛身撲下。感傷的愛情主題和人物性格，都與侶倫眾多故事主角何其相似。[30]而小說中的異國情調，更不必說了。

何故侶倫會受葉靈鳳那麼大影響，我們如果把侶倫放回二三十年代間香港新文學氛圍中看，就會清楚看見那條線索。在此，不妨先繪畫二三十年代香港的社會狀態圖略。一個相當自由的工商業半發達華人社會，卻受着英國人統治的殖民地，執政者根本不重視文化發展。新文藝在許多人心目中，可以說並不存在。香港一群愛好文藝的人，要走出一條路來，必然是面向祖國，但在尋路的過程中，很自然找尋與自己生活環境、心態相近的學習主體。上海，二十年代末期，已是各種新文藝潮流匯萃的地方，又是個華洋雜處的大城市，而現代主義此時也正掀起了高潮。當香港新文藝愛好者向祖國取經時，那洋化的、浪漫的洋場氣氛正合他們的品味，何況，革命的、民族形式的文藝種子，並不適合香港這個殖民地氣候，而作家本身，在這個時候，恐怕也還沒有這種需要的自覺。一群新文藝的開拓者，讀過許多上海出版的文藝刊物後，發覺調子很對，也就朝着這方向走去了。我們試翻開這個時期，他們

30 葉靈鳳各小說見《葉靈鳳選集》，上海：中央書店，一九四七年。所收的均是葉靈鳳二十年代末三十年代初作品。

出版的刊物看看，就明白它們合轍的地方。當時的新文壇主將謝晨光就在《幻洲》上發表過文章，而他所編的《島上》，「內容多少是摹仿《幻洲》的」。[31]據侶倫、謝晨光、平可的回憶，他們在香港都看上海出版的刊物，也以自己的稿子能在這些刊物中刊出為榮。[32]港滬的洋場氣氛，真是一拍即合，香港的新文藝愛好者，就依着這種節拍，走出一條屬於香港的城市文藝道路來！侶倫在如此情況下，找到思想、品味相似的葉靈鳳為師，是一件完全合理的事情。

至於有些評論者，在四十年代末期，採取左派文藝觀作為論據，說侶倫作品：

「缺乏尋求集體力量的勇氣，缺乏反抗他所不滿的社會而奮鬥的熱力。」[33]

又或時至今天，仍有人認為侶倫的文章：

「畢竟只是小資產階級知識分子心靈上的脆弱和空虛的表現。這種感情，不能說是健康的，同那些站在時代潮流前面的人是存在較大的一段距離的。因此，那時侶倫的文筆儘管優美，且有較高的藝術性，但卻缺乏思想深度。」[34]

則未免脫離了一個特定的社會背景，孤立地、一廂情願地去評論香港文學，那必然看不出屬

31 侶倫：〈島上草及其他〉，載於《大公報．大公園》，一九八三年三月十九日，四張十八版。

32 三位先生接受筆者訪問。

33 同注8。

34 雁楓：〈談談侶倫的早期散文〉，載於《讀者良友》第一卷第一期，一九八四年七月，頁75–77。

於這個地方的文學特色來，失諸片面的評論，也是不公允的。

我們今天看來，單就侶倫早期小說論，無論人物塑造、氣氛營造、技巧手法、場景調度、心理刻劃等等，都未及水準——是指與他同時在中國大陸出現的作家相比，例如施蟄存、葉靈鳳或郭沫若早期那些表現愛情至上和肉慾主義的短篇。這我們必須承認，香港文學開始就是先天不足，作品水平和大陸的好作品還差很遠。但如果與同時代同地區的作品相比，侶倫的作品顯然比較能細緻含蓄地寫人物心理，也比較注意架構的鋪陳。試比較在〈初吻專號〉中，侶倫的〈試〉和張吻冰的〈四月十一日〉兩個短篇。[35] 侶倫全用對話，刻劃出兩個初戀者的矛盾心理，和對對方的試探，情節就發展下去，而張吻冰就不免流於說故事，和多了肉慾描寫的層面，就分出高下來了。

由於我們長期對香港早期的新文學作品作家認知不足，今天不容易看到當時重要作家如黃天石、謝晨光、龍秀實、張吻冰、岑卓雲（平可）、張稚廬等全部作品，只能靠殘存零散的刊物，看到保存下來的少數作品，實在不能作全盤比較，如就此輕率下了斷語，說侶倫比當時其他作家為優，也不公平。但就可見的作品看，則侶倫是比較寫得細緻、取材層面也較廣泛，是合乎事實的。此外，還有一點值得注意，自抗日戰爭爆發以後，大部份曾致力開拓香

35 侶倫：〈試〉，載於《伴侶》第五期，一九二八年十月，頁15–16、37–38。
張吻冰：〈四月十一日〉，載於《伴侶》第五期，一九二八年十月，頁13–14、37。

港新文藝的先行者，竟紛紛離開了純文藝園地。只有侶倫一人，在戰火漫天，流離困頓中，仍執筆不懈。抗戰後復員歸來，又繼續在香港文藝土地上耕耘，更由於生活體驗及種種考慮，風格轉向寫實主義，寫出《窮巷》等反映社會低下層面貌的作品來。這個轉變，對侶倫來說，應該是一次艱辛的掙扎。而他由浪漫主義、洋場現代派，如何轉變成為寫實主義作家，又是另一個有趣的課題，是值得有心人去追尋的。

一九八八年年三月十日初稿

一九八八年四月十五日定稿

後記

本文原為「香港中華文化促進中心」一九八八年三月二十六日的文學月會：「香港文學研究：侶倫和他的作品《窮巷》」而寫。該日原已邀得侶倫先生出席，我實在希望在當日能得到侶倫先生的一些回應和指正。不料，二十五日晚上，侶倫先生因冠心病突發，昏迷入院。二十六日下午，我們抱着沉重心情依期舉行文學月會。在會中，我們還衷心祝禱侶倫先生康復，不幸在當晚，侶倫先生竟辭世了！這使我十分難過，在這裏，我願把本文，作為對一位香港新文學的拓墾者致最深的敬禮。

「南來作家」淺說*

一

「南來作家」一詞，八十年代，在香港文學界的某些人心中，變得很敏感，例如《聯合文學》第九十四期（一九九二年八月）出了個「香港文學專號」，就引起了一場不大不小的筆墨風波。[1]

「南來作家」作為一個特定群體的專有名詞，出現在評論家筆下的歷史並不太久。一般人，甚至某些研究者，只是隨手拈來方便敘述，並沒有做過深化、客觀研探，依據的也是三四十年代籠統的慣用概念：「由中國到香港來的作家」，沒有任何細意的界定。

但到了八十年代，有些人卻因着狹隘的地域觀念，試圖利用「南來」作為某地域派別標

---

* 本文為提交給「四十年來中國文學會議」的論文。是次會議由聯合報系文化基金會、聯合報副刊、聯合文學雜誌社合辦，一九九三年在台北舉行。

1 可參考：舒伯敏：〈香港文學的一面鏡子——讀《聯合文學．香港文學專號》有感〉，載於《華僑日報．文廊》，一九九二年十一月一日，頁25。
秦淮：〈鏡子如何說——南來作家「情意結」〉，載於《星島日報．文藝氣象》，一九九二年十一月十日，頁4。
史德：〈製鏡者的手藝〉，載於《華僑日報．文廊》，一九九二年十二月六日，頁25。
慕翼（顏純鈎，1948– ）：〈各人腳下一塊地〉，載於《華僑日報．文廊》，一九九二年十二月十三日，頁21。

記。[2]又有些人漫無準則，把那些不在香港出生、而在日後成為作家的人，都統統納入「南來作家」之列。[3]這種界定或說法，並不是以文學作品、作家本質、寫作技巧等等為根據，更沒有詳細分析四十年來，南來的人的心理差異，沒有理解香港特定的社會、政治因素，只是有點一廂情願地把在香港寫作的人割裂成團塊，一時塞進中國文學主流裏，一時又揉入香港文學主流中，弄得那些被他們稱為「南來作家」的作家，身份曖昧，也使香港文學變得面目模糊了。

二

說到「南來作家」一詞的定義，有人從狹義中取捨，有人依廣義去定調，我並不想在這方面參加爭議，但倒有幾個問題值得思索一下。

第一，「南來」與「北返」應該存在着相對的意義。三十、四十年代，有一群因種種因素

2 評論家梅子（張志和，1942–　）一九七二年來港，在一個「南來青年作家在香港」座談會中，就批評了：「由於部份作家是福建人」，就有人魯莽地冠以「福建幫」、「廣東幫」名號來劃分，很不合理。一九八七年五月二十八日「香港中華文化促進中心」主辦「南來青年作家在香港」座談會錄音。

3 潘亞暾：〈香港南來作家簡論〉，載於《暨南學報》第三十九期，一九八九年四月二十日，頁13–23。其中把來港時只有十三歲的西西，也從本土作家中拉出來，理由是「他們的根在大陸，與生於斯長於斯的本土作家畢竟是不同的」。

而南來的作家，例如茅盾、夏衍、蕭乾、戴望舒、聶紺弩、黃谷柳等等，稱他們為「南來作家」，是很合理的，因為他們有如候鳥，一俟逼使他們南遷的問題解決了，就會北返。但四十年代末到五十年代中葉，為了政治因素而南來的作家，有些一住幾十年，終老於斯，有些更愈走愈遠，往南往西，一去不歸，這樣還要他們肩承着「南來作家」的擔子，究竟有甚麼意義？

第二，南來的人，到了香港，無論為了生活，還是為了興趣，從事寫作，後來才成為作家，他們是拿出了作品來，得到讀者接納，就足夠說明他們作家身份了，強行派定他們「南來作家」的名銜，那又有甚麼意義？

第三，在過去四十年，南來的人心理狀態也因應香港社會和經濟環境、政治氣候、個人自身的價值取向的變遷，逐漸產生變化，例如七十年代來港的人，與上一輩過客心態有很大分別。他們對這塊土地的觀察、對自己的去留、感情的融入程度，都另有打算，這直接影響了他們創作的取向。把他們與三十四十年代的南來者，同樣納入「南來作家」的範疇，又是否適當？

第四，香港的政治氣候極其複雜，彈丸之地，左右派的旗幟鮮明。在香港以左翼文化人身份，從事文藝活動幾十年的羅孚（羅承勛，1921–2014），在回顧過往時說：

「從四十年代末期直到六十年代中期，香港文化界一直紅白對立，壁壘分明的。……因為紅白對立、壁壘分明慣了，當左的、紅的出現時，就可能使得右的甚至中間的望而卻步……」[4]就說明了情況的特別。其實，何止四十年代至六十年代？到八十年代初，左翼的《新晚報》主辦「香港文學三十年」座談會，熟悉文化界運作的人，都很詫異右翼的黃思騁、徐速（1926–1981）等人竟出席了，同時就有人質疑何以「竟幾乎清一色為非左翼作家」，而無「愛國作家」參加，並以「易招統戰之譏，彼此仍未能超越黨派的成見」為憂。[5]四五十年代南來的文化人，各自堅持所信奉的政治立場。八十年代中，左右的界線開始模糊，南來的人，也可自覺地遠離政治，自由地選擇自己創作的題材。簡單化地把他們歸入政治性濃的「南來」類別，是不是忽視作家應有的特質和漠視了兩代間的差異？

第五，每當中國大地上發生變動，香港總會以高度的承受力，接納一批又一批祖國來人。在這小島上，儘管充滿了令他們一時不能適應的陌生感，但畢竟他們「各人頭上一片天，各人地上一塊地，人的本事不同，寫出來的東西也不同，南來不南來，你是用你的筆寫你的

4 羅孚：〈《海光文藝》和《文藝世紀》——兼談夏果、張千帆和唐澤霖〉，《南斗文星高——香港作家剪影》，香港：天地圖書有限公司，一九九三年，頁263–264。

5 吳萱人：〈一封讀者來信〉，本報記者：〈回顧過去展望未來——記香港文學三十年座談會〉，載於《新晚報．星海》，一九八〇年九月二十三日，頁12。

心……」[6]我們——無論是讀者還是評論家，是不是應該撇開各式私心，去讀作家交出來的心血成果，通過作品理解他們，或者考察他們處境心態，更深地解讀他們的作品，給他們在文學上應有的評價，不必不分好歹地把他們擠成一團塊，爭取甚麼「文學主流」、「重要一支」的名位，這不是對他們更尊重、更公允嗎？

有了上述的考慮，使我面對「南來作家」這一命題倍感為難。因此，只好抽取幾個重點，把作者的輩份、政治立場、取材方向的不同，分開論述，試看能不能把「南來」者——南來時已是作家、南來後成為作家，特質和面貌略略呈現出來。

三

無論三十年代、四十、五十、到八十年代，由大陸到香港來的文化人，最初總難免有一種投荒夷地的委屈。委屈源於兩方面：從文化層次説，他們從文化強勢、文藝主流的地方跑到這個外國人管治的小島來，一作比較，總覺百般不順眼。特別在三四十年代，香港還沒有像今天令他們開眼界的多元文化的瑰麗，只有「如要停車乃可在此」的笑柄[7]。另一方面，生

6 慕翼：〈各人腳下一塊地〉，載於《華僑日報．文廊》，一九九二年十二月十三日，頁21。

7 四五十年代，中英文都不通的翻譯者，把電車站的英文 All Cars Stop Here 譯成「如要停車乃可在此」。

活形態的突變。語言、社會風尚、意識思想，甚至價值取向，都截然不同，由陌生形成了疏離，由疏離而導致孤寂封閉，於是有不投入的苦悶。這一種強烈壓抑感，以四五十年代南下的右派或不同政見者尤為嚴重。他們流亡、逃難，加上經濟的匱乏，生活艱難，「一切都很陌生，眼花繚亂，就像一個墜身大海的人那樣，欲求抓到一股草芥，好使自己得到拯救，但只感覺四野茫茫，迎接你的將是不知伊於胡底的死亡。」[8]在他們的散文和詩裏，這種壓抑感更加顯明而濃烈。百木（力匡）在他的散文集《北窗集》的序中，如此描述自己的心境：

「島上，我住在一個狹窄的小房，窗向北，在冬季，我孤獨地度過如許寒冷的白天與夜晚。……生活於嚴封的窗裏，我的情緒是沉鬱的，我思索着自己和別人的苦難。」[9]

此外，右翼文化人還有國破家亡的悲切、對文藝的失望，齊桓的掙扎是他們的寫照：

「在荊棘和瓦礫中開闢道路，是沉重而艱辛的，我們前行一步，我們的血、我們的汗、我們的眼淚就多浸潤一尺土地。……在文藝的道路上……四顧荒涼。……」[10]

七十、八十年代南來者，最初仍不免面臨新生活環境的衝擊，他們也如前輩般因不適

8　李輝英（1911–1991）（一九五〇年來港）：〈序〉，《李輝英中篇小説選》，香港：南方書屋，一九八三年，頁1。

9　百木（力匡，1927–1991）（一九五〇年來港）：〈北窗（代序）〉，《北窗集》，香港：人人出版社，一九五三年，頁碼不詳。

10　齊桓（孫述憲，1930–2018）（一九五一年來港）：〈序〉，《北窗集》，香港：人人出版社，一九五三年，頁碼不詳。

應而困惑不快，但八十年代的香港社會，謀生與成就事業的機會，遠比四、五十年代多，只要他們肯盡快投入，生計自當易於解決。他們也沒有流亡逃難的感覺，壓抑感沒有前輩的強烈，就是有，也不過個人性格與際遇使然。他們這一代人的壓抑感淡化，大概可說是適應力增加，對生命處境的調整力強化，及對事物價值取向改變等因素影響。也標誌着兩代人的差異、時代的不同。悲愴的浪漫情懷不再，趕快爭取生存空間，這一代南來者踏實得多。

四

離鄉背井，初到異地的人，滿懷的鄉思，自然成為創作的重要素材。在陌生客地，面對疏離、排斥，甚至敵視，只有擁抱着自己最熟悉的生活經驗與回憶，才足以抗衡。寫鄉土，寫過往經驗，是一種必須的安心託附。李輝英來港前已經成名，南來後十多年，筆下都是鄉土，他說：

「鄉土氣在我的文學寫作中既然成為了一個定型，那麼，你想改換了它而去迎合當地的洋場氣，看來不過東施效顰或削足適履罷了。……與其去迎合人家，還莫如你的那一套鄉土氣的好。」[11]

儘管他也寫了些以香港為背景的小說，但念念不忘的，還是怎樣寫好抗日戰爭中，國家民族

11　李輝英：〈《鄉土集》序〉，《鄉土集》，香港：正文出版社，一九六七年，頁1–5。

的苦難史。他用了四年時間，寫成了《前方》，[12]一本在香港幾沒有書商肯出版的抗戰長篇。重組自己的經歷，作為對國家歷史的承擔，多少也實證了自己存在的意義。另一個東北來人，司馬長風自一九四九年到了香港後，是一枝健筆，既寫政論、史評、小說、文評，但給人印象最深的，還是那些充滿鄉愁的散文。[13]

七十、八十年代來港的一輩，毫不例外地，他們最初掌握的寫作題材，都寫故鄉和過往的經歷。顏純鈎、楊明顯、裴立平、王璞等人的作品，就充份顯示了這特質。這一輩人，融入香港社會較快，東端、陶然、舒非、顏純鈎筆下已見香港形貌，但也有堅持寫好自己熟悉的，[14]或「來港十二年……似乎仍未能全然融入香港社會之中」的。[15]

其實，寫甚麼題材，不是我們用來衡量作家水平的準則，寫故鄉寫經驗，只是反映了

---

12 李輝英：《前方》，香港：東亞書局，一九七二年。

13 司馬長風（秋貞理，1922–1980）散文集極多，下列幾本，都以鄉愁題材為主。
《北國的春天》，香港：友聯出版社，一九五九年。
《心影集》，香港：高原出版社，一九六三年。
《鄉愁集》，香港：文藝書屋，一九七一年。

14 楊明顯（1938– ）（一九七五年來港），在一九八七年五月二十八日「南來青年作家在香港」座談會中，即坦然說：「我的文化素養及生活經驗局限了小說的題材，是土的題材，寫北京四合院小人物生活。我認為土玩意是自己熟悉的，就好了。」（據座談會錄音）

15 裴立平（一九七五年來港），據〈香港南來作家星光何時燦爛？〉專訪，載於《香港經濟日報》，一九八八年一月二十四日，十版。

初到異地的人心理狀態。他們用筆紀錄了一群南飛候鳥的心路歷程，也見證了四十年來中國的苦難。

五

劉以鬯在檢視五十年代初期的香港文學時說：「南來作家不願在小說中反映香港現實。」[16]這很真實地說明了當時的文壇面相，但在文中，他沒有詳細解釋原因。其實，這是很值得探究的。

五十年代初，大部份南來的人，都是為了逃避共產政權的統治。寫作的人多承襲了現代主義文風，很偏重個人自我的沉吟。他們對香港社會，除了貧窮，其他所知不多。況且，暫時還有寫不盡的鄉愁，他們還沒有必要接觸香港社會素材。五十年代中葉以後，他們已開始熟習香港生活，也為了謀生，執筆時還得迎合讀者或報刊老闆的口味，在無奈中，他們寫香港，由於他們的投入感不強，寫來總無法得心應手。黃思騁在香港的第一個長篇小說《長夢》[17]就嘗試寫香港社會和富人窮人的對立，可是，給人終隔一層的感覺。來自大都會上海的徐

---

16 劉以鬯（1918–2018）（一九四八年來港）：〈五十年代初期的香港文學——一九八五年四月二十七日在「香港文學研討會」上的發言〉，劉以鬯編：《劉以鬯卷》，香港：三聯書店（香港）有限公司，一九九一年，頁361–371。

17 黃思騁（1920–1984）（一九五〇年來港）：《長夢》，香港：高原出版社，一九六八年。

訏，對都市題材應該較易掌握，但讀他的〈手槍〉、〈失戀〉，[18]雖然可見他對香港社會世態炎涼的刻劃，但除了暴露某些社會黑暗面外，距離真實仍很遠，不擅寫實，無法勉強。

左翼文化人，五十年代初來港的，多由大陸文化機構例如報社派來，有明確的服務目標，奉行寫實主義寫作技巧，實踐用文藝揭露資本主義社會病態、描繪受壓迫階級的慘狀，同時也不放過展示流亡海外的舊日官僚醜態……他們寫工人、小販、舞女、白華，例如洛風的《人渣》[19]及阮朗的《華燈初上》。[20]至於右翼的趙滋蕃寫《半下流社會》[21]，寫流亡的知識分子怎樣在香港與貧窮搏鬥，旨在對共產政權大加鞭撻。他們筆下的香港，頂多是一幢舞台佈景而已。五十年代中葉以後，那種粗暴的政治宣傳寫法，沉寂下來，南來的左翼文化人大概明白純文藝作品、政治色彩不濃的雜誌，才會受香港讀者歡迎。他們辦「調子不高，色彩不濃的刊物」，[22]小說依然寫低下生活，但都較深層地探究，多了關注，少了咒罵，雙翼的《頂嘴》，[23]海辛

18 徐訏（1908–1980）（一九五〇年來港）：《童年與同情》，香港：正文出版社，一九六四年。

19 洛風（阮朗，1919–1981）（一九四九年來港）：《人渣》，香港：求實出版社，一九五一年。

20 阮朗：《華燈初上》，香港：上海書局有限公司，一九五七年。

21 趙滋蕃（1924–1986）（一九五〇年來港）：《半下流社會》，台北：大漢出版社，一九七八年。

22 同注4。例如吳其敏（1909–1999）（一九三八年來港）一九五七年一月辦《鄉土》；夏果（龍韻、源克平，1915–1985）（一九五三年來港）一九五七年六月辦《文藝世紀》；羅孚、黃蒙田（1916–1997）（一九四五年來港）一九六六年一月辦《海光文藝》等雜誌。

23 雙翼（吳羊璧，1929–2023）（一九四八年來港）：《頂嘴》，香港：上海書局有限公司，一九七二年。

的《紅棉花開》[24]就是例子。

在熱心寫實主義創作的一群之外，卻還有一群不寫香港現實的左翼南來者，劉以鬯提到葉靈鳳，說他「長期生活在這個社會裏，寧願將時間與精神放在香港掌故的研究上，也不肯在小說中表現香港的現實生活」。[25]這恐怕與葉靈鳳一貫文藝風格有關。其他的人，不大表達自己對香港社會的態度，他們多寫故鄉風貌、文物掌故、風土人情，讀書札記、生活趣味，翻閱六十年代初出版的多人合集如《新雨集》、《新綠集》、《紅豆集》、《南星集》[26]的內容，就是有力的證明。推想原因，除了鄉愁外，還有兩個可能，其一，為了淡化政治色彩，其二，不想過份跟貼當時大陸的文藝政策。

南來者在小說中反映香港社會現實，不是必然的需要，但也漸漸因他們已融入社會結構中，自然成了題材。此外，劉以鬯自己的創作，就從不迴避現實，卻超然於政治，在謀生之道外，多了自身處境的反省，和對文藝獨創的堅持。

24 海辛（鄭辛雄，1930–2011）（一九四六年來港）：《紅棉花開》，香港：中流出版社，一九七三年。

25 同注16。

26 《新雨集》，香港：上海書局有限公司，一九六一年。《新綠集》，香港：新綠出版社，一九六一年。《紅豆集》，香港：新綠出版社，一九六二年。《南星集》，香港：上海書局有限公司，一九六二年。

七十、八十年代的作者，取材的靈動性更強，沒有太多文藝制約，寫不寫現實，由他們自己選擇，相對起來，比上一輩人自由得多了。

六

五六十年代南來的知識分子，無分左右，儘管文藝觀不同，政治立場各異，但不約而同對這個文化異常淺陋南方小島，十分不滿，而他們又普遍對文藝有着不可轉移的堅執信念。面對「這文藝荒蕪時代」「聲色犬馬籠罩下的社會環境」[27]，他們責無旁貸地要向商品消閒的庸俗風氣宣戰。他們在謀生之餘，努力爭取空間和機會，寫嚴肅作品、辦雜誌、編報章副刊，例如力匡辦《人人文學》（一九五二年）、夏果[28]辦《文藝世紀》、徐速辦《當代文藝》（一九六五年）、劉以鬯主編《香港時報．淺水灣》文藝副刊（一九六〇年）、《中國學生周報》（一九五二年）、《青年樂園》⋯⋯我們在此不必斤斤考查他們辦報刊的資金來源，只要認真看過內容，都會同意，讓作品自己說明一切，才夠公平。他們隻身南來，在貧窮匱乏情況下，面對商業經濟為主的社會，憑着對文藝的熱誠，各依不同政治（或文藝策略）立場，寫作品爭取生存空間，那是香港這個特定環境特定時代逼出來的方法，日後的香港文學研究者，必須

27 徐速（一九五〇年來港）：〈發刊辭〉，《當代文藝》創刊號，一九六五年十二月，頁2。

28 夏果一九五三年來港。

把這種背景作客觀分析，加以考慮，不能因政治觀點不同，一棒打死。

他們還有一項功不可沒的工作，就是極力培養新人。徐速念念不忘「培養文藝接班人」，認為「香港文藝性雜誌不多，也不穩定，綜合性雜誌的文藝作品只是點綴而已，至於報紙的副刊則是地盤主義，新人根本無法打進去……缺乏鼓勵，尤其對年輕的作者。」[29]夏果主編《文藝世紀》設有〈青年文藝專頁〉。劉以鬯在《香港時報．淺水灣》，後來在《快報》、《星島晚報．大會堂》也做着同樣的工作。我們翻檢五十六十年代，左右翼出版的文集，會驚訝他們對新人作品的容量如許龐大，集子包含了老中青的結合，又有專為新人青年而編集的。看到那些名字和作品，特別今日已在文壇成名，或仍在文藝界繼續努力的名字，就更見在政治夾縫中，堅持不懈地培育接班人的前輩的精神。[30]

29 徐速辦《當代文藝》，一直以培養新人為念。見〈迎春三願〉，載於《當代文藝》第二十七期，一九六八年二月，頁4–5。潘玉瓊訪問整理：〈徐速談香港文學〉，載於《奮鬥月刊》第四號，一九七九年九月，頁16–17。

30 試開列幾種重要合集如下：
《五十人集》，香港：三育圖書文具公司，一九六一年。
《五十又集》，香港：三育圖書文具公司，一九六二年。
《市聲．淚影．微笑》青年短篇小說創作集，香港：萬里書店有限公司，一九七九年。
《海歌．夜語．情思》青年散文創作集，香港：萬里書店有限公司，一九七九年。
《新人小說選》，香港：友聯出版社，一九六七年。
香港中國筆會編：《短篇小說選》，香港：香港中國筆會，一九六八年。

七八十年代的南來者，在文藝路上，多是單打獨鬥的個體戶，各自創作。部份從事報刊編輯工作，受到客觀因素的局限較多，也無法如當年前輩的「方便」。

七

「南來作家」這個課題，牽連甚廣，本文概論式的評述，欠缺仍多。我只想提出一些看法，並希望「南來作家」一詞不被濫用，因為這項研究仍未展開。

30（續）香港中國筆會編：《散文選》，香港：香港中國筆會，一九七〇年。
《香港青年作者近作選》，香港：香港青年出版社，一九七三年。
《青年作者小說選》，香港：香港青年出版社，一九七六年。
各集中的作者眾多，許多作品已見光華，今天他們也已成名，就是有些已停筆，但研究五十六十年代香港文學的人，不應忽略了他們。說來說去一籃子熟聞的名字，又不尋找原始資料，不看作品，如此評論，對他們是不公平的。

青年的導航者——從《中學生》談到《中國學生周報》[1]

引言

在茫茫大海裏，到處有礁石、暗湧、漩渦，極有經驗的航海者除了憑一己的經驗判斷外，還得靠着導航儀器或導航人。青年人在成長過程中，面對紛繁的人事，如果，在適當時刻，獲得導航，可以把前景看得清楚些，把應面對的難題考慮得周全些，然後再憑自己的努力，直達目的地。每一個時代，有每一個時代的困厄，有每一個時代需要探索的問題，現在讓我來談談在兩個不同時代，對青年起了導航作用的兩份刊物。

《中學生》

首先，談談《中學生》。這份雜誌誕生於多難多災的三十年代初，即一九三〇年一月創刊，共刊行六十五期休刊。一九三九年五月在桂林復刊，抗戰後復在上海出版，直到一九四九年九月，[2]假如我們打開中國現代史看看，就知道它的存在，橫跨了苦難深重的二十年。其間經過多少內憂外患，八年抗戰中，在流離情況下，輾轉於上海桂林各地，用草紙印行，

1　本文為香港市政局圖書館主辦第七屆中文文學周專題講座發言。原載於《香港文學》第八期，一九八五年八月，頁4–8。附錄〈重讀《中國學生周報》手記〉分載於《星島日報．七好文集》專欄，一九九五年六月至九月。

2　一九四九年九月改名《進步青年》繼續出版，一九五二年三月又恢復原名，六十年代停刊，一九八〇年又復刊。

仍堅持出版。[3] 到了內戰期間，在飢餓貧困的壓力下，仍不言休。二十年來，為中國青年學生提供應有的知識道路，更提出了他們應該思索反省的許多問題，現在六十歲開外的中國知識分子，應該不易忘記這份雜誌[4]。

對於香港青年人，這雜誌是陌生的，不妨先略略介紹它的歷史。一九三〇年前後，中國除了外患頻侵，內部不穩外，政治、文藝的思潮也在極度混亂情況下掙扎及探索中。不同主張的文藝團體紛紛出版雜誌刊物，根據不完全的統計，一九二九年出版的刊物最少有三十四種，一九三〇年出版的刊物，超過三十七種[5]。在眾多刊物中，各派意見紛紜，文藝創作或理論，水準參差，學識水平還不夠好的中學生，真不知如何入門。作家、理論家層次太高，不是門外的青年人人都能攀得上，也不是人人看得懂。浩瀚書海中，他們需要導航者。

一九二五年，一群中學教師：匡互生、朱光潛、朱自清、豐子愷、夏丏尊、方光燾、劉薰宇等在上海創辦了「立達學園」[6]，滿懷希望的想辦一所他們理想的學校。後來為了擴大對

3 一九三九年五月復刊，改名《中學生戰時半月刊》。

4 葉聖陶：〈祝《中學生》復刊〉，載於《中學生》一九八〇年第一期，頁碼不詳，說：「近來常遇到一些六十開外的同志向我說他們曾經是《中學生》的讀者，從《中學生》得到不少益處。」

5 張靜廬《中國現代出版史料》丁編（下），北京：中華書局，一九五九年，引魯深〈晚清以來文學期刊目錄簡編（初稿）〉，頁510–576。但該目錄並不包括綜合性文化期刊，《中學生》就不見列入表中，故數字並不完全。

6 最初叫「立達中學」，後來江灣建校，才改名為「立達學園」。

青年讀者的服務範圍，就在一九二六年八月，由章錫琛開辦了「開明書店」，專門出版適合青少年人的讀物，一九三〇年一月創刊的《中學生》，更是該書店最重要的貢獻。二十年來，擔任編輯的有：夏丏尊、葉聖陶、豐子愷、章錫琛、金仲華、顧正均、徐調孚、周予同等。其中以葉聖陶擔任該主要職位最久。

可能有人認為給中學生看的刊物，內容一定單純乏味，缺乏社會意識，避開國家政治、國際形勢等大而複雜的題材。但這只是一種推想而已。只要翻閱《中學生》，我們會驚訝於它的廣度和深度，也驚訝於它對時代的針對性，處處實踐了在創刊號提到的使命：「替中學生諸君補校課的不足，供給多方的趣味與知識，指導前途，解答疑問，且作便利的發表機關」。[7]及重視青年對時代與地位的自覺。由知識到思維，科學到文藝，個人到世界，理論與分析，該刊都包容了。由於它是綜合性的刊物，文藝方面比較弱，但在動盪的大時代中，它絕不避開政治與時事，更不斷提出值得青年思考的問題。雖然，這份刊物有自己的立場，但卻不會把自己的思想定於一尊，對不同的問題，均展示了不同的思維路向，讓讀者自行取決。[8]舉個例子說說：一九三四年的五月號中，有一個專輯叫「五月」，其中包括了豐子愷的

7 〈《中學生》創刊辭〉，載於《中學生》創刊號，一九三〇年一月，頁碼不詳。

8 葉聖陶：〈祝《中學生》復刊〉，載於《中學生》一九八〇年第一期，頁碼不詳，說：「我和朋友們當時編《中學生》確有這樣的想法：不要教訓，要勸說；不要灌輸，要啟發；不要以教育者自居，要對待朋友一樣對待讀者……跟他們一起商量一起探討……。」

〈五月的預想〉，說的是他五月的寫生旅行計劃，全文只想着買甚麼顏料，會見到甚麼美景，甚至想到去采芝齋買糭子糖與朋友共吃，完全是個人趣味。徐懋庸的〈不要紀念吧！〉，就對當時流行的、虛有形式而乏進取精神的五月國恥紀念日大加鞭撻。林庚寫的〈五月〉，就純從美學觀點與生活關係來討論，所北寫的〈血寫的歷史〉就詳細為讀者重溫了這個「多難之月」的歷史。一個專題四個不同觀點，讀者既可依個人性格喜好，各取所需，同時也可兼收並蓄，從不同層面去看問題。中學生程度，往往對專家之言望門興歎，但在初階之後，仍應有逐步深入認識的提昇，絕不能只顧遷就而留於膚淺階段。《中學生》的作者對專門問題，都能做到深入淺出的分析及介紹，看茅盾介紹《十日談》、豐子愷的美術音樂理論、高士其的細菌研究、金仲華的國際形勢分析、夏丏尊、葉聖陶的文學欣賞及寫作技巧，都可以看見全刊對深度的要求。而在該刊登過的專欄，例如〈文心〉、〈文章病院〉、〈古代英雄的石像〉……均成為當時全國中學生必讀的好書。它的導航作用，使在國難深重中成長的一輩，得到應得的指導。大概由於它不是純文藝刊物，在當時也不具色彩鮮明的戰鬥格，總觀起來，沒有具體易見的成績，所以，歷來沒有人對它作過全面的研究，和給予合理的評價，這是一件很可惜的事。

《中國學生周報》

說《中學生》，無論時間及空間，都跟生活在香港的我們距離得很遙遠，現在說到《中國學生周報》(以下簡稱《周報》),相信對中年的香港知識分子,就應該有親切而熟悉的感情,對十來二十歲的青少年,可能在傳聞中,也會有一種朦朧的認知。它停刊已經十一年了,但在許多人心目中,仍是印象鮮明,提到它的時候,也禁不住帶着濃厚的感情。

《周報》創刊於一九五二年七月,停刊於一九七四年七月二十日。二十二年來,它也橫跨了香港動盪、穩定、發展、變化的歷程。它與《中學生》的產生背景,有很大的差異,說動盪,五十年代的香港與三十年代的中國,自然差得很遠,而當時香港的文化界可以說極度沉寂,無論文藝或綜合雜誌,數不上幾種。適合青少年看的刊物,更見缺乏。在中國政局大變動中,處於南方大門外的香港,無可避免承受了一些影響一些衝擊,《周報》就在這種微妙變化中產生。許多人把它視為「美援文化」的產物,視它為反共的宣傳工具,如果我們能細心客觀地翻閱這二十二年的《周報》,必能發現它在不斷求變,緊貼時代呼吸中,體驗了與香港青年人憂戚與共的獨特風格,假如其中含有「反共」意味,也是由於主持的人的信念,而不是由於「美援」。二十年來,它愈來愈執着在創刊辭中的承諾:〈負起時代的負任〉。

「我們不受任何黨派的干擾,不為任何政客所利用,……我們暢所欲言,以獨立自主的姿態,討論我們一切問題,從娛樂到藝術,從學識到文化,從思想到生活,都是我們研究和寫作的對象。」[9]主持人的確可以憑着熱愛文化、道德責任，來為中國文化探索出路，為香港青年人作文化的導航者。

《周報》是「友聯出版社」出版的刊物，二十多年來擔任各版編輯的人很多，例如徐東濱、黃崖、余英時、奚會璋、胡欣平、古梅、孫述宇、盛紫娟、陳特、胡菊人、劉耀權、劉貽奎、黃碩儒、陸離、吳平、何法端、張浚華、黃國超、也斯、李國威等等[10]，每一版，充滿了該版的特色，表現着不同編者的風格。

依着它的發展，可以分成許多時期，正如也斯說：「它的每個時期有不同的優點和缺點。」[11]但憑着每個時期編輯的努力，與讀者的認真投入，它的確負起了回應時代的責任。在這裏，我不能細論每一個時期的特色，也不可能兼及各版的發展情況，現在只說一個重要的分界，希望藉此說明這份刊物最大的特色。六十年代中葉，應該是個分水嶺。六十年代中葉以前，它的主要精神乃在發揚中華文化，闡釋民族大義，承繼三四十年代的文藝傳統，與讀者共同體認文化民族的血緣關係。六十年代初，由它引領的青年人開始成長，在傳統以外，更求了解吸納外來的文化，此時，《周報》的版面已很確定及豐富，有足夠求變的能力，中葉以

9 〈創刊辭——負起時代的責任〉，《中國學生周報》創刊號，一九五二年七月二十五日，第一版。

10 曾任周報總編輯及各版編輯的應不只這十多位，這裏提及的是據陸離的記憶。以後應深入探究，再作補訂。

11 也斯：〈四季、文林、周報詩之頁及其他〉，載於《文藝雜誌》第七期，一九八三年九月，頁36–39。

後，面對社會的風雲驟變，本地青年人開始關心本地的一切問題，編輯以開放的態度，敏銳的觸覺，廣泛地面對及探討一切與香港有關的人與事，如果從這時候，叫做《周報》「本地化」時期，也不會錯的。當然，這個「本地化」，不是狹隘的地域思想，而是充份表現當地中西文化匯點所形成的特色。例如〈電影圈〉就從外國電影的評賞，發展到作者自己動手拍實驗電影，〈藝叢〉就由中外古典音樂介紹到香港本地流行樂隊，文藝版幾乎全是本地作者的天下。它內容的多樣化、趣味與學識不缺，也是它能吸引性格愛好完全不同的讀者的主要因素。它也在那社會突變時期，提出了值得青年人探索的問題，例如：「香港是一條船，青年們能做些甚麼？」[12]許多類似的專輯，都能引起讀者來稿的熱烈討論。從他們的文字裏，可以看見當時他們是怎樣的動了真感情來面對這些問題。

作為一個《周報》的老讀者，我最近重看了十多二十年來的《周報》，主要想找出它為甚麼會令那麼多讀者念念不忘。大概跟下面幾點很有關係：

一、編輯人多——《周報》除主編外，每版另有全權負責的編輯，據説全盛時期，編輯超過十人。而二十二年來，每版編輯也變換了許多，不同個性的編輯使內容色彩變化，一直給人新鮮的面貌，版面的活潑，也正合青年人口味。

12 畢靈：〈香港是一條船，青年們能做些甚麼？〉，載於《中國學生周報》第八五五期，一九六八年十二月六日，第一版。

者的主要原因。

二、園地的公開——六十年代中葉以後，特約稿很少，幾乎多是讀者的投稿，有時甚至一封來信，也會被編者鄭重其事的，加上親切按語刊出。園地公開，是它能培養那麼多作者的主要原因。

三、編者、讀者、作者之間的感情交流——這點相信應是《周報》最成功的地方。由於園地公開，往往出現了：由讀者變作者，由作者變編輯的情況。這種身份的改變，實在有助三者之間的了解及感情交流。特別有幾個編者的個性很突出，在所編版內充滿個人風格及感性文字，結果做成了一種現象，讀者與編者彷彿變得很親密，這就是具吸引力的原因。時至今日，仍有不少當年讀者，記得逢星期四下午，就會急不及待到報攤去問「《周報》來了沒有」的渴望情懷。一九七一年，《周報》經費出現困難，經陸離在報上訴苦，讀者發起的「救亡運動」，就出現讀者自費設計印製海報，及上街張貼的事情。這些例子，都足以證明讀者的歸屬感。另外，編者對作者的關懷，更叫作者十多年後，仍念念不忘。例如蓬草，就承認當年編輯吳平對她的指導及鼓勵，對她有極大的影響[13]。又在〈生活與思想〉版及〈大孩子信箱〉版上，常見編者與讀者一同對某一個問題的爭論，爭辯的結果，就正是對問題的探討進了一步。在情與理交融下，它就發揮了導航的作用。

13 小思：〈訪問蓬草〉，載於《星島晚報．大會堂》，一九八四年八月二十九日，頁10。

如果從最客觀的研究角度去看《周報》，它當然還有不足之處，但二十多年來，它成為香港許多青年人的導航者，卻不容否認的事實。沒有看過《周報》的青年一輩，可能認為逝去的《周報》只是一個神話，也許，這真是一個神話，但它真的存在過。

結語

三十年代到四十年代，中國青年有《中學生》作導航，五十年代到七十年代，香港青年有《中國學生周報》作導航。八十年代，對香港來說，應該是一個重要關頭，這一代的青年，有甚麼作導航呢？我用這個問號，作為本文的結語。

後記

這篇演講稿，由於篇幅有限，不可能對兩份刊物深入及全面探討，只能概略敘評。加上個人對《周報》的感情較濃，說起來未免感性重了些，不是評論文字應有的態度。一直以來，在文章中提及《周報》的人很多，但總難免從感情方面着筆。加上事隔十多年，回憶中的事物，往往與實況有些距離，對《周報》較全面而又較理智地評介的文字不多，直到目前，只有羅卡的〈中國學生周報的回顧〉一文，是最詳細了。

《中國學生周報》，是有優點也有缺點，而對五十年代至七十年代初期的香港文化界，又有不可磨滅的影響，應屬香港文學的研究重點之一，可惜兩所大學的圖書館都沒有全套藏本。最近，「友聯出版社」林悅恒先生把該社所藏的《周報》送了給我保存，很感謝他。為了讓更多人能看到這份報紙，香港大學及香港中文大學的圖書館都願意把它製成顯微膠卷，以供館藏。但由於尚欠一九七二年至一九七四年的部份報紙，未算完整，因此，還得向各界求助。在此盼望，藏有這三年《周報》的讀者，能跟我聯繫，使《周報》全貌得以保留，好讓後人研究，那就功德無量了。

最後，還得提一提的是：與《周報》同時的還有一些刊物例如《青年樂園》，都是構成香港文學史的重要環節，我由於題目及材料所限，沒有提及，希望以後有研究者在這方面加以補足。

一九八五年七月於香港

補記：

現存於香港大學孔安道紀念圖書館的《周報》已算完整，所欠期數不多。又，阿濃寫了〈我與《青年樂園》〉載於《香港文學》第一二四期，一九九五年四月，頁10–12。

一九九六年四月修訂

【附錄】重讀《中國學生周報》手記

重溫舊夢

最近，又在圖書館把《中國學生周報》（以下簡稱《周報》）重讀了一遍，記憶、感情、歷史、客觀資料分析……混成一體，重溫舊夢，才知道歷來記得的只是舊夢的某一片段——某些片段突顯了，幾乎遮蓋舊夢的大部份，又或者幾個片段鏡頭，如蒙太奇式的剪接了，構成一個與原貌完全不同的「真相」。

舊夢，「不可靠」，但可愛也在此。

從小學到中學，從中學到大學，做小學生中學生大學生到當教師，自讀者身份到作者身份，讀《周報》，年限不算短，這個舊夢也夠長，正因夠長，忘掉的片段其實又很多，重溫的時候就有了全新的發現，那驚喜、那詫異、那熟悉、那陌生，種種滋味，眉梢心底，一言難盡。

二十多年來，伴隨我成長的一份刊物，它究竟是怎樣子的？在有些人口中——也是記憶中，它是一個樣子。在有些人口中——從來沒看過它，卻想當然地談論它的，又是一個樣子。在這次重讀中，我明白它更多一點點。

邊讀邊做了些筆記，也影印些資料，並不準備做甚麼學術論文，只是想讓舊夢全面些，踏實些。我已過了做夢的年齡，要踏實，才證明它曾經如此深影響過我。不能寫學術論文，因為筆下必然帶了不自知的感情，寫來怕又是神話一宗。

是神話，又如何？哪一個民族沒有神話？哪一個純真童年沒有相信過神話？民族成長就靠一個個祖先傳下的神話原型推動。我的成長，靠它的養份也很多，我認了，重讀它，我有了這認的勇氣。

神話？蠢話？

過了做夢的年齡，卻到了回憶的年齡，對一份如此深影響過我的刊物，就讓我回憶吧！

《周報》創刊那一年（一九五二年），我才讀小學四年級，懵懵懂懂的甚麼都不知道。年輕的校長剛從北京大學回來，接替了老校長工作，就開始要我們背誦許多白話文，也聘用了許多講國語的老師，走廊的壁報貼了許多剪報，其中就有《周報》。

可是，那些報紙上，說些甚麼，小學生並不理解，現在也一點記不起來。

會考後，升入金文泰中學，是所官立學校，一切顯得十分規矩：五十年代，政府防共恐共得十分厲害，學校沒有任何學生活動。記得初中三那年，班裏愛好文藝的同學組織了「毅青社」，辦了一個純文藝創作的壁報，全上了板面，仍因沒有老師肯簽字擔保內容「安全」，我們含淚把它拆下來。但現在想起來，卻奇怪校方怎會讓校工拿了《周報》，後來還有《青年樂園》到課室裏售賣？

由於我從小就愛看報紙，因此，每星期都會買。小息時，工友售報，如果我不在，他也會把報紙放在我的書桌上，容後收錢。我正式看《周報》，已經是一九五五年，錯過了錢穆、唐君毅、張丕介諸位老師為《周報》寫的文章，卻正迎上了司馬長風先生用「秋貞理」作筆名在〈生活與思想〉寫專欄。

在專欄裏，他談理想，談如何使人生接近合理，怎樣求真善美，甚麼是自由，怎樣發展精神生活……現在看起來，也許有人認為高調而空泛，但五十年代的中學生，需要的就是這些純化的理論。我們真的相信人生應有崇高的理想，要為真理獻身，要朝向中國文化，要堂堂正正的做個人。對於現在的年輕一代來說，這些我們相信過的話，不是神話，而是蠢話，難怪他們懷疑。

思考角度

五十年代，距今已四十年了，那時候，青年人的生活、思想、行為，在今天看來，實在不可思議，說好聽的叫做純，不好聽的叫做「蠢」。

生活匱乏，經濟不景，中學生懂得艱難，不埋怨、很知足。社會變化不大，我們就天天過日子。《周報》的內容，也朝着這種純化方向發展，從而加強了我們的生活信念，從純化角度思考問題。

《周報》在五十年代，曾有過一次討論，或者叫作聲討更合適些，就是「穿牛仔褲是飛仔」的問題。我印象特別深刻，因為班裏有個女同學，穿了牛仔褲，在街上給人碰見，一傳十，十傳百，在學校裏人人視她為飛女，累得她哭哭啼啼。九十年代，連阿公阿婆都可能穿牛仔褲的時代，能想像穿牛仔褲要聲討的日子嗎？五十年代，我們是相信的。

但到了六十年代末七十年代初，隨着時代社會變化，五十年代培養出來的作者編者已經成長，他們在純化基礎上，開展眼界，實踐了思考獨立的探索。那時候世界正面對青年反叛浪潮，阿飛又再成為社會關注的話題，《周報》為此，做了一個「青年問題」專輯，訪問了唐牟兩位老師。牟宗三老師從極寬宏層次談青年的反叛是「常道」，認為無須大驚小怪，也毫無辦法。那訪問很長，下一期就跟進了王淇的〈阿飛自白〉和〈從阿飛自白學到的並駁牟宗三先生的論點〉。王淇大概看不明白牟先生的訪問重點，誤解了說牟先生要對阿飛「勞改」。現在看來，這誤會也不重要了，可是我認為從這兩三期專輯，足可反映了《周報》的步伐是貼近社會變化，而刊出反駁牟先生的文章，也表示了開放、闊角度的討論態度，實踐五十年代培養出來的獨立思考理念。

美援？反共？

提起《周報》，許多人總會把它跟「美援（元）文化」、「反共」聯繫在一起。

當年，它如何接受美援，並非讀者作者知道的事，但作為讀者，從報上吸收的是些甚麼思想感情，卻值得注意。

重讀《周報》，反省自己究竟從那裏得到的是甚麼，就發現我長年汲取的是：文化中國的認知與感情，和對多元化世界的探求。

〈創刊辭〉中這麼說：「人類文明正面臨着空前的危機，中國文化已遭到徹底的破壞，我們這一代的青年學生面對着這股歷史的逆流，實在無法再緘默了。」負起時代責任，就是盼望「以獨立自主的姿態，討論我們的一切問題，從娛樂到藝術，從學識到文化，從思想到生活，都是我們研究和寫作的對象。……進而溝通中西文化，替未來的中國摸索出一條正確的出路來。」我們試核對二十多年來的《周報》，不難證實以上一段話不是徒托空言，歷任編輯正朝着這個方向逐步前進——前進得有點迂迴，有更多的修正，特別是六十年代中葉以後，本地化的關懷增多，對中國和香港關係的探討等等，假如「美援」的作用是這樣的話，我不能理解這對美國有甚麼「好」處？

至於「反共」，五十年代初中葉，色彩相當明顯，流亡知識分子、學生筆下，國破家亡的控訴，說是政治的反動，不如說是個人遭遇的悲愴。秋貞理在〈生活與思想〉的專欄中，有着濃厚的家國之思，現在重看，他也有許多反共言論，但實在奇怪，我記得的，該說深受影響的，卻不是那些，而是他文中呈現的強烈中國文化、民族認同感，和對祖國河山的憶念，更重要的是他灌輸了民主、獨立思考、理想等等，官立中學沒有教給我的成長養份。

六十年代，甚麼流亡學生「我們的控訴」文字不再出現。如果嚴格說「反共」的文字，也不是沒有。例如一九六二年的「五月逃亡潮」，那一次中華民族的飢餓大逃亡，驚醒了香港市民。普通市民、大學生紛紛在粉嶺、沙頭角、梧桐山的土地上，在荷槍實彈的軍警戒備中，甘抗戒嚴令近距離地接濟了無數瀕臨死亡的同胞。我從梧桐寨村避過軍警直升機搜捕，帶着一疊同胞委托的尋人地址回到市區，剛巧就讀到《周報》封面頭條的〈血淚繪成的流亡圖〉，悲憤之情至今難忘。以後連續幾期的特寫和社論，都對引發這悲劇的「共產政權」指摘，但現在重讀，才發現文中，敘述香港市民的反應，對逃亡者悲憫之情，多於對政權的指摘。此外對香港政府、台灣政府、聯合國人權組織的指摘更多。

另外，一九六六年以後，對文化大革命的反應，《周報》也很強烈。從文化角度，關心備受破壞的傳統中國文化，甚至充份表現了香港人無能為力的悲哀。當然，也有「不敬」的手法：六十年代中葉，本地成長一代，開始顯現了用嘻笑怒罵的方式，表達自己既關心卻又無力的感覺，〈快活谷〉的作品，正好是這時期的「反共」典型。

六十年代末，蘇聯入侵布拉格，香港暴動兩件大事，《周報》仍站在人道立場表現反對聲音。可惜不知何故一九六七年下半年的《周報》欠缺，無法尋回對暴動期間的反應，看一九六八年上半年存報，可見都是站在香港民生與穩定的關注角度來反對暴亂。至於蘇軍坦克入侵布拉格，早在布拉格之春，我在《周報》首次知道捷克這個國家。一九六八年八月蘇軍入侵，《周報》在十一月就刊出了方圓、吳昊合譯的〈來自布拉格——一篇非「官方」報道〉，讓我們通過外國記者描繪，得悉那古老城市遭踐踏的情況。

十九年後，我踏足布拉格市中心和那老城廣場，忽然有極熟悉的感覺，怦然心動，當時不知道甚麼原因，今回重讀《周報》譯文，才曉得一切記憶竟來自那篇報道，十九年來如此深入肺腑。遠在東歐的陌生異國，對我這個香港人有何關係？如果那就是反蘇，或「反共」的意識作祟，我也無話可說。

儘管每年雙十節，《周報》都會以首版套紅作專輯紀念。青天白日滿地紅的國旗一年一度耀目，但說到台灣的話題，幾乎沒有。主題重點多在重溫中國革命歷史、孫中山的革命理論、如何建設未來中國、怎樣學習革命先烈犧牲一己性命，拋頭顱，灑熱血，使中國富強起來。一九六九年「雙十特刊」，胡菊人寫了〈兩日無光〉，文末說：「現在我們國家的象徵，都有兩個『日』，一個是紅的，一個是白的，都沒有陽光的溫暖。……」，這樣紀念「雙十」，恐怕不單只是「反共」，對中國國民黨，也不見得怎樣尊敬，但卻反映了香港人部份看法。同一版，古蒼梧〈中國將會變〉，以堅定而快樂的語調引述近代史教授的說法：「社會主義國家的統治也會變得更開放，更民主……你們這一代是幸福的，因為你們將會看到中國的變。那時你們都可以回老家去，都可以去登泰山、遊西湖。」然後說：「目前我們需要的只是一份忍耐而已。」假如，這些也叫「反共」言論，我也無話可說了。

我從《周報》獲得的不是甚麼「反共」意識，而是一種殖民地教育所欠缺的愛國精神。不是狹隘的愛國，不是時髦的愛國，而是深植於中國文化、中華民族的血脈關懷。對於生長於香港的青年一代如我，這種愛中國的理念，是多麼寶貴。一筆寫來「美元文化」一句評為「反共」，這連摸象的盲人都不如。

南來話語

一份具有二十多年歷史的報紙，沒有變化是不可能的事，問題卻在怎樣變、變得好不好。

《周報》的內容和編輯精神，顯然隨着不同的編輯有了極大變化。五十年代，一群從大陸流亡來港的文化人——如果自三十年代算起，他們已經是第三代的南來文化人了，帶着濃烈的反共意識，卻又深陷於人地生疏、生活困難、思念家國的苦惱折磨中，辦起報刊來。他們逃避共產政權而來，反共，是理所當然的，但更重要的，是他們來自大陸，對這個邊緣殖民地小島，深深感到它的文化淺薄，自覺或不自覺地要「負起時代責任」外，還要在這小島開闢一條出路：理想的中國文化出路。所以，他們談文化、談理想、談愛國愛民族，話題沉重而偉大。在感情宣洩方面，他們又恰恰相反的表現了軟弱無奈而瑣碎。讀五十年代的創作，一片海、夜、雨、故園憶念、新地貧窮苦悶聲中，彷佛昏睡人的夢囈。這種矛盾，當時讀者有沒有察覺，是一件值得思考的事。現在讀起來，這矛盾就很突顯。

在沉重與軟弱，堅持與無奈之間，我們這群香港青年讀者，究竟接受了甚麼訊息？配合五十年代的香港社會情況來考查，似乎我們在朦朦朧朧中照單全收。陌生而沉重的國家民族情懷，隨着《周報》的理論、文學作品慢慢滲入心脾。面對的現實世界，我們沒有故園家國之思，但開始探索人生的年齡不免苦悶，而五十年代的貧困匱乏，也足夠使我們隱約地感到無奈與軟弱。

在思想之外，讀者同時汲取了一些常見的文藝技巧，或者應該説風格或腔調。配合編輯的口味取捨，五十年代《周報》的青年投稿者風格，許多都幾乎同出一轍，都是南來話語。

變化

正如以往兩代南來文化人一樣，五十年代南來者對香港這都市並無好感，陌生與生活徬徨是原因之一，最重要還是他們的心與眼都不放在這小島上。

他們以過客身份，心繫故國，筆下偶爾提及這殖民地，都充滿荒涼陰暗，至於文藝文化，更不足觀。他們總是擁抱着回憶來跟現居地作種種比較，這個暫居地就更乏善足陳了。

五十年代，香港在戰後元氣未復，貧窮是一般人都得面對的。山邊和天台木屋、天台小學、童工、小販、苦力……貧苦大眾拖着艱難步伐活一天算一天，加上貪污行賄，本地人也不見得活得順意。《周報》在五十年代中，開設過〈七十二行〉新欄，讓各行業現身説法，一九五九年又設了〈香港一日〉的徵文比賽。得獎作品，年輕一代的本地作者，也從反映社會陰暗下筆。不知道是編輯角度選取如此，還是社會人心本就如此，總言之，五十年代的《周報》內容，提及香港的本來就不多，提及了也瀰漫着蒼涼愁苦，這算是寫實的結果吧？

不知道是社會現狀的確令年輕一代不滿，還是南來的文藝播種者發揮了影響力，這種對香港的憎惡感，一直纏糾着許多人的心，直到六十年代，才生變化。人們更在一場動亂中甦醒，重新檢視自己與香港的關係，和考慮自己的身份問題。這樣，他們筆下的香港，就另換新顏——香港社會實質也起了變化，經濟、秩序開始轉型，青年一代赫然發現自己與香港的依存關係，發現中國不再只是一個文化的存在，或詠嘆對象，而是足以影響香港安危的實體。

五十年代南來人帶來的影響力，慢慢給本地人消化了，隨着時代變化，西方文化的進佔，六十年代，周報有了顯著的轉變。

香港面影

由描繪祖國山河、故園風貌，轉到注目本土，《周報》內容的轉變，痕跡很鮮明。編輯的轉換，讀者成長，漸漸成為作者創作的路向，就再不是《周報》創刊初期的意願所能左右了。

本地成長的作者，不能再跟南來的開拓者那樣，帶着朦朧喟嘆着「夜的海」、「故園葉落」。在汲取三四十年代文學精華之外，他們更受到西方文化潮流的衝擊、吸引，電影、音樂、美術、前衛的理論與技巧，五花八門，他們止不了腳步。外邊的社會也有許多與五十年代不同的變化，他們必須關注，因為這才是與自己關係最密切的題材。

一九六〇年七月二十八日，《周報》頭版專題是〈未來的香港〉，記者通過政府的城市發展藍圖，展示了新市鎮、住屋、交通等等的未來面目。文章末段這樣說：「幾年的時間並不算長，但幾年前的香港與今天的香港卻已變得面目全非，而幾年後的香港將改變了今天的香港面目，當然是意料中事，……我們拭目以待，靜看幾年後的香港蛻變吧！」拭目先看到的是：身處的香港現在如何，原來也有一個廣闊天地。

我試試借用一九六四年出現的三篇頭版文章，說明拭目後果：陸鑾〈廣告裏面做文章〉，從日常最熟悉的廣告，反映出一個商品勢力昂揚的都市面貌。陸離〈香港電影院巡禮〉，逐間戲院去數共有幾行座位，大堂門口的裝飾設計，乃至於食物部等等，完全是都市人消閒去處資料提供。華蓋〈彌敦道抒情〉，非常細緻地描畫了彌敦道的聲色，作者說那肉慾而瑰麗的面影，令他怦然心動。這都不是五十年代作者要寫或能寫的題材，鄉土文風褪色，屬於香港的都市文學開始形成了。

愛恨之間（一）

我說五十年代，本港年輕一代對香港有憎惡感，沒有任何統計數據，很不科學，但跟同齡人談起，果然都道年輕時候的確對香港沒有好感，理由不明。

唸中學，凡學校集會，首先要唱英國國歌，我們學生輩總把第一句改成：個個孭住個煲……大概貪玩，也不排除不敬的意識在作祟。加上政府一貫殖民地統治策略裏，沒有在意培養市民歸屬感，香港人長期浮游於身世不明的境況中，對中國、對香港的認知朦朦朧朧。

直到一九六五年的銀行擠提、一九六六年天星小輪加價引發的騷動、一九六七年的暴動，一連串不安，驚醒了政府，更震動了年輕一代，我們無法逃避香港與自己的關係，香港究竟是個甚麼地方？我們該做些甚麼？我們是甚麼身份？……冰封已久的問題，忽然解凍。

一九六七年五月六日，新蒲崗發生工潮，引發往後差不多一年的暴動不安。五月二十五日，《周報》在亂聲中搬進新蒲崗四美街的利森工業大廈，與工潮原發地大有街不過一街之隔。這一搬，真具象徵性，命運注定《周報》要直面另一種社會環境，接觸另一類人生，香港，已經轟然衝到面前了。

「初次聽到我們的報要搬進新蒲崗，第一個聯想我想起杜子美的詩句：細柳新蒲為誰綠。遷進了之後，每天上班下班，進出在勞工大眾和軋軋機聲之間，再也記不起杜子美了，這時卻有另一種美，一種沉潛的，卻又如此慾望上升的美……我渴望進入那些高聳多層的工廠大廈，我渴望親近那些言語喧嘩工作勤懇的勞工。……」

以上是《周報》編輯畢靈（吳平）在〈新蒲崗人生觀〉的第一段話，全文洋溢着對香港勞苦大眾的理解與肯定，同時也真實地反映了香港青年一代睜開眼睛看社會後的惶惑和思維。

愛恨之間（二）

回頭再說理由不明的憎惡感。當一下子發現自己的生活，原來與香港呼吸張弛有那麼密切關係，就得重新調整對它的感情。

一九六八年一月，吳平在文藝版推出了〈香港風情〉專題。他寫了很長的編後記：〈香港風情引——代編後〉，他舉了兩篇作品為例，向讀者說明他所盼望的文藝創作是怎樣的，香港風情又該是甚麼題材。兩篇作品是：一九六六年西西的〈東城故事〉，一九六五年舒巷城的〈鯉魚門的霧〉。

吳平在該文開首，對自己作了一番剖白，我想正能說明五六十年代成長一代對香港的感情狀態：

「直到這時，我依舊不能使自己相信，一個在香港生活長大的人，能不對香港發生過一段憎惡的感情。……就我自己來說，我想我的憎惡大概已經過去了。我正在擔心，許是由於把那種憎惡的感情保持太長久了，有一種厭倦的感覺，正漸漸地蔓延在我體內，隱秘地、像黑行者逐漸快了的腳步那樣地不易被察覺。……我滿懷恐懼地注視這心內麻痺着的一塊癱瘓，我切望有勇氣把它揭掉。如果我能夠，請讓我更劇烈地憎惡這土地，若不，讓我看到你更多美麗之處，換過歡愉的眼神去熱愛於你。憎惡或是愛，總有它的是處，麻痺，這是我所畏懼的，卻甚麼都不是。我出了香港風情這個專題的題目，我盼望，我們的作者，都來把他對香港的愛、憎寫下，從個人的視點出發，深入地，把香港的現實從各種不同角度表現出來。『風情』二字，在此是『現實』的代名詞。……」

把視線投向現實的香港，感情就變得複雜了。香港究竟是一個怎樣的世界？我是甚麼人？一切愛恨，得從頭細數。《周報》也在不知不覺間轉移了它的步伐，也有了新的抉擇。

青年的抉擇

人口年輕化，自一九六七年暴動後，是一個突顯的問題。香港政府辦新潮舞會、社會福利署辦青年聚談會，視線投在那影響力可大可小的青年人身上，成為六十年代末期的非常關懷。

《周報》本來就是一份以青年人為對象的報刊，六十年代中葉，它連編輯也年輕化了，表現青年應有的敏感與衝動，是理所當然的。而同時，這群多由讀者、作者身份轉化而成編者的人，也承受着五十年代編者的理想，沿着關注中國、考慮自身的道徑向前行，他們考慮的問題，比上一輩要複雜些，面對社會的急劇轉型，青年有另一種徬徨。

一九六八年，《周報》舉辦了多次「青年議論會」，顯然與五十年代的通訊組的話劇、音樂、舞蹈等活動有了極大差別。多集中探討青年與社會、國家、世界的關係、青年自身的苦惱等課題。又闢了〈我們年青的人物〉一欄，一九七〇年更有一個相當龐大的〈青年問題專輯〉，請來三位大師：唐君毅、牟宗三、郭任遠談青年問題。他們在二十多年前所説的，今天重看，還是那麼「新」，那麼深遠，我實在驚訝他們的「預言」的準確，也對準了香港青年的徬徨。

一九七〇年一月，〈香港華籍青年何去何從？個人？香港？中國？世界？〉專輯的出現，是青年自覺地檢視個人歸屬身份的機會。從迷惘中，看出自己的尷尬處境，這是一次艱難的抉擇。原來，早在二十五年前，香港青年就在抉擇。看着一個個陌生名字：凌杞若、方琪、陳國華、呂崑、周魯逸、榕園……他們現在人到中年了，身在哪兒？還在香港某一角落，默默地為香港、中國做着該做的事呢？還是在天涯海角，尋找另一種歸屬？

關注社會

一九六七年的暴動，有如一口巨鐘，轟然驚醒了香港整個社會。原來社群生活，是憂戚相關的。青年一代在艱難抉擇中，同時看出了無數社會問題，也開始投身入世，愈走愈接近一種「毫無餘地的抉擇」了。[14]

翻閱七十年代初的《周報》，頭版和專輯，社會性之強，是五十年代讀者夢想不到的。青年問題、社會福利、空氣污染、旺角土地利用調查、支持隧道工人罷工、香港勞資關係、從社會文化因素看青少年暴力行為、安定繁榮之下的香港社會危機、土瓜灣盲人輔導會的遭遇、從元州仔到三水角——記元州仔火災災民的遭遇、政府徙置危樓居民政策、油麻地避風塘艇戶事件……一連串民生難題，現在看來還是有血有肉。當年報刊、電台、電視對探究社會問題，沒有像今天的熱衷，屬於青年的刊物，卻如此投入，意義就更重大了。

14 鍾玲玲：〈七七，和，或者再見香港〉，載於《中國學生周報》第九九二期，一九七一年七月二十三日，第八、九版。

我是個怕事而退避的人，當年許多如火的社會運動，都不敢參加。現在翻閱着《周報》，一宗宗關懷社會、國家命運的事件：中文合法化運動、保釣運動、七七維園示威……熟悉的名字身影不斷在晃動，跟他們今天的名字身影重疊，我內心泛起陣陣羞愧，是他們，那麼早——二十多年前，就為這個社會獻身——為一個沉睡已久的殖民地，開拓新路，展開耳目，雖然在當時未獲全面肯定，也不知道歷史會如何寫他們，但畢竟他們是先行者。如果不是《周報》記錄了他們的艱辛，在阿婆阿伯也懂上街示威和爭取權益的今天，真不知道當日行路艱難。

《周報》的關注香港社會，是時勢使然？是編者讀者的自發？是一股必然的趨向力的互動？該是值得研究的課題。

本土化進程

《周報》的本土關懷，從何時何人開始？沒有一條清晰界線。社會在變化，人的來去與成長，都是互動因素，《周報》本身不僵化在甚麼規條中，自自然然就走向現實應走的道路。由中國到本土，是愈走愈窄，還是愈走愈踏實？這留給後人評說。

《周報》的確在某些部份，顯示了這一特性——它同時又保留着其他特性，形成一種多元性格。現試用〈生活與思想〉版中，先後出現的三個專欄為例，說明由中國到本土的進程。

一九五四年開始，秋貞理（司馬長風）寫一種不闢欄的專欄文字，以中國知識分子角度，向青年人宣示國家民族意識，談愛國愛鄉，談理想、學問、文化、個人修養，成為當年許多香港青年學子的學習指標。一九六三年，何真（戴天）寫〈教師手記〉，就以作為香港教師的自身所思所感為主，往往從世界文化角度，檢視反省在中西文化交接中的香港教育處境。正因為這樣，他談的不再如秋貞理的傳統，卻用新的知識來檢視本土的差距，就引起了許多指摘與批評，何真認為這些謾罵正顯示了「他們的知識，大都關閉在一個特定的模式之中」。一九六九年，小思負責〈路上談〉，就把關注收得好窄，幾乎不再提及傳統文化，更沒有西方新知，焦點全集中在本土的青年人身上。關心的是他們生活面臨的困境，心理狀態，然後提供一些到皮不到肉的所謂解決辦法。內容針對當時的青年苦悶的問題，但又迴避了外面社會如火如荼的激烈行動，這種溫吞，表面是十分安全，實質卻另類箝制。

深信當時的作者、編者都沒有預先設定一條如此走的道路，現在卻清清楚楚看到歷史就是這樣發展，二十多年，變化面貌，誰也不能不認賬。

追源（一）

《周報》的多元性格，在不同的版面上，很清楚顯示出來。

我連篇說《周報》本土化的當兒，心裏就打定主意，得趕緊接着寫《周報》怎樣同樣關心中國現代文學的情況。

新亞書院中文系沒開設現代文學課，引起我對現代文學注意的，就是《周報》〈讀書研究〉版上介紹的一連串陌生名字和作品。說來慚愧，沈從文、戴望舒、聞一多、卞之琳、王辛笛、姚雪垠……這些名字，我還是第一次在《周報》上看到。

一九六四年七月，《周報》推出了〈五四、抗戰中國文藝新檢閱〉專輯，開列了小說、詩集、戲劇的書目，更有許多文字介紹了現代文學的發展，正如編者所說：「……端木蕻良、穆時英、錢鍾書、無名氏……艾青、馮至……他們，還有其他許多的他們，都是在五四到抗戰期間躍出而現今已少為人知（甚至無名）的英雄。他們的聲名給『正統作家』們蓋過了，他們的作品被戰亂的烽火燒毀了。但是，他們對當代中國文藝的影響是永遠潛在的，他們的功績是不可磨滅的。……我們不敢說有甚麼新發現或新評價，只希望能夠提醒今日的讀者們：不要忘記從五四到抗戰到現在這一份血緣。」這個專輯幾乎是一冊濃縮了的現代文學史，我這樣說沒有誇大，六十年代，我們讀不到現代文學史——不是我們不想讀，而是在書店裏實在買不到。看介紹作品的文字，提及的作品，也沒法子買到，只好零篇斷簡地欣賞研讀，但無論怎樣，這專輯令盲於現代文學的我，大開眼界。此期英文版刊出崑南英譯王辛笛的詩兩首，附了原作，我們驚訝而歡喜，就出現了手抄《手掌集》的熱潮。（那時候做夢也沒想過有影印機這回事）一切對現代文學的認識，就自此始。

追源（二）

我們如渴者求水，只盼能多讀點作品，斷斷續續從《周報》上讀到的其實也不多，但總比從前好多了。

一九七一年七月，《周報》刊出黃俊東的〈雲封霧鎖的三四十年代文學〉長文，可以說是六十年代那專輯的延續與反省。這篇文章除了介紹、評論一些鮮為人知的作家作品外，最重要部份在最後幾段，他提出了現代文學被忽視的原因，更提到香港出版界、教育界的缺失，慨嘆香港學者沒有研究三四十年代文學的勇氣和熱心，二十年前說這些話，真不簡單。文章引起回應，《周報》開始做〈我國三四十年代文學寶藏的發掘工作〉，八月開始了由黃俊東執筆的〈三四十年代風〉專欄，他藏書豐富，現代文學知識就在專欄裏流瀉出來，而坊間許多由年輕人辦的書店，也開始翻印了大量罕見作品，互相配合，發掘寶藏的工作，就做起來了。

七十年代初，文化大革命還如火如荼，台灣也把三四十年代現代文學視為禁區，孤懸海外的一個殖民地小島，卻有人自覺地為那些因種種原因給雲封霧鎖的現代文學，撥開雲霧。儘管資料不足，但仍努力而為，這是可貴的。刊物有沒有影響力，有沒有貢獻，要看編者、作者有沒有預見能力。開拓一條新路，艱難得很，這條路又經得起考驗，才叫後來人念念不忘。

細想六十至七十年代，《周報》在生活層面上，關注本土，在文藝層面上，又回顧中國，究竟有沒有矛盾呢？其實，《周報》其他版面，同時也介紹西方文藝、思潮，創作方面也大量刊出本地作者的作品，那要總括而論，就不太容易。正因如此，我才說《周報》多元化發展。不過，多元，仍守着一條脈絡……立足香港，面向世界，追源中國。

歷史與影響（一）

「力匡先生的時代，已經過去了。」一九六五年七月，陸離在〈學生文運專輯〉中寫了一篇〈文社紛立的隱因〉，裏面很冷靜地客觀地說了這些話。

播種的人自然不盼望：種子永遠是種子的樣子。大樹婆娑，有花有果，生命與姿態就應自成一格。一個時代的過去，是標誌了前進的腳步，沒有值得慨嘆的。

翻閱《周報》，不難注意到一些今天仍熟悉的名字。崑南，一九五二年得高中徵文比賽第九名，李英豪一九五七年得初中徵文比賽第三名，西西在五十年代末還是中學生……他們也在別的報刊上投稿，向着文藝創作挪移着腳步。且看幾年後這些腳步已經跑出了另外新路了：《詩朵》、《文藝新潮》、《新思潮》、新的寫作手法。崑南甚至在〈我的回顧〉（一九六五年）中，信心十足的說：「《文藝新潮》出現了，我認為，這才是香港文壇的一座永遠矗立不倒的里程碑。它的出現後，五四運動的『幽靈』不得不匿在一角，因為它帶領大家首次認識一九五〇年至一九五五年的世界文壇的面目，這是一個空白，由《文藝新潮》的拓墾者填補了。」這是新一代人衝破局限的方式，當然也包括失去文壇偶像的中學生紛紛組成文社，去顯示對文藝的熱誠。

社會情況急劇轉變，文化形式也不斷地改變，《周報》的發展，正好包容了文化發展的縮影。傳統與現代、新與舊、中國與香港、文學與新媒體……種種形式，在矛盾與距離的衝擊下，在毫無成見的編輯方針中，呈現在青年讀者面前，讓新一代人有了多種視野的選擇，以後的日子，他們就走向天大地大的前途。

在往後的香港文化層面，這些人發揮了不同的程度的效用，絕不是偶然的事。

歷史與影響（二）

多樣化的發展，適合多樣化的讀者口味，也培養了多樣化的人才。

至今仍為人津津樂道的，是當年《周報》的〈電影版〉。影評、電影分析，到後來拍攝的實踐，都充份表現《周報》的培植之功。早在一九六五年，陸離已經預言：「今天《中國學生周報》有一定影響力而又眾口皆碑者唯電影版足以當之。作為另一種偶像本報的影評勉強算是一個可以讓中學生們仰視的地方。」讀者在香港還只看荷里活片的時候，就知道了許多歐洲電影大師和作品，那麼早石琪就提出要成立電影資料館，為了一套電影，不同的影評在爭得面紅耳熱，然後有大影會等等，現在也不必細說了。

現在連小孩子也玩膩了的小狗史諾比，牠最早是隨「花生」群在一九六一年出現《周報》上。〈音樂版〉既介紹古典西洋音樂，也推介披頭四。一九七一年，《周報》已出了〈電腦在香港〉小輯。〈快活谷〉在張隨、陸離手中，由轉載《瘋狂》雜誌，到少雅、劉天賜的出現，已經成了讀者念念不忘的個性。

一份「反共」《周報》，在一九七〇年就刊出了胡志明獄中詩，一九七一年號召香港青年進工廠體驗生活，又出版了紀念「七七」示威特刊，這是何種面貌？

陸離與吳仲賢不同「政見」的對話，刊出讀者罵她暮氣沉沉的來信，也刊出劉天賜罵她「太情緒化去做任何一件事」、罵她編輯不用心等等的信，這是何種胸襟？

雜誌報刊要具影響力，必須在編輯方針上，既有預見而無成見。也許，當年《周報》編輯們並沒有設想得如我所說的那麼周全，也不是那麼「偉大」，但他們的確比許多讀者走先了幾步，就那麼樣做了今天如神話般的事實。

它已成歷史，但影響力不能抹殺！

去矣

《周報》讀者一天一天長大、成熟，各自走向不同的道路，逐漸，與《周報》的距離愈來愈遠。

七十年代，社會急劇變化，老讀者到了外邊世界經風經雨，回過頭來，就特別覺得《周報》的步伐慢了。孩子長大，總覺母親千般不順眼，特別對於本來屬於「優點」的個性，成年後就認為是「缺點」了。

一九七〇年劉天賜給陸離的一封信，就強烈批評了陸離做事太情緒化，也說出了「我們長大了，見的事自然多，想的東西亦自然較深入。……當我還唸F1、F2的時候，她帶給我很多知識（如電影版），啟發我不少思想能力（如生活與思想版），帶給我不少瘋狂的笑聲（快活谷版），但現在，我需要的不再是單純這些了。……《周報》的水準和對象，我毫無理由要求她跟着某一時期讀者的年齡而進步，而長大。……」這種處境，《周報》真是舉步維艱。此外，還有部份讀者深受當時流行的「認中關社」意識影響，對《周報》編者太重個人感情，大不以為然。再加上人手短缺，只有兩個編輯「一腳踢」，有讀者就認為編輯「懶惰」而不加體諒，編者承受的壓力也愈來愈大。

當然，還有一批還未成長的讀者，他們就像那些已「老去」的讀者未「老」的時候一般，成為「周報迷」，每星期去報攤等《周報》「出爐」、寫十分熱情的讀者來函，後來更為「救亡」而上街貼海報，但一切都屬少數，因為七十年代，香港社會，實在太多吸引力：享受消費、挑戰批判、「認中關社」……青年人不再只滿足於一份文字資訊的刊物，他們早已邁開大步，向四方水銀瀉地。

曾經有熱心者採取不同方式努力「救亡」，畢竟，時代轉變，友聯出版社收縮，編輯意興闌珊等等因素，一切已成定局，周報去矣！

完結

各版編輯性格的顯現，是《周報》留給讀者最深刻的印象。通過版面呈現、通信交流，《周報》讀者與編者有着不必見面，卻十分熟知的親密感情——這是日後老去讀者都有的回憶。胡菊人的憂民傷國、陳特、羅卡的冷靜理性、陸離的熱烈癡迷、吳平的投入關懷、張隨的靜態幽默……本地成長的年輕編者，六十年代中葉以後，以文字處理方法，與年輕讀者作者交往，影響力很深遠。

蓬草、綠騎士在回憶中，總不忘提及吳平怎樣在信裏細意指導，我更感謝在寫第一二個專欄時，陳特、羅卡的嚴謹要求，還有吳平退稿附信的提示說明，一切對初學寫作的人，都是珍貴的。

編輯應不應該在版面上，突顯自己的個性？我沒有研究，不能在學理方面作批評，但在感情方面，他們卻成功地吸引着不同的讀者。「吸引力」，實在重要。擁有一群知己知彼，每周非買非讀《周報》不可的人，然後吸引他們自己動筆寫，動手出版自己的報刊，日後走出不同的面貌、道路來，這就是他們念念不忘的原因——儘管他們已經與《周報》截然不同了。

個性突顯，就突現了「人」。

在版面文字中，顯現了人情人性，讀者接受了許多不同人的訊息，又回應過去，成了人的交流。那已經不再只是知識、冷資訊的傳遞，而是性情傳遞。性情有強有弱，有冷有熱，讀者各取所需，時刻與《周報》憂戚相關，苦樂與共，關係就建立起來了。這樣的關係好不好？依賴了「人」會不會危險？講究理性、人權獨立、事事訴於法制的人自有一套理論。但事過境遷，今天看來，《周報》這種個性，又沒有甚麼不好，也不見危險。老去的讀者，各自走上應走的路，無論怎樣，《周報》，算是功成身退。

半世紀以來《星島日報》文藝副刊掠影*

前言

《星島日報》自一九三八年八月一日創刊後，就設有文藝副刊，由詩人戴望舒一手籌設的〈星座〉，直到最近由何錦玲主編的〈星辰〉及〈星島小說〉，其間雖然編者數易，版面迭改，但一直都是《星島日報》的重要部份，也是研究香港文學發展的人，不容忽視的一環。今年是《星島日報》創刊四十九周年，接近半個世紀。我試就手邊資料，對半世紀以來的文藝副刊，作一掠影，表示我對這份報紙的敬意。為了方便敘述，及顯出不同編輯的個人風格，我把五十年分成下面幾個時期：

一九三八——一九四一的〈星座〉

戴望舒依據自己的理想，設計了《星島日報》的第一個文藝副刊：〈星座〉。從版面編排到內容文字，都打破當時香港一般報紙副刊流行的格局——不是「諸部」，而側重文學性。編者的理想是：「〈星座〉能夠為它的讀者忠實地代替了天上的星星，與港岸周遭的燈光同盡一

* 原載於《星島日報》，一九八七年八月一日，第二十八版。刊出時題目編者改為：〈香港文學發展的一環：談半世紀以來星島副刊的興革〉。

點照明之責。」[1]

自創刊以來，編者盡力邀約中國著名作家供稿，又譯介歐美名作，正如十年後戴望舒自己回憶說：「我們可以說，沒有一位知名的作家是沒有在〈星座〉裏寫過文章的。」[2]曾為這副刊寫稿的名家，可謂一時之盛，包括郁達夫、沈從文、蕭紅、施蟄存、端木蕻良、夏衍、徐遲、羅洪、葉靈鳳、李健吾、袁水拍、李廣田等。戴望舒同時也多採用無名作者的好作品，且往往細心為他們修改文章和去信鼓勵，培植了不少新人。〈星座〉還有一個特色，就是版頭採用了木刻畫，給人厚重有力的感覺。

蕭紅的〈呼蘭河傳〉，端木蕻良的〈大江〉都在〈星座〉上發表，如果研究抗戰文學，漏掉這一個文藝副刊，必然造成很大的缺口。

戴望舒自己也在這副刊上譯介西班牙抗戰詩選和其他歐美文壇動態消息，在當時報紙副刊上，是罕見的。後來，葉靈鳳接編〈星座〉，也繼承了這一傳統。

1 見〈創刊小言〉，載於《星島日報．星座》第一期，一九三八年八月一日，十四版。
2 戴望舒：〈十年前的星島和星座〉，載於《星島日報．星座》，一九四八年八月一日，增刊十版。

一九四五—一九四七的〈星座〉

渡過了三年零八個月黑暗的日子，一九四五年八月十日，香港重光，百業在艱難中復員，《星島日報》也迅速在十月十四日復刊。因為物資缺乏，初期只出紙一張，但〈星座〉仍可佔四份一版，到一九四六年九月一日，出紙兩張，版面就隨即擴為二份之一版。這段時期的編輯是周鼎，他在戰前，已是〈星座〉的作者，復刊後擔當編務，本能承接舊時風貌。不過，正當百廢待興之際，作家也星散各地，有些雖然復員歸來，一下子也不易安心執筆，這個時候，要組稿，真要費煞心思。又由於版面不多，〈星座〉除了是文藝版外，還同時肩負了綜合版的責任，既有文藝稿又要有知識性，趣味性的小品，甚至偶然還要讓位給〈家庭與婦女〉的專題。且看一九四六年一月十四日的編者發稿按語，就明白該版在戰後初期的內容如何廣泛了。他說：「新聞背後的新聞，新聞人物的簡短故事，西洋笑話，新發明品的介紹，電影新聞以及文學與藝術的小品，都在我們歡迎之列。」在這樣多元化的要求下，編者仍盡力保持一定份量的文學作品，而且一天比一天加強文藝性，連版面編排也愈來愈神似戰前〈星座〉。試比較一九三八年八月一日與一九四六年十一月二十一日的版面，就可見此言不虛。

如果說戰前〈星座〉以中國作家為主力，那麼這個時期的〈星座〉文藝可以說是最具本地特色。作家都是「本地人」——所謂「本地人」，指他們已長時間在香港居留，例如寫長篇連載的俊人、望雲、忽庵，雜文小品的有黎明起（黃魯）、司空明（周鼎）、上官大夫、源克平、秦淮碧、黃草予、孟宇等，西洋作品選譯了〈凱旋門〉，譯者阿拔，就是名報人林友蘭。

這時期的作品水平和作家名氣，比不上戰前〈星座〉，但「本地化」未嘗不是有意義的新面貌。一九四七年，周鼎因在《星島日報》另有任務，就把編務交給葉靈鳳，從此，〈星座〉踏進它第三個歷程。

一九四七——一九七三的〈星座〉

葉靈鳳是個成名很早的作家，又是個經驗豐富的雜誌編輯，早在一九三九年，接過茅盾的棒，編過香港《立報》副刊〈言林〉。戴望舒編〈星座〉的時候，他已經是個熱心支持者。據他說：「我不曾在創刊號的〈星座〉上寫文章，但我卻看過那一天的〈星座〉，因此，我與〈星座〉的關係是以讀者來開始的，接着我便成了〈星座〉經常寄稿者，……而現在，更輪到我扮演一張報紙副刊不可缺的三個腳色之中的最後一個腳色了。」[3]有了這三重關係，他對〈星座〉的感情自可想見。

葉靈鳳對文學、藝術、歷史、西洋文藝的涉獵很廣，既是研究者又是愛好者，因此，他並沒有像戴望舒一般，把〈星座〉視作一塊純文學創作的園地。在他擔任編務的漫長二十多

3 《星島日報．星座》編者：〈讀者，作者與編者：題星座創刊十周年特刊〉，載於《星島日報．星座》，一九四八年八月一日，增刊十版。

年裏，〈星座〉的風格，愈來愈隨着葉靈鳳的研究路向走，注重西洋知識、趣味小品、外國名人軼事、中國文史小掌故、香港史的書籍研究。五十年代中葉以前〈星座〉還可見長篇小說如傑克的〈野薔薇〉，以後就完全變成綜合知識版，與文藝創作毫無關係了。不知道是葉靈鳳對文學創作已無興趣，還是因當時《星島日報》另設〈文藝〉周刊（一九四七年始），〈星座〉便與純文藝告別。

一九五九年以前的〈星座〉作者有秦淮碧、夏果、黎明起、澹生、藏園、任訶、江湖、卞片之等。到五十年代中葉以後，作者一直來來去去只有十來個：如藏園、江湖、任訶、林熙、吉金、于徵、竹坡、伊萬、花菴、止庵、西鳳。據高貞白先生回憶，這些不同筆名，其實多是他和葉苗秀兩人所有。偶然，葉靈鳳自己會用「葉林豐」這個名字，譯些外國名家文章，如〈屠格涅夫回憶錄〉，或寫〈香港書錄〉介紹研究香港史地的洋書。版面毫無變化，加上只佔全版三份之一，顯得凝滯侷促，〈星座〉已無早年光彩了。據陳畸記憶，葉靈鳳編〈星座〉直至一九六九年退休為止，[4] 但查看一九六九到一九七三年七月的〈星座〉，發現風格形式一點也沒有改變，連作者還是那幾個，好像葉靈鳳一直在編的樣子。因此，儘管他真的於一九六九年離開編輯崗位，擔任編務另有其人，我們依舊可把一九六九年以後的〈星座〉，歸入這段葉編時期內（編者謹按：關於葉靈鳳編〈星座〉的結束日期，請參文末另按。）。

4 陳畸：〈有關「香港文學」：記星島日報副刊及其編者〉，載於《星島日報》，一九八六年八月二日，四十三版。

一九八〇——一九八六的〈星座〉

老牌文藝副刊〈星座〉停刊七年後，於一九八〇年一月九日復刊，由舊日〈星座〉作者陳畸主編。復刊後改為周刊，陳畸在〈話舊〉這篇代發刊辭中說：「現在我們決定恢復〈星座〉，每星期出版一次，不只是在於使我們報紙有一個側重於文學的副刊，保留和發展我們報紙的文學的與文化的傳統，也在於使香港的青年文學愛好者與年青作家，有着他們可以墾殖的一個文學園地。」正因編輯方針在給青年作家一個文學園地，故這時期〈星座〉的主力放在青年作者身上，偶然也有資深而久未執筆的老作家如鷗外鷗、謝晨光的文章，和一些本地成名較早的詩人作品。整體來說全版格調較見保守穩定，編者對新作者鼓勵頗多，但一般作品水準仍低，無法與早中期的〈星座〉並駕。該刊到一九八六年才停刊。

現在的〈星辰〉、〈小說〉

〈星座〉毫無變化地支撐了二十六年後，到一九七三年七月十七日便是最後一期，沒有任何說明，十八日就不再出現。七月十九日，原來佔版面三份之二的〈小說天地〉變成整版。上半版多是台灣作家的作品，如高陽、畢珍、玄小佛的小說，下半版多是本地作家如翠瑩的作品，其實，自一九五八年以來，《星島日報》就開有一版〈小說天地〉，內容全是通俗、奇情、科幻、俠艷小說，如甚麼〈江湖情俠傳〉、〈隋宮春色〉，〈十大奇案〉、或譯作〈太空歷險記〉等，不能稱作文藝副刊。一九七三年七月，何錦玲用漸進式方法，把〈小說天地〉改革成文藝多些通俗少些的副刊，到一九七四年六月之前，〈小說天地〉不但有小說，也有幾個散文專欄了，例如陳蝶衣的〈花窠醉寫〉、〈京南散記〉、〈七好文集〉等。一九七四年五月三十一日，編者的〈告訴你一個新的消息〉，宣告了六月一日起，調整版面，並標新版〈晨星〉的理想：「社會的組織愈來愈繁複，生活的步調也愈來愈匆忙了，人們急欲在擁擠的空間裏，暢快的舒一口氣，本報為您新開副刊〈晨星〉，就朝着這個目標走去。」

六月一日，散文與小說正式分成〈晨星〉及〈小說天地〉兩個副刊。六月十二日，〈晨星〉改名〈星辰〉，一直沿用至今。〈小說天地〉，曾改名〈小說版〉、〈星島小說〉，後者到今天仍用着。

何錦玲主編這兩個副刊，都朝着較嚴肅的文藝路線走。版面比較活潑。也成了重要的指標。在〈星辰〉版中，最近幾年設有特稿一欄，既廣邀名家供稿，同時也向新一輩提供試筆機會。散文專欄，多用幾人合寫方式，作者風格各異，形成多元的特色。杜杜的小品，香山阿黃的配圖雜文，滴滴的圖文，〈人生一瞥〉，〈七好文集〉都是較長壽的專欄。令人印象深刻的是編者讓年輕作者合寫一專欄，在注重名氣的今天，這種開放態度，是十分難得的。近年增設的〈藝文圈〉小欄，專門報道最新文化生活動態消息，也表示該版對文藝推展的關注。

〈小說天地〉自與〈星辰〉版分家後，版面也有很大的變動，有過一個時期改名〈小說〉，佔了整一版，後來才固定了半版。這個副刊，一直以來，都以台灣作家為主力，連翻譯小說也用台灣的譯筆。小說也大部份較通俗，高陽、畢珍、朱秀娟等是該版重要作者，近期開始多採了本地作家的作品，這是很好的現象。

一九四七——一九四九的〈文藝〉

這個文藝周刊在《星島日報》出現，實在有點難以解釋的奇怪，但從來又未見有甚麼人提及，甚至沒有甚麼人注意。這副刊創刊於一九四七年十二月一日，沒有任何預告，也沒有編者按語或創刊辭，由第一期到一九四九年二月二十一日的第六十一期，標明「范泉」主編，看內容及作家名字，簡直以為錯看了戰前的《大公報．文藝》。作家幾乎絕大部份不在香港的名家，例如艾蕪、巴金、陳白塵、李廣田、王西彥、王統照、何家槐、許傑、李健吾等等，原來連范泉也不在香港，是由他在上海組稿，寄到香港，作了遙控主編。在這段時期「遙控」式主編也不只范泉一人，豐子愷就主編過〈兒童樂園〉。〈文藝〉可以稱為重量級的純文藝副刊，但格調總覺與《星島日報》有點不協調，甚至好像不屬於《星島日報》的，因此，我放在最後才敘述。這是一個值得研究的副刊，不宜忽視的。一九四九年二月二十八日的第六十二期，取消范泉主編字眼後的〈文藝〉，立刻有了顯著變化，執筆者多為華南作家如：司馬文森、陳殘雲、秋雲、黃寧嬰、樓棲、江子萍等。但這種情況只維持了十期。一九四九年五月九日開始，一直出至第一百期，報上作者的名字，沒有一個是熟悉的，也沒有交代何人主編。〈文藝〉經三變，原因何在，是否與政治氣候轉變有關，是個值得研究的問題。

餘話

介紹了上述幾個文藝副刊後，總覺得不提幾個不屬文藝但水準極高的副刊，對《星島日報》五十年來的副刊發展史有點遺漏，就借餘話來略提一下。一九四七年到一九四八年，看《星島日報》，一定給那些高水準的周刊和雙周刊所吸引，所有編者都是一時之選，例如一九四七年六月創刊的《香港史地》，主編是葉林豐（葉靈鳳），是香港史地，特別是史料方面，最專門和有系統的研究專刊，直到目前，我還未看到比它更全面的其他刊物。一九四八年九月創刊，由馬鑑主編的〈民風〉，由於實際執行編務的是戴望舒和薛汕，內容的學術性雖然不及一九四一年由戴望舒主編的〈文俗學〉（此版已有馬幼垣的專門論述及研究），但卻能全面反映當時華南地區文俗學的研究趨勢。此外，一九四七年十一月創刊，陳君葆主編的〈青年講座〉。一九四八年四月由豐子愷主編的〈兒童樂園〉，一九四八年八月由羅香林主編的〈文史〉、一九四八年十月由焦菊隱主編的〈戲劇〉、一九四八年七月由江思（戴望舒）主編的〈讀者與出版〉、一九四七年九月由葉林豐主編的〈藝苑〉等，都應該可作專題研究的對象。五十年代以後，記憶中也有一些很有份量的周刊和雙周刊，例如〈學生園地〉就培養過不少本地作家，由於手頭資料不足夠，不能一一提及。許多人總以香港文學的史料不足，其實，單是五十年來的《星島日報》，就給我們提供無數寶貴資料。我剛用中文電腦處理了一九三八年到一九四一年的〈星座〉作家作品目錄索引，真是洋洋大觀。相比之下，這個掠影，實在太簡略，希望簡略中，資料仍求準確，並能引起有心人的更進一步研究。

編按：據《葉靈鳳日記》（香港：三聯書店（香港）有限公司，二〇二〇年），葉靈鳳編〈星座〉至一九七三年七月十五日退休止，七月十七日出〈星座〉最後一期，即告停刊（下冊，頁328–329）。

達德學院的歷史及其影響*

一　前言

如果說一九三七年到一九四一年是香港現代文學史上第一個高潮，那麼，一九四七年到一九四九年應是第二個高潮。研究者會發現在這個時期的資料中，有一個很矚目的教育機構，那就是「達德學院」。這家學院存在的價值，不在學術的發揚，而在它的特殊性質及影響。它也是第一所被香港政府明令取消注冊資格的學院，通過它也可看到，一九四七年到一九四九年間英國政府與中國共產黨的外交關係改變情況。

在〈四十年代港穗文藝活動〉這個題目下，以「達德學院」作研究對象，嚴格來說有點不扣緊主題，因它的「文藝」成份實在不多，政治成份卻相當強，可是把它放在「文藝活動」一項中，又未嘗不可，甚至是必要的，因為在這段時期，香港的許多文藝活動，都與政治不可分割。許多文化人到香港來，就是要「將一個沒有文化、死氣沉沉的香港，在政治上搞得熱火朝天，文化上搞得豐富多彩」。[1]研究香港這段時期的文藝活動，基本上不可能迴避政治問題。

---

* 本文為一九八七年香港中華文化促進中心主辦「四十年港穗文藝活動研討會」之宣讀論文。後載於《香港文學》第三十三期，一九八七年九月，頁29–37。本文得以完成，得到香港大學馮平山圖書館期刊室、香港大學孔安道紀念圖書館、楊國雄、曾銳生、劉麟先生的幫助很多，在此一併致謝。

1 杜宣：〈憶潘漢年同志〉，《飛絮．浪花．歲月》，天津：百花文藝出版社，一九八四年，頁29–36。

「達德學院」的校友現在在香港的仍多，散居中國各地的不少，據知他們在廣州設了校友會，一九八六年十一月還舉行了「建校四十周年紀念會」，並準備出版紀念特刊。[2]我掌握的資料並不足夠，但作為一個處身事外的人，從較超然的角度，把「已經光榮地完成了自己的歷史使命」的「達德學院」[3]，提出來作一個較客觀的研究，也是需要的。我的資料來自當年各大報章及「達德學院」出版的部份刊物，及現在所見的回憶文字，自然不夠全面，但我仍表列了〈香港達德學院大事誌〉作為附錄，以補充本文不及一一陳述的許多細節，也收一目了然之效，希望他日找到新資料，例如《達德青年》第二期，或達德校友提供的線索，自可再作訂正。

二　達德學院籌辦經過及發展

一九四六年國共多次和談失敗，全面內戰已在眉睫，左翼文化界人士，民主黨派人士，又紛紛南來，再一次利用這個出版及各種活動均相當自由的地方，作有力的宣傳基地，一時間，使香港成為「解放區以外的文化出版中心」。[4]

2　據劉麟先生一九八七年一月十五日來函。

3　洪湖：〈重訪達德學院舊址〉，載於《文匯報》，一九八一年五月三日，十版。

4　樓適夷：〈祝「三聯」〉，《生活．讀書．新知三聯書店成立三十周年紀念集》，香港：三聯書店（香港）有限公司，一九七八年，頁170–179。

「達德學院」的創辦動機是針對當時國內的黨化法令教育——思想定型化及反民主教育，標出「學習自動、學術自由、生活自治」的實踐目的，讓有志求學但無處容身的各地青年在證件不足手續不合的情況下，免除一切麻煩事項入校就讀。

一九四六年六月，楊伯愷、黃藥眠、丘克輝、張香池在廣州商議，「交換意見的結果認為地點以香港最為適宜」。[5]

七月間，在穗的楊伯愷、黃藥眠、丘克輝到香港，與彭澤民、丘哲（1885–1959）、李伯球等人深入討論後，便積極推展籌備工作，並組成籌備委員會：由美國歸來的前廣東國民大學創辦人及第一任校長陳其瑗任籌備主任，丘克輝為總務，楊伯愷、黃藥眠、曾偉為委員。[6]

九月中旬，一切工作就緒，由十九路軍軍長蔡廷鍇（1892–1968）免租借出他在新界青山的別墅「芳園」作為校址。由丘哲、陳汝棠、張文、李朗如、楊建平、黃精一、陳樹渠、[7]蔡廷鍇[8]等二十人組成董事會，公選陳其瑗為院長，並聘定了系主任、教授及職員，根據〈香

5 楊伯愷：〈達德學院創辦經過〉，載於《達德青年》創刊號，一九四七年一月，頁5–6。

6 同注5。

7 見〈達德學院籌備就緒、廿九舉行入學試〉條，載於《華商報》，一九四六年九月十七日，四版。

8 上條資料中未見開列蔡廷鍇之名，但據英國政府檔案處所藏《外交部檔案》F0371/75780號件，蔡氏是董事會成員。

港達德學院概況〉開列的重要教職員名單如下：

總務主任——楊伯愷，教務主任——陳此生（1900–1981），商經班主任——沈志遠（1902–1965），法政班主任——鄧初民（1889–1981），國文班主任——黃藥眠。

教員則有——薩空了、劉思慕、千家駒（1909–2002）等。

同時向香港政府申請注冊，但並未獲得批准。[9]儘管如此，該校仍於九月十四日在報上刊登招生廣告，並於二十九日舉行首次新生入學試，以後更多次續招新生。一九四六年十月十日宣告成立，二十日正式上課。但該校直到一九四七年十二月十八日，才獲得正式注冊，並由教育司發給執照。

「達德學院」自一九四六年十月成立，到一九四九年二月，被香港政府明令取銷注冊的兩年多期間，學生人數、教師人數、學校建設，和校內組織均有變更，顯示了學院的發展。學生人數據統計，第一年的上學期共有一百八十名，下學期增至二百一十八名。到一九四八年上學期學生增至二百六十五人。[10]而一九四九年新舊學生聚居一起，約五、六百人。課程方面更增設了教育班、新聞專修班。教師也增加了，名學者如翦伯贊（1898–1968）、侯外

9 見注23資料中，陳其瑗報告謂「亦經奉准香港政府立案」，是不符事實，因據《外交部檔案》F0371/75780號，可見該校的申請兩遭擱置，原因見下章。

10 〈學生人數統計〉條，載於《達德青年》第四期，一九四八年五月，頁2。

盧、鍾敬文（1903–2002），作家或理論家如胡繩、樓棲、周鋼鳴、司馬文森、瞿白音（1910–1979）、林林等均在校任教。難怪雖屢次因不合香港教育規條而不批准它注冊的香港教育當局，在呈報上級的資料中，仍不得不盛稱「該校師資極佳」，及「師資方面，該校明顯比本港其他教育學院為高」。[11]

三　達德學院的特殊性

這所擁有那麼多中國名學者的學院，又被香港政府下令取消注冊而停辦的學院，它的出現與消失，及它存在期間扮演的角色，均充滿特殊性。在學術上，並未見甚麼成績，但在中國共產黨培訓人才的歷史上，它卻顯得十分重要，而在中英外交的轉折變化中，它是個外交關係的顯示器。在中國教育史上，也是一種新理論的實踐。現試分述如下：

1　政治氣氛十分濃烈的青年幹部培訓機構

一九四六年國民黨對共產黨及民主人士大加壓迫，受到阻壓的民主人士紛紛南移，形成與左翼人士愈來愈加緊團結合作。以民主人士為表面主力的「達德學院」，就在這種情況下成立。我們試看成員的身份：蔡廷鍇、張文、黃精一、梅龔彬屬「中國民主促進會」。丘哲

11　英國政府檔案處所藏《外交部檔案》F0371/75780。

是「民盟南方總支部副主委」。沈鈞儒、沈志遠、陳此生、薩空了屬「中國人民救國會」。楊伯愷、彭澤民、李伯球、曾偉屬「中國農工民主黨」。陳其瑗也是反對國民黨而遠走美國多年的民盟人士。而主其事的楊伯愷，所屬的「中國農工民主黨」，更是「最靠近共產黨的民主黨派之一」。[12]黃藥眠早已是共產黨員了。這種組合，在當時的鬥爭環境裏，充滿政治思想，不足為奇。

該校創辦目的，明文標出是為「便利華僑青年入學求知識」，而的確也有從不同地域，不辭千里來升學的學生。據一九四八年四月資料顯示，全校學生二百五十人中，來自荷屬東印度群島、新加坡、馬來亞的佔三份之一。[13]更有在越南南方或上海，說服父兄給予經濟支持，千里來投的青年人。[14]但該校實質是一所政治幹部的培訓機構，卻毫無疑問。一九四九年二月港府取消其注冊後，香港總督葛量洪爵士（Sir Alexander Grantham）向英國外交部呈遞的報告中，就清楚說明：

「該校是由一班熱衷於政治訓練、宣揚共產教條、激進左傾的教授所組成。……該校學生信

12 邱錢牧：〈中國民主同盟被迫解散，民主黨派轉入地下鬥爭〉，《中國民主黨派史》，杭州：浙江教育出版社，一九八七年，頁226–244。

13 同注11。

14 漫洋：〈從越南來到香港求學：海外學子求學記〉，載於《文匯報》，一九七九年二月六日，十版。沈思：〈青山腳下的懷念〉，載於《文匯報》，一九七九年四月二十七日，十版。

從共黨思想路線，且激烈反對蔣介石及美國政府。此外亦有充份證據顯示該校的招募學生往大陸參與共黨工作。」[15]

事隔三、四十年後的今天，當年學員的回憶文字中，對這點也毫不諱言。現任貴州省文化廳廳長俞百巍有如下的記述：

「一九四七年……八月間，華南分局在香港工作的同志安排我先到黨領導的香港達德學院學習，然後設法回江西，充份利用家鄉的社會關係作掩護，把江西蔣管區要求進步的青年組織起來開展革命活動。」[16]

自它被封閉後，

「部份師生北上華北解放區，另一部份學生即轉入華南游擊區，繼續參加解放戰爭和以後的建國工作。」[17]

「從該學院培養出來的學生，現在不少是黨政領導骨幹（有的任副省長、宣傳部長，或學院院長、大使館參贊等）。」[18]

---

15 同注11。

16 俞百巍：〈贛東地下黨員西進經過〉，載於《貴州文史叢刊》一九八一年第一期，頁63–65。

17 洪湖：〈蔡廷鍇與達德學院〉，載於《新晚報》，一九八〇年四月十日，十版。

18 千家駒：〈民主黨派領袖雲集香港〉，《七十年的經歷》，香港：香港鏡報文化企業有限公司，一九八六年，頁166–168。

該校學生如此的出路，也證明了它是「青年幹部培訓機構」這說法的真實性。

一九四九年二月，中國內戰的勝負大勢已定，如果「達德學院」的存在，真的為了培訓一群充滿愛國思想，為建國大業努力的青年，那麼它也算「光榮地完成它的歷史使命」了。

2 顯示英國政府對中國共產黨在港活動的容忍限度

英國政府對中國的內部政治紛爭，一向採取相當曖昧的態度，中國抗日戰爭時如此，中國內戰時期亦如是。英國人關心的是如何在合法擁有香港期間，取得應取的或更多的利益。故對華政策，他們會考慮如何維持香港地位不變。一九四八年國民黨在主要戰場上節節敗退，英國政府關心的就是，中國變成一個共產國家後，對香港的影響。[19]香港政府執行英國指令，一九四八年前，對共產黨和一切反對國民黨的人士在香港的活動，都採取只是監視的較「寬容」態度。但一旦這種力量變得強大時，他們就得應變了。我們現在可從當時的執政者葛量洪爵士的回憶中，清楚看到：

> 「一般來說，國民黨在香港的顛覆活動並不怎麼奏效，他們會製造麻煩，有時是很大的麻煩；不過他們對這個殖民地不能構成威脅，因為基本的原因還是中國的政府仍然沒有能力向英國的地位挑戰。

19 有關英國政府對香港及對華決策，可參閱曾鋭生：〈中國赤化與香港未來——戰後初期英國內部的香港決策〉，載於《廣角鏡》第一七〇期，一九八六年十一月，頁82–89。

中國有了一個強大的政府之後，這種情況便完全不同了，而且這個新的政權是極度反對西方的、反英及反對香港的。在這種情況之下，我們的主導政策原則是甚麼呢？一方面我們不願意製造挑釁的行為，另一方面我們卻也不能去討好、或者做出看來是討好對方的事，對不合理的要求讓步。」[20]

「達德學院」由成立、順利展開活動，到被封閉的過程，正好反映了當時香港政府的政策。[21]在葛量洪爵士向英廷報告文件中，清楚顯示，一九四六年九月，「達德學院」申請注冊時，政府早已知道該校組織的政治背景，故以「申請並未呈附正規的課程」為理由，沒有即時批准。但該校卻公開在報上刊登招生廣告，及於十月二十日正式上課。在這段期間，教育督察員不斷到校視學，並向上級作詳細報告，例如該校圖書館所藏書「幾乎全為共產主義之文獻」、教師的身份及政治背景、學生身份及來源。一直到一九四七年十一月間，教育司向政府的呈報，卻有下面一段話：

「經過去六個月多次視察，發覺該校從事政治活動之跡象甚微，僅悉其政治科學之授課略帶些微偏頗。儘管大部份教員均為中國民主同盟的會員，政治意味濃厚，但師資方面明顯比

---

20 亞歷山大．葛量洪爵士（Sir Alexander Grantham）：〈共產黨的中國〉，曾景安譯：《葛量洪回憶錄》（Via Port From Hong Kong to Hong Kong），香港：華風書局，一九八四年，頁175–247。

21 以下所採資料均據注11。

本港其他教育學院為高。」[22]

不久，即在一九四七年十二月，該校就獲得正式批准注冊，但此後，教育當局及港府警察部門不斷注視該校一切活動。

一九四八年五月以後，港府的搜查及逮捕共產黨分子的行動升級。據鄧初民的回憶：

「學生當時常遭香港當局逮捕，有些被捕學生從監牢中托人通知我說，香港當局也注意到我。」[23]

這段文字與葛量洪的報告完全吻合，因為該報告也說明五月到九月間，不斷拘獲與該校有關的共產黨分子。

面對共產黨勢力的日大，英國政府開始採取行動，但小心翼翼，極有層次地進行。一九四八年十二月，通過兩位高級長官的談話，已露出端倪。十二月十五日，港督葛量洪爵士出席九龍天主教「寶血會德貞女子中學」的「二十五周年校慶紀念會」，在致辭中說：

「有一部份學校利用學校為政治宣傳機構，以其政治或信仰毒害年少學生之心靈，吾人已識法西斯國家之學校如是，而現在共產主義國家或共產黨統治國家亦如是，而有人更認為此

22　同注11。
23　鄧初民口述，秦牧紀錄整理：〈滄桑九十年〉，載於《戰地》一九八〇年第四期，一九八〇年七月，頁2–7。

種措施為適當，香港學校不能容許任何政治宣傳。」[24]

跟着十二月二十日，教育司羅威爾（T.R. Rowell）在「在羅富國師資學院」的畢業典禮中致辭，就更強硬地指出：

「在未經訓練、設備簡陋之教師乃為最易被政治狂徒所引而入歧途，尋且將其政治意見傳授予學生……教育司之目的乃為取締任何企圖以政治宣傳教導學生……。」[25]

十二月二十二日，立法局首讀〈再行修訂一九一三年教育條例〉，使「教育司有權拒絕或撤銷學校之注冊或拒絕學校主管者或教師之施行該等有政治目的之教育。」[26]十二月二十八日，行政局商議一俟〈一九四八年教育修訂條例第二條〉通過成為法例，即致函該校校長，「要求提出合理解釋，否則取消該校注冊資格。」[27]由此可見當局幾乎特別為針對「達德學院」而修訂了一九一三年教育條例。一九四九年一月二十日，港督就發出公函，要求校長提出合理解釋，

24 〈葛量洪總督指出，利用學校宣傳政治，毒害年少學生心靈〉條，載於《華僑日報》，一九四八年十二月十六日，二張一版。

25 〈教育司在典禮中致辭，任用教員將嚴格限制，教學宜避免涉及政治〉，載於《星島日報》，一九四八年十二月二十一日，頁碼不詳。

26 〈再修訂一九一三年教育條例〉條，載於《華僑日報》，一九四八年十二月二十三日，二張二版。

27 同注11。

但此時陳其瑗已離校改由楊東口代行校長職責[28]，並由律師代陳述不應被封閉的理由。這項申訴被駁回後，二月二十二日港督即會同行政局，下令取消該校注冊資格。

由上述資料顯示，香港政府對「達德學院」的容忍程度是層層遞減。葛量洪爵士在報告中，卻表示：

「封閉該校一事，並未惹起本地報章激烈評論。左翼《文匯報》對此事之評論，遺憾多於震怒。」[29]

此亦證明英國政府對此事有了心理準備，以為「反應激烈」，怎料意外地只是「遺憾多於震怒」。其實，這種反應完全由於大陸情勢大局已定：一月三十一日人民解放軍已入北平。一九四八年十二月，重要文化人如郭沫若、馬敘倫、翦伯贊、侯外廬、沈志遠、陳其瑗等均已秘密離港北上。「達德學院」的學生也紛紛返國。任務已完，左翼才會如此輕輕「遺憾」，英政府總算透一口氣。

3 嘗試民主教育的實踐

在本段敘論中，我不準備對「達德學院」創校人提出的「民主」及「民主運動」兩詞含義

28 同注11，由於原件模糊，無法辨證該中文字。原件英文為 Yeung Tungtuen。（作者補註：此文寫成宣讀前，得楊奇先生指教，知悉應是「楊東蓴」。）

29 同注11。

多作討論，但我想引述黃藥眠在〈論民主運動中的高等教育〉一文中的說話來概括一下「達德學院」辦學的主要精神：

「我們也就是反對黨化教育，以一黨主義，反對君臨在人民的頭上，反對思想束縛，不從客觀的現實去考察，死抱着一些教條，背誦着囫圇吞棗的理論；反對官僚教育，把學校的行政人員和師長看成為官，而把學生看成為奴隸；反對特務教育，奉養一批少數的學生作為偵探，把大多數的學生看成囚犯，一言一行都受到偵察，稍一不慎即有被人看成為「叛逆」之虞；我們反對書呆子的教育，整天抱着書本，只知道讀書，不知道為甚麼讀書，讀甚麼書，怎樣讀書和讀了這許多知識是為了甚麼；我們反對商品教育，先生教書和學生學習都不過是完成一種買賣，我們反對奴化教育，學生只知道跟着先生走而沒有自動自覺自學自治的精神，老實說，目前許多學校都是有着我上面所說的這個或那個毛病，但是，我們所反對的正是這些教育。」[30]

新型民主大學的理論，在教學方面，「將以先生領導學生自動學習為主」，學校行政管理方面，是「學校行政者、教授、同學共同負責」。[31]

30 曉陽紀錄及整理：〈新型民主大學的理論與實踐〉，載於《達德青年》創刊號，一九四七年一月，頁8–9。

31 據〈香港達德學院概況〉條（欠版權頁），又見達德學院暑期工作委員會編委會：〈達德學院是個新型民主學校〉，載於《華商報》，一九四八年八月十日，二版。

通過《達德青年》各期的文章及報告，可見該校對這兩方面的理論，是嘗試逐步實踐的。例如一九四六年十一月二十日成立了「學生自治會」後，就以「學習小組」為基礎，無論學科或校內外大事，均以小組討論為主要的學習形式。到了一九四八年，更改由各小組選出來的組長合成「執行委員會」，在全體會員大會閉會時，為「學生自治會」的最高權力機關。至於校務方面，一九四八年二月二十七日，舉行了「董教學聯席會議」：就是校董、教師、學生的聯席大會。在會中作了校務與學務的全面檢討，並更改了「院務委員會」的組織，「由院長，職員、教員、學生三方面代表若干人組成，學生直接參加這委員會，有權討論、建議、決定關於學校一切重大議案。」[32]其中職、教各佔三人，而學生代表則佔七人。這表示「學生自治會」直接參與了校政，如果這形式真正在「達德學院」實踐過，則這果是中國教育史上「民主教育」的一項紀錄。

四　達德學院的影響

正如我在「前言」中所說，「達德學院」雖然名為一所學術機構，但它的存在，價值不在純學術的發揚，因此談到它的影響，我們不必訝異，何故名學者雲集，而它卻沒有甚麼學術成就。

32　陳其瑗：〈新民主教育制度〉，載於《達德青年》第四期，一九四八年五月，頁1–2。

它的影響，最重要是作為一個「教育宣傳」[33]的基地，培養了青年幹部，然後回到原住地去擴散工作。部份則在中共建國後，身居要職，成為中國行政架構中一員。

第二個影響就是讓左翼文化人與民主人士在香港這個「自由」土地上，有一次緊密合作機會。

第三個影響，對部份在該校任教的學者具有「教育」意義，鍾敬文在一九八一年的回憶中說：

「我在民間文學研究上，比較自覺和認真運用馬列主義的觀點，是在四十年代中期以後。一九四五年八月日本侵略者被迫投降，這年秋末，我從偏僻的連縣回到廣州石牌（中山大學所在地），有機會讀到〈在延安文藝座談會上的講話〉，使我對文藝的性質、作用及文藝家的任務等問題，有了更清楚的認識。接着是被迫客居香港。……我們所講學的達德學院，是這個島上的「文化綠洲」。它的文學系儘管不能跟延安魯藝的相比，但性質是接近的。在上述這樣的文化環境中，我的文藝思想，包括民間文藝思想被推進了一程，正是極自然的。」[34]

33 據〈中共黨員談在香港生活〉條，載於《星島日報》，一九四八年一月四日，一版。美聯社引述龔澎的說話云：「香港並非中共之軍事基地，此間所進行者僅為宣傳及教育工作。」

34 鍾敬文：〈自序〉，《鍾敬文民間文學論集》（上），上海：上海文藝出版社，一九八二年，頁1–12。

第四個影響，現在說來有點「不值一提」，但在當時，卻好像是件「大事」：就是繁榮了青山墟的市面。且看一九四八年十二月一則新聞特稿的介紹：

「青山新墟能有今日的繁榮，似乎是達德學院設立以後的事，因為它現在的學生已近五百人，校舍擴展至五處，在窄小腐舊的新墟，突然增加了這麼多的人口，而且學校和學生都同樣是屬於消費者，於是，為了適應環境的需要，商人們對這個小墟發生興趣了，一年以來，新的商號像雨後春筍一般創立起來，舊的商號亦紛紛改裝門面，擴張營業，因此，冷落蕭條的墟市頓然改觀了！」[35]

而在舊日學生的回憶文字裏，均津津樂道這件事。黃谷柳在《蝦球傳》裏，對這所學院也着了筆墨，描寫蝦球看見一群「年輕漂亮的學生小姐在馬路上散步，一面走，一面唱歌。」一問哪裏來這麼多人，才知道是「達德學院」的學生。[36]

第五個影響，封閉「達德學院」之後，一九四九年六月教育司依例下令解散港、九共九十二間勞工子弟學校。自此，港府對教育條例執行甚嚴，禁止學校作任何政治活動宣傳。

35 紫：〈由風景區發展為文化區，日趨繁榮中的青山新墟〉，載於《華僑日報》，一九四八年十二月十三日，二張一版。

36 黃谷柳：〈難友的慰藉〉，《蝦球傳》，廣州：廣東人民出版社，一九七九年。文中寫的是「達德學院的學生」。據《蝦球傳第一部：春風秋雨》第六版，一九四九年五月，寫的是「芳園的大學生」。「芳園」就是蔡廷鍇那借出別墅的名字，即今天中華基督教會何福堂書院的所在地。

嚴格地說，封閉「達德學院」的行動，就是香港政府利用「撤銷注冊」條例，加強學校的管制的開端。

五　結語

四十年前，「達德學院」擁有那麼多優秀的學者，以短短的兩年時間，培養出一群人才，在香港教育史上，是不應不寫上一筆的。本文只就手頭僅有資料，排比出一個表層輪廓，與該學院實質的面貌和精神還有多少差距，我無法估計。正因如此，我也無法作出任何結論，但在完結本文前，提出下列兩個問題：（1）如果肯定「達德學院」是成功的話，究竟甚麼因素促使它成功？（2）如果要把「達德學院」放入香港文藝活動史裏，它應如何定位？這是值得再深入探究的課題。

最後，我希望達德校友們，除了寫感性的回憶文章外，還能理性地、客觀地研究達德的特質，使當年達德的「民主大學教育」精神具體呈現，好讓今天大學教育設計者或執行者作為借鑑！

一九八七年七月十七日完稿

【附錄一】香港達德學院大事誌

一九四六年	
六月	在廣州，楊伯愷、黃藥眠、丘克輝、張香池等商議籌辦學院。
七月	楊伯愷、黃藥眠、丘克輝三人到港商議進行建校事宜，並得由美國返港的陳其瑗同意參與。
七至八月	丘克輝、黃藥眠、曾偉、楊伯愷組成籌備委員會。
九月	丘哲、陳汝棠、張文、李朗如、楊建平、黃精一、陳樹渠等二十人組成董事會，公議推舉陳其瑗為院長，並聘定教授。
九月	向香港政府申請注冊，並未獲得批准。
九月十四至二十六日	首次招生。
九月二十九日	首次入學試。
十月十日	宣告該學院成立。
十月二十日	正式上課。
十一月二十日	學生自治會成立。

十一月	何香凝到校演講。
十二月二十四日	師生舉行〈新型民主大學的理論與實踐〉討論會。
一九四七年	
一月一日	補行成立典禮。董事來賓八十餘人、員生二百餘人出席，香港政府亦派視學員參加。
	《達德青年》創刊號出版。
	召開全體學生臨時大會，決定致電抗議美軍強姦北大女生。
一月二至三日	在孔聖堂演出吳祖光《少年遊》，瞿白音、王逸導演。
一月三十日	員生舉行政協周年紀念大會。
一月	助學委員會成立。
二月	在大埔道香江中學開辦夜校。
三月八日	女生舉行「三八慶祝大會」。
三月十二日	舉行「孫中山先生逝世紀念大會」。
三月十三日	舉行「新舊員生聯歡大會」。

三月二十一至二十三日	「助學委員會」為協助清貧同學籌募經費，在孔聖堂公演于伶《女子公寓》。
三月二十五日	陳君葆到校演講，講題〈高等教育問題〉。
四月	文哲系新舊同學舉行「文化晚會」。
五～九月	「學生自治會」、「學術部」主編十日刊定期油印報出版。 因欠《達德青年》第二期，及報刊中又無消息，故欠缺資料。
十月	王任叔到校演講，報告印尼社會狀況及解放鬥爭現勢。 師生捐款支持《華商報》。
十一月	喬木兩次到校演講，講有關國際問題、大反攻問題及國內新形勢。
十二月十六日	舉行「應否『再來一次新協商』討論大會」。
十二月十八日	正式獲准注冊。
十二月二十一日	新聞系同學與「民治新聞專科學校」同學交流聯歡。
十二月三十日	除夕聯歡，郭沫若、茅盾、柳亞子、翦伯贊、侯外廬、沈鈞儒等參加。

一九四八年	
一月四日	假中央戲院放映蘇聯片《七百年前》。
一月	《達德青年》第三期出版。
二月十七日	舉行「董教學聯席大會」。
四月三日	郭沫若到校作一連四小時〈中國文學史〉專題演講。
五月二日	國文系招待留港作家茶話會。出席者：歐陽予倩、孟超、馮乃超、邵荃麟、周而復、林林、黃寧嬰、黃新波、瞿白音、力揚、黃谷柳。討論主題為「五四與文藝」。
五月四日	《達德青年》第四期出版。
五月	全校師生響應沈志遠號召，合力籌建大禮堂，稱「民主大禮堂」。
六月	《海燕文藝叢刊》第一輯出版。
七月四日	新聞系同學函約香港新聞界前輩到校訪問。
八月十五日	戲劇組與文藝創作組參觀永華電影製片廠。
八月二十日	首次全校演講比賽。
八月二十七日	暑假聯歡晚會。

八月	郭沫若、茅盾參加遊園會。
十月十日	學治會壁報《號角》創刊。舉行五慶大會：「雙十」、「校慶」、「祝壽」、「迎新送舊」、「學治會職員受職」。
十月十六日	新聞系同學參觀《文匯報》。
十月十七日	師生與「南方學院」等文化團體為鄧初民祝壽。
十月二十二日	舉行「魯迅先生逝世十二周年紀念會」，胡繩演講，講題為〈魯迅先生為甚麼是中國知識分子改造的示範〉。
十月二十五日	合作社改組。
十月三十日	茅盾到校演講，上午講題為〈關於創作〉，下午講題為〈蘇聯新聞事業〉。
十月三十一日	「海燕歌詠隊」到校訪問。
十一月	經費短缺，員生及董事會成立「籌募委員會」，籌設學校基金，目標為五萬港幣。

十二月四日	劉思慕帶領學生二十六人參觀《星島日報》。
十二月	陸詒帶領學生十餘人採訪「國貨展覽場」。
	舉辦〈達德的一日〉徵文比賽。
	國文系招待留港作家，舉行茶話會。出席者：楊晦、蔣天佐、陳敬容、臧克家、端木蕻良。
一九四九年	
一月一日	師生聯歡晚會，參加者連來賓約六百餘人。
一月五日	新聞系出版《達德新聞》。
一月三十日	《海燕文藝叢刊》、《關於創作》第二輯出版。
一月	《達德青年》第五期出版。
二月六日	葉聖陶到校訪問。
二月二十二日	行政局召開會議，會同港督取消該校注冊資格。
二月二十三日	取消令下達，即日生效。

【附錄二】

香港教育司發給「達德學院」的執照

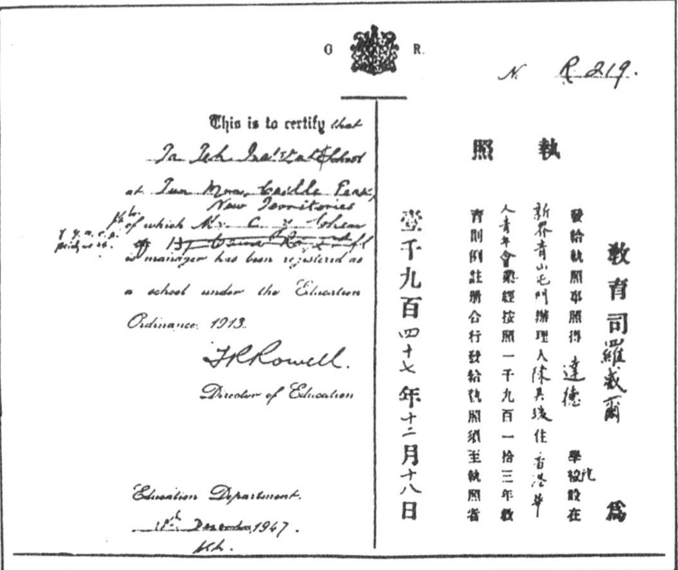

G R.

No. R.219.

This is to certify that Ta Teh Institute School at Tuen Mun, Castle Peak, New Territories, of which Mr. C. Y. Chan [illegible] is manager has been registered as a school under the Education Ordinance 1913.

Rowell.

Director of Education

Education Department.

18th December, 1947.

執照

教育司羅威爾 為

發給執照事照得 達德 學校設在

新界青山屯門辦理人陳其瑗住香港華

人青年會業經按照一千九百一十三年教

育則例註冊合行發給執照須至執照者

壹千九百四十七年十二月十八日

香港文學研究的幾個問題——代跋*

一　前言

長久在英國殖民地政策的統治下，香港人習慣了沒有歷史感，也不預期前景，故對自身的許多問題，並不熱衷研究，就是有人在努力，也引不起大眾的注意。

自一九七九年以來，由於政治、經濟等等因素，香港變得十分矚目，香港人忽然回頭來看看這個身處而又一直沒加注意的環境，中國人也驚覺要好好研究一下這個行將我屬的城市，於是，「香港熱」遂成為潮流。文學，自然也同時排在受注視的行列中。

香港文學研究，由冷寂到今天的熱鬧，變化實在很大。眼看研究者從孤軍作戰到聯群結隊成了龐大陣容，不禁叫熱愛香港文學的人百般滋味。我總算是個較早就在這個課題裏探索的人，現試為近十年的香港文學研究情況作一簡要報告，並說說一些自己的看法。

二　幾個香港文學問題的討論

1　香港有沒有文學

香港人　本身不大討論這個論題，研究者多持肯定態度，偶然有些悲觀說法，也只把沒

* 原載於《香港文學》第四十八期，一九八八年十二月，頁9–15。

有好作品，歸咎於社會對文學的不夠重視。[1]香港以外的人，持「香港沒有文學」論點的，在一九八三年以前較多，他們一般以較狹隘的文藝觀來評斷文學作品，又或根本沒有廣泛和深察香港實際情況，就下了斷語。例如一九七八年，台灣尉天聰在〈殖民地的中國人該寫些甚麼？——為香港「羅盤」詩刊而作〉一文中，[2]雖然沒有直指「香港沒有文學」，但全文精神還是指摘香港人沒有「用血淚寫下被侮辱的香港」。大陸方面，在一九八三年政策漸趨明朗後，「香港沒有文學」的說法已漸低沉，但一九八五年，馮牧在接受訪問時，仍說出下面一段話：

「……嚴格講，認真講，香港還沒有形成自己的文學。……要使香港文學繁榮起來，首先要建立一個真正的香港文學。……都寫吃喝玩樂、消閒的，那怎麼行？……」[3]

直到最近，隨着政治經濟認同香港的必要情況，和中國的香港文學研究者隊伍在各大院校茁壯起來，「香港沒有文學」的聲音就消滅了。

---

1 例如在〈香港有沒有文學？（筆談會）〉，載於《八方文藝叢刊》第一期，一九七九年九月，頁33，蔡炎培就說過：「三十年來，此間的文學刊物，前仆後繼，大有眾志成城之概。我不知道，這是不是重商主義下文學的先天悲劇色彩；我更不知道，這是不是它的特有文化模式。惟是一部適足以還給它原來應有面目的小說猶未讀過。」

2 尉天驄：〈殖民地的中國人該寫些甚麼？——為香港「羅盤」詩刊而作〉，載於《夏潮》第五卷第四期，一九七八年十月，頁71。

3 殷德厚：〈馮牧談新時期文學和香港文學〉，載於《星島晚報．大會堂》，一九八五年四月三日，十一版。

2 甚麼是香港文學

這個題目，一度成為本地研究者和作家關心的、而又爭論最多的熱門論題。

早在一九八一年初，黃維樑已在報上討論〈香港作家的定義〉[4]。以後，甚麼是香港文學的討論，斷斷續續都有人在報刊上發表不同意見。一九八三年二月至七月《當代文藝》上的文章，就是一例。到一九八五年五月前後，可說是討論的高潮，報刊專欄和特稿的文章眾多，甚至有點筆戰意味。但直到今天，這爭論仍沒有定於一尊的結論。許多學者也不再糾纏在爭定義的問題裏，而冷靜地從研究作品、作家、理論探索方面下工夫，例如對侶倫、劉以鬯、梁秉鈞（也斯）、西西、舒巷城、吳煦斌等作家作品研究，已慢慢上了軌道。理論文章也多起來，例如黃維樑的〈香港文學初探〉[5]、羅貴祥的〈香港文學若干問題〉[6]，都是值得注意的。而陳德錦的〈台灣《文訊》月刊「香港文學特輯」讀後〉[7]，雖說是「讀後」，但也反映了一定的理論根據。

4 黃維樑：〈香港作家的定義〉，載於《明報》，一九八一年二月二十二日，七版。另在〈香港文學研究〉一文中，亦列舉類型及代表名單。原文見《香港文學初探》，香港：華漢文化事業公司，一九八五年，頁2–34。

5 資料見注4。

6 羅貴祥：〈香港文學若干問題〉，載於《新晚報．星海》，一九八八年一月十七日，十三版。

7 陳德錦：〈台灣《文訊》月刊「香港文學特輯」讀後〉，載於《星島晚報．大會堂》，一九八六年一月十五日，五版。

3 香港文學的出路

肯定了香港有文學之後，跟着要考慮的課題，必然是「出路問題」。這個歷來身世曖昧的城市，主要應用的語文是中文，但生活形態與意識形態又與中國有着極大差別，反映人們心態與生活、感情的文學，應該是怎樣的一種文學呢？它與中國的關係如何呢？這種都市文學應朝哪一條路發展呢？都成為研究者關心者的考慮重點了。

一九七九年八月二十六日，香港大學文社主辦了一個公開文學講座，主題是〈香港文壇的展望〉，既回顧了七十年代的文學情況，也由吳呂南、吳萱人、司馬長風、張灼祥、周兆祥，及十一位來自不同文學組織、刊物的負責人，廣泛談及校園外文學、中文文學獎、出版事業、文學與傳媒關係、如何推廣文學等問題。可惜內容比較瑣碎，但畢竟是第一個較大規模的講座。

一九八〇年六月十四日，香港中文大學文社主辦「向態文學生活營」，營中舉行了「從香港的文藝雜誌看香港文學的出路」座談會，出席的有各文藝刊物負責人張慧貞、杜耀明、陳慶源、張嘉龍等。由於各人談與自己有關的雜誌出路較多，對香港文學出路問題就忽略了。

一九八〇年十一月一日，《新晚報》召開了「香港文學的出路座談會」，出席的有中國作家陳殘雲、秦牧、黃慶雲等，香港方面出席的有梁濃剛、李怡、舒巷城、曾澍基、黃繼持等。座談結論，中國作家說了十分樂觀而鼓勵的客套話，而本地人卻顯得相當悲觀，這正反映了「隔」與「不隔」的認知態度。最值得注意的，倒是主持人羅孚在最後發言中所說的一段話：

> 「儘管香港文學有很大的特點，但必定是中國文學的一部份，……也許有人批評我的政治觀念太強，但我想始終會是這樣，……談香港文學的出路，不應該看得那麼狹窄，也不需要那麼悲觀。……」[8]

一九八四年四月五日，香港中文大學文社主辦「九七的啟示——中國、香港文學的出路」座談會，邀請了璧華、張初（金依）、黃維樑出席發表意見。由於涉及九七問題，談話中就提到言論、寫作自由的重要性，也提及「香港文學應改變現狀，……反映歷史，面對中國，則要寫出對大陸的感受，讓中國參考。」[9]

從一系列的座談會，及事後許多反應文字看來，談出路，的確很熱烈，但始終有點空論，悲觀的成份極重，也談不出一條可行的出路來。我們既不能像徐速提議的「必須交由政府來作統一研究、檢討，配合各有關行業，才能謀求解決辦法」。[10]就只好如古蒼梧說：「在我們

8 〈是光明，還是黯淡？——記「香港文學的出路」座談會〉條，載於《新晚報．星海》，一九八〇年十一月十一日，十二版。
9 潘少梅：〈座談會實錄〉，載於《中大文社社訊》一九八四年第二期，頁8–10。
10 徐速：〈香港文學的出路問題〉，載於《明報》，一九八一年四月十二日，五版。

眼前的一切，依然是朦朧的。我們期待着濃霧的消散。」[11]

三　香港文學研究的回顧

最早對香港文學作較全面回顧研究的，相信應推一九七五年七月，香港大學文社主辦的「香港文學四十年文學史學習班」。吳呂南、蕭偉業、王仁芸、袁燦輝、陳國輝、陳幗英等人組成籌委會，編印了《香港文學四十年文學史學習班資料彙編》。該冊彙編所收材料相當豐富，包括了一些原始資料，故其中雖有錯誤，但畢竟作了一次艱難起步。該學習班請了黃俊東、羅卡、蔡炎培、許定銘、吳萱人、也斯、胡菊人等主講不同分期的香港文學情況，只是聽講人數不多，影響反不如那資料彙編那麼久遠。

說到掀起香港文學回顧的高潮，應算是一九八〇年九月十四日，由《新晚報》主辦的「香港文學三十年座談會」。那一次參加人數很多，包括重要文學雜誌的負責人，最突出的是不同文藝觀點的人能聚首一堂，例如黃思騁、徐速的出席發言，打破了左右翼文化人多年不公開交流的局面。會中除各出席者就有關刊物作回顧外，也有書面發言稿。三十年來香港重要的文學雜誌都或多或少被提及。這次座談，學術成份容或不足，但論到資料提供，及把香港文

11　古蒼梧：〈歌者何以無歌——也談香港文學的出路〉，載於《新晚報》，一九八〇年十一月十一日，十二版。

學放到討論重點上，則功不可沒。

一九八三年八月十至十五日，由香港市政局圖書館主辦的「中文文學周」，以「香港文學」為主題，展開一系列演講會，講題包括研究方法、早期新文學發展、端木蕻良在香港的文學活動、武俠與科幻小説、小説與西方現代文學關係、新詩、劇作等。主講者包括了黃維樑、盧瑋鑾、劉以鬯、倪匡、梁秉鈞、黃國彬、馮祿德。這是由政府首次推動的香港文學研究活動，也是由泛泛而論的座談會形式，轉到較具學術意味的會議方式的一個起點。

一九八五年四月十三日，由中西區文化藝術協會、香港大學校外課程部等合辦的「香港文學講座」，講者黃康顯、黃繼持、李韡玲、盧瑋鑾分別就史科、旅港中國作家的香港背景小説、香港散文、青年作家前路等問題發表意見。這與一九八五年九月七日的「戰前香港幾個文藝期刊」講座，連成一組的活動，都為了向大眾推廣香港文學的認知。

一九八五年四月二十七日，香港大學亞洲研究中心主辦「香港文學研討會」，參加會議的有來自中國、台灣、美國及香港的研究者，提交的論文內容包括史料研究、作家、作品、理論等，研究面廣，學術性濃。三天會程，提交論文的有：馬博良、黃國彬、林年同、王靖獻（楊牧）、黃康顯、容世誠、王仁芸、黃維樑、陳張美美、梁秉鈞、劉以鬯、許翼心、盧瑋鑾等。評論員的認真與嚴謹，及爭論的尖鋭，留給與會者極深印象。

一九八五年十一月二十七日，由香港浸會學院主辦，浸會文社及香港青年作者協會協辦的「九七與香港文學」講座，講者王仁芸、璧華、何良懋分別探討了七十年代以來的香港文學及大陸文藝政策問題，是一個較小型的座談會。

一九八七年七月二十三至二十五日，由香港中華文化促進中心主辦的「四十年代港穗文學活動」研討會，雖然題目名為「港穗」，論文卻仍以香港為重心，出席的有華嘉、陳頌聲、趙令揚、蘇光文、鷗外鷗、盧瑋鑾、黃繼持、文天行，提交書面報告的有黃維樑、冼玉儀。可惜部份論文內容取材角度頗偏向左翼活動與作品，無法反映四十年代香港文學的全貌。

至於刊物以香港文學回顧作專輯，且比較全面的有：一九七八年二月二十五日出版，《時代青年》第一百期的〈十年來的香港文壇〉；一九七九年六月一日，《奮鬥月刊》創刊號的〈香港近十年寫實主義文藝思潮之回顧〉；一九八一年《學苑》第九、十期合刊的〈香港文學專輯〉；一九八二年二月《新火》第四期的〈香港文學專探〉；一九八三年九月《文藝季刊》第七期的〈筆談會——香港文藝期刊在文壇扮演的角色〉；一九八六年一月五日《香港文學》第十三期的〈香港文學叢談——香港文學的過去與現在〉。而以香港作家為專輯的，一九七九年五月創刊的《香港文學》、一九八五年一月五日創刊的《香港文學》、《羅盤》、《香港文藝》、《新穗》、《詩風》等文藝刊物，及香港大學的《學苑》、香港中文大學中文系系會的《學文》，都分別下了苦功。

至於香港以外，中國在一九八二年六月、一九八三年十月、一九八六年十二月，分別召開三屆「全國台港文學學術會議」，但其中以台灣文學佔份量較重。一九八四年七、八月，廣東作家協會與暨南大學中文系合辦「台灣香港文學講習班」。台灣《文訊》第二十期（一九八五年十月）刊出了「香港文學特輯」，規模很大，表現了台灣文化界對香港文學的開始關注，但同時也反映了許多因「隔」而產生的錯誤說法。

四　香港文學一些概念的釐清

歷年來，由於文學資料沒有作系統整理，有些研究香港文學的人，往往單憑個人經歷、記憶和已成定格的某些概念作為理論根據，另一些研究者又會以此為據，再加以發揮，結果形成「傳訛」的連鎖毛病，現試舉三個例子說明一下。

1　美元（援）文化

這個詞，對研究五十年代香港文學的人，一點不會陌生，並且必然引用。據資料顯示，最早在報上提到這個名詞的，是政論家尚方。他在《香港時報》專欄中，文章題為〈說美元與美援文化〉，[12]引述「朋友」之言，對此詞下了定義：

12　尚方：〈說美元與美援文化〉，載於《香港時報》，一九五六年一月十二日，七版。周鳳嫻：〈五十年代香港文壇〉，載於《學苑》第九、十期合刊，一九八一年，頁29–30，說「美元文化」一詞，首見於一九六二年《文藝季》第二期的〈十年來的海外文藝〉，是錯的。

「所謂『美元文化』是指美國朋友直接發行的刊物，……紙張印刷精美，售價之低廉，等於贈送。……所謂『美援文化』，是指一些得到美金援助的出版物。」

而其結論是：

「『美元』與『美援』文化的效用，第一是對一切私營的自由文化事業予以莫大打擊，使它無法抬頭超生，其次是廉價供給中共以大量的造紙原料。這不是利鮮見而害已多嗎？」

這種公然與美國過不去的說法，竟出自一九五六年的台灣派系報紙專欄中，相信許多日後引用此詞的人都會覺得出乎意外。事隔九年，政治立場右傾的《文藝季》，刊出巫非士寫的〈十年來的海外文藝〉，[13]檢討了「美元文化」的功過：

「在好的方面，它啟發了今日文藝發展的契機；在壞的方面，它扼殺了自由局面的擴展。」

他認為一九六〇年是「美元文化崩潰，獨立思想抬頭」的分水嶺。即一九六〇年，所謂「美元文化」已告中止。但後來的研究者，對五十年代至六十年代中葉以前的部份香港文學，都一律籠統用上此詞。又由於它含濃厚的「政治背景」，往往把它與「反共文學」等同，成了貶詞。日後，研究香港文學的人，必須弄清楚「美元文化」的實質影響，也必須看畢所有受過「美援」的刊物，如《人人文學》、《中國學生周報》，及《大學生活》等所刊的作品內容，才可對五十年代香港文學做結論。

13 巫非士：〈十年來的海外文藝〉，載於《文藝季》第二期，一九六三年，頁6–12。

2 香港與台灣在文學上的關係

歷來提及五十年代中葉前後的香港文學，最普遍的說法就是香港深受台灣現代派的影響，但早在一九八〇年劉以鬯已提出不同意見，直到一九八四年他正式為文，認為「互有影響」[14]。究竟實際情況如何，劉文中引過一些例子，但如要全面，則必須比較兩地同時出版的重要文藝刊物，才可得出有力而持平之論。

3 香港文學本土化

這個概念，早在「甚麼是香港文學」討論中，有人提出過。一般研究者往往把「本土化」的始現，定在六十年代末期至七十年代初之間，甚麼人推動「本土化」，也成了爭論的重點。例如君平〈香港文學本土化運動〉[15]及馮偉才〈評《香港文學本土化運動》〉[16]兩文，較具爭論的代表性，但對「本土化」這一概念，仍未夠深入探討，且六十年代中葉以前，有沒有「本土化」作品？也值得考慮。四十年代末期許多社會寫實作品，都足稱作「本土化」，研究者對他們又

14 劉以鬯：〈三十年來香港與台灣在文學上的相互聯繫〉，載於《星島晚報．大會堂》，一九八四年八月二十二日，十六版。

15 君平：〈香港文學本土化運動〉，載於《新火》第四期，一九八二年二月，頁6–9。

16 馮偉才：〈評《香港文學本土化運動》〉，《文學．作家．社會》，香港：波文書局，一九八五年，頁134–143。關於「本土化始於六十年代中後期」之說，筆者也曾持此種論點，最近才有修正的想法。

如何定位？

在未寫香港文學史之前，最好能先把這些未夠清楚的概念弄清楚。有爭論不要緊，最可怕的是不問根由地隨意濫用、亂用名詞。

五　香港文學研究的方法及態度

1　資料蒐尋及整理的重要性

在香港文學研究還在起步的時候，由於資料缺乏，有些研究者可能為求速成，不加考察，採用了二三手資料，甚至再加個人「大膽假設」，寫成了具有廣泛流傳的文字。也有些很熱心，但欠缺學術訓練的人，隨便採摭，東拉西扯便成資料冊，這些東西一旦傳播，要更正就不容易，對香港文學研究，極為不利。

最早注意史料蒐集的應是一九七五年七月的香港大學文社。該年他們主辦了一個「香港四十年文學史學習班」，為了使學員有資料可憑，負責人以極少人力以極短時間，完成《香港四十年文學史學習班資料彙編》一大冊（以下簡稱《彙編》），包括三十年代至七十年代資料，有專訪，也有該時期的雜誌報刊作品輯錄。整體來説，是直到目前，最豐富的資料冊。但由於編輯者沒有受過嚴格資料整理訓練，且對各時期背景、作家作品，缺乏了解，取材就不免流於粗疏。專訪時可能筆錄錯誤，又未經受訪者過目更正，又或因部份受訪者個人見解有片面不全之處，而欠缺均衡補充，於是錯漏失誤的地方很多。正如我所說，《彙編》是目前最「豐富」的，故成為許多人取材的目標。我對編者的熱誠及工作，是敬佩的，但該冊帶來的後遺症——部份應由採用者的粗心大意負責，則感到遺憾。

一九八〇年六月，香港中文大學文社主辦「向態文學生活營」，也印製了資料冊。該冊內容有〈香港文學史簡介〉、〈文學雜誌年表簡編〉、〈理論、背景及雜誌選材〉等。至於其中的〈香港文學史簡介〉，是配合幻燈片內容，撮要地介紹了一九三九年至七十年代的香港文學發展情況。文中帶着相當濃厚主觀成份，且部份理論用詞過於傾向政治性，引用的資料部份也有錯誤。

一九八一年第九屆青年文學獎的負責人，為了與中山大學交流台港文化，編成《中山大學交流團資料冊》，就是後遺症的典型病例。此冊子的粗疏錯漏，可見編者完全缺乏誠意，毫不認真的態度，令短短十八頁有關香港文學的簡介，錯誤百出[17]。很清楚看得出，此冊是根據《彙編》及《向態文學生活營資料冊》，隨意撮寫。由於它是在大陸剛開始注意香港文學研究的時期傳入內地，成了許多研究者的主要參考資料，真是後患無窮。

近年來，大陸關注香港文學的情況日趨熱烈，例如一九八四年廣東省作家協會、《當代文壇報》，及暨南大學中文系在深圳合辦的「台灣香港文學講習班」，就有來自全國二十五個省

17 有關此冊錯處，筆者已另文一一指出，因篇幅關係，此處不詳舉例證。

市院校的教師參加。各地學者寫成的論文數目日多，在一些院校裏，香港文學也算是受到注意的課題。在這種熱切研究狀態下，第一手資料卻極缺乏，論文內容就難免良莠不齊。巴桐的〈四十年香港文學活動一瞥〉正是錯誤百出的典型例子。[18]文中出現了「司馬長風是著名武俠小說家」等不可饒恕的錯誤，又最近創刊的《香港文學報》發表由香港記者執筆的〈香港文壇現狀管窺〉，內容也有錯誤，而該等文字卻在大陸流傳着。[19]

早在一九八三年，筆者已呼籲整理香港文學資料，[20]而一九八五年十二月，林真〈趕快動手！——談香港文學史料的缺失〉也作同樣呼籲。[21]近年來，真正着急香港文學資料收藏，而又較具遠見及規模的，只有香港大學馮平山圖書館及孔安道紀念圖書館。其中孔安道紀念圖書館館長楊國雄，在極度困難中不斷搶救珍貴文獻書刊，[22]該館及馮平山圖書館已成為今天香港

18 該文首刊於《當代文壇報》，後收入《香島散記》，福州：海峽文藝出版社，一九八五年，頁150–159。有關此文錯處，筆者也另文一一指出，此處不再詳舉例證。

19 《香港文學報》記者：〈香港文壇現狀管窺〉，載於《香港文學報》創刊號，一九八八年四月，一版。該報第二期有了更正，但仍有錯誤。

20 盧瑋鑾〈香港早期新文學發展初探〉，原為香港市政局圖書館主辦第五屆「中文文學周」的講稿，後修訂載於《星島晚報．大會堂》，一九八四年一月二十五日，二十版。該文同時收入《香港文縱》一書中。

21 林真：〈趕快動手！——談香港文學史料的缺失〉，載於《新晚報．星海》，一九八五年十二月十五日，十二版。

22 楊國雄：〈關於香港文學史料〉，載於《新晚報．星海》，一九八六年一月十九日，十二版。

藏有香港文學資料最豐富的地方。而楊國雄、黃康顯也着手整理早期的文藝期刊。[23]一九八六年九月成立的「香港文學研究會」、一九八七年成立的香港中文大學「香港研究中心」的「香港文學研究室」，都在做着資料蒐集整理工作。可惜人力與時間均有限，整理進展並不理想。

香港大學中文系講師黎活仁也於一九八四年六月獨力自費出版了《五四文學研究情報》，每期收錄了香港幾個主要的文學周刊目錄，可惜，出版五期便停刊了。

吳萱人在整理香港文社史料，但仍未見公之於世。

至於香港文學理論方面：劉以鬯、也斯、黃維樑、羅童、葉彤、王仁芸、馮偉才、洛楓、梅子、東瑞、羅隼等都提出不同方向的見解，但仍未見成立系統的論著，大家都在探索階段中。

我用了十年時間，已整理出一九三七年至一九五〇年間，約三百位中國文化人的資料，另有《立報．言林》、《星島日報．星座》，及《大公報．文藝》等目錄、索引。這些原始資料的整理，可為將來香港文學史的編纂提供方便，也直接幫助釐清了許多錯誤觀念。

香港文學史料一天不較全面公開及整理，香港文學研究就極易犯以訛傳訛的毛病，距離

23　楊國雄：〈清末至七七事變的香港文藝副刊〉，載於《香港文學》第十三——十六期，一九八六年一——四月。
黃康顯（黃傲雲）：〈從文學期刊看戰前的香港文學〉，載於《香港文學》第十三期，一九八六年一月，頁24–40。
黃康顯：〈戰後初期香港的文藝期刊與文藝路線〉，載於《讀者良友》第四卷第三期，一九八六年三月，頁80–85。

事實真相愈遠。因此，整理原始資料，是急不容緩的步驟。

2　文學作品選本問題

一般讀者通過文學作品選本，了解一個時代一個地區的文學面貌，本是最通常的途徑，而選本因編選者的眼界、胸襟不同，水準參差，或因文學觀、派系的各異，各有面貌，也是人所共知的道理。香港文學未有較全面的選本，令到想了解香港文學的讀者，特別是外地的研究者，有無門可入之苦。大陸出版界，為了打開這困局，頗有得風氣之先的行動，搶先出版了《香港散文選》，福州：福建人民出版社，一九八〇年、《香港小說選》，福州：福建人民出版社，一九八〇年、《香港作家散文選》，廣州：花城出版社，一九八一年。大陸部份讀者和學者在初期毫無選擇和比較情況下，很容易認定了這三本選本是香港嚴肅的文學代表作。由於編者選文標準有特殊性，例如《香港作家散文選》的選文標準就是：「作家以敏鋭的觸覺、人道主義的精神和愛國主義精神，……從不同的感受角度，寫出了香港社會的真實。」[24]全書顯示了「抒寫香港社會中下層人民的複雜矛盾的感情」[25]的面貌，但香港人都明白那不是香港散文的全部面貌。這本來還不大成問題，可是竟然有人利用兩個選本，就寫出了〈香港散文主潮漫評〉，並得出「抒寫香港社會中下層人民的複雜矛盾感情，是香港散文的一大特色」的結論

24　曾敏之：〈前言〉，《香港作家散文選》，廣州：花城出版社，一九八一年，頁1–20。

25　同注23。

來。[26]這種情況，反映了選本的局限性，但看了兩個選本就談「主潮」，並猝然下定論，亦可反映某些人的研究態度。幸而近幾年國內出版的香港作家專集及選本都多起來，而編選者的態度也開放得多，有了比較宏觀的面貌，這是很好的現象。

至於香港本地，也先後出版過不少選本，但由於種種客觀因素，水準仍很參差，以致讀者無法通過選本看出一些「真相」來。

當我們看到蘇叔陽說：

「恕我坦率地說，讀這本書頗有啃一隻酸果的感覺，整部書，都讓人覺得作家們彷彿靈魂上載着沉重的枷鎖，目光被濃重的霧所遮斷，使他們只能感慨於眼前的生活，或悲歌，或牢騷，或於苦澀中尋求小小的安忍與歡欣，或寄情於不可捉摸的朦朧的未來，而不能把目光透射到這個小島外面去，更不用說看見廣闊的世界和更加廣闊的宇宙。於是在文風上就給人以晦澀、恍惚，甚至有那麼點兒矯情的味道。這難道是島市生活的局限？地理文化所使然？」[27]

我們就以他沒有讀到不受「島市生活的局限，地理文化使然」的好作品為憾。但我們也以本地沒有出現一套有識見、夠公正無私的香港文學大系為憾。

26 李以建：〈香港散文主潮漫評〉，載於《當代文藝思潮》一九八四年第五期，頁113–118。

27 蘇叔陽：〈沙漠中的開拓者——讀《香港小說選》〉，載於《讀書》一九八一年第十期，一九八一年十月，頁30–33。

3 研究香港文學應有的態度

A 了解香港社會本質、不宜用別個地域的文藝觀、社會意識來選取研究角度：

每個社會均有其獨特的精神面貌。反映在文學作品中，也自有與別不同的文藝格局、情調，而這在在與該社會的歷史、政治、經濟、文化等背景有密切關連。

香港是一個相當複雜的城市，中西文化糅集，形成了別的地區不易存在的文化模式。而文藝也在自由地、自生自滅地發展。沒有一貫的文藝政策影響下，作品的多樣化、意識形態的千奇百怪，構成香港文學的特殊性，這也正反映在不同取向的文學作品中。如果研究香港文學的人，單靠部份作品的表現，而不明白香港社會情況，只用自己所處社會的生活經驗及政治觀，強加詮釋，那很易犯上隔靴搔癢之弊，甚至產生誤解。因此，了解香港社會本質，有助客觀研究。

B 超越自身的迷障，建立公正無私的觀點：

香港本地研究者當然明白香港的社會情態，本不易陷入誤解的迷障中。但由於香港地區太狹，人際關係極度緊張，加上意識形態複雜而多樣，很易形成小圈子風氣。研究者有時因接觸面不同，又或礙於情面，往往無法用一超然態度去面對研究對象，甚或因此變成另一種迷障。直到目前，香港文學研究者仍未能利用本身比別個地區優勝的條件，把香港文學放在整體文化層次中加以了解深究及定位，相信都與這種迷障有關。

香港本地研究者應以公正無私的態度邁開大步，走出迷障，香港文學研究才不會劃地自限。

C　整理第一手資料，輯佚鉤沉，校訂正誤，公開應用：

香港文學研究困難的地方，就在沒有人整理好第一手資料，好讓研究者直接利用。但由於香港一向不重視文獻資料的保存，故要掌握第一手資料也不容易。不過為了認真全面研究，先下苦功去整理資料，實在急不容緩。這是一件艱鉅的工作，但卻非不可為。

為了編寫《香港文學史》，及香港文學研究深化等提供方便，我們必須趕快把第一手資料整理出來，並加以校訂正誤，這間接也可解決許多不必要的傳訛與爭論。同時，亦負起了鉤沉輯佚的任務，這特別對個別作家的研究，極有幫助。

一位香港文學研究者潘亞暾（明月）說：

「台灣文學評論工作和出版工作做得很好，要甚麼有甚麼，十分方便，而香港幾乎要甚麼沒甚麼，在史料方面，除盧女士外，幾乎沒有。」[28]

他這說法，說對了一半，就是外地研究者的確是「要甚麼沒甚麼」，但說「在史料方面，除盧女士外，幾乎沒有」，那就不全對。文中盧女士是指筆者，我手頭的確有許多經整理過的第一手資料，但這只不過是我用多年工夫，在圖書館、舊書刊中逐條找出來，加以校訂、整理

28　明月：〈是現象，並非「傾向」〉，載於《星島晚報．大會堂》，一九八五年六月二十六日，十六版。

的成果。我沒有特殊技能，有的只是耐力和小心。我所用的書刊，是公開放在圖書館裏，凡持有圖書館入館證的人都可以看到。而且，我能看到的只限香港大學及香港中文大學所藏的有限書刊。據所知，內地各大圖書館同樣藏有這些書刊，甚至比香港兩家大學更完備，例如國內就有《循環日報》、《珠江日報》。假如國內研究者能在這方面用力，所掌握的第一手資料必然比我豐富。不過，我也明白，目前的學術風氣及研究環境，對於苦鑽史料的人，十分不利，用十年時間去做蒐集及訂正資料，幾乎太浪費精力，到頭來還不及用一兩年時間寫幾篇論文，那麼見到有益效應。而就算不畏困難，努力有了成果，也不容易公之於世，因為出版社不會樂意出版這類資料性質的東西。現在，我能做到的是，在寫論文時詳列所用資料出處，以備別人追查，同時極力爭取出版機會，例如我願意無條件提供資料，讓出版社出版《茅盾香港文輯》[29]。同時，凡作家向我索取他自己的資料，我願無條件複印寄出。

資料是天下公器，應該全面公開，才能讓更多研究者從不同角度寫成公允的評價或理論。希望有遠見的學術機構或出版社能大力支持，把香港文學的文獻資料作系統整理出版，這足以加快研究的步伐。

29 盧瑋鑾、黃繼持編：《茅盾香港文輯（一九三八——一九四一）》，香港：廣角鏡出版社，一九八四年。

D　短期內不宜編寫香港文學史：

這一點與上面一點極為相關，由於香港文學這門研究仍十分稚嫩，既無充足的第一手資料，甚至連一個較完整的年表或大事記都還沒有，就急於編寫《香港文學史》，是不負責任的事情。資料不足或採用第二手資料，或加推想出來的文學史，必然十分粗糙，及必有謬誤。而且，由於香港文藝發展情況相當複雜而瑣碎，短期內不容易作一客觀而全面的評估。為避免浪費精力及造成不必要的偏差失誤，在第一手資料未能確切建立之前，我不贊成在最近的短期內匆忙寫出《香港文學史》。

六　結語

依本文所敘，可見在文獻不全、資料未足的情況下，研究香港文學，真是舉步艱難，因此，要解決許多問題，努力建設香港文學史料是一件十分重要而急切的工作。這種耗費人力、時間、物力的工程，理應由一個學術機構，或一個組織，在合理的物質、人力支持下去完成。可惜直到目前為止，仍未見任何學術團體給予鼓勵。還有值得提及的是：資料處理方法，應由從前的「手工作業」轉到電腦化。由先進科技為我們節省人力及時間，且求得精確而快速的效果。我深深相信：資料是天下公器，沒有任何人有權把它隱藏起來。只有資料全面呈現，中國文學史（包括香港文學史）才能還其本來面目，獲得公平論斷。為了後人得到他們應知的權利，我們必須苦幹下去。

一九八八年九月三十日初稿

一九八八年十月十六日定稿

補記：本文於《香港文學》刊出後，接到吳萱人先生來信，說了一些他的看法及補充了一些資料。見吳萱人：〈關於《香港文學研究的幾個問題》的兩封信〉，載於《香港文學》第五十一期，一九八九年三月，頁53-54。其中提及的包括：1「向態文學營」，他是主持，潘玉瓊因事未出席。《文化新潮》由杜耀明主講。2港大文社主辦的「香港文學四十年文學史學習班」負責人除吳呂南外，還有王仁芸、袁燦輝、陳國輝、蕭偉業、陳幗英等。本文已據此作了修訂。

一九九六年三月。

編按：1關於文中提及吳萱人的香港文社研究，日後已結集出版為：《香港六七十年代文社運動整理及研究》，香港臨時市政局公共圖書館，一九九九年（現可查閱香港公共圖書館網上電子版）；及《香港文社史集初編1961－1980》，香港：採集組合，二〇〇一年。

2 關於「一套有識見、夠公正無私的香港文學大系」，現已有陳國球總主編的《香港文學大系1919–1949》十二卷（二〇一六年出齊）和《香港文學大系195–1969》十六卷（至二〇二五年已出九卷），均由香港：商務印書館（香港）有限公司出版。

3 文中提到《中山大學交流團資料冊》和巴桐〈四十年香港文學活動一瞥〉的錯處，說有另文指出。編輯部同人未能查出此「另文」發表時間和原刊處，有待進一步查找。